KNAUR

JUSTINE PUST

With you I dream

ROMAN

KNAUR

Besuche uns im Internet:
www.knaur.de

Hat dir dieses Buch gefallen? Lesetipps und vieles mehr rund um unsere romantischen Lieblingsbücher findest du auf Instagram: @knaurromance

Aus Verantwortung für die Umwelt hat sich die Verlagsgruppe Droemer Knaur zu einer nachhaltigen Buchproduktion verpflichtet. Der bewusste Umgang mit unseren Ressourcen, der Schutz unseres Klimas und der Natur gehören zu unseren obersten Unternehmenszielen. Gemeinsam mit unseren Partnern und Lieferanten setzen wir uns für eine klimaneutrale Buchproduktion ein, die den Erwerb von Klimazertifikaten zur Kompensation des CO_2-Ausstoßes einschließt.
Weitere Informationen unter: www.klimaneutralerverlag.de

FSC® www.fsc.org
MIX
Papier aus verantwortungsvollen Quellen
FSC® C083411

Originalausgabe April 2022
Knaur Taschenbuch

Redaktion: Catherine Beck
Covergestaltung: Kristin Pang unter Verwendung eines Entwurfs von Claudia Sanner
Coverabbildung: © Artelka_Lucky / Shutterstock.com; KuLouKu / Shutterstock.com
Illustrationen im Innenteil von Shutterstock.com: Artelka_Lucky (Blüte), nereia (Tupfen)
Satz: Adobe InDesign im Verlag
Druck und Bindung: CPI books GmbH, Leck
ISBN 978-3-426-52812-9

2 4 5 3 1

Liebe Leser*innen,

bei manchen Menschen lösen bestimmte Themen ungewollte Reaktionen aus. Deshalb findet ihr am Ende des Buches eine Triggerwarnung.
Achtung: Diese enthält Spoiler für das gesamte Buch.
Wir wünschen euch gute Unterhaltung mit *With you I dream.*

Justine und der Knaur Verlag

Dieses Buch ist für Dich. Unsere Träume sind stärker als unsere Albträume.

Und für meine Agentin Kathrin Nehm. Du hast mir meinen Traum erfüllt.

PLAYLIST

Nico Santos – Walk In Your Shoes
The Fray – How To Save A Life
Avril Lavigne – Head Above Water
Rachel Platten – Fight Song
Rise Against – Prayer Of The Refugee
P!nk – Hurts 2B Human ft. Khalid
Calum Scott & Leona Lewis – You Are The Reason
Ashe – Moral Of The Story
Anne-Marie & James Arthur – Rewrite The Stars
Panic! At The Disco – Far Too Young To Die
Helen Reddy – I Am Woman
Sigrid – Don't Kill My Vibe
Ruth B. – Lost Boy
Demi Lovato – Warrior

1

MIA

Das Leben ist ein Theaterstück, und wir alle spielen die eigene Hauptrolle. Ich kann mich nicht mehr daran erinnern, wer diesen Satz gesagt hat, doch wer auch immer es war, hatte recht. Aber an Tagen wie heute fühlt es sich an, als hätten wir nur eine Komparsenrolle.

Meine heiße Stirn lehnt an der Fensterscheibe des Busses, während die Landschaft an mir vorbeizieht, ohne dass ich sie wirklich wahrnehme. Die Sommerhitze steht im Bus und lässt meinen Kopf dröhnen.

Zum wiederholten Mal bietet mir die ältere Frau vor mir geschnittenes Obst an, aber ich lehne es mit einem verkrampften Lächeln ab. Sie zuckt mit den massigen Schultern und wendet den Blick wieder von mir ab. Ich weiß ihr Angebot zu schätzen, ihre Rolle ist eindeutig: die nette alte Dame.

Links hinter mir sitzt das Pärchen, das so verliebt ist, dass sich ihre Welt um nichts anderes mehr dreht als sie selbst. Sie küssen sich so intensiv, dass ich mich frage, wie die beiden überhaupt noch Luft bekommen. Trotz der unebenen Straße scheinen sie sich nicht stören zu lassen. Mir selbst setzt das Geruckel allerdings langsam, aber sicher zu, jedes neue Schlagloch sorgt für einen stechenden Schmerz, der durch meinen gesamten Körper jagt. Dennoch werfe ich einen kurzen Blick über die Schulter, um das versunkene Pärchen zu beobachten. Man kann das Glück fast an ihnen riechen. Es vermischt sich mit dem Biergeruch des Mannes in der letzten Reihe. Dem Außenseiter. Und ich?

Welche Rolle würden sie mir wohl geben?

Gerade weiß ich nicht mal, ob ich die Antwort auf diese Frage wirklich hören möchte. Also betrachte ich die Welt außerhalb des Busses.

Mit seinem spärlich besiedelten Land und den scheinbar unendlichen Wäldern und Feldern voller Kartoffeln ist Idaho das genaue Gegenteil von New York City. Doch die Eintönigkeit, mit der ich begrüßt werde, verfliegt schon bald, denn nun nähern wir uns einer dramatischen Naturschönheit. Ein Fluss, der sich über Jahrmillionen durch das Gebirge gegraben hat. Ich rutsche auf meinem Sitz weiter nach vorn, um den Anblick in mich aufzusaugen. Der *Snake River* hat einige tiefe Schluchten hinterlassen, aus denen Seen gewachsen sind, auf deren ruhigen Wasseroberflächen sich das ewige Grün der Wälder spiegelt. Idaho erstreckt sich in seiner ganzen Pracht vor mir. Die gigantischen Berge ragen in den Himmel, viel atemberaubender, als ich es mir vorgestellt habe. Aber nichts davon entlockt mir eine nennenswerte Regung.

»Schön, nicht wahr?«, fragt die alte Dame.

Stumm nicke ich, denn das Wort *schön* beschreibt es nicht mal annähernd. Nach einer Weile wird die Straße wieder ebener, während die beeindruckende Natur langsam von der Einöde abgelöst wird.

Genügend freie Fläche für die düsteren Gedanken, die in meinem Kopf einen Knoten gebildet zu haben scheinen. Tausend Erinnerungen sind miteinander verwoben. Nichts geht mehr vor oder zurück, alles in mir fühlt sich taub an. Selbst in der brütenden Hitze des Sommers schaffe ich es nicht, die Kälte aus meinem Herzen zu vertreiben.

Wann ist das Leben so schrecklich kompliziert geworden? Ich habe meine eigene Rolle so lange gespielt, dass ich darüber vergessen habe, wer ich wirklich bin. Oder wusste ich es vielleicht nie?

Noch vor ein paar Monaten habe ich gedacht, mein Leben

würde in die richtige Richtung gehen. Medizinstudium, Traumhochzeit und für die Statistik 1,5 Kinder, noch ehe ich meine Doktorarbeit schreibe. Doch nun sitze ich in diesem Bus, auf dem Weg zu einer neuen Rolle, von der ich noch nicht weiß, wie sie aussehen wird.

Felder werden allmählich zu Grundstücken mit einzelnen Häusern, an denen Flaggen im leichten Sommerwind flattern. In der Mitte des blauen Hintergrundes befindet sich das Siegel des Staates Idaho: ein Bergarbeiter und eine Frau, die Seite an Seite stehen für Gleichheit, Freiheit und Gerechtigkeit. Dinge, an die ich früher auch geglaubt habe. Ich schlucke, denn eigene Bilder drängen sich in mein Bewusstsein. Das Pochen in meinem Kopf wird stärker. Wie in einem Traum blitzt die eine Erinnerung auf, die ich so gern verdrängen würde. Eine schemenhafte Gestalt. Ein unmenschlicher Schrei. Und Blut. Meines.

Ich schließe die Augen, verschließe mich vor der Panik, die sich wie eine Schlange in meinem Inneren bewegt. Meine Atemzüge werden flacher und schneller, meine Beine beginnen, unkontrolliert zu zucken. Die Schmerzen im Rücken werden mit jeder Sekunde stärker. Ich schaffe es kaum, eine bequeme Position zu finden. Und mein Körper ist nur das eine. Viel schlimmer sind die Bilder in meinem Kopf.

Ich will mich nicht der Panik ergeben, doch ich bin völlig machtlos gegenüber der Flut an Erinnerungen. Die Welt um mich herum verschwimmt zu einem blaugrauen Schleier, der nichts mehr mit der Schönheit des Snake Rivers zu tun hat. Gerade als ich langsam, aber sicher glaube, in mir selbst ertrinken zu müssen, pralle ich gegen den Sitz der älteren Dame.

Die ruckartige Bewegung des Busses hat mich jäh aus meiner Trance gerissen, aber das Zittern lässt sich nicht stoppen. Jede Faser meines Körpers scheint aufzuheulen. Eine erneute harte Bremsung sorgt dafür, dass ich abermals gegen den Sitz pralle. Es ist reines Glück, dass ich meinen Rucksack gerade noch davon abhalten kann, vom Sitz zu fliegen. Ächzend blinzle ich die Reste der Verwirrung fort.

Der Fahrer zuckt entschuldigend mit den Schultern und verkündet über den Lautsprecher, dass wir angekommen sind.

Noch will diese Tatsache nicht zu mir durchdringen. Erschöpft wische ich mir den schweißnassen Pony aus der Stirn. Ich ziehe das Handy aus der Jackentasche und starre auf das Display. Der Ton ist ausgeschaltet, doch das Bild des Anrufers lässt meinen Herzschlag gefrieren. Mir blickt die Vergangenheit entgegen. Sein Gesicht. Mein Gesicht. Ein Wir, dem ich endlich entkommen muss. Ich habe aufgehört zu zählen, wie oft er bereits versucht hat, zu mir durchzukommen. Wie bei allen vorherigen Anrufen drücke ich ihn weg.

Ich stöhne und versuche, mich nicht weiter zu quälen. Aber das ist wie so oft leichter gesagt als getan. Mit hängenden Schultern greife ich nach meiner Reisetasche unter dem Sitz und meinem Rucksack, ehe ich mich zusammen mit den anderen Passagieren aus dem Bus quetsche. Die ältere Dame geht voraus, während das Pärchen bereits hinter ihr steht und darauf wartet, dass sie die kleinen Stufen überwunden hat, ohne dabei einen ihrer tausend Beutel fallen zu lassen. Direkt hinter mir spüre ich den Atem des Mannes, und der Biergeruch steigt mir in die Nase. Eine Gänsehaut breitet sich über meinen gesamten Körper aus.

Beruhig dich, Mia. Gleich bist du aus diesem Bus raus.

Endlich hat die alte Dame es mit der Hilfe des Fahrers geschafft, das Pärchen geht von dannen, und ich springe fast aus dem Bus, nur um dann unschlüssig auf dem Parkplatz zu verharren.

Die Sonnenstrahlen kitzeln auf meinen nackten Beinen. Mir erschienen die Shorts bei dieser Hitzewelle eine gute Idee zu sein, allerdings pfeift der Wind so plötzlich über den Asphalt, dass ich augenblicklich zu frösteln beginne.

Statt einer aufregenden und lebendigen Großstadt erstreckt sich vor mir ein Bahnhof in Miniaturausgabe. Es dauert nicht lange, bis ich die einzige Person gefunden habe, zu der ich noch flüchten kann.

»Da bist du ja. Ich – Scheiße, Mia.« Meine Schwester erstarrt, als sie mein Gesicht sieht. »Was zur Hölle hat der Mistkerl getan?«

Ihr Blick wandert höher und ruht schließlich auf der Naht an meiner Braue.

Irgendwie schaffe ich es, mir ein Lächeln abzuringen. Mein Herzschlag wird schneller, während sie mich mustert. Noch nie hat mich jemand aus meiner Familie in diesem Zustand gesehen. Gott bewahre, die letzten Monate hat mich kaum jemand überhaupt zu Gesicht bekommen. Niemand wusste, was an dem Ort, der mein Zuhause war, passierte, sobald alle Türen verschlossen und die Vorhänge zugezogen waren.

»Scheiße«, bringt meine Schwester erneut mühevoll hervor, ohne sich zu regen. Ich lasse die Reisetasche vor meine Füße fallen und zucke hilflos mit den Achseln.

Sollte mein Anruf sie in der vergangenen Nacht aus dem Konzept gebracht haben, so lässt sie es sich nicht anmerken. Erst als ich näher trete, bröckelt ihre coole Fassade.

Blaue Flecken sprechen eine ganz eigene Sprache.

Und der besorgte und mitleidige Ausdruck in ihrem Gesicht ist mir inzwischen so vertraut, dass ich ihn als normal erachte, nur von ihr kannte ich ihn bisher nicht.

»Bekomme ich keine Willkommensparty?«, frage ich in der Hoffnung, die seltsame Starre zu vertreiben, die von uns Besitz ergriffen hat.

Megans braune Augen füllen sich mit Tränen, die im Licht der langsam untergehenden Sonne schimmern. Sie schließt fest die Arme um mich. »Mom flippt aus«, flüstert sie mir ins Ohr, ehe sie mich etwas von sich schiebt und den Kopf schüttelt.

»Nur, wenn wir ihr etwas sagen.«

»Mia, Scheiße«, brummt sie mit Nachdruck.

Ich hasse es, wenn sie mich so ansieht.

Nichts an unserem Äußeren lässt darauf schließen, dass wir Schwestern sind. Doch unsere unterschiedlichen Genpools haben uns nie gestört, es ändert nichts an unseren Gefühlen. Unsere Herzen schlagen im gleichen Takt, auch wenn wir biologisch nicht verwandt sind. Unsere Mutter sagt immer, dass sie gewusst hat, dass wir Seelenschwestern sind, und sie nie die eine ohne die andere aufgenommen hätte. Feuer und Wasser. Das sind wir füreinander.

Während ich klein bin, ist Megan groß. Sie muss sich nie einen Hocker holen, um an das oberste Regal zu kommen. Ihre Haare sind von einem knalligen, gefärbten Rot, das in ausgeprägten Wellen von ihrem Kopf absteht, meine sind schwarz und spiegelglatt. Mein Gesicht ist oval, eher sanft geschnitten mit einer kleinen Nase, Megans Kiefer hingegen kantiger, ihre Nase größer – und ihre Lippen sind so voll, dass ich sie schon immer darum beneidet habe.

Nur unsere Augenfarbe ist sich erschreckend ähnlich: braun mit goldenen Sprenkeln.

Auch wenn meine Augen kleiner und etwas länglicher sind als die meiner Schwester. Die goldenen Sprenkel im dunklen Braun verbinden uns.

»Du weißt, ich …«, murmelt Megan unbeholfen und schiebt die Hände in die Jeanstaschen. Ihr Blick flattert unruhig über den Busbahnhof. »Du bist jederzeit bei mir willkommen, aber bist du sicher, dass wir nicht Mom anrufen sollten?«

»Ganz sicher. Ich bin noch nicht bereit für dieses Gespräch.«

»Mia …«, setzt sie an, und ich weiß genau, was gleich kommen wird. »Glaub mir, ich verstehe dich, aber dein Stipendium …«

»Es ist *mein* Leben«, sage ich trotzig und zwinge mich, die Schultern zu straffen. Diese Rolle kann ich nicht mehr spielen. Ich kann nicht länger so tun, als sei ich genau die Schwester, die Tochter, die Frau, die andere in mir sehen wollen. Ich kann es nicht mehr. Nie mehr.

»Das will ich dir auch nicht absprechen«, murmelt sie ernst

und ist sichtlich damit beschäftigt, Worte zu finden, die mich nicht verletzen. »Du hast so hart dafür gearbeitet.«

»Ich wollte nie Medizin studieren.«

»Wir finden eine Wohnung weit weg von ihm und …«

»Nein«, herrsche ich sie an, obwohl es mir gleich darauf leidtut. »Es geht nicht nur um Kevin.«

»Du hast dein ganzes Leben lang davon geredet, dass du Ärztin werden willst«, erinnert sie mich, lässt das Thema dann aber auf sich beruhen und greift nach meiner Tasche.

Sie hat recht und doch unrecht. Ich habe nie mit jemandem darüber geredet, was ich vom Leben erwarte. Oder es hat mir nie jemand zugehört, so genau kann ich es nicht mehr sagen.

Mürrisch folge ich Megan zu dem alten Wagen, der zwischen den glänzenden Autos wie ein Schandfleck wirkt. Der rostige Jeep mit den getapten Außenspiegeln und dem zerkratzten Lack passt perfekt zu der rebellischen Erscheinung meiner großen Schwester. Schweigend schwinge ich mich auf den Beifahrersitz und werfe den Rucksack auf die Rückbank zu meiner Reisetasche. Im Inneren riecht es nach Fast Food, Mentholzigaretten und einem Hauch Lavendel. Es ist das pure Chaos. Ich versuche, die Unordnung zu ignorieren, und schiebe meine Füße durch die Ansammlung von Papieren, Fotografien und Müll hindurch, während Megan auf dem Fahrersitz Platz nimmt.

Doch sie scheint auf etwas zu warten und blickt stur geradeaus, ehe sie sagt: »Wenn du zurückwillst, dann sag es jetzt.«

Ich schlucke schwer. »Ich gehe nicht mehr nach New York.«

»Dein Stipendium, die Wohnung …«

»Es gibt nichts auf dieser Welt, das mich je wieder dorthin führen könnte.«

»Du lässt dein ganzes Leben zurück.«

»Ist das nicht der Sinn eines Neuanfangs?«

Megan nickt, und zum ersten Mal zucken ihre Mundwinkel nach oben. Sie startet den Wagen. »Willkommen in Belmont Bay, Schwesterherz.«

2

CONNER

Habt ihr auch noch was anderes?«
»Nein.«
»Gar nichts?«

Ich stöhne leise. Belmont Bay bringt mich an manchen Tagen dazu, irgendwas in Schutt und Asche legen zu wollen.

Mit dem finstersten Blick, den ich zu bieten habe, sehe ich den Jungen vor mir an. Sein flachsblondes Haar hängt ihm betont lässig in die Stirn, und sein Shirt verkündet stolz, dass er in Team Marvel spielt. Natürlich, für DC ist er eindeutig nicht cool genug. Während all seine Freunde bereits ihre Milchshakes bestellt haben, ist es für ihn offenbar eine Zumutung, sich zwischen gerade einmal vier Sorten entscheiden zu müssen.

»Erdbeer, Schoko, Vanille oder Blaubeere?«, wiederhole ich ungeduldig und klopfe mit dem Kugelschreiber auf den kleinen Block, den ich zwar immer dabeihabe, auf dem ich mir aber so gut wie nie etwas notiere. Dafür ist im Diner außerhalb der Touristensaison einfach nicht genug los. Der Bengel starrt immer noch die Karte an, als würde plötzlich auf magische Weise eine neue Sorte erscheinen.

»Also?«

»Kann ich einen Bananen-Schoko-Shake haben?«

Dieses Mal mache ich mir nicht mehr die Mühe, meine Genervtheit zu verstecken. Mit Daumen und Zeigefinger massiere ich mir die Nasenwurzel, während ich darüber nachdenke, ob man mich feuert, wenn ich dieser verzogenen Göre in den

Milchshake spucke. »Nein«, presse ich hervor. »Wir sind hier nicht bei Starbucks. Und wenn du dich nicht gleich für etwas entscheidest, tue ich es.«

»Schon gut, Mann.« Der Junge blickt kurz zu seinen Freunden, die inzwischen mindestens so genervt aussehen wie ich. »Schoko.«

»Na also.«

Ohne seinen Wunsch zu notieren, packe ich den Block in die Gesäßtasche meiner Jeans und gehe wieder hinter den Tresen. Manchmal raubt mir diese Kleinstadt wirklich den letzten Nerv. Ohne die Bestellung weiterzugeben, betrachte ich die Landkarte, vor der ich bis zu dieser Störung gebrütet habe.

Dutzende kleine und große Seen sind rings um die Stadt wie blaue Farbtupfer auf der Karte verteilt. Belmont Bay liegt genau zwischen den *Clearwater National Forests* und dem *Kootenai National Forest*. Noch etwas, das mich jede Woche mehr an einen Abgrund treibt: der endlose Wald. Endloses Grün, endlos viele Bäume, die sich aneinanderreihen, und endlose Geheimnisse, die sich darin verbergen. Ich studiere die Karte vor mir genauer. Das zerknitterte Papier ist auf dem Tresen ausgebreitet wie ein unpassendes Platzdeckchen. Mein Finger fährt eine der eingezeichneten Linien entlang.

»Was tust du da?«

Jeder andere wäre während seiner Arbeitszeit ertappt zusammengezuckt, ich jedoch mache mir nicht mal die Mühe, von der Karte aufzublicken. Joey stellt sich neben mich, wobei er der Gruppe Kids nur einen kurzen Blick schenkt. Die Sommerferien haben gerade erst begonnen, und da es in dieser Stadt nicht sonderlich viel Auswahl gibt, versammeln sie sich immer mal wieder hier.

Das Diner ist immer noch besser als die Wälder. Um diese Uhrzeit – und außerhalb der Theater-Wochen, die so ziemlich die einzige Touristenattraktion darstellen – ist das kleine Diner kaum besucht. Ich fahre mir durch das lange Haar, bevor ich beschließe, dass es mich beim Betrachten der Karte stört, und es zusammenbinde.

»Du solltest wirklich mal zum Friseur.« Da ich mir keine Mühe mache, diesen Satz zu kommentieren, fährt mein Chef fort: »Planst du eine neue Tour durch den Wald?«

»Ja.«

»Haben die was bestellt?«, will er wissen und deutet an den einzigen besetzten Tisch.

»Ja.«

»Willst du dir meine Standpauke jetzt anhören, oder warten wir damit bis zum Mittagessen?«

Nun muss ich Joey doch ansehen. Er ist irgendwo in den Sechzigern, das ergraute Haar steht jedoch noch in voller Pracht. Sein Blick ruht eine Weile auf mir, ehe er den Kopf schüttelt. Gegen meinen Willen zupft ein Grinsen an meinen Mundwinkeln. Joey ist in den letzten Jahren für mich zu einer Vaterfigur geworden, auch wenn ich mich anfangs dagegen gewehrt habe.

»Könnten wir die Standpauke auf nächsten Monat verschieben?«, frage ich zurück.

»Was haben die vier bestellt?«

»Viermal Schoko.«

»Also wie immer«, brummt Joey. »Aber von deiner fragwürdigen Arbeitsmoral einmal abgesehen, bist du sicher, dass …«

»Bin ich.«

Er hat es längst aufgegeben, mir die monatlichen Touren durch den Wald austreiben zu wollen. Trotzdem mischt sich ein Hauch gespielter Entrüstung in seine Stimme. »Wie du willst, Junge.«

Er bleibt neben mir stehen und lässt den Blick über die rustikale Schönheit seines Ladens schweifen. Alles ist im Stil der 50er-Jahre gehalten. Der kirschrote Tresen, hinter dem sich Kuchen, Cupcakes und Obst stapeln, bildet das Zentrum. An den großen Fenstern stehen die Sitzbänke aus rotem Leder, und die schwarz-weißen Kacheln spiegeln das Licht der Sonne. Zur Mittagsstunde ist es jedoch vor allem die Klimaanlage, die dafür sorgt, dass ich hierbleibe. Sie und die Milchshakes.

»Hat der alte Bennett schon angerufen?«

Ich schüttle den Kopf. »Ist noch nicht ein Uhr.«

»Hmm«, macht Joey, als würde dieses Geräusch einen ganzen Satz ergeben. Er rührt sich noch immer nicht vom Fleck, als wäre es nicht seine Aufgabe, die Milchshakes für diese Gruppe von Halbstarken zu machen. »Ich erinnere mich noch daran, wie du in diesem Alter warst.«

Mit hochgezogenen Augenbrauen sehe ich ihn an, denn mir gefällt ganz und gar nicht, in welche Richtung sich dieses Gespräch entwickelt. »Ach ja?«

»Du warst ein kluger Junge.«

»Und jetzt bin ich das nicht mehr?«

»Sag du es mir. Immerhin bist du noch hier«, murmelt Joey und sieht mich mit diesem väterlichen Seitenblick an, bei dem ich mich unwohl fühle. Zumeist folgt kurz darauf etwas, das ich eigentlich nicht hören will. »Warum bist du noch hier, Conner?«

»Meine Schicht ist noch nicht zu Ende«, antworte ich mechanisch. Seinen Blick kann ich dennoch nicht erwidern.

»Du weißt genau, dass ich das nicht meine.«

»Und du weißt genau, warum ich diese Stadt nicht verlasse.« Nun muss ich ihn doch ansehen. Einen Moment lang starren wir uns nur an. Zwei Menschen, die alles übereinander wissen, obwohl sie es nie ausgesprochen haben.

Noch etwas, das mich an dieser Stadt nervt.

»Du bist immer noch so stur wie in deiner Jugend, und der Haarschnitt hat sich seitdem auch nicht geändert.«

»Bedeutet das, dass ich die Milchshakes machen muss?«

»Fürs Rumstehen bezahle ich dich jedenfalls nicht«, brummt Joey zurück, das schwache Grinsen mildert seine Worte etwas ab. Dennoch setze ich ein nicht gerade fröhliches Gesicht auf, während ich mich umdrehe und vier große Gläser aus dem Regal nehme. Dabei blicke ich so unauffällig wie möglich über die Schulter.

Die vier lachen. Zwei Mädchen, zwei Jungs und eine Zukunft, die noch vor ihnen liegt, weit weg von Belmont Bay. Es ist lange her, dass ich mich gefühlt habe wie sie. Vollständig, gelöst und angefüllt mit Träumen und Wünschen. Fast stöhne ich wegen meiner eigenen kitschigen Gedanken auf.

Wir haben alle eine Wahl – und ich habe meine getroffen.

Die Mischung aus Milch und Schokoladeneiscreme steht bereits in dem kleinen Kühlschrank unter dem Tresen bereit, doch ich gebe noch je eine Kugel Eis dazu, sprühe alles mit Sahne ein und setze die klassische Kirsche obendrauf, ehe die Schokoladenstreusel zum Einsatz kommen.

Ich bin gerade rechtzeitig fertig, um nicht an das klingelnde Telefon zu gehen. Der alte Bennett ist eine Geschichte für sich, und ich bin nicht scharf darauf, mit ihm zu sprechen. Also marschiere ich mit dem vollen Tablett wieder zu der Clique, die ihre Diskussion darüber, ob das Ende von *Game of Thrones* nun schlecht war oder nicht, kurzzeitig unterbricht.

»Ist der mit fettarmer Milch?«, will der Junge in der Footballjacke wissen.

»Sicher.«

»Wirklich?«

Ich atme einmal tief durch. »Ja.«

»Okay«, murmelt der Junge nun etwas kleinlauter und zieht den Milchshake näher zu sich heran. Was ist bloß mit den Kindern los? Ständig haben sie irgendwelche Extrawünsche. Fettfreie Milchshakes? Was hat das Internet da nur wieder angerichtet?

»Conner!«, ruft jemand, und ich zucke zusammen. Joey mag der Chef sein, doch seine Frau ist die eigentliche Herrin des Diners. Joey hat gerade den Hörer wieder auf das altmodische Telefon gelegt und sieht mich mit einem Blick an, der verrät, dass er mich vor was auch immer jetzt kommt nicht beschützen kann.

Tanja kommt aus der Küche. Ihre knallroten Lippen, die perfekt auf ihre Schürze abgestimmt sind, verziehen sich zu einem breiten Lächeln. Das macht ihren Blick allerdings nicht weniger vorwurfsvoll. »Ich habe dich gerufen.«

Meine Augenbraue wandert wie von selbst nach oben, während ich zum Tresen schlendere. »Das habe ich gehört.«

»Und warum kommst du dann nicht?«

»Mal abgesehen davon, dass ich kein Hund bin, hast du mir auch kaum eine Minute Zeit gelassen«, erkläre ich und verstaue meine Karte wieder in der kleinen Schublade unter der Diner-Kasse. Eins ist sicher, heute werde ich mich nicht mehr in Ruhe nach meiner nächsten Route umschauen können. Also drehe ich mich zu meiner Chefin um. »Was kann ich für dich tun?«

»Hast du es schon gehört?«

»Was?«, frage ich verwirrt zurück.

Tanja rollt mit den Augen und lässt sich auf einen der Barhocker sinken. »Natürlich nicht.«

»Jetzt mach es nicht so spannend, Schätzchen«, meint Joey. Ich fange seinen Blick auf, verkneife es mir aber, etwas dazu zu sagen. »Hat Stella endlich die Hauptrolle im neuen Theaterstück bekommen? Oder gibt es etwas Neues zu dem …«

»Viel besser«, unterbricht Tanja und grinst breit. »Es gibt jemand Neuen in der Stadt.«

Joey und ich sehen uns an, zucken zeitgleich mit den Schultern und wenden uns ab. Belmont Bay ist in vielerlei Hinsicht wie jede andere Kleinstadt. Bei weniger als 1000 Einwohnern, von denen die Hälfte im weitläufigen Gebiet um die Stadt lebt, bleibt kaum etwas lange unentdeckt – oder unkommentiert. Da sich mein Interesse am örtlichen Klatsch jedoch in Grenzen hält, beschäftige ich mich lieber damit, die Gläser zu polieren. Joey zählt das Geld in der Kasse nach, als wüssten wir nicht, dass genau 54,50 Dollar drin sind. So wie jeden Morgen, denn der einzige Gast, den wir bisher hatten, war die Floristin Stella, die sich ihr morgendliches Frühstück besorgt hat. Die meisten Gäste kommen erst zum Mittagsgeschäft und eher sporadisch. Mit Glück sind heute Abend wieder ein paar Trucker in der Stadt, die auf dem alten Rastplatz haltmachen und den Weg in die Innenstadt finden.

»Mehr habt ihr dazu nicht zu sagen?«

»Wer ist es denn?«, gibt ihr Mann sich geschlagen.

»Ihr kennt doch Megan?« Da es sich um eine Fangfrage handelt, sage ich weiterhin nichts. »Ihr wisst schon, die Fotografin. Mit diesen knalligen roten Haaren. Offenbar ist ihre Schwester zu Besuch.«

»Sosehr ich dich auch liebe, aber du hattest schon mal besseren Tratsch auf Lager«, kommentiert Joey, was mich wieder zum Grinsen bringt. Trotzdem kann ich nicht leugnen, dass ein winziger Teil von mir mehr erfahren will.

»Oh, ich bin noch nicht fertig«, verteidigt sich seine Frau. Die perfekte Hochsteckfrisur gerät nicht mal ins Rutschen, als sie den Kopf schief legt. »Sie heißt Mia. Caroline hat sie gesehen.«

»Und?«, entfährt es mir.

Tanja senkt die Stimme. »Das arme Ding sieht schrecklich aus. Sie muss etwas Furchtbares erlebt haben.«

»Wie meinst du das?«, will ihr Mann wissen.

»Nun …« Tanja stockt, als würde es ihr schwerfallen, die richtige Worte zu finden. »Sie hat ein blaues Auge.«

Mir entfährt ein genervtes Stöhnen, was meine Chefin dazu veranlasst, die Nase zu krausen.

»Hast du etwas zu sagen, Conner?«

»Nein.«

»Und warum stöhnst du dann, als hätte ich etwas Unflätiges getan?«

»Sie ist seit wie vielen Minuten in der Stadt?«, will ich wissen. »Und schon jetzt wird sich das Maul über sie zerrissen.«

»Ich zerreiße hier nichts, mein Lieber«, erwidert sie zuckersüß. »Alles, was ich damit sagen wollte, ist, dass eine junge Frau in Belmont Bay angekommen ist. Und offenbar hat sie ein Geheimnis.«

Ich rolle mit den Augen. »Und du willst wissen, was es ist?«

»In meinem Alter hat man nicht mehr sonderlich viele Freuden, gönn mir diese.«

»Hoffentlich wurde das arme Mädchen nicht geschlagen«, meint Joey nachdenklich.

Da muss ich ihm zustimmen. Ich kenne Megan nur flüchtig – wenn ihre Schwester auch nur einen Hauch ihres Temperaments hat, kann ich mir das nicht wirklich vorstellen. Auf der anderen Seite ist wahrscheinlich gerade das der Grund, warum dieses Thema noch immer so unter den Tisch gekehrt wird. Gerade als ich denke, dass wir mit dem Klatsch für heute fertig sind, hat meine Chefin wieder diesen seltsamen Glanz in den Augen.

»Es wird noch spannender«, fährt Tanja fort. »Offenbar haben Megan und ihre Schwester nicht den gleichen Vater.«

Nun bin ich vollends verwirrt. Und zum Glück nicht allein damit, denn auch Joey sieht aus, als würde er sich fragen, wie seine Frau auf diese Idee kommt. »Und diese These gründet sich worauf?«

Tanja lächelt. »Die gute Mia hat japanische Wurzeln.«

Nun kann ich meine Genervtheit nicht mehr verstecken. »Willkommen in Belmont Bay, wo aus allem ein Gerücht gemacht wird«, brumme ich.

Manchmal würde ich gern meine Sachen packen und dieser Stadt einfach den Rücken kehren, wie es die meisten tun. Aber ich bin nicht wie die anderen. Sosehr mir Belmont Bay auch auf die Nerven geht, ich kann nicht gehen. Nicht, bis ich *sie* gefunden habe.

Bevor ich diesen Gedanken vertiefen kann oder Tanja dazu kommt, mir noch mehr Klatsch zu berichten, den ich gar nicht hören wollte, bimmelt die kleine Glocke an der Tür.

Augenblicklich verstummt das Gespräch der Kids, und Tanjas

Lächeln gefriert. Der alte Bennett macht drei große Schritte bis zur Kasse.

Die von der Sonne gegerbte Haut lässt seine blassgrauen Augen nahezu leuchten. Für einen Mann in den Siebzigern ist er erstaunlich fit, denn unter seinem schwarzen Shirt spannen sich die Muskeln seiner Arme an, als sei er bereit, sich jederzeit in den Hulk zu verwandeln. Unter dem dunklen Cowboyhut versteckt er seine Glatze, doch wie es sich gehört, nimmt er ihn ab, ehe er Tanja begrüßt.

»Ein Stück Apfelkuchen und ein Blaubeershake zum Mitnehmen«, sagt Joey, dessen schmales Lächeln als einziges echt wirkt.

Bennett nickt stumm.

Mein Chef holt den Kuchen, während ich den Milchshake fertig mache und vor dem alten Mann auf dem Tresen abstelle. In seinem Gesicht zeigt sich keine Regung. Ich gebe es nicht gern zu, aber er ist wirklich unheimlich.

Joey schiebt ihm die unscheinbare Tüte mit dem besten Apfelkuchen der Welt – seine Worte, nicht meine – hinüber. »Bitte.«

»Danke.«

Bennett nickt wieder, legt das Geld inklusive eines großzügigen Trinkgelds auf den Tresen und macht sich bereit zum Gehen. Er ist gerade an der Tür angekommen, als man eine Mädchenstimme wispern hört: »Freak.«

Bevor ich es verhindern kann, kommt ein »Halt die Klappe, Rachel, und trink deinen Milchshake« aus meinem Mund.

Das Mädchen zuckt ertappt zusammen.

Bennett wirft mir einen knappen Seitenblick zu, und fast glaube ich, so was wie Dankbarkeit in seinen kalten Augen zu erkennen. Die Schauergeschichten über den Mann, der am Rand des Waldes lebt, kenne ich noch aus meiner Jugend. Verdammt, es gibt sogar gruselige Lagerfeuergeschichten über ihn. Früher war ich nicht besser als Rachel, aber jetzt versuche ich, nicht mehr auf den Klatsch zu hören. Oder mich von seinem derben Aussehen einschüchtern zu lassen. Der alte Bennett nickt noch einmal knapp. Dann geht er.

Das Bimmeln der Türglocke löst die Starre im Raum, und mit einem Wimpernschlag ist alles wieder wie zuvor.

»Tu mir den Gefallen und schrei während deiner Schicht keine Teenager an«, kommentiert Tanja, doch in ihrer Stimme liegt keine Strenge.

»Irgendjemand muss es tun.«

»Hoffentlich verklagt ihre Mutter uns nicht.«

Statt etwas darauf zu erwidern, nehme ich die Schürze ab. Als hätte sich das Schicksal heute komplett gegen mich verschworen, öffnet sich die Tür des Diners erneut. Arin kommt herein, bleibt jedoch kurz stehen, als sich unsere Blicke kreuzen. Im Gegensatz zu mir geht er mit Sicherheit regelmäßig zum Friseur, denn seine Frisur erinnert an einen 50er-Jahre-Film. Nur ohne den Stil oder Charme. Meine Kiefer pressen sich zusammen. Er ist so ziemlich der letzte Mensch in dieser Stadt, mit dem ich auch nur ein Wort wechseln will. Grimmig lasse ich meine Schürze auf dem Tresen liegen und brumme: »Ich mach Mittagspause.«

3

MIA

Schreiend wache ich auf und taste orientierungslos nach dem Schalter meiner kleinen Lampe. Doch ich greife ins Leere, verliere das Gleichgewicht und lande auf dem harten Boden. Offenbar habe ich die Breite des Sofas falsch eingeschätzt. Mit einem Stöhnen stütze ich mich auf die Unterarme und blinzle in die Dunkelheit.

Ich bin nicht zu Hause.

Mein schwerer Kopf braucht einen Moment, um zu begreifen, wo ich wirklich bin. Nicht mehr in New York, und das hier ist nicht meine Wohnung.

Die Fremdheit des Zimmers sorgt dafür, dass ich mich halb blind vorantasten muss. Langsam komme ich auf die Beine. Das Dröhnen hinter meinen Schläfen verrät mir überdeutlich, dass ich eine neue Aspirin brauche, bevor ich es noch einmal mit dem Schlafen versuchen kann. Auf nackten Füßen schleiche ich durch die kleine Wohnung, bis gleißendes Licht mich so plötzlich blendet, dass ich gequält aufstöhne.

»Ist alles okay?«

Megan steht alarmiert vor mir, die langen Haare zu einem großen Knäuel auf dem Kopf zusammengebunden. Eine der feuerroten Strähnen hängt ihr in die Augen und betont das verschmierte Make-up. Allerdings brauche ich wohl zu lange für eine Antwort, denn sie schiebt hinterher: »Ein Albtraum?«

Ich schaffe es nur zu nicken. Das ist immer noch besser, als ihr zu sagen, was wirklich gerade in mir vorgeht. Megan schiebt sich sachte an mir vorbei und zieht mich mit sich in die winzige Küche. Stumm setzt sie Tee auf, ehe sie mir eine Aspirin und ein Glas Wasser vor die Nase stellt. Dankbar lasse ich mich an dem kleinen Tisch nieder, während meine Schwester mit dem Wasserkocher hantiert. Für einige Minuten schweigen wir zusammen, brüten über all den unausgesprochenen Worten zwischen uns. Dann ertönt das Klicken. Das Wasser kocht, und kurz darauf erfüllt der Duft von Tee die Küche.

»Willst du darüber reden?«, fragt sie und nimmt mir gegenüber Platz, bevor sie eine der dampfenden Tassen zu mir schiebt.

»Ehrlich gesagt, nein«, gebe ich leise zurück, wage es aber nicht, Megan anzusehen. Die Tasse in meiner Hand fühlt sich beruhigend warm an. Doch die Reste meines Albtraums lassen sich nur schwer abschütteln. Es war ein Traum, aber die Angst in meinem Inneren ist echt. Tränen der Hilflosigkeit steigen mir in die Augen. Ich weigere mich, sie fließen zu lassen. Es waren schon zu viele Tränen, zu viele Träume und zu viel Schmerz. Ich kann nicht noch mehr ertragen.

Megan nippt an ihrem Tee. »Das soll jetzt wirklich nicht wie ein Vorwurf wirken, aber hast du Anzeige erstattet?«

»Ehrlich gesagt, auch nicht.«

Sie nickt nur, aber ich kann ihre Gedanken trotzdem hören. Mir ist klar, wie das wirkt. Ich bin die Frau, die sich von ihrem Freund hat verprügeln lassen und nun zu feige ist, ihn anzuzeigen. Aber der bloße Gedanke daran, ihm wieder unter die Augen treten zu müssen, schnürt mir vor Angst die Kehle zu.

»Gut«, sagt meine Schwester und legt nachdenklich den Kopf schief. »Darf ich morgen trotzdem Fotos von deinem Gesicht und … dem Rest deines Körpers machen?«

Ich starre sie fassungslos an. »Wozu?«

Meine Schwester ringt mit sich, ich kann ihrem Gesicht ansehen, dass sie ebenso überfordert ist wie ich selbst. »Für den Fall, dass du es dir anders überlegst.«

Unwillkürlich schüttle ich den Kopf. »Ich verlange nicht, dass du mich verstehst«, setze ich an. »Aber ich werde es mir nicht anders überlegen.«

»Vielleicht doch.« Megan zuckt mit den Schultern. »Mit den Fotos und deiner Nachricht auf meiner Mailbox hättest du mehr als genug Beweise.«

»Mailbox?«

Die Erinnerung entgleitet mir; sobald ich versuche, nach ihr zu greifen, sehe ich nur das Blut an meinen Händen.

Meine Schwester verzieht den Mund. Es ist selten, dass sie nach den richtigen Worten suchen muss. Megan war schon immer eher der Typ Mensch, der einem die Wahrheit vor die Füße spuckt, statt mehrfach darüber nachzudenken. Doch gerade kann ich es förmlich hinter ihrer Stirn arbeiten hören. Schließlich lehnt sie sich zurück, ohne meinen fragenden Blick zu erwidern. »Wenn du bereit bist, dich der Realität zu stellen, zeig ich sie dir.« Für einen Moment herrscht Stille, dann fügt sie hinzu: »Ich hatte wirklich Angst um dich.«

»Tut mir leid.«

»Du bist die Letzte, der hier etwas leidtun sollte.«

»Sagt Mom nicht immer, es gehören zwei zu einem Streit?«

»Vergleichst du einen Streit gerade ernsthaft mit dem, was mit deinem Gesicht passiert ist?«

Wir verfallen in einvernehmliches Schweigen, bis der Tee in meiner Hand kalt ist und meine Schwester leise flucht.

»Meine Schicht in der *Red Lady* beginnt in drei Stunden«, murmelt sie entschuldigend. »Hast du Hunger?«

Ich blinzle sie an. »Hunger?«

»Sich jetzt noch einmal hinzulegen bringt nichts, und ich finde, ein paar Pancakes sind genau das, was wir jetzt brauchen«, sagt sie und legt den Kopf schief.

»Okay.«

»Gut.«

Damit steht sie auf, drückt mir einen sachten Kuss auf den Kopf und tätschelt meine Schulter. Während sie sich daranmacht, die wenigen Dinge aus ihrem Kühlschrank zusammenzusuchen, bleibe ich reglos sitzen.

Meiner großen Schwester dabei zuzusehen, wie sie uns ein vor Fett triefendes Frühstück macht, versetzt mich ungewollt wieder in meine Kindheit zurück. Immer wenn etwas nicht so lief, wie ich es wollte, machte sie mir Pancakes. Nach meiner ersten schlechten Note, als mich niemand zum Homecoming-Ball eingeladen hat und sogar während meines ersten Liebeskummers. Es ist lange her, seit ich ihr wieder einen Grund gegeben habe, für mich zu kochen. Dabei hätte ich ihre Fürsorge in New York gebraucht.

Allerdings kann ich ihr das nicht vorwerfen, denn ich habe vorher nie einen Ton gesagt. Kein einziges Mal. Bis jetzt.

»Megan?«

Sie hält inne und sieht mich an, während das Öl in der Pfanne heiß wird. »Was ist?«

»Danke.«

»Bedank dich, wenn ich es geschafft habe, die Küche nicht in Brand zu stecken«, wehrt sie ab und wedelt dabei mit der Gabel herum.

Meine Mundwinkel zucken, aber ein richtiges Lächeln bekomme ich nicht zustande. »Nicht für die Pancakes, sondern für alles.«

Megan lächelt. »Dafür sind Schwestern da.«

Sie ist nur vier Jahre älter als ich, dennoch fühlt es sich manchmal so an, als habe sie viel mehr Leben gehabt als ich. Sie ist schon überall gewesen, immer auf der Suche nach einem Abenteuer. Jeden Sommer hat sie ihre Sachen gepackt und ist losgezogen, während ich bei Mom geblieben bin und auf mein Leben hingearbeitet habe. Und genau dieses Leben liegt nun in Scherben.

»Leg dich ruhig noch etwas hin. Ich hol dich, wenn das Essen fertig ist«, meint sie gelassen, als hätte ich ihr nicht wertvolle Stunden Schlaf geraubt.

Einen Moment lang zögere ich. Dann stehe ich langsam auf, wobei ich darauf achte, mir nicht anmerken zu lassen, wie sehr jede Bewegung schmerzt. Mit angespannten Schultern trotte ich zurück in das chaotische Wohnzimmer. Halb ausgepackte Kisten stapeln sich an den Wänden, und auf dem Sofatisch liegen Fotos querbeet verteilt. Zu einer anderen Zeit, in einem anderen Leben, hätte ich angefangen aufzuräumen. Chaos und ich sind keine Freunde. Aber mir fehlt die Kraft, also lasse ich mich müde wieder auf das Sofa fallen und wickle die Decke um meine Beine.

Meine Hand zuckt wie automatisiert, um nach meinem Handy zu greifen, doch ich lasse sie wieder sinken. Das dumpfe Klopfen meines Herzens setzt einen Schlag aus, das schwarze Display scheint mich anzustarren. Es ist noch zu früh, um mich mit den Nachrichten zu beschäftigen, die dort auf mich lauern. Irgendwann, aber nicht jetzt.

Ich muss eingenickt sein, denn plötzlich spüre ich einen sanften Druck an meiner Schulter und zucke heftig zusammen, was mich augenblicklich stöhnen lässt.

Megans braune Augen blinzeln mich besorgt an. »Tut mir leid«, murmelt sie und schiebt einige Unterlagen zur Seite, damit sie Platz für die Teller hat. »Ich wollte dich nicht erschrecken.«

»Hast du nicht«, lüge ich mehr schlecht als recht und richte mich wieder auf. Der süße Duft der Pancakes steigt mir in die Nase, gemischt mit dem Geruch von Verbranntem, und wie auf ein Stichwort beginnt mein Magen zu knurren. Nach meiner Ankunft war ich zu erschöpft, um auch nur über Essen nachzudenken, doch nun erscheinen mir die angebrannten Pancakes wie der Himmel. Ich greife nach meinem Teller und lasse sie in Ahornsirup ertrinken, ehe ich meine Portion schneller verdrücke, als Megan gucken kann.

»Was denn?«, frage ich und wische mir über den Mund.

»Ich habe vergessen, was für schreckliche Tischmanieren du hast.«

»Sagt die Frau, deren Tisch aus nichts anderem als Unordnung besteht.«

»Touché.«

Nach dem Essen steht Megan auf, um sich fertig zu machen, und mir wird bewusst, dass ich die nächsten Stunden allein in dieser Wohnung verbringen werde. Inzwischen scheint das Licht des Morgens durch die Vorhänge und lässt die winzigen Staubpartikel schimmern wie goldene Punkte. Ich versinke so in dem Anblick der schimmernden Funken, die einen Tanz zu einer Musik aufführen, die ich nicht hören kann, dass ich gar nicht merke, wie meine Schwester wieder aus dem Badezimmer kommt. Mit tropfnassen Haaren steht Megan vor mir. Ich kann ihr Apfelshampoo riechen, als sie sich zu mir beugt und mir einen Kuss auf die Wange drückt.

»Ruf mich an, wenn du noch etwas brauchst.«

»Es geht schon.«

»Mein Netflix-Passwort hast du?«

Ich nicke und winke ihr zum Abschied. Das »Hab dich lieb« wird von der zufallenden Tür abgeschnitten.

Und damit lässt sie mich allein.

Mit meinen Erinnerungen.

Meinen Schuldgefühlen.

Und der kalten Angst im Nacken.

4

MIA

Das grelle Licht blendet mich, und ich zucke zurück, sodass meine Haut gegen die kalten Fliesen von Megans Badezimmer kommt. Das unbequeme Sofa ist das eine, mein schmerzender Körper sowie die morgendlichen Fotoshootings, bei denen ich mir vorkomme wie in einer schlechten Krimi-Serie, etwas ganz anderes.

Mit jedem neuen Bild fühle ich mich noch schmutziger. Noch kleiner. Noch weniger wie ich selbst. Alles, was mir bleibt, ist die Hoffnung, dass diese Bilderserie nie jemand zu Gesicht bekommen wird.

»Gut«, murmelt Megan. Ihr Lächeln soll warm wirken, doch es ist eher verkrampft. Trotzdem greife ich nach meinem Sommerkleid und streife es mir über. Je schneller ich diese Prozedur hinter mich gebracht habe, desto eher kann ich wieder auf dem Sofa sitzen, Eiscreme essen und mir eine Netflix-Serie nach der nächsten reinziehen. »Vielleicht sollten wir mal zu einem Arzt gehen.«

Mitten auf meinem Weg in die behagliche Sicherheit des Sofas und des Fernsehers bleibe ich stehen. »Was?«

Megan macht einen Schritt auf mich zu. Sie schiebt ihre Hände in die Taschen der Jeansshorts und sieht mich an. »Seit du hier bist, hast du noch keine Nacht durchgeschlafen.«

»Doch, natürlich.« Die Lüge klingt selbst in meinen Ohren nicht sonderlich überzeugend. Die Wahrheit ist, dass ich jede verdammte Nacht wach werde. Ein Albtraum jagt den nächsten.

Sobald es dunkel wird, ist meine Angst da und droht mich zu übermannen.

»Wir könnten …«

»Megan«, unterbreche ich sie schnell und spüre, wie sich allein bei dem Gedanken, diese Wohnung zu verlassen, alles in mir verkrampft. »Bitte, ich brauche einfach noch etwas Zeit.«

»Wir sollten das trotzdem checken lassen.«

»Ich wurde bereits untersucht«, gebe ich gepresst zurück. »In New York, im Krankenhaus. Es ist alles okay. Alles, was ich brauche, ist Zeit.«

»Das sagst du seit einer Woche«, widerspricht mir meine Schwester. In ihrem Tonfall schwingt kein Vorwurf mit, nur Sorge, die mir fast noch mehr Angst macht.

»*Noch* mehr Zeit«, entgegne ich, doch meine Stimme klingt ebenso kraftlos, wie ich mich fühle.

»Du weißt, dass du hierbleiben kannst, so lange du willst«, fährt Megan ungerührt fort. »Aber du kannst dich nicht ewig in meiner Wohnung einsperren.«

»Und du meinst, ein Arztbesuch wird das Ganze verbessern?«

»Ja, das denke ich.«

Ich seufze schwer. »Du wirst nicht lockerlassen, bis ich Ja sage, oder?«

Megan zuckt mit den Schultern. »Du kennst mich eben. Pack deine Tasche, ich hab uns schon einen Termin gemacht.«

»Du hast einen Termin gemacht, ohne mich zu fragen?«, entfährt es mir.

»Ja.«

»Ich weiß, du meinst es gut, aber tu das nie wieder.«

Megan presst kurz die Lippen aufeinander. »Okay, gehen wir hin?«

Ich gebe mich geschlagen.

Tagelang habe ich mich erfolgreich davor drücken können, das Haus zu verlassen. Doch nun sitzen wir im Auto, und vor der Fensterscheibe zieht der Wald an uns vorbei. Ein Stück echte

Wildnis, die raue Seite eines Landes, die ich nur zu gern näher kennenlernen will. Sobald wir uns der Stadt nähern, wandelt sich die Umgebung, und die roten Backsteinhäuser von Belmont Bay nehmen ihren Platz ein.

Trotz der vielen Häuser ist alles grün. Die Welt um uns herum wirkt so unberührt, als sei der Mensch nur eine kurze Episode des großen Ganzen. Der Anblick dieser unberührten Schönheit erschlägt mich fast. Selbst die Luft um mich herum ist so anders, so fremd. New York war ein Urwald aus grauem Beton und schimmernden Leuchtreklamen, doch hier säumen die grünen Blätter, die sich bereits auf den Herbst vorbereiten, sämtliche Straßen. Der Geruch nach Wasser, Bergen und Blumen weht durch das geöffnete Fenster. Mir war gar nicht bewusst, wie atmosphärisch es in Idaho ist. Sämtliche Postkartenfotos könnten hier ihren Ursprung haben. Die Reihen aus Blockhäusern werden weniger und machen Platz für eine verwinkelte Innenstadt. Die karminroten Fassaden der kleinen Geschäfte wirken, durch noch mehr Bäume und Sträucher unterbrochen, ganz so, als habe der Wald sich nie ganz zurückdrängen lassen. Fast erwarte ich, dass jeden Moment ein Bär oder ein Hirsch aus dem Gebüsch springen. Ich sehe Dutzende lachende Menschen, tobende Hunde und alte Frauen, die in kleinen Gruppen walken und dabei aufgeregt schnattern wie Schwärme von Enten.

Eine heile Welt, gegen die ein gebrochenes Herz und ein Körper voller blauer Flecke langsam verblassen.

»Warum habe ich mich noch mal auf das hier eingelassen?«, frage ich leise, während wir durch die Stadt fahren. Zu meiner Überraschung stelle ich fest, dass es weit mehr Geschäfte gibt, als ich erwartet habe. Wir fahren an einer kleinen Bäckerei vorbei, vor der Tische im Sonnenlicht stehen, dann folgen ein Blumenladen, ein Friseursalon und ein kleines Rathaus im viktorianischen Stil auf einem großen Festplatz.

»Du weißt eben, dass ich recht habe.«

»Da bin ich mir gerade nicht so sicher.«

»Dein Gesicht sieht aus …« Megan unterbricht sich selbst, woraufhin ich sie anblicke. Meine Schwester ist nicht unbedingt der sensibelste Mensch auf dieser Welt.

»… als würde ich mein Geld mit Boxen verdienen?«, beende ich ihren Satz, im vollen Bewusstsein, wie heftig meine Worte klingen müssen.

Megan nickt und kommt vor einer Praxis zum Stehen. Das prunkvolle Schild verkündet, dass Dr. Shefield in einer halben Stunde für seine Patienten da sein wird. »Damit hast du leider recht. Und ich habe Angst, dass du plötzlich umkippst und an einer Hirnblutung stirbst.«

Der Kommentar sorgt für ein halbherziges Nachobenzucken meiner Mundwinkel. »Erstens war ich schon beim Arzt, oder glaubst du, ich hätte meine Augenbraue selbst genäht? Und zweitens wäre ich dann schon längst tot. Oder bist du der Ansicht, eine Hirnblutung wartet entspannt eine Woche?« Ich kann es selbst kaum glauben, aber dieses Geplänkel über den Horror, der mir passiert ist, hilft, um die Angst im Zaum zu halten.

Megan streckt mir die Zunge heraus. »Na, wer weiß. Du warst schon immer ein Spätzünder.«

»Habe ich Medizin studiert oder du?«

Meine Schwester zieht den Schlüssel aus dem Zündschloss und grinst mich an. Es ist das erste Mal seit Tagen, dass wir uns ein echtes Wortgefecht geliefert haben. Für einen Moment war es fast wieder wie früher. Doch dieser kurze Anflug verschwindet in dem Moment, als mir klar wird, dass ich aus dem Auto rausmuss.

»Hey!« Megan greift nach meiner Hand und drückt sie. »Es gibt nichts, wovor du Angst haben musst. Ich weiche nicht eine Sekunde von deiner Seite. Versprochen.«

Wir steigen aus, und keine zwei Minuten später sitze ich in einem schmucklosen Wartezimmer, während meine Schwester am Empfangstresen lehnt.

Trotz der recht eindeutigen Ausschilderung der Öffnungszeiten sitzt mir bereits eine ältere Dame gegenüber, die in einer abgegriffenen Zeitschrift blättert. Ich versuche, halbwegs freundlich auszusehen, doch in meinem Inneren krampft sich alles zusammen. Ich will nicht über die Dinge reden, die passiert sind. Ich will nicht über meine Albträume sprechen. Ich will nicht …

»Mia?«

Die laute Stimme meiner Schwester reißt mich aus den Gedanken. Ertappt zucke ich zusammen. Megan sieht mich mit diesem besorgten Blick an, bei dem ich mich gleich noch schlechter fühle. Die alte Dame vor mir blickt zwischen uns hin und her. Sie kommentiert mein Aussehen nicht, doch ich weiß, was sie denkt. *Armes Mädchen.* Ist das nun meine neue Rolle? Das ewige Opfer? Die Frau, die zu schwach war? Die sich nicht wehren konnte?

»Ist alles okay?«

Ich nicke nur, weil ich nicht weiß, was ich sonst tun soll. Unwillkürlich sinke ich in meinem Stuhl zusammen, während meine Schwester der Sprechstundenhilfe gerade überaus deutlich macht, dass der Arzt uns bereits erwartet.

Am helllichten Tag in einer Kleinstadt wie Belmont Bay das Haus zu verlassen und zum einzigen ansässigen Arzt zu gehen, während mein Gesicht noch immer grün und blau ist, sorgt nicht gerade dafür, dass ich mich wohlfühle.

Meine Schwester lehnt sich über den Tresen. Ihr Ton ist gedämpft. Die junge Arzthelferin vor ihr nickt mitfühlend und hält sich den Babybauch. Ich bin froh, dass ich dieses Gespräch nicht führen muss. Meiner Schwester gelingt es immer mühelos, mit anderen Menschen zu reden. Mir nicht.

Auf der Suche nach Ablenkung lasse ich den Blick durch den Raum schweifen und bleibe bei einem Flyer hängen, der meine Aufmerksamkeit weckt. Neugierig nehme ich ihn an mich. Offenbar gibt es in dieser winzigen Stadt sogar ein Theater.

Ich brauche eine neue Rolle … und vielleicht finde ich sie so.

Ehe ich es mir anders überlegen kann, lasse ich den Flyer in meine Handtasche gleiten. Gerade will ich mir eine der abgegriffenen Zeitschriften nehmen, als ich plötzlich meinen Namen höre.

»Miss Rain?«

»Hey, Chris«, grüßt Megan und nimmt meine Hand. »Meine Schwester Mia.«

Chris, der unverschämt gut aussehende Arzt, grinst über das ganze Gesicht. Zumindest, bis er meins sieht. Der mir vertraute Schatten legt sich über seine Augen.

»Freut mich sehr. Möchtest du reinkommen, Mia?«

Ich zögere. Mein Körper ist plötzlich wie erstarrt. Hilfe suchend sehe ich Megan an, denn ich schaffe es nicht, auch nur ein Wort zu sagen.

»Ist es okay, wenn ich mitkomme?«, fragt Megan. Nicht zum ersten Mal bin ich dankbar, dass sie mich lesen kann wie ein offenes Buch.

Der Arzt sieht mich an. In seinen Augen spiegelt sich nichts als Güte. »Wenn das für Mia in Ordnung ist?«

Ich schaffe es gerade so zu nicken.

Ehe ich michs versehe, sitze ich auf einer Pritsche und blinzle in das helle Licht einer Lampe. Mein Herzschlag wird schneller, hallt in meinen Ohren wider, und das verursacht mir eine Gänsehaut. Die kühlen Hände des Arztes tasten über mein Gesicht.

»So weit sieht alles gut aus«, meint Dr. Shefield nach einer Weile. »Hast du noch andere Symptome als die Schlaflosigkeit?«

»Leichte Kopfschmerzen«, murmle ich, wobei ich einen Blick zu Megan werfe, die nur mit den Schultern zuckt. Es behagt mir nicht, dass sie diesem Mann einfach so von meinen Problemen erzählt hat. Es ist schon schwer genug, wenn sie mich mit diesem Blick voller Bedauern und Mitleid ansieht. Verdammt, wenn ich ehrlich bin, schaffe ich es im Moment nicht mal, mein eigenes Spiegelbild lange zu betrachten. Alles, was ich will, sind Ruhe und Zeit, bis ich mich nicht mehr so entsetzlich hilflos fühle. Das Rauschen in meinen Ohren wird stärker, und meine Brust scheint mit jedem Atemzug enger zu werden. In meinem Inneren toben so unterschiedliche Gefühle, dass ich mich kaum beherrschen kann. Ich bin Megan dankbar für ihre Fürsorge, aber ich bin auch wütend, weil sie mich gezwungen hat, hierherzukommen. Im Licht der Neonröhren wirkt alles so schrecklich real.

»Hast du eher Probleme mit dem Einschlafen, oder wachst du nachts auf?«

Verwirrt blinzle ich den Arzt an. Ich weiß, dass er mich etwas gefragt hat, doch gerade fällt es mir schwer, einen Zusammenhang zwischen den einzelnen Wörtern zu erkennen.

»Sie wacht nachts auf«, erklärt meine Schwester stellvertretend. »Albträume und zum Abend hin immer stärkere Schmerzen.«

»Ich schaffe das schon«, meine ich und sehe Megan trotzdem dankbar an. Dann versuche ich es mit der guten alten Pflastermethode: schnell und direkt. »In den letzten Nächten bin ich alle paar Stunden aufgewacht. Und danach kann ich nicht mehr einschlafen.«

Der Arzt nickt langsam. Er macht einen Schritt von der Liege weg und setzt sich an seinen kleinen Schreibtisch.

»Ich schreibe dir ein Schmerzmittel und ein leichtes Beruhigungsmittel auf, damit du besser schlafen kannst.«

»Es geht auch so.«

»Und falls nicht, hast du das Medikament da.«

Zähneknirschend nicke ich.

»Gibt es noch mehr ...« Er stockt kurz. »... Verletzungen?«

Ich schlucke. Das Letzte, was ich gerade möchte, ist, mich vor ihm ausziehen zu müssen und ihm all die Flecken zu zeigen, die meinen Körper übersäen. »Nichts Ernstes.«

»Sicher?«

Mein Blick huscht zu Megan, die mich fast flehend ansieht. Kapitulierend hebe ich das Shirt hoch, sodass der Blick auf meine Rippen frei wird.

Chris sagt nichts, tastet mich vorsichtig ab und nickt dann. »Wurden Röntgenaufnahmen gemacht?«

»Ja, es ist nichts gebrochen«, beuge ich der nächsten Frage vor.

»Okay.«

Langsam rutsche ich von der Pritsche und mache einen Schritt auf ihn zu. Inzwischen würde ich zu allem Ja sagen, damit ich aus dieser Praxis rauskomme und endlich frische Luft atmen darf. Der Raum erscheint mir plötzlich unglaublich klein.

»Ich würde dich gern nächste Woche noch einmal sehen«, erklärt Dr. Shefield weiter und schenkt mir ein Lächeln. »Reine Vorsichtsmaßnahme, bisher scheint die Heilung gut zu verlaufen. Wer hat die Fäden gezogen?«

Der Blick meiner Schwester bohrt sich in meinen Nacken.

»Das war ich selbst«, sage ich leise.

»Oh ...«

»Ich habe gerade mein Medizinstudium geschmissen.«

»Pausiert«, wirft Megan ein, was ihr einen finsteren Blick von mir einbringt. Das Klopfen meines Herzens wird lauter, und auf einmal scheint sich etwas auf meine Brust zu legen. »Abgebrochen«, bestätige ich. Der Druck lässt nach.

»Wirklich?«, meint der Arzt.

»Ja.«

»Hat dir Medizin als Studienfach nicht zugesagt?«

»Daran lag es nicht«, gestehe ich und schlucke, kann jedoch auch nicht erklären, was stattdessen der Grund war. »Es war einfach nicht das Richtige. Also für mich.«

Ich sehe Megan an, dass sie gern etwas dazu sagen würde, aber sie hält den Mund. In unsere Familie stand von Anfang an fest, dass ich Ärztin werde und sie Rechtsanwältin. Wahrscheinlich hat sie immer gedacht, dass wenigstens ich diese Erwartung erfüllen würde. Verdammt, ich hab's auch versucht. Viel zu lange.

»Verstehe«, meint Dr. Shefield, obwohl er eigentlich nichts versteht. Doch das werde ich ihm nicht anlasten. Aktuell kann ich mich ja selbst kaum nachvollziehen oder meine Gefühle einordnen, da kann ich von einem Fremden wohl kaum den Durchblick erwarten.

»Hast du jemanden, mit dem du reden kannst?«

Kurz verwirrt, blinzle ich ihn an. »Ich wohne bei Megan.«

»Nein, ich meine einen Arzt oder Therapeuten. Diese Stadt hat eine Pastorin, die wirklich sehr …«

»Das ist nicht nötig«, wehre ich schnell ab, und Chris verstummt. Das Schweigen im Raum wird allmählich unangenehm. Langsam gehe ich auf meine Schwester zu, die schützend einen Arm um mich legt. Megan räuspert sich unbehaglich und bemüht sich, ein halbwegs fröhliches Gesicht zu machen. »Und, Chris, hast du schon eine neue Aushilfe gefunden?«

Der Arzt schüttelt betreten mit dem Kopf. »Meine einzige Bewerberin bisher ist Mrs Eppstein – und sie wird nicht müde, täglich vorbeizuschauen. Meistens schon, bevor ich Patienten habe.«

Gegen meinen Willen blicke ich nun auf. »Die alte Lady aus dem Wartezimmer?«

Der Arzt lacht. Ein Laut, der sich seltsam vertraut und zugleich schrecklich falsch anhört. »Ja, genau. Ich fürchte, aufgrund der mangelnden Interessenten werde ich früher oder später nachgeben müssen.«

»Es wird sich sicher jemand finden. Jemand anderes, meine ich«, sagt Megan. Es klingt nicht gerade so, als würde sie dieses Thema tatsächlich vollständig fallen lassen, und aus irgendeinem Grund wurmt mich das.

Chris lacht wieder, und ich schließe die Augen, weil ich einfach nur noch will, dass dieser Moment vorbeigeht, damit ich zurück in die Sicherheit des Sofas flüchten kann.

»Bisher wäre deine Schwester die geeignetste Kandidatin, immerhin hat sie zumindest Erfahrung in der Medizin und nicht nur mit Hühnersuppe.«

Alarmiert reiße ich die Augen wieder auf. Irgendwo tief in mir drin weiß ich, dass es nicht nur ein Scherz war. Da schwingt etwas in seinem Tonfall mit. Etwas, das ganz und gar nicht nach einem Scherz klingt. »Was?«

»Also natürlich nur, falls du deinen Aufenthalt in Belmont Bay noch etwas verlängern willst.« Chris fährt sich durch das kurze Haar und räuspert sich.

Ich schüttle den Kopf. »Nein, das ist wirklich ein nettes Angebot, aber ich …«

»Das klingt doch klasse«, kommentiert Megan. »Ich meine, das wäre eine ideale Lösung für gleich zwei Probleme. Auch wenn Mrs Eppstein sicher nicht so begeistert von der Idee wäre.«

»Danke«, sage ich bestimmt. »Aber ich suche aktuell keinen Job.«

»Na ja, eigentlich …«, sagt Megan. »Du kannst nicht dauerhaft auf meinem Sofa schlafen.«

»Langsam glaube ich, meine Kopfschmerzen kommen von dir. Ich …« Meine Stimme stockt, denn natürlich hat sie recht. Aber jetzt gerade, in diesem Moment, kann ich nicht einmal darüber nachdenken.

»Überleg es dir. Ich würde nahezu alles tun, um der guten Mrs Eppstein zu entkommen«, meint Chris versöhnlich, doch sein Scherz geht an mir vorbei. Damit reicht er mir das Rezept.

Mit zittrigen Fingern streiche ich über das Papier. Der Gedanke an Medikamente kommt mir falsch vor, doch auf der anderen Seite klingt eine traumlose Nacht gerade wie ein kleines Stück vom Paradies. Den Blick starr auf die Füße gerichtet, lasse ich mich von Megan wieder aus der Praxis schieben. Sobald wir im Auto sitzen, fühle ich mich besser.

Sicherer.

»Gut gemacht, Zuckerstern«, haucht Megan und drückt mir einen Kuss auf die Schläfe.

Dieser kurze Ausflug hat mich so sehr erschöpft, dass ich mich am liebsten nur noch zusammenrollen und schlafen will. Schweigend fahren wir zurück. Ich bin nicht in der Lage zu reden, weil ich meine gesamte Kraft brauche, um ruhig zu atmen.

»Bist du wütend?«, will Megan wissen und parkt den Wagen vor dem kleinen Haus.

»Nein.«

»Du hättest jedes Recht dazu«, sagt meine Schwester mit belegter Stimme. »Ich bin zu weit gegangen.«

»Dann sind wir uns ja einig.«

»Es ist nur … ich kenne dich so nicht.«

»Da sind wir schon zwei.«

Einen Moment lang sehen wir einander in die Augen. Dann räuspert sich Megan. »Was sagst du zu seinem Angebot?«

»Das war kein Angebot.«

»Doch, das war es. Du hast Mrs Eppstein gesehen. Der arme Chris ist verzweifelt, und wenn wir ehrlich sind: Es wäre die ideale Lösung. Du brauchst einen Job und er eine Aushilfe.«

Stöhnend fasse ich mir an die Schläfen. »Ich kann darüber gerade nicht nachdenken.«

»Aber du wirst es?«

»Aber nicht jetzt.«

»Sicher, aber …«

»Noch nicht, Megan. Ich kann nicht, okay?«

Sie seufzt lang und tief, als habe sie diese Diskussion mindestens genauso satt wie ich. In meinem Kopf dreht sich alles.

»Ich hab es nur gut gemeint«, murmelt sie und schließt die Tür zu ihrer Wohnung auf.

Einen Moment bleibe ich im Treppenhaus stehen und schüttle den Kopf, ehe ich sage: »Das Gegenteil von *gut* ist *gut gemeint.*«

»Mia …«

Dann schiebe ich mich an ihr vorbei und lasse meine Handtasche auf das Sofa fallen. Die gesamte Wohnung ist ein Schlachtfeld.

Kisten stapeln sich, altes Geschirr ist zu einem Stillleben geworden, und das wirre Durcheinander an Klamotten wird nur von halb vertrockneten Pflanzen unterbrochen. Es juckt mich in den Fingern aufzuräumen, doch zumindest diesem Minenfeld möchte ich vorerst aus dem Weg gehen.

»Mia, komm schon, wir müssen darüber reden.«

»Ich finde, du hast für heute genug geredet.«

»Hör mal«, sagt Megan eisern und zwingt mich, sie anzusehen. Ihre Hände umrahmen mein Gesicht, halten es fest, sodass ich die Spiegelung meiner Augen in ihren sehen kann. »Ich liebe dich. Und ich weiß, dass du gerade eine verfickt schwere Zeit durchmachst, aber du musst dir überlegen, was du jetzt tun willst. Auch wenn es schmerzt.«

»Und ein Job ist deine Lösung für mich?«

»Nein«, meint sie ruhig. »Es geht nicht um den Job. Mir ist egal, ob du bei Chris anfängst. Aber wir müssen uns überlegen, wie es jetzt weitergeht.«

»Und was soll ich tun?«, wispere ich und bin nahe dran, in Tränen auszubrechen. »Woher soll ich denn wissen, was ich jetzt tun soll?«

Megan lässt die Hände sinken und legt den Kopf schief. »Das ist das Schöne an einem Neuanfang: Du entscheidest, wie es weitergeht.«

»Das ist der schlechteste Rat, den du mir je gegeben hast«, beschwere ich mich und blinzle die Tränen fort, ehe sie wirklich zu fließen beginnen. Für einen erneuten Nervenzusammenbruch fehlt mir schlicht die Kraft.

»Denk an die Dinge, die du früher gern gemacht hast. Du hattest in der Schulzeit so viele Hobbys, dass ich mir fast faul vorkam.«

»Du *warst* faul.«

»Nur weil ich nicht im Theaterclub, Glee-Club, Debattierclub und allen anderen Dingen, die auf *Club* enden, war, heißt das nicht, dass ich faul war«, wehrt sie ab und sieht mich gespielt autoritär an. »Streng dein schönes Köpfchen an, Mia. Was hat dir am meisten Freude gemacht? Es geht jetzt nicht um mich oder um Mom. Nur um dich.«

Gegen meinen Willen spüre ich, wie sich etwas in mir regt. Der Hauch eines lang verdrängten Gefühls und das Wispern eines Versprechens, das ich mir vor langer Zeit selbst gegeben habe. Megan hat recht. Es gab nur eine Sache, die ich während der Schulzeit tun wollte. Nur eine Sache, die für mich nicht Mittel zum Zweck war, um das Stipendium für mein Medizinstudium zu bekommen. Ein Kloß bildet sich in meinem Hals.

»Ich glaube, ich weiß, was ich machen will«, murmle ich so leise, dass ich erst nicht sicher bin, ob sie mich überhaupt gehört hat. Doch ihr Gesichtsausdruck wird augenblicklich weicher.

»Dann schieß mal los!«

Damit lässt sie sich auf das Sofa fallen, und ich tue es ihr gleich. Ihre eindringliche Stimme lässt mich schmunzeln.

»Ich glaube, ich bin einfach noch nicht so weit. Gib mir ein paar Tage Zeit, bis wir über meine Zukunft diskutieren«, gestehe ich und nestle an meinen Fingernägeln herum, ehe ich mir ein schwaches Grinsen abringe. »Hast du vorhin wirklich ›verfickt‹ gesagt?«

»Ja, und was nun? Willst du Mom anrufen?«, meint sie herausfordernd. »Ich fürchte, aktuell habe ich das größere Druckmittel.«

»Ich petze nicht, wenn du es nicht tust«, sage ich und halte ihr meinen kleinen Finger hin. Diesen Schwur leisten wir schon unser ganzes Leben lang, und bisher hat ihn keine von uns je gebrochen. Ich hoffe, das bleibt so, denn ich kann mich immer nur einem Dämon gleichzeitig stellen.

»Deal«, sagt Megan und zwinkert mir zu. »Wer als Letzte in der Küche ist, muss kochen!«

5

MIA

Mein Zeitgefühl hat mich im Stich gelassen. Jeder Tag ist gleich und, obwohl ich es mir nicht gern eingestehe, auch langweilig. Der unliebsame Ausflug zum Arzt vor zwei Tagen war das unfreiwillige Highlight dieser Woche. Ich sitze auf dem Sofa, klicke regungslos die vorgeschlagenen Netflix-Serien durch, ohne dass mir etwas Neues entgegenspringt. Ist es wirklich möglich, dass ich alles Relevante bereits gesehen habe? Mit einem leisen Fluch mache ich den Fernseher aus, dessen schwarzer Bildschirm mein Spiegelbild zeigt, und sehe mich um.

So ungern ich es auch zugebe, ich ertrage die Enge dieser vier Wände nicht mehr.

Unwillkürlich greife ich zu meinem Handy, um auf die Uhr zu sehen. Megan wird noch mindestens drei Stunden unterwegs sein. Stöhnend ziehe ich mir die Decke über den Kopf. Ich bin es leid, in Selbstmitleid zu ertrinken. Einen Moment warte ich, ohne genau zu wissen, worauf, dann werfe ich die Decke zur Seite und stehe auf.

Noch bevor mein kurzer Motivationsschub wieder verschwinden kann, schnappe ich mir meine Jeansjacke und die Handtasche. Es wird Zeit, dass ich frische Luft bekomme.

Das kleine Wohnhaus mit den insgesamt vier Apartments steht genau an der Hauptstraße, die in Richtung Innenstadt von Belmont Bay führt. Hinter dem Haus jedoch erstreckt sich der Anfang eines gewaltigen Waldes.

Zögernd blicke ich noch einmal zurück.

Das bunte Chaos, dessen bloße Existenz beweist, dass ich nicht ich selbst bin, scheint mit jedem Herzschlag dichter zu werden. Bisher habe ich die Wohnung nur mit Megan zusammen verlassen – einmal zum Arzt und einmal zum Einkaufen. Es ist ein seltsames Gefühl, einfach loszugehen. Meine Zweifel kehren mit voller Wucht zurück, doch der Gedanke daran, wieder in der ewig andauernden Monotonie auf dem Sofa zu sitzen und Löcher in die Luft zu starren, allein mit meinen Gefühlen und Erinnerungen, lässt mich schließlich doch losgehen.

Der breite Spazierweg führt mich mitten hinein in die grüne Pracht des Waldes. Die Natur ist völlig ruhig. Man hört lediglich ein paar Vögel zwitschern, die in den dunklen Baumkronen sitzen. Es duftet nach Laub, feucht, aber nicht modrig. Die Blätter der Bäume bewegen sich leicht im seichten Wind, der auch mein schwarzes Haar sanft hin und her wiegt. An einigen Blattspitzen kann man erkennen, dass es Herbst wird. Das Grün überwiegt noch, doch auch dieser Sommer vergeht langsam.

Ich verharre, bleibe unter den Bäumen stehen und habe seit langer Zeit wieder das Gefühl, richtig atmen zu können.

Keine Menschen. Keine Panik. Keine Träume.

Nur ich und die frische Waldluft in meiner Lunge. Es fühlt sich viel besser an, als ich erwartet habe. Selbst mein Körper scheint neue Kraft zu tanken.

Das Laub raschelt unter meinen Füßen, während ich weitergehe. Dabei klingt jeder Schritt anders, ganz so, als hätte die Natur um mich herum ihre eigene Melodie. Mit jedem Schritt fällt ein Stück Last von mir ab.

Der Weg verläuft ins Nichts, aber ich gehe trotzdem weiter. Allmählich wird das Laub von Gras abgelöst, und ich muss darauf achten, nicht in Brennnesseln zu treten. Das Sommerkleid anzulassen ist nicht meine beste Idee gewesen.

In meinem Kopf entsteht eine angenehme Stille.

Erst als ich nicht mehr einfach geradeaus gehen kann, bleibe ich stehen. Dornige Büsche versperren mir den Weg. Einen Moment zögere ich, dann biege ich nach rechts ab. Zur Sicherheit blicke ich auf mein Handy. Nicht dass ich unfreiwillig in einen Horrorfilm stolpere oder mich im Wald verlaufe wie in *Das Mädchen* von Stephen King. Bei dem Gedanken bekomme ich Gänsehaut.

Aber mein Handy ist voll geladen und hat Empfang. Kein Grund, sich Sorgen zu machen. Gerade als ich es wieder wegstecken will, erscheint eine Nachricht auf dem Display – und dann spüre ich diese eisige Kälte, die wie Stacheldraht mein Herz umklammert.

Ich schlucke schwer, wische die Nachricht weg, ohne sie ganz zu lesen. Genau wie die anderen zuvor.

Ein gutes Stück vor mir wird der Wald wieder etwas lichter. Da ich allerdings keine Ahnung habe, ob sich dort die Straße, ein anderer Weg oder ein unheimlicher Abgrund befindet, bleibt mir nichts anderes übrig, als es herauszufinden.

Mitten in dem Meer aus grünen Farnen bemerke ich einen kleinen Schmetterling. Das Hellgelb seiner Flügel hat die gleiche Farbe wie mein Kleid. Er glitzert, glänzt, tanzt um mich herum.

Und zum ersten Mal seit Tagen lächle ich.

Mein neuer Begleiter setzt sich auf eine der himmelblauen Blumen, und ich beuge mich vor. Für dieses Geschöpf ist die Welt in Ordnung, solange die Sonne scheint und die Blumen blühen. Fast bin ich neidisch. Das Leben als Mensch ist so viel komplizierter. Mit einer Hand ziehe ich das Handy heraus, um ein Foto zu machen, doch ehe ich dazu komme, segelt der Flyer aus der Praxis zu Boden. Langsam hebe ich ihn auf, betrachte die Schrift noch einmal, fühle, wie meine Fingerspitzen bei einem undeutlichen Gedanken im hintersten Winkel meines Kopfes kribbeln. Dann stecke ich das Papier schnell in die Tasche zurück.

Der kleine Schmetterling fliegt weiter, dreht um, kommt zurück und flattert wieder fort, während ich langsam weitergehe, um ihn nicht aus den Augen zu verlieren.

Und dann endet der Wald so plötzlich, dass ich ins Taumeln gerate. Die endlosen Reihen aus Bäumen weichen einer gewaltigen Wiese, deren Umzäunung darauf schließen lässt, dass hier sonst Pferde oder Rinder grasen.

Ich brauche einen Augenblick, um zu begreifen, wie ich auf diesem kleinen Grundstück gelandet bin. Ein dunkles Haus aus Holz steht nicht weit von der Wiese entfernt am Waldrand.

Das Bild verwirrt mich.

Das Wohnhaus ist in Holzständerbauweise errichtet worden und besitzt zwei Ebenen. Obwohl es gepflegt wirkt, erscheint es mir irgendwie unfertig. Die Fassade ist wunderschön, dunkel und eben. Doch das grüne Dach scheint nicht recht dazu zu passen. Auf der riesigen Terrasse steht ein einzelner Schaukelstuhl, daneben eine alte Blechdose. Da ich die Straße auf der linken Seite erkenne, aber niemanden sehe, der mich von diesem Gelände verjagen könnte, gehe ich weiter.

Tatsächlich entdecke ich im Vorbeigehen einen Schuppen, dessen offene Türen wirken, als sei jemand gerade dabei, dieses Haus zu renovieren. Es stapeln sich Farben, Holz, Werkzeuge und andere Dinge, von denen ich nicht weiß, wofür man sie benutzt.

Vor dem Schuppen ist eine Werkbank aufgebaut. Eine alte Holztür mit einem filigranen Muster wird offenbar gerade lackiert. Der Geruch steigt mir beißend in die Nase, vermischt sich mit dem des Waldes und einem Hauch von … Zitronengras? Gerade will ich näher an die Tür herantreten, um mir das kunstvoll geschnitzte Muster genauer anzusehen, da höre ich ein lautes Poltern – dicht gefolgt von einem grimmigen Fluch, der aus dem geöffneten Schuppen kommt.

Schnell weiche ich zurück. Das Letzte, was ich möchte, ist, von dem Besitzer dieses Hauses erwischt zu werden. Dennoch werfe ich einen Blick zurück, während ich weiter zur Straße gehe, in der Hoffnung, zu entdecken, wem dieses Grundstück gehört. Obwohl ich nicht genau benennen kann, woran es liegt, beneide ich ihn.

Wem auch immer dieses Haus gehört, er steckt sein ganzes Herz in dieses Projekt und gibt etwas Kaputtem eine neue Chance.

Vielleicht, nur vielleicht, finde auch ich bald etwas, für das ich so sehr brenne wie der unbekannte Hausbesitzer.

Und zum zweiten Mal an diesem Tag gelingt mir ein Lächeln. Sobald ich wieder am Haus meiner Schwester ankomme, fährt ihr Jeep vor.

Der Wagen ist gerade erst zum Stehen gekommen, da springt Megan auch schon heraus.

»Ist alles okay?«, will sie alarmiert wissen und starrt mich an wie einen Geist.

Meine Verwirrung ist nur zum Teil gerechtfertigt, immerhin habe ich ihre Wohnung seit unserem Arztbesuch nicht mehr verlassen. »Ja, natürlich.«

Megans Anspannung verflüchtigt sich etwas, aber ihre wachsamen Augen betrachten mich immer noch kritisch. »Wo warst du?«

»Ich habe nur einen Spaziergang gemacht, es ist alles in Ordnung. Wirklich.«

Sie nickt, doch vollständig überzeugt scheint sie noch nicht zu sein.

»Warum siehst du mich so an?«, frage ich mit dem Anflug eines Lächelns. »Ist es wirklich so verwunderlich, dass ich im Wald spazieren war? Immerhin wohnst du quasi mittendrin.«

»Ich glaube, das ist eine Fangfrage«, wehrt Megan ab. Sie schüttelt leicht den Kopf, wobei ihre Haare sich wie blutrote Wellen hin und her bewegen, dann wendet sie sich den Einkäufen im Jeep zu. Ehe ich michs versehe, drückt sie mir eine prall gefüllte Papiertüte in die Arme. Das einzig Grüne, das ich erkennen kann, sind Gummibärchen – doch ich spare mir ein Kommentar. Meine Schwester schultert eine weitere Tasche voller Tiefkühlkost und schnappt sich einen Sixer Cola. Wortlos warte ich, bis sie die Tür aufgeschlossen hat. Megan, deren Shampooduft sich mit dem Nachhall des Rauches ihrer Zigarette mischt, geht vor. Schweigend warte ich, bis wir wieder in ihrer Wohnung stehen.

»Megan?«

»Ja, ich habe dir laktosefreies Eis mitgebracht.«

»Das ist zwar sehr nett, aber nicht das, was ich sagen wollte«, meine ich und spüre, wie mein Herz schneller zu klopfen beginnt. Ein undeutlicher Plan gewinnt vor meinem geistigen Auge langsam eine Form.

»Oh, okay. Schieß los. Was brauchst du? Eine neue SIM-Karte?«

Überrascht ziehe ich das Kinn an die Brust. »Wie kommst du darauf?«

»Du hast einen gewalttätigen Ex-Freund. Wäre ich an deiner Stelle, würde ich versuchen, ihn daran zu hindern, mich anrufen zu können«, sagt sie in diesem klassischen Große-Schwester-Ton.

»Ich habe meine Nummer noch nie gewechselt«, murmle ich, auch wenn mir bewusst ist, dass diese Ausrede nicht sonderlich vielen Argumenten standhält. Die Wahrheit ist, dass ich so zumindest den Hauch eines Kontrollgefühls behalte. Solange er noch immer versucht, mich zu erreichen, weiß er nicht, wo ich bin. Und genau das gibt mir ein wenig Sicherheit, auch wenn sich jede neue Nachricht anfühlt wie ein weiterer Schlag.

Damit ich Megan genau das nicht erklären muss, setze ich schnell nach: »Was ich fragen wollte: Hast du ein Fahrrad?«

Megan legt die Packung Kekse auf der Anrichte ab. Fragend sieht sie mich an, eine Augenbraue hochgezogen. »Mir war gar nicht klar, dass du unter die Radfahrer gegangen bist.«

»Ich würde gern in die Stadt fahren.«

In ihrem Gesicht spiegelt sich eine solche Fassungslosigkeit, als hätte ich ihr gerade gestanden, dass ich nicht weiß, wer Lady Gaga ist. Ihr Wunsch, mich zu beschützen, ist manchmal etwas übertrieben.

»Du willst in die Stadt?«

»Ist das so schwer zu glauben?«

Einen Moment zögert sie. Doch dann erscheint ein breites Lächeln auf ihrem Gesicht. »Meine kleine Schwester will ein Rad, also werde ich ihr eines besorgen. Wie schnell brauchst du es?«

»Wäre es bis Montag möglich?«

Megan nickt. Und dann lächeln wir uns an, in einer Küche voller Chaos und Sonnenlicht.

6

CONNER

Leise fluchend fege ich die Scherben zusammen. Heute ist wirklich nicht mein Tag, die Schuld dafür schiebe ich der Hitze zu. Dieser Sommer verlangt uns allen einiges ab. Wenn man sich heute in Belmont Bay auf den Boden knien und das Ohr auf den erhitzten Asphalt drücken würde, würde man den Teufel fluchen hören. Selbst die Klimaanlage, deren leisen Knarren nicht gerade vertrauenerweckend ist, schafft es kaum noch, gegen die Hitze anzukommen.

Gott, wie sehr ich den Herbst herbeisehne.

Zu allem Überfluss klingelt nun auch noch die Türglocke, und die Gruppe Jugendlicher geht zu ihrem Stammplatz. Ich kann es ihnen nicht verübeln. Im Diner ist es immer noch besser als irgendwo anders in der Stadt. Keine Clubs, keine Universität, kein Museum, dafür zwei Kirchen unterschiedlicher Konfessionen und eine Bar, in die ohnehin niemand unter 30 einen Fuß setzen würde. Ich kann mich gut daran erinnern, dass ich in ihrem Alter nicht einmal auf die Idee kam, die Schule zu schwänzen. Es war schlicht der einzige Ort, an dem man Gleichaltrige treffen konnte. Vom See einmal abgesehen, strömen bereits die ersten Touristen durch die Stadt.

»Bin gleich bei euch«, rufe ich ihnen zu und kann meinen Widerwillen dabei kaum verbergen. Obwohl diese Stadt klein genug ist, um auf den Landkarten übersehen zu werden, gilt auch hier die klassische Teilung der Schichten. Im inneren Stadtkern haben wir ein Viertel voller Villen im Kolonialstil, im äußeren

Ring der Stadt folgen die üblichen Einfamilienhaus-Suburbs des Mittelstands, und, wie sollte es auch anders sein, gut versteckt am äußersten Rand gibt es einen kleinen Trailerpark für die Unterprivilegierten in verrottenden Wohnwagen.

Wahrscheinlich bin ich deswegen so schlecht auf die vier zu sprechen. Sie leben ein Leben, in dem ihnen alle Wege offenstehen. Diese Wahl hatte ich nie.

Ich mache die Milchshakes fertig, ohne sie zu fragen, was sie wollen. Es ist das dritte Mal diese Woche, dass sie hier sind. Inzwischen sollten sie sich daran gewöhnt haben, dass ich nicht sonderlich gesprächig bin.

Für soziale Kompetenz, selbst der einfachsten Art, habe ich heute keine Kraft mehr, weshalb ich ihnen die Milchshakes stumm vor die Nase stelle. Keiner von ihnen beschwert sich. Gut so.

»Conner?«

Joey steht in der Schwingtür zur Küche und tupft sich mit einem kleinen Handtuch über die Stirn.

»Hmm?«

»Hast du die Klimaanlage ausgestellt?«

»Sie läuft auf voller Stärke«, erwidere ich ungerührt.

»Was für ein Höllenwetter.«

»Da gebe ich dir ausnahmsweise recht.«

»Ah, unsere Stammgäste sind auch wieder hier.«

»Wo sollten sie auch sonst hin?«, frage ich, woraufhin Joey mit den Schultern zuckt. »Ins Einkaufszentrum? An den See? Zu dieser Monstertruck-Show in Belfort?«

»Ich geb's nicht gern zu, aber die Kids achten zu sehr auf die Umwelt für eine Monstertruck-Show.«

Joey erwidert nichts darauf. Stattdessen lässt er sich schwerfällig auf einen der Barhocker sinken und tupft sich wieder über die Stirn. Er ist schon den ganzen Morgen dabei zu backen, als hinge sein Leben davon ab. Entweder hatte er Streit mit seiner Frau, oder es steht wieder eine Feier an, die ich bisher erfolgreich verdrängt habe. Allerdings mache ich mir nicht die Mühe, danach zu fragen. Es reicht mir, dass die Touristen langsam, aber sicher in die kleinen Hotels einziehen und ständig im Parkverbot stehen. Das Theater-Festival ist zwar erst in sieben Wochen, aber die Vorbereitungen laufen bereits in der ganzen Stadt.

»Kommst du heute Abend zur Stadtratsversammlung?«

Irritiert blinzle ich Joey an. Nicht weil ich ihn nicht verstanden habe, sondern weil ich mich ernsthaft frage, wie er auf diese Idee kommt.

»Nein?«

»Es würde dir guttun, mal unter Menschen zu kommen«, meint er in diesem väterlichen Ton, der einen unwillkürlich die Augen verdrehen lassen möchte.

»Ich bin jeden Tag unter Menschen.«

»Die Arbeit zählt nicht.«

»Warum nicht?«

»Na, weil …«, setzt mein Chef an, schürzt die Lippen und kratzt sich am Kopf, aber er scheint nicht die richtigen Worte zu finden. Ehe er noch auf die Idee kommt, mich wirklich überreden zu wollen, nehme ich meine Schürze ab.

»Ich mach Pause.«

»Irgendwann bringen die Dinger dich noch um.« Joey blickt anklagend auf die Packung Zigaretten in meinen Händen. Ich schüttle den Kopf, denn viel mehr gibt's dazu nicht zu sagen. Dieses Laster ist sicher nicht meine beste Eigenschaft, aber noch habe ich nicht die Motivation gefunden, mich davon zu lösen. Also trete ich in den strahlenden Sonnenschein hinaus. Für einen Augenblick atme ich tief durch, dann stecke ich mir die Zigarette in den Mund und gehe ein Stück.

Direkt gegenüber dem Diner liegt das Theater von Belmont Bay. Es ist nicht sonderlich groß, doch der viktorianische Stil sorgt dafür, dass ich es in meinen Pausen gern betrachte.

Dieses Stückchen Kultur verdankt die Stadt William Baker – einem der Gründerväter dieses kleinen Fleckchens Erde. Wenn man den alten Geschichten Glauben schenkt, war er mit einer Theaterschauspielerin liiert, die vergeblich auf den großen Durchbruch wartete. Also sorgte er selbst dafür, dass sie jede Hauptrolle bekam, die sie spielen wollte. Im Foyer des Theaters hängt ein Gemälde von ihnen. Er im Frack, das Gesicht ernst und mit einem Schnurrbart, der ihn wirken lässt wie eine überspitzte Karikatur. Sie daneben, in einem gelben Kleid, ein strahlendes Lächeln auf den Lippen. Seinen Namen kennen wir alle, aber ihrer ging verloren. Der Gedanke an sie macht mich immer wieder traurig. Diese Frau erinnert mich schmerzhaft an meine Freundin. Sie wollte ein Star sein, jemand, den man über all die Jahrzehnte, Jahrhunderte noch strahlen sehen kann. Doch am Ende ist sie nur noch eine verblasste Erinnerung. Ich räuspere mich, als könnte ich meine Gedanken damit in eine andere Richtung lenken.

Vor ein paar Minuten sind sämtliche Laiendarsteller der Stadt die Stufen hinaufgelaufen, in der Hoffnung, dass jemand anderes als Caroline die Hauptrolle bekommt. Dabei gibt es an diesem Ort eine klare Rangordnung – und die wird festgelegt von der bösen Hexe der Stadt, wie alle sie nennen, wenn sie nicht in der Nähe ist. Caroline ist die unangefochtene Königin. Und wenn man mich fragt, keine gute.

Ich schüttle den Kopf über mich selbst. Hatte ich mich nicht entspannen wollen?

Etwas abseits im Schatten eines Baumes bleibe ich stehen. Die Zigarette in meiner Hand glüht vor sich hin, während ich die abendliche Hitze genieße. Hier, zwischen den aufgeheizten Gebäuden aus Beton, kühlt es sich erst ab, wenn die Sonne untergegangen ist.

Als ich den Glimmstängel austrete, weckt eine kleine, zierliche Gestalt meine Aufmerksamkeit. Noch während ich mich bücke, um die Kippe aufzuheben, kann ich den Blick nicht mehr von ihr abwenden. Sie läuft geradewegs auf das Theater zu, scheint sich jedoch nicht sicher zu sein, ob sie wirklich dort hinwill. Immer wieder blickt sie fragend auf ihr Handy, sucht offenbar nach dem

Straßennamen und sieht schließlich auf die steinernen Treppen des Theaters. Das muss das Mädchen sein, von dem die gesamte Stadt spricht: Mia.

Und nun verstehe ich auch, warum. Es ist nicht allein ihr Aussehen, auch wenn sie die schönste Frau ist, die ich außerhalb der Instagram-Filterwelt je zu Gesicht bekommen habe. Etwas an der Art, wie sie sich bewegt, strahlt eine solche Präsenz aus, dass ich nicht aufhören kann, sie anzusehen.

Schwarzes Haar hebt sich deutlich von der blassen Haut ab. Ihr sommerliches Kleid flattert im schwachen Wind um ihre Beine. Unwillkürlich schlucke ich.

Sie wirft das Haar zurück, sieht noch einmal auf den Straßennamen. Vor den Stufen des Theaters bleibt sie abrupt stehen. Sie bewegt sich keinen Millimeter weiter. Die freie Hand ballt sich immer wieder zur Faust, als koste es sie unglaubliche Kraft, einfach nur dazustehen. Stirnrunzelnd betrachtete ich sie.

Obwohl ich von der anderen Straßenseite ihr Gesicht kaum erkennen kann, sehe ich, wie sie zittert. Überhaupt scheint ihr gesamter Körper unter Strom zu stehen.

Ich runzle die Stirn. Irgendwas stimmt nicht, doch ich kann nicht genau sagen, was es ist.

Mia taumelt von der Treppe zurück.

Und ich sprinte zu ihr.

MIA

Ich schwanke auf den Stufen des ansässigen Theaters, dessen eindrucksvolle Fassade die Angst in meinem Inneren befeuert. Mein Herz hämmert wie verrückt.

Der zerknitterte, rissige Flyer in meiner Hand wackelt hin und her, während mir selbst das Atmen immer mühsamer vorkommt.

Die Luft ist dick und schwer, der Wind nur ein schwacher Nachhall. Ebenso wie mein blaues Auge. Das inzwischen schwache Gelb lässt sich ganz gut mit Megans Make-up kaschieren. Wäre die Narbe an meiner Augenbraue nicht, hätte man meinen können, die schlimmste Nacht meines Lebens sei nie passiert.

Und doch kann ich mich nicht mehr bewegen.

Antonius und Cleopatra

Die Tragödie kommt live an das Belmont-Bay-Theater!
Besetzungen für die Rollen werden gesucht.

Vorsprechen am Montag
13:30 Uhr

Vorsprechen. Das Wort hallt in meinem Kopf wider. Die Aufregung sorgt dafür, dass sich eine unsichtbare Hand um meine Kehle schließt. Panik lässt meinen Blutdruck in die Höhe schießen, ohne dass ich die Chance habe zu verstehen, warum. Unmengen Adrenalin fluten meine Adern. Mein gesamter Körper bebt, noch bevor ich die erste Stufe nehmen kann.

Hilflos versuche ich, schneller Luft in meine Lunge zu pressen. Leichter Schwindel lässt mich von der Treppe zurücktaumeln, der Flyer rutscht mir aus der Hand, und meine Sicht verschwimmt.

Verdammt, was passiert gerade mit mir?

Mein keuchender Atem wird noch schneller. Hilfe suchend sehe ich mich um. Nach kurzer Zeit ist das Zittern so stark, dass ich mich an einer der Straßenlaternen neben dem Gebäude festhalten muss. Schweiß bildet sich auf meiner Stirn. Warum ist es so heiß? Ich zerre an meiner Kleidung, fächere mir Luft mit dem Zettel zu, doch die Hitze ist übermächtig, verbündet sich mit dem Schwindel.

»Ist alles in Ordnung?«

Die Stimme dringt kaum zu mir durch. Meine verschwommene Sicht raubt mir jede Orientierung, ich spüre, wie meine Beine langsam unter mir nachgeben.

Fuck, sterbe ich?

Mein Körper prallt gegen etwas Hartes, der Geruch von Zitronengras kitzelt in meiner Nase. Die Welt scheint sich zu drehen, zu drehen und zu drehen. Alles ist hell und dunkel zugleich.

Mein Körper verschwört sich vollends gegen mich. In einem Moment glaube ich zu fallen, als würde ich fliegen.

Die Hitze wird noch stärker. Fast fühlt es sich an, als würde mein Körper gegen einen anderen gedrückt. Und dann, ganz plötzlich, überzieht eine angenehme Kühle meine Haut.

»Kannst du mich hören?«

Diese Stimme.

Sie ist vertraut und fremd zugleich, dazu dieser seltsame Geruch nach Zitronengras. Ein Stöhnen kommt aus meinem Mund. Dann nimmt die Welt langsam wieder Formen an. Undeutlich erkenne ich ein Paar grüner Augen, die besorgt in meine schauen.

»Rück ihr nicht so auf die Pelle, Conner.«

»Soll ich einen Arzt rufen, Joey?«

»Haltet verdammt noch mal die Klappe«, knurrt die erste Stimme. »Sie kommt gerade wieder zu sich.«

Zu den grünen Augen gehört ein kantiges Gesicht, das von einem dunklen Bart dominiert wird. Für den Bruchteil einer Sekunde flammt wieder Angst in mir auf, doch die sanfte Stimme des Mannes sorgt dafür, dass sie verpufft.

»Wie geht's dir?«

»Keine Ahnung«, antworte ich ehrlich und stelle erleichtert fest, dass ich wieder normal atmen kann. Ich liege auf kalten Fliesen. Benommen fasse ich mir an die Stirn und richte mich auf. Es dauert etwas, bis ich begreife, dass ich mitten in einem Diner liege. Auf dem Boden. Während ein komplett tätowierter Mann neben mir hockt und einen kühlen Lappen auf meine Stirn drückt.

»Soll ich einen Arzt rufen?«, wiederholt die zweite Stimme, und ich blinzle über die breiten Schultern über mir hinweg. Eine ältere Dame steht hinter einem kirschroten Tresen. Ihr Blick ist voller Sorge, während sie das Handy bereits in der Hand hält.

»Keinen Arzt«, beeile ich mich zu sagen. »Es geht schon wieder.«

Um zu demonstrieren, wie gut es mir geht, versuche ich, mich vollends aufzurichten, schwanke dabei jedoch erneut. Der Typ vor mir packt mich behutsam an den Schultern. Das Zittern meiner Knie wird wieder stärker. Sachte schiebt er mich auf eine der weichen Bänke.

»Bist du sicher?«

Ich schlucke den schweren Kloß in meinem Hals. »Ja, ich brauche nur eine Minute«, murmle ich und wische mir über das Gesicht.

»Du wärst fast auf die Straße gefallen«, erklärt er, bevor er sich mir gegenübersetzt.

»Ich erinnere mich kaum«, gebe ich zu und spüre, wie mir die Röte in die Wangen steigt. »Hast du mich hierhergetragen?«

»Du bist zumindest nicht ins Diner geflogen«, brummt er. Von der Sanftheit in seiner Stimme ist kaum noch etwas zu hören. Die Röte wird schlimmer, ich kann fühlen, wie meine Wangen glühen, und schaffe es kaum noch, seinem Blick standzuhalten.

»Danke«, bringe ich mühsam hervor.

»Keine Ursache«, sagt er, doch sein Ton sorgt dafür, dass ich mich schuldig fühle. »Du solltest etwas trinken. Schoko, Erdbeere oder Vanille?«

»Was?«

»Schoko, Erdbeere oder Vanille?«

»Erdbeere?«, frage ich verdutzt, aber offenbar ist diese Antwort die richtige. Er steht auf, und kaum eine Minute später steht ein pinker Milchshake vor mir. Er setzt sich wieder zu mir. Seine langen Haare sind zu einem unordentlichen Knäuel auf seinem

Kopf zusammengebunden, und die grünen Augen verengen sich, während er mich abschätzend mustert.

»Danke«, sage ich noch einmal.

Er macht eine ausladende Geste, die mich offenbar dazu animieren soll, einen Schluck zu trinken. Ich will nicht unhöflich sein, zumal er mich wahrscheinlich gerade davor bewahrt hat, von einem Auto erfasst zu werden, also nehme ich einen Schluck.

Der Erdbeergeschmack explodiert auf meiner Zunge. Ich blicke von dem Shake zu ihm und denke kurz darüber nach, ob ich doch gestorben und im Himmel gelandet bin. Von den Tattoos mal abgesehen, könnte er durchaus als neue, sexy Version von Jesus durchgehen.

»Ich hoffe, es schmeckt?«, fragt die dritte Stimme von eben, und ein älterer Herr kommt an unseren Tisch. Das graue Haar hat er ordentlich nach hinten gekämmt, und die rote Schürze spannt über dem Ansatz seines Bauchs.

»Fantastisch«, erwidere ich ehrlich.

»Freut mich, dich kennenzulernen, wenn auch unter diesen etwas ungewöhnlichen Umständen«, lacht er heiter und reicht mir seine faltige Hand. »Ich bin Joey, und dein Retter in der Not ist Conner.«

Der Angesprochene lehnt sich auf seiner Sitzbank zurück, ohne auch nur für eine Sekunde den Blick von mir zu lösen. Gerade will ich zu einem erneuten Dank ansetzen, als Joey mich unterbricht. »Du musst Mia sein, die Schwester von Megan, richtig?«

»Ich …« Verlegen wische ich mir über den Mund. »Ja, das ist richtig. Woher weißt du das?«

»In Belmont Bay gibt es keine Geheimnisse«, sagt Conner mit einem finsteren Unterton, der mir eine Gänsehaut bereitet. Vielleicht liegt es aber auch an dem Adrenalin, das langsam aus meinem Körper verschwindet.

»Soll ich Megan anrufen?«, bietet Joey an, aber ich schüttle sofort den Kopf.

»Nein«, kommt es einen Tick zu schnell aus meinem Mund. »Nein, danke, es geht schon wieder. Ich nehme einfach den Bus und fahre wieder nach Hause.«

»Es fährt kein Bus.«

Grimmig starre ich Conner an, doch der scheint sich keiner Schuld bewusst zu sein.

»Dann eben ein Taxi.«

Eine seiner Augenbrauen wandert skeptisch nach oben. »Wir sind hier nicht in New York City.«

»Ich kann auch laufen«, murre ich und versuche verkrampft zu lächeln. Megan hat mich gerade erst in der Stadt abgesetzt. Wie auch immer ich wieder nach Hause komme, sie darf auf keinen Fall erfahren, was passiert ist. »Immerhin ist es nicht weit.«

»Nur ein paar Meilen, kein Problem für jemanden, der noch immer blass wie ein Geist ist.«

Schluckend wiederhole ich die Worte, die ich viel zu oft gesagt habe. »Es geht mir gut.« Aber Conner scheint meine Lüge zu hören. Es geht mir nicht gut. Und vielleicht ist es okay, sich einfach mal helfen zu lassen, statt so zu tun, als würde ich allein mit meiner Dunkelheit zurechtkommen.

»Darf ich dich fahren?«, fragt Conner und steht auf.

»Das musst du nicht.«

»Das weiß ich, aber in deinem Zustand kann ich dich nicht einfach vor ein Auto laufen lassen.«

»Es ist wirklich alles okay.«

»Du hast die ganze Fahrt lang Zeit, um mich davon zu überzeugen, und du tust mir einen Gefallen damit, denn ich kann die ganze Nacht nicht schlafen, wenn ich nicht weiß, ob du irgendwo auf der Nebenstraße liegst«, meint er ohne eine Spur Humor in der Stimme und reicht mir seine Hand. »Also, was sagst du?«

7

MIA

Conner überrascht mich, noch bevor er ein weiteres Wort gesagt hat. Bei den ganzen Tattoos und den Muskeln, die sich deutlich unter seinem engen Shirt abzeichnen, habe ich eher mit einem Motorrad gerechnet als mit einem Familienwagen. Ich will gerade die Tür öffnen, als er mir zuvorkommt.

Meine Verblüffung herunterschluckend, steige ich ein und versuche, das seltsame Gefühl in meinem Bauch zu ignorieren. Der Zitronenduft hängt in meiner Nase wie der sanfte Nachhall eines Gefühls, das nicht in meine Pläne passt.

Conner sieht mich kurz an, dann startet er den Wagen. »Passiert dir so was öfter?«

»Dass mich fremde Männer nach Hause fahren?«, frage ich in dem misslungenen Versuch, einen Scherz zu machen. Denn nein, eigentlich würden mich keine Horde Wölfe in das Autos eines fremden Mannes bekommen. Schon gar nicht, nachdem ich auf so bittere Art gelernt habe, dass man nicht einmal der Liebe vertrauen kann. Aber auf der anderen Seite fühle ich mich noch immer benommen, und irgendwas an Conner erinnert mich daran, dass es auch noch gute Menschen auf dieser Welt gibt. Sie sogar geben muss. Zumindest hoffe ich das.

»Nein, dass du mitten auf der Straße eine Panikattacke bekommst.«

»Das war keine …« Mein Gehirn weigert sich, den Satz zu vervollständigen, denn er hat recht. Auch wenn es eher ungewöhnlich ist, dass ich dabei in Ohnmacht falle. Bei Panikattacken fühlt es sich zwar dauerhaft so an, als würde man jeden Moment in die Dunkelheit gezogen werden, doch durch den Adrenalinspiegel passiert das in der Regel nicht. Offenbar bin ich einer der Fälle, die genau diesen Punkt des steigenden Adrenalins verpassen – und einfach umkippen. »Nein, es war das erste Mal.«

Conner fährt los und wirft mir einen knappen Seitenblick zu. »Hängt das mit deinem Auge zusammen?«

»Was? Nein!«

Schon spüre ich wieder den vertrauten Kloß im Hals. So viel zu dem Thema, dass meine Schminkkünste diesen Teil von mir verbergen können. Wahrscheinlich zerreißt sich schon die halbe Stadt ihr Maul über mich und meine Schwäche. Das Mädchen, das sich von ihrem Freund hat schlagen lassen. Das Mädchen, das nicht stark genug war, sich zu wehren. Das Mädchen, das …

»Tut mir leid, man sagt mir nach, mir würde es an Feingefühl fehlen«, unterbricht Conner meine Gedanken und blickt wieder auf die Straße. Zum Glück hat er den reißenden Strom gestoppt. Rein rational weiß ich, dass ich mir diese Vorwürfe nicht machen sollte, aber ich kann nicht verhindern, dass sie sich immer wieder in mein Bewusstsein schieben wie Gift.

»Ich … ich sag's dir ja nur ungern, aber damit könnten die Leute recht haben. Allerdings hast du mich gerettet, also will ich mich nicht beschweren.«

Einen Moment schweigen wir. Es ist wie eine stille Übereinkunft, dieses Thema vorerst ruhen zu lassen. Zeit genug, um mich wieder etwas zu entspannen und mir bewusst zu werden, dass ich mit einem nahezu fremden Mann im Auto sitze – und mich nicht bedroht fühle. Eher im Gegenteil sogar. Conner lenkt die Aufmerksamkeit auf etwas anderes.

»Was wolltest du im Theater?«, fragt er scheinbar beiläufig, doch in seinem Ton schwingt etwas mit, das ich nicht genau benennen kann.

»Nichts.«

»Und *nichts* hat dir solche Angst gemacht?«

»Ganz genau.«

Er schüttelt den Kopf, sodass sich eine wellige Strähne aus dem unordentlichen Knäuel seiner Haare löst. »Du scheinst genauso stur zu sein wie deine Schwester.«

»Und du bist verdammt neugierig.«

Er lacht. Das Geräusch ist rauchig und sanft zugleich, wie ein guter Whiskey. Ich merke, wie ich mir über die Lippen lecke, als könnte ich ihn schmecken, und werde augenblicklich rot.

»Falls du wegen des Vorsprechens da warst, kann ich dich beruhigen«, fährt er ungerührt fort. »Die Rollen sind alle vergeben, und die nächste Vorführung wird *Macbeth*.«

»Woher weißt du das?«, frage ich und versuche, die leise Angst zu unterdrücken. Ausgerechnet *Macbeth*.

»Kleine Stadt, viele gesprächige Menschen.«

»Es war ohnehin eine dumme Idee«, murmle ich in mich hinein.

»Leben ist nur ein wandelnd Schattenbild.«

»Offenbar bist du schon textsicher«, meint Conner und legt den Kopf kurz schief. »Fünfter Akt, vierte Szene?«

Gegen meinen Willen stiehlt sich ein Lächeln auf mein Gesicht. »Nah dran, fünfte Szene.«

Er erwidert das Lächeln, aber so kurz, dass ich mir nicht sicher bin, ob seine Mundwinkel wirklich nach oben gewandert sind oder ob sich mein Verstand und meine Hormone einen Spaß mit mir erlauben. Mir wird bewusst, wie ich ihn anstarre. Aber ich kann den Blick unmöglich von seinem kantigen Gesicht abwenden. Oder von den schwarzen Mustern, die sich über seinen gesamten Körper zu ziehen scheinen, vom Hals bis zu den Fingerspitzen.

»Wir sind da.«

Seine Stimme reißt mich aus der Starre, und ich beiße mir auf die Lippen.

»Danke fürs Fahren«, nuschle ich in mich hinein, steige aber nicht aus. Etwas an dem dunklen Grün seiner Augen hält mich noch gefangen.

»Kein Problem.«

»Und danke fürs Auffangen.«

»Lass uns das nicht zur Gewohnheit machen.«

»Und für den Milchshake.«

»Jederzeit wieder.«

»Sag das lieber nicht zu laut«, sage ich und spüre, wie mir Röte in die Wangen schießt. »Ich bin völlig pleite, und die Aussicht auf Gratis-Milchshakes ist ziemlich verlockend.«

Jetzt grinst er breit. »Wie ich schon sagte: jederzeit.«

Ich nicke langsam, dann taste ich nach dem Griff der Wagentür und ziehe daran. Nichts regt sich. Mit klopfendem Herzen versuche ich es noch einmal, doch meine Tür will sich einfach nicht öffnen lassen. Die Panik packt mich wie ein Raubtier, das aus dem Schatten gesprungen ist. Ich starre meinen Fahrer an, nicht sicher, ob ich überreagiere oder er mich tatsächlich einsperren will.

»Warte«, meint Conner schnell und steigt aus, um mir die Tür aufzumachen. »Der Wagen hat ein paar Macken.«

Ich atme erleichtert auf. »Schon okay«, entgegne ich, obwohl die leise Angst, eingesperrt zu sein, noch immer laut in meinen Gedanken hallt. »Danke noch mal, für alles.«

»Wie ich schon sagte, kein Problem.«

Unbeholfen will ich gerade zur Tür gehen, als Conner sagt: *»Es ist nicht, und es wird auch nimmer gut.«*

Überrascht drehe ich mich noch einmal zu ihm um.

»Hamlet«, sage ich, als hätte er mir eine Frage gestellt. »Bist du Theater-Fan?«

»Nicht direkt, aber meine … eine Freundin von mir. Wenn man gezwungen wurde, sämtliche Stücke von Shakespeare in Dauerschleife zu hören, bleibt einiges hängen, ob man will oder nicht.«

Ich lache. Ein echtes Lachen, das so plötzlich aus meiner Kehle steigt, dass ich mich fast selbst erschrecke. »Dein Geheimnis ist bei mir sicher«, verspreche ich.

»Gut, dann sind wir quitt.«

Conner klopft einmal auf die Motorhaube und steigt in den Wagen. Ich winke ihm zum Abschied, während noch immer ein Lächeln auf meinen Lippen liegt.

Als ich zur Tür hereinkomme, ist Megan panisch dabei, den Qualm ihrer Zigarette aus dem Fenster zu wedeln. Ich verdrehe die Augen, kann mir aber ein Grinsen nicht verkneifen, als sie sich an dem Rauch verschluckt und anfängt zu husten.

»War das gerade Conner?«, will sie röchelnd wissen und schlägt sich auf die Brust.

»Wolltest du nicht aufhören?«, frage ich zurück.

»Ich hab zuerst gefragt.«

»Ja, es war Conner«, antworte ich und hole mir eine Cola aus dem Kühlschrank, während Megan das offene Fenster schließt.

»Ich höre auf«, sagt sie, ohne dass ich das Thema noch einmal anschneiden muss. »Das Problem ist nur, dass ich auch immer wieder anfange.«

»Wenn Mom erfährt, dass du wieder angefangen hast, wird sie dich töten.«

»Dann haben wir jetzt beide ein dunkles Geheimnis.«

»Sorry, Schwesterherz, aber ich denke, diesen Wettstreit gewinne ich«, meine ich mit einem Hauch von Bitterkeit.

»Also …« Sie schnappt sich die Coladose aus meiner Hand, um einen großen Schluck zu nehmen. »Auch wenn ich etwas überrascht bin, muss ich gestehen, meine Neugier ist größer. Wie kommst du in den Wagen des heißesten Typen der Stadt?«

»Es ist nicht so, wie es aussieht.«

»Wie sieht es denn aus?«

»Er hat mich nicht angebaggert oder so.«

»Schade eigentlich …«

»Megan!«

»Was denn? Bin ich wieder zu unsensibel?«, gibt sie betont

unschuldig zurück und klimpert mit den langen Wimpern. »Nein, im Ernst, Conner ist ein netter Kerl, und wenn ihr euch gut versteht, begrüße ich das.«

»Das Letzte, woran ich im Moment denken will, sind Männer.«

»Du sollst ihn ja nicht gleich heiraten und winzige neue Menschen produzieren, aber ich denke, es tut dir gut, neue Leute kennenzulernen, die keine toxischen Arschlöcher sind«, meint sie und verdreht die Augen.

Sie hat damit nicht gänzlich unrecht, aber die Tatsache, dass ich Conner attraktiv finde, sorgt für eine ganze Welle an verwirrenden Gefühlen. Auf der einen Seite habe ich Angst, auf der anderen hoffe ich darauf, ihn wiederzusehen. Und da meine Schwester meinen Gesichtsausdruck viel zu gut lesen kann, wird ihr mein Zwiespalt nun auch klar. Ich räuspere mich unbehaglich. »Er hat mir nur geholfen.«

Megan wackelt anzüglich mit den Augenbrauen. »Und wobei?«

»Hör sofort auf«, kreische ich und halte mir die Hände vors Gesicht, weil ich ganz rot geworden bin. Ich würde nicht behaupten, dass ich prüde bin. Aber nach allem, was in den letzten Monaten geschehen ist, kann ich mit der offenen Sexualität meiner Schwester noch nicht so gut umgehen. »O Gott, Megan. Manchmal kann ich nicht glauben, dass wir im selben Haus aufgewachsen sind.«

»Tut mir leid.« Sie lacht, merkt nicht, welche Gedanken sie vielleicht in mir getriggert hat. Gedanken an Zeiten, in denen ich Nähe zulassen konnte und mich nicht dazu gezwungen gefühlt habe, weil ich Angst vor den Konsequenzen hatte.

Ihr Blick wird wieder weicher. »Sag mir, wenn ich eine Grenze überschreite, ja?«

»Du hast eine Grenze überschritten.«

»Gut, das hätte ich jetzt kommen sehen müssen«, gibt sie zurück und lächelt mich an. Jetzt erzähl schon, sonst male ich mir noch falsche Dinge aus.«

»Ich hatte einen kleinen Schwindelanfall«, murmle ich und gebe mir Mühe, ihr dabei nicht in die Augen zu sehen, denn sie kennt mich viel zu gut, um meine Lüge zu durchschauen. »Und ich wollte dich nicht anrufen, also hat er mich gefahren.«

»Ein wahrer Gentleman«, sagt sie mit einem breiten Grinsen. »Er hat dir sogar die Tür aufgehalten.«

»Aber nur, weil sie klemmt.«

»Oh, irgendwas klemmt hier ganz sicher.«

»Kein Wort mehr!«, maule ich und spüre wieder, wie ich noch röter werde und die Gedanken in mir noch finsterer. Aber ich versuche sie abzuschütteln, die Gedanken und Ängste aus der Vergangenheit. Megan lacht, und zu meiner eigenen Verblüffung kann ich mitlachen.

8

MIA

Belmont Bay ist tatsächlich die pure Idylle.

Von der gebogenen Hauptstraße aus fahre ich einmal durch die Ziegelstein-Innenstadt, bis die Läden wieder Einfamilienhäusern weichen.

Mein Blick schweift über die Grundstücke, in deren grünen Gärten Kinder spielen und Hunde bellen, während das monotone Quietschen der Reifen mich auf meinem Weg begleitet. Wie versprochen hat Megan mir ein altes Rad besorgt, dessen Sattel erstaunlich bequem ist. Der kühle Wind peitscht mir ins Gesicht und lässt meinen langen Rock flattern.

Nur minimal aus der Puste, halte ich wenig später vor der Praxis an. An meiner Kondition sollte ich vielleicht noch mal arbeiten.

Da ich nicht glaube, dass an einem solchen Ort Fahrraddiebstahl auf der Tagesordnung steht oder überhaupt jemand den alten, rostigen Drahtesel haben will, lasse ich das Rad einfach stehen und betrete die Praxis.

»Guten Morgen«, grüßt mich die schwangere Arzthelferin und nickt zur angelehnten Tür hinter sich. Auf ihrem Namensschild steht Amelia.

»Dr. Shefield sagte, ich solle …«, setze ich an, verstumme aber, als sie abwinkt.

»Chris redet schon den ganzen Morgen davon, dass er hofft, dass du heute kommst«, erklärt sie. »Und um ehrlich zu sein, habe ich das auch gehofft. Denn die kleine Bohne in meinem

Bauch wird sich nicht mehr viel Zeit lassen.« Liebevoll streicht sie sich über den kugelrunden Bauch.

»Darf ich fragen, wann es so weit ist?«

»Der Termin ist erst in einem Monat, aber ich hoffe, es geht schneller«, erklärt sie lachend, wobei ihr dunkelbrauner Dutt hin und her wippt. »Ich sehne mich nach der Zeit zurück, in der ich meine Füße sehen konnte.«

»Das kann ich mir vorstellen«, gestehe ich. Unter anderen Umständen wäre es mir leichter gefallen, diese lockere Unterhaltung zu führen, aber ich bin noch immer nervös. Amelia scheint es zu bemerken, denn sie deutet auf die angelehnte Tür hinter sich. »Du kannst gleich durchgehen, Dr. Shefield wird sich freuen, dich zu sehen.«

Mit dem schüchternen Lächeln, das ich an mir selbst nicht leiden kann, nicke ich und betrete das Sprechzimmer. Chris sitzt an seinem Schreibtisch. Er nuschelt etwas, das sich verdächtig nach einem Fluch anhört, in seine Kaffeetasse und zuckt zusammen, als er mich sieht.

»Mia!«

»Guten Morgen. Amelia hat mich durchgewinkt.«

»Ja, gut, ich meine …«, stottert er und fährt sich unbeholfen durchs Haar. Er stapelt die Papiere vor sich, ehe das Zahnpastalächeln wieder erscheint. »Schön, dass du da bist. Bitte, nenn mich Chris und fang nicht mit Dr. Shefield an. Was machen die Kopfschmerzen?«

»Schon viel besser, danke«, sage ich ehrlich und nehme vor ihm Platz.

»Und der Schlaf?«

»Mit dem Mittel etwas ruhiger.« Ich presse kurz die Lippen zusammen, denn eigentlich verdränge ich die Angst vor dem Schlafen, solange die Sonne noch scheint.

»Möchtest du etwas? Kaffee, Tee?«

»Nein, danke. Ich bin hier, weil …« Meine Stimme stockt. Von meiner Motivation ist nichts mehr übrig. Vielleicht mache ich einen schrecklichen Fehler. Vielleicht war es wirklich nur ein Scherz. »Weil ich gern anbieten würde, deine Sprechstundenhilfe zu ersetzen. Zumindest für eine Weile.«

Chris lehnt sich auf seinem Stuhl zurück. Das Lächeln in seinem Gesicht zaubert kleine Falten um seine Augen. »Wirklich?«

Ich wappne mich und verschränke die Arme vor der Brust.

»Ich hab lange darüber nachgedacht«, gebe ich zu und blicke auf meine Hände, als könnten sie mir verraten, wie ich dieses Gespräch am besten führen soll. »Du brauchst eine Aushilfe, ich brauche einen Job. Zumindest in diesem Punkt hatte meine Schwester recht.«

Chris lacht. Der Klang lässt mich kurz zusammenzucken, so unerwartet kommt er. »Megan kann manchmal etwas fordernd sein, nehme ich an.«

»So könnte man es ausdrücken.«

»Ich würde dein Angebot gern annehmen, Mia«, setzt er nach und lehnt sich nach vorn, um etwas aus seinen Schubladen hervorzuziehen.

Hinter der Tür hört man, wie Amelia lauthals »Gott sei Dank!« ruft.

Ich blicke Chris etwas irritiert an, doch er räuspert sich, als hätte er nicht mitbekommen, dass wir offensichtlich belauscht wurden. Stattdessen schiebt er die Papiere gründlich zusammen. »Hier sind die erforderlichen Unterlagen. Füll sie in Ruhe aus und bring sie bis Freitag vorbei.«

Vorsichtig nehme ich den Umschlag entgegen. »Über das Gehalt können wir verhandeln, wenn du die Probewoche überstanden hast«, fügt er hinzu und lehnt sich zurück. Das Lächeln macht sich wieder auf seinem Gesicht breit. »Und mach dir keine Gedanken um die Arbeitszeiten, die Praxis ist ohnehin nur am Vormittag besetzt. Den Rest der Zeit bin ich für Hausbesuche unterwegs.«

»Diese Stadt ist zu gut, um wahr zu sein«, murmle ich.

»Belmont Bay wird dich noch um den Finger wickeln, Mia. Warte es nur ab.«

Nun muss ich doch lächeln. »Danke, Chris.«

»Jeder von uns braucht mal einen Neuanfang.«

»Ja, aber nicht jeder bekommt ihn«, nuschle ich vor mich hin, Chris scheint es jedoch nicht gehört zu haben. Ich bedanke mich noch mal, ehe ich die Praxis wieder verlasse.

Der strahlende Sonnenschein lässt selbst mein rostiges Fahrrad freundlicher wirken. Doch statt wieder nach Hause zu fahren, schlage ich einen anderen Weg ein. Seit meiner Panikattacke ist die Woche viel zu schnell vergangen, und das schlechte Gewissen in mir regt sich. Conner und Joey haben sich um mich gekümmert, als ich sie brauchte. Da bin ich es ihnen schuldig, mich zumindest noch mal zu bedanken. Natürlich hat das Ganze rein gar nichts mit den dunkelgrünen Augen zu tun, an die ich ständig denken muss.

Mein Weg führt mich zurück in die Innenstadt, doch ehe ich mein eigentliches Ziel ansteuere, halte ich am Floristikgeschäft. Wieder lasse ich Rufus, wie ich das Rad getauft habe, stehen und steuere den kleinen Laden an, der wie alle in dieser Reihe eine feuerrote Tür besitzt.

Der Geruch von Blumen und Liebe liegt bedeutungsschwanger in der Luft. Eine ältere Frau mit flachsblondem Haar sieht mich strahlend an. Sie trägt eine weiße Bluse und eine schlichte Jeans, die jedoch unter der dunkelgrünen Schürze kaum zu sehen ist. »Oh, hallo, Mia!«

Okay, langsam ist es unheimlich, dass mich offenbar die gesamte Stadt schon kennt. »Guten Morgen«, bringe ich dennoch hervor. »Ich suche nach einem Blumenstrauß für …«

»Joey und Tanja? Wegen des Ohnmachtsanfalls?«

Ich versuche gerade, eine passende Antwort zu finden, da schwirrt die Dame bereits um mich herum und klaubt verschiedene Blumen aus den Behältern.

»Mach dir keine Gedanken, Schätzchen«, fährt sie unbeirrt

fort, obwohl ich mir ziemlich sicher bin, dass man mir mein Unbehagen ansieht. Meine Gefühle zu verstecken, war noch nie meine Gabe.

»Hat es denn die ganze Stadt mitbekommen?«, frage ich vorsichtig, auch wenn ich mich vor der Antwort fürchte.

»Wenn jemand mitten vor dem Theater zusammenbricht, sorgt das schon für ein gewisses Aufsehen«, sagt die Dame lachend. »Ich bin übrigens Stella. Und wage es ja nicht, deine Geldbörse rauszuholen. Sieh den Strauß als mein Willkommensgeschenk an dich.«

Da ich Angst habe, unhöflich zu sein, nehme ich den Strauß dankbar an. »Das ist wirklich sehr nett.«

»Papperlapapp«, wehrt Stella ab. »Das nennt sich Kundenbindung.«

»Trotzdem danke«, sage ich und betrachte die hellen Sonnenblumen. Fast tut es mir etwas leid, dass ich diesen Strauß wieder abgeben muss.

»Mia?«

Ich blicke Stella an. Sie tritt hinter ihrer Kasse hervor und schiebt mir eine einzelne, kleinere Sonnenblume hinters Ohr. Ihr Lächeln zaubert kleine Fältchen um die gütigen Augen. »Die ist für dich.«

»Danke, Stella. Wirklich.«

»Mach dir keine Gedanken. In dieser Stadt teilen wir alles.«

Nachdem ich mich verabschiedet habe, gehe ich zum Diner und ignoriere das seltsame Gefühl in der Magengegend. Vielleicht sollte ich meine Ernährung mit Eiscreme und Pizza noch einmal überdenken, denn offenbar ist mein Magen davon nicht begeistert. Oder woher kommt die plötzliche Unruhe?

Die Tür schwingt auf, und zum ersten Mal weiß ich die Schönheit des Diners zu würdigen. Die schwarz-weißen Kacheln geben ein rhythmisches Klacken von sich, während ich über sie laufe.

»Ah, Mia! Was verschafft uns die Ehre?« Joey kommt mit einem breiten Grinsen auf mich zu. Er schüttelt meine Hand, tätschelt mir die Schulter und sieht mich mit gutmütigen Augen an.

»Ich wollte mich nur noch mal bedanken«, schaffe ich es zu sagen, bevor Tanja aus der Küche kommt und mich überschwänglich begrüßt. Ihr graues Haar ist zu einem anmutigen Knoten gebunden, und der rote Lippenstift sitzt so perfekt, als habe sie ihn eben erst aufgetragen. Die kleinen Falten um ihre Augen vertiefen sich, als sie breit lächelt. »Ach, Liebes«, flötet sie und nimmt mir den Strauß ab. »Das wäre doch nicht nötig gewesen.«

»Man wird nicht jeden Tag davor bewahrt, auf offener Straße auf dem Boden zu landen«, gebe ich zurück und erwische mich dabei, wie ich mich verstohlen nach Conner umsehe.

»Du hast ihn leider verpasst, er ist unten am See.«

»Ich …«

»Es ist ganz einfach«, fährt sie fort. »Du gehst die Ackerman Street runter und biegst bei dem kleinen Kiosk links ab. Dann kannst du ihn gar nicht verfehlen.«

»Oh, ich denke nicht …«

»Conner freut sich sicher, dich zu sehen.«

Sie schiebt mich sachte aus dem Laden, und ehe ich weiß, wie mir geschieht, tragen mich meine Beine durch die Ackerman Street. Den ganzen Weg über diskutiere ich mit mir selbst, ohne zu wissen, warum. Ich will mich nur bei ihm bedanken. Es gibt absolut keinen Grund dafür, dass mein Herz so schnell schlägt. Also warum mache ich mir so viele Gedanken?

Über mich selbst den Kopf schüttelnd, lasse ich mich von der langen Straße durch die Stadt führen. Da ich den Weg nicht genau kenne, nehme ich mir die Zeit, die Atmosphäre in mich aufzusaugen. Mir kommen lachende Menschen entgegen, die so gar nicht in das bisherige Bild dieses Ortes zu passen scheinen. Alles an ihnen schreit Stadt, sie tragen dicke Sonnenbrillen und modische Sandalen. Ihre lauten Stimmen sind ein herber Kontrast zu der friedlichen Idylle um mich herum.

Da ich Megan bereits bei ihren lautstarken Schimpftiraden zuhören durfte, weiß ich, dass die meisten Touristen wegen des einwöchigen Shakespeare-Festivals Anfang August hier sind und die zwei örtlichen Hotels belagern. Bei dem Gedanken an das Festival spüre ich wieder dieses Kribbeln in den Fingerspitzen, den Wunsch, Teil von so etwas zu sein.

Aber ich schiebe den Gedanken zur Seite. Der Geruch von Sonnenmilch und Mückenspray vermischt sich mit dem stärker werdenden Duft nach Wasser. Doch noch kann ich keinen See erkennen. Es kommen auch keine weiteren Urlauber, die mir einen Hinweis geben könnten, ob ich noch immer auf dem richtigen Weg bin. Rufus quietscht leise, während ich ihn neben mir herschiebe. Ich hätte viel früher den Mut finden sollen, Belmont Bay zu erkunden. Der Charme dieser Stadt fängt allmählich an, auch bei mir zu wirken. In der warmen Mittagssonne flimmert der Asphalt der nahezu ausgestorbenen Hauptstraße. Die Fassaden der Häuser erinnern mich ebenso an die *Gilmore Girls* wie an *Stranger Things*. Alles wirkt so freundlich und strahlend, dass ich das Gefühl bekomme, nichts hier könnte böse sein. Doch noch traue ich dieser heimeligen Idylle nicht vollständig.

Der moosgrüne Kiosk kommt in Sicht, und ich nicke dem Mann im Inneren freundlich zu. »Guten Tag«, grüße ich und setze ein Lächeln auf. »Ich suche den See.«

Der Mann wischt sich einmal durch die Haare. Er grinst schief, wobei er eine Reihe erstaunlich gerader Zähne entblößt, die von dem fehlenden Stück eines Schneidezahns unterbrochen werden. Die Sonne hat seinen Wangen eine dunkelrote Färbung verliehen, während auf seinem Hemd Ketchupflecken zu erkennen sind. Dennoch wirkt er freundlich, wie er sich den pompösen Bauch hält und über die Schulter nickt. »Bieg einfach hier ab, dann läufst du direkt hinein.«

»Vielen Dank.«

Ich folge seiner Anweisung, auch wenn ich eher das Gefühl habe, in einen fremden Garten zu laufen. Grüne Büsche säumen einen Weg, den man bestenfalls als Trampelpfad bezeichnen kann. Gerade als ich mich frage, ob ich doch falsch abgebogen bin, hört der Pfad auf.

Und dann liegt der See vor mir.

Im klaren Wasser des traumhaft ruhig gelegenen Belmont Bay spiegelt sich der nahe Wald. Das Zwitschern der Vögel wird von dem sanften Rauschen der kleinen Wellen begleitet, während die Sonne goldene Reflexionen in die Bucht malt. Ich bleibe kurz stehen und sauge die poetische und beinahe mystische Atmosphäre dieses Ortes einen Moment auf.

Wie von selbst rutscht mir Rufus' Lenker aus der Hand und landet im weichen Gras, während ich näher an das Wasser herantrete. Schimmernde kleine Wellen brechen sich vor meinen Füßen, noch bevor mir bewusst wird, dass meine Sandalen nass werden.

Die Ruhe ist himmlisch.

Ich schließe die Augen und atme den Geruch des Sees und des Waldes so tief ein, wie ich nur kann. Als ich die Augen wieder öffne, glaube ich zu träumen.

Conner taucht aus dem See auf. Meinem Mund entfährt ein seltsames Geräusch, das verdächtig nach ›Wow‹ klingt. Conner wirft das lange nasse Haar zurück, und die schimmernden Tropfen lassen die ruhige Oberfläche des Sees unruhig werden. Mit beiden Händen streicht er sich verirrte Haarsträhnen und Wasserperlen aus dem Gesicht, dann zucken seine Lippen. Die grünen Augen beginnen zu funkeln.

Regungslos starre ich seinen tätowierten Körper an, während er wie in Zeitlupe aus dem See steigt und auf mich zukommt. Das offene Haar hängt über seine Schultern und lässt immer neue Bäche von seiner muskulösen Brust bis hinab zu dem verführerischen V am Unterbauch fließen. Ich räuspere mich schwer und wende hastig den Blick ab.

Verdammt, was passiert hier gerade mit mir?

»Mia, mit dir habe ich nicht gerechnet.«

Wassertropfen rinnen über seine Brust, als er vor mir stehen bleibt. Erst jetzt wird mir klar, wie groß er ist.

»Ich wollte mich nur noch einmal bedanken«, gestehe ich und komme mir plötzlich entsetzlich dumm vor.

Wie sieht es wohl aus, dass ich ihn eben noch lüstern angestarrt habe und nun mit dieser faulen Ausrede um die Ecke komme?

»Du musst dich nicht bedanken«, wehrt er ab und geht an mir vorbei. Ich gebe mir Mühe, den geschwungenen schwarzen Linien und Mustern auf seiner Haut keine allzu große Aufmerksamkeit zu schenken.

»Ich wollte es aber.«

Er sieht mich belustigt an, bevor er nach dem Rucksack im Gras greift und ein Handtuch hervorzieht.

»Bist du öfter hier?«, frage ich und beiße mir gleich darauf auf die Zunge, weil ich nicht glauben kann, wie unfassbar abgedroschen diese Frage klingt. »Ich meine, *schwimmst* du hier öfter?«

»Wann immer das Wetter es zulässt«, gibt er zurück.

Mein Herz beginnt wieder, schneller zu schlagen, und am liebsten würde ich im Erdboden versinken. Das ist fast noch schlimmer, als in der Öffentlichkeit eine Panikattacke zu haben. Wieso nur habe ich mich dazu verleiten lassen?

»Gut, ich geh dann mal«, murmle ich vor mich hin. »Danke noch mal …«

»Mia?«

Ich bleibe stehen. Mit zwei schnellen Schritten ist Conner bei mir. Wir starren einander für einige Sekunden in die Augen, und Hitze flutet meinen Körper. Der Geruch des Zitronengrases vermischt sich mit dem des Sees und des Waldes. Plötzlich streckt er eine Hand nach mir aus, und die zarte Berührung seiner Finger lässt meine Haut prickeln. Er nimmt die Blüte aus meinem Haar und lächelt.

»Sonnenblumen?«

Ich nicke stumm, unfähig, etwas zu sagen, wenn er mir so nahe ist.

»Die hat Tanja am liebsten.«

»Ich sollte gehen«, murmle ich.

»Wie wäre es, wenn du morgen noch mal ins Diner kommst?«

»Warum?«

Er lacht, und der dröhnende Klang sorgt für eine neue Hitzewelle in meiner Brust.

»Wenn du dich bei mir bedanken willst, könntest du mir beim Essen Gesellschaft leisten«, schlägt er grinsend vor. Noch bevor ich die Chance habe, etwas darauf zu erwidern, lässt er mich stehen, schlüpft in seine Jeans und geht mit nackten Füßen, glänzender Brust und meiner Sonnenblume in der Hand zurück in die Stadt.

9

CONNER

Ein weiterer flirrend heißer Sommertag in Idaho. Schweiß rinnt über meine Stirn, bevor ich ihn wegwische und blinzle. Für die harte Arbeit des Morgens gestatte ich mir, die Aussicht vor meinem Haus einen Moment lang in mich einzusaugen – die Berge im Hintergrund, große Tannen am Rande des Waldes und das Gefühl von Freiheit und Gefangensein zugleich. Kein anderer Bundesstaat auf dem amerikanischen Festland – von Alaska einmal abgesehen – kann mit der ungezähmten Natur Idahos mithalten.

Sosehr mich die Grenzen der Kleinstadt auch einengen, die Weite des Himmels sorgt dafür, dass ich dennoch niemals gehen könnte. Ich bin mit dieser Stadt verbunden, mit den Bergen und den Wäldern. Selbst nachdem sie mir das genommen hat, was mich ausgemacht hat. Dieser eine Teil von mir ist in der Dunkelheit zwischen den Bäumen gefangen, und ohne ihn kann ich nicht einmal dann gehen, wenn ich es wollte. Vielleicht nicht einmal dann.

»Du hast sie zum Essen eingeladen?«

Ohne dass ich es verhindern kann, knirschen meine Zähne. Der Tag war viel zu lang und viel zu anstrengend, um jetzt ein solches Gespräch zu führen. Die Renovierung des Hauses treibt mich an die Grenzen meiner Belastbarkeit, ist aber gleichzeitig eines der wenigen Dinge, auf die ich mich täglich freue.

»Nein«, erwidere ich schnell. »Zumindest nicht direkt.«

Chris sieht mich skeptisch an. Statt seines Arztkittels trägt er

Jeans und Shirt. Im Gegensatz zu mir ist er nicht völlig verschwitzt und dreckig. »Aber indirekt?«

Ich rutsche auf meinem Stuhl hin und her, wische mir erneut den Schweiß von der Stirn und blinzle in die Sonne, ehe ich ihn wieder ansehe. Das kühle Bier in meiner Hand ist plötzlich schwerer geworden. »Irgendwie schon.«

Der Stuhl gibt ein leises Knarren von sich, als mein bester Freund sich zurücklehnt. Eine seiner Augenbrauen wölbt sich bedrohlich nach oben. »Irgendwie schon?«

»Musst du alles wiederholen, was ich sage?«

»Würdest du bitte nicht so einsilbig antworten?«

Meine Kiefermuskeln spannen sich wieder an. »Offenbar habe ich sie indirekt zum Essen eingeladen«, spreche ich es aus, wobei mir zum ersten Mal bewusst wird, was das bedeuten könnte. »Aber es ist kein Date.«

Chris überlegt einen Moment, was selten etwas Gutes zu bedeuten hat. In meinem Fall heißt es, dass ich aus diesem Gespräch nicht so schnell wieder rauskomme. »Und wie würdest du es dann bezeichnen?«

»Es ist ein Danke.«

»Weil du sie aufgefangen hast, bedankst du dich mit einem Essen? Wirklich sehr logisch, Conner.«

Nur mit Mühe unterdrücke ich ein Stöhnen. »Keine Ahnung, ich habe nicht nachgedacht.«

Zumindest nicht, als ich Mia gefragt habe. Sie stand so plötzlich am See, dass ich für ein paar Minuten in einer seltsamen Parallelwelt geschwebt habe. Als wären wir nicht wir und Belmont Bay nicht Belmont Bay.

Jemand wie ich hat keine Dates, schon gar nicht mit einer Frau, die noch mehr Scheiße erlebt hat als ich selbst. Zwei Menschen, die am Rande ihrer eigenen Dunkelheit leben, können nicht das Licht füreinander sein. Also sollte ich mich von ihr fernhalten.

Und doch tue ich es nicht. Diese Tatsache kotzt mich fast so sehr an wie die, dass Chris mich gut genug kennt, um mir meinen inneren Monolog vom Gesicht abzulesen. Er lehnt sich in dem morschen Schaukelstuhl zurück, nippt an seinem Bier und sieht mich auf diese Art an, die ich absolut nicht leiden kann. Seine Mundwinkel zucken leicht nach oben, als müsse er ein hämisches Grinsen unterdrücken. Wäre er nicht mein bester Freund, könnte ich ihn nicht leiden. Dieser verflucht perfekte Sonnyboy.

Er ist nur vier Jahre älter als ich, und früher habe ich ihn wirklich gehasst. Was zum größten Teil daran lag, dass er meinte, seine kleine Schwester sollte sich lieber von mir fernhalten. Und als er dann angefangen hat, meine zu daten, wurde es noch schlimmer. Es hielt nicht lange zwischen Tara und Chris – und zu seiner Verteidigung muss ich wohl anmerken, dass ihm die Trennung mehr zu schaffen gemacht hat als ihr. Um ehrlich zu sein, bin ich mir nicht sicher, wie es zu unserer Freundschaft kam. Wahrscheinlich ist es einfach die mangelnde Auswahl hier. Und die Tatsache, dass wir beide nicht auf Sportsendungen stehen, sondern lieber diskutieren.

Chris grinst. »Der dauergrübelnde Conner hat also nicht nachgedacht?«

»Fuck, tu das nicht.«

»Was denn?«

»Der ganzen Sache mehr Bedeutung beimessen, als sie hat«, brumme ich, obwohl ich mich dabei fühle wie ein Lügner. Denn wenn ich ehrlich bin, habe ich keine Ahnung, wie viel es bedeutet. Aber ich weiß, es wäre besser, wenn nicht. Für uns beide.

»Ich bin der Letzte, der sich darüber beschwert, wenn du aus deinem Schneckenhaus rauskommst.«

»Was für ein Schneckenhaus?«

Kopfschüttelnd zeigt Chris auf das Haus, das noch immer nicht nach der Arbeit aussieht, die ich bisher reingesteckt habe. »Zugegeben, nicht die beste Metapher. Aber ich kann auch deutlicher werden und sagen: *aus deinem Haus.*«

»Ich komme oft raus«, wehre ich ab.

»Die Arbeit zählt nicht.«

»Und die Wanderungen?«

»Willst du dieses Thema jetzt wirklich ausdiskutieren?«

Nun weiche ich seinem Blick aus. In der Ferne hüllt die untergehende Sonne die Spitzen der Berge in ein warmes Gelb. Mit jeder Minute ändern sich die Farben des Gipfelpanoramas und lassen die Felsgestalten mehr glühen.

»Es ist wirklich kein Date«, murmle ich etwas leiser, bevor ich an meinem Bier nippe.

»Das entscheide ich nach eurem Essen.«

»O Mann, bitte buch nicht gleich die Kirche.«

»Keine Angst, so weit ist es noch nicht.«

»Sehr beruhigend.«

»Aber nächsten Sommer sollten wir uns über die Tischdeko einig sein.«

Ich werfe eine Schraube nach ihm, die ich von dem kleinen Tisch zwischen uns klaube, doch er weicht lachend aus. Das Verandalicht ist bereits eingeschaltet. Insekten tummeln sich vor den Lampen und zeichnen Schatten auf das alte Holz.

»Lass dir nicht alles aus der Nase ziehen, Conner. Wieso hast du sie gefragt?«

In meinem Kopf sehe ich noch einmal dieses winzige Lächeln, die Sonnenblume in ihrem Haar. Irgendwo in meinem Körper wird das Signal für Herzklopfen ausgelöst. *Verdammt*. Genau das, was ich nicht wollte. Leider bin ich mir des fragenden Blicks von Chris noch immer mehr als bewusst. »Sie ist neu in der Stadt.«

»Als ob dich das interessiert.«

»Hey, du lässt mich wie ein Arschloch dastehen.«

»Ich sag es dir nicht gern, mein Lieber, aber du bist die meiste Zeit auch eins.«

Grummelnd wische ich mir über die Nase. »Na, vielen Dank.«

»Also, was war es? Wie hat Mia dich um den Finger gewickelt?«

»Sie hat mich um gar nichts gewickelt. Außerdem gefällt mir diese Aussage nicht. Sie ist doch keine Spinne, die mich in ihr Nest lockt, oder etwas in dieser Art.«

Chris verdreht die Augen. »Conner, jetzt raus mit der Sprache.«

Unbehaglich räuspere ich mich. Genau das ist der Grund, warum es zwischen ihm und meiner Schwester nicht geklappt hat. Wir Rosenbergs reden nicht gern über unsere Gefühle, wir spielen eher im Team Verdrängung. »Wenn ich wüsste, was es ist, würde ich es dir sagen.«

»Hm.«

»Hm?«

»Interessant.«

So etwas kann auch nur jemand wie Chris von sich geben. Mir ist absolut klar, dass ich einen Fehler begangen habe. Vielleicht sogar einen großen. Aber er findet es *interessant*. »Dass ich keine Ahnung habe, weckt also deinen Forscherdrang, oder was?«

»Ja.«

Ich schüttle den Kopf und betrachte die Glühwürmchen auf den mittlerweile in Schwarz gehüllten Wiesen, die sich bis zum Waldrand erstrecken. Das Schweigen zwischen uns dehnt sich aus, bis ich es endlich schaffe, meine Gedanken von dieser Frau abzulenken. »Sie wird in der Praxis anfangen.«

Irritiert lasse ich den Blick weiter auf den Glühwürmchen verweilen. »Was?«

»Mia.«

»Du verarschst mich doch.«

»Das würde mir nie einfallen«, gibt Chris zurück und lacht angesichts meines verdutzten Ausdrucks. »Sie hat ihr Medizinstudium abgebrochen oder zumindest pausiert, die Quellen sind sich da nicht einig.«

»Medizinstudium?«, echoe ich.

»Überrascht dich das?«

Ich fahre mir durch die Haare, während ich meinen Blick wieder schweifen lasse. Lieber sehe ich den Insekten zu, wie sie auf das Licht zufliegen, als Chris in die Augen. Eine gute Frage, auf die ich nicht wirklich eine Antwort finde. Einfach alles an Mia überrascht mich. Angefangen von ihrem Auftauchen hier bis hin zu ihren braunen Augen, die immer wieder unverhofft in meinen Gedanken auftauchen. »Ja. Nein. Keine Ahnung.«

»Ich merke schon, Mia bringt dich ziemlich durcheinander.«

Schnaubend schüttle ich den Kopf. Niemand hat es bisher geschafft, mich durcheinanderzubringen oder meinen Herzschlag. Niemand, seit verflucht langer Zeit und aus verdammt gutem Grund. »Wer wirft ein Medizinstudium hin und landet ausgerechnet in diesem Kaff?«

»Was für ein Glück. Du kannst sie genau das bei eurem Nicht-Date fragen …«

Ich gebe nur ein unverständliches Brummen von mir. Der Gedanke an morgen sorgt dafür, dass ich das Gefühl habe, sämtliche meiner guten Vorsätze über Bord zu werfen.

10

MIA

Ich werfe die Arme in die Luft, ehe ich sie in die Hüften stemme und meine Schwester grimmig anfunkle. »Wenn du noch einmal *Date* sagst, werde ich dich umbringen.«

Ungerührt sieht Megan vom Boden zu mir auf. Dutzende Kleidungsstücke sind um sie herum verteilt, und dieses Mal ist nicht sie verantwortlich für das Chaos, sondern ich selbst. Ein gutes Sinnbild für das Durcheinander in meinem Inneren. Megan erhebt sich, ohne den Blick von mir abzuwenden. »Deine ganzen Shakespeare-Stücke haben dich ziemlich theatralisch werden lassen.«

»Nein, du machst mich nur wütend«, gebe ich zurück, obwohl ich es nicht so ernst meine, wie es klingt.

Dennoch hebt meine Schwester die Hände, als wollte sie sich ergeben. »Okay, ich hör ja schon auf.«

Mit hängendem Kopf lasse ich mich auf dem Sofa nieder. Ein leichtes Grinsen zupft an meinen Mundwinkeln, während ich sie ansehe. »Gut, denn ich kenne mindestens zehn Arten, dich zu töten, ohne dass es jemand auf mich zurückführen könnte.«

Lässig zuckt Megan mit den Schultern. »Du könntest es versuchen, aber dann aktiviert sich mein verschollenes Agentengedächtnis, und ich werde dich aufs Kreuz legen.«

Verwirrt lege ich den Kopf schief. »Von welchem Film redest du?«

Megan verdreht die Augen und lässt sich neben mich fallen. »*Die Bourne Identität*. Offenbar habe ich bei meinem Erziehungsauftrag versagt, wenn du das nicht erkennst.«

Ich schüttle den Kopf. »Die Tatsache, dass ich jeden *Stirb langsam*-Film mitsprechen kann, macht das sicher wieder wett.«

Lachend legt sie die Füße auf dem überfüllten Tisch ab, ohne auf das vollbeschriebene Blatt zu achten. Es segelt langsam zu Boden. »Immerhin ein guter Einfluss, den ich hatte.«

»Megan?«

»Ja, Zuckerstern?«

Ich beiße mir auf die Innenseite der Lippe, während mein Blick noch einmal zu dem Durcheinander auf dem Boden schweift. Der gesamte Inhalt meiner Reisetasche ist dort verteilt, aber nichts davon erscheint mir passend. »Was zieht man zu einem Nicht-Date an?«

»Ich rate zu Unterwäsche, sonst könnte es …«

»Megan!«

Sie lacht auf, verstummt jedoch sofort, als sie sieht, dass ich es nicht tue. Beruhigend legt sie mir eine Hand auf den Arm. »Zieh einfach an, was du sonst auch anziehen würdest.«

Kopfschüttelnd schließe ich die Augen. »Ich will keine falschen Signale senden.«

Einen Moment herrscht völlige Stille. Mit klopfendem Herzen sehe ich sie wieder an. Megan zieht eine Augenbraue nach oben, als würde sie noch darüber nachdenken, ob sie sich verhört hat. »Das hast du gerade nicht wirklich gesagt.«

»Ich …«

Mit einem Satz springt sie vom Sofa auf, ohne das zu Boden fallende Kissen zu beachten, und sieht mich tadelnd an. »Deine Kleidung kann kein Signal senden, Zuckerstern. Wenn du Conner in die Friendzone schicken willst, kannst du das in einem kurzen Rock genauso wie in Jogginghosen.«

Ich stöhne leise. Natürlich weiß ich, dass meine Kleidung nichts aussendet. Immerhin ist es nur Stoff, nicht radioaktiv verstrahlt. Dennoch erscheint es mir wie eine unüberwindliche Aufgabe, etwas zu finden, das sagt: *Hey, ich möchte bitte kein romantisches Interesse in dir wecken.*

Gibt es irgendwo da draußen ein Shirt mit diesem Satz?

Es wäre schön, wieder ein Leben außerhalb der Wohnung meiner Schwester zu haben. Vielleicht sogar wieder Freunde. Aber ob Conner tatsächlich ein Freund sein kann?

»Du hast ja recht«, bringe ich etwas leiser heraus und rutsche vom Sofa wieder auf den Boden.

»Natürlich hab ich das«, meint Megan in einem Ton, der mir das Gefühl gibt, ich hätte sämtliche Naturgesetze infrage gestellt.

Mein Puls beschleunigt sich, und meine Stimme ist nur noch ein raues Flüstern. »Es ist nur so lange her.«

Megan runzelt die Stirn. »Was? Die letzte Mahlzeit?«

Wäre mein Herz nicht gerade so unendlich schwer, hätte ich die Augen verdreht. Aber nun schüttle ich den Kopf. »Dass ich mich allein mit jemandem verabrede, ohne Angst haben zu müssen, dass …« Doch der Rest des Satzes bleibt mir im Hals stecken.

Augenblicklich wird Megans Blick weicher. Sie rutscht zu mir auf den Boden. Aber sie umarmt mich nicht, lässt genug Luft zwischen uns, damit ich die Tränen zurückhalten kann.

Ich bin es so leid. Die ganzen Tränen, die Angst, die verstohlenen Blicke auf die Nachrichten, die ich nicht öffne, und die Anrufe, die ich nicht annehme. Vielleicht hatte Megan recht. Vielleicht sollte ich meine Nummer ändern, aber der bloße Gedanke sorgt dafür, dass die Angst noch schlimmer wird, auch wenn mir klar ist, dass daran nichts logisch ist.

Belmont Bay sollte ein Neuanfang sein, allerdings kann ich die Vergangenheit trotzdem nicht einfach abschütteln. Sie verfolgt mich wie ein schlechter Geruch, der an meinen Schuhsohlen klebt. Immer wenn ich glaube, ich hätte es geschafft, dringt er wieder in meine Nase und reißt mich zurück.

»Tut mir leid«, murmelt meine Schwester. Sie schiebt sich eine der roten Locken hinter das Ohr, während sie auf ihre Hände blickt. »Mir war nicht klar, wie … weit es ging.«

Das vertraute Zittern überrollt meinen Körper, doch ich weigere mich, der Angst wieder Raum zu geben. Mit geschlossenen Augen warte ich darauf, dass sie sich zurückdrängen lässt. Meine Atmung wird ruhiger, aber meine Gedanken lassen sich nicht so schnell bändigen. Sie konnte es nicht wissen. Ich habe alles darangesetzt, damit es nie jemand erfährt. Aber da ist ein winziger Teil von mir wütend auf jeden, der nicht zweimal hingeschaut hat. Auf alle, die mich in diesem Albtraum alleingelassen haben.

»Hätte ich gewusst …« Dieses Mal ist es Megan, der die Worte fehlen. Ihre brüchige Stimme sorgt dafür, dass ich die Augen öffne und ihre Hand ergreife. »Ich weiß.«

Einen Augenblick lang sitzen wir einfach so da, in all dem Chaos, das nun unsere beiden Leben bestimmt, und mit all den unausgesprochenen Fragen, die um uns herumschwirren wie Insekten, die sich weigern, in die Falle zu tappen. Ihre braunen Augen blicken in meine, als würde sie darin nach Antworten suchen. »Wenn du dich nicht bereit fühlst, dann …«

»Das ist es nicht«, unterbreche ich sie, ehe sie etwas sagt, das mich von meinem Vorhaben abbringen kann. »Ich habe mich nur so lange nicht mehr einfach so mit jemandem getroffen. Was, wenn ich alles verlernt habe? Was, wenn ich nicht weiß, was ich sagen soll, und diese lang gezogene Pause entsteht, in der sich beide unwohl fühlen? Was, wenn ich plötzlich Panik bekomme?«

Megan legt den Kopf schief. »Gab es diese Pausen denn bisher, wenn ihr euch unterhalten habt?«

»Du meinst, in den fünf Minuten?«

»Ja.«

»Ich glaube nicht.«

»Na also. Mach dir keinen Druck. Es ist nur ein Essen. Ein Anruf genügt, und ich stürme das Diner, als wäre ich die sexy Version von Rambo.«

Ich nicke, aber eigentlich nur, weil mir klar wird, wie lange ich mich versteckt habe. Es gab Zeiten, da hat mich eine Einladung zum Essen nicht an den Rand eines Zusammenbruchs gebracht. Oder dazu, meine Garderobe auf dem Boden zu verteilen.

Megans Blick ruht noch immer auf mir. »Lass einfach die Jeans und das Shirt an«, meint sie sanft und zwinkert. »Es ist nur das Diner, keine große Sache.«

»Danke.«

Megan lacht. »Wofür?«

»Dass ich mich ständig bei dir ausheulen kann.«

»Erstens heulst du nicht, und zweitens sind Schwestern dafür da. Und wenn es dich beruhigt: Falls du nervst, zieh ich dir einfach an den Haaren.«

Nun muss ich auch lachen. »Das ist wirklich sehr beruhigend.«

Megan greift nach meinen Händen und hilft mir auf die Füße. Langsam, aber sicher muss ich mich auf den Weg machen. Nun ist die Entscheidung, die Jeans und das dunkelblaue Shirt anzulassen, plötzlich ganz einfach. Ich hole das Handy aus meiner Gesäßtasche. Leider blinkt mir eine Uhrzeit entgegen, und mein Puls beschleunigt sich aus einem anderen Grund. »O Mist, ich bin spät dran.«

»Soll ich dich hinfahren?«, fragt Megan sofort.

»Nein, ist schon okay. Ich nehm Rufus.«

»Was?«

»So hab ich das Rad genannt.«

»Okay, jetzt mache ich mir doch etwas Sorgen.«

Ich rolle mit den Augen. »Du hältst dich wirklich für witzig, oder?«

»Dein Grinsen gibt mir recht. Viel Spaß.«

Ich eile die Treppen hinunter und schnappe mir Rufus. Der Fahrtwind peitscht mir ins Gesicht, während ich die Pedale durchtrete. Die Bewegung sorgt dafür, dass meine Gedanken sich wieder etwas ordnen. Es ist kein einziges Auto auf der Straße zu sehen. Bäume, Felder und Straße verschwimmen in einem Schleier, während ich an ihnen vorbeifahre. Diesen Weg könnte ich inzwischen im Schlaf antreten, nur heute ist es anders.

Mir fehlt der Blick für die Schönheit des Ortes, da mein Kopf meint, sämtliche Schreckensszenarien austüfteln zu müssen.

Was, wenn Kevin plötzlich auftaucht?

Wenn Conner mehr im Sinn hat als ein Essen?

Wenn mein Herz einfach nicht aufhört, wie wild in meiner Brust zu hämmern?

Die ersten Häuser der Stadt kommen in Sicht. Statt breiter Felder und Resten des Waldes sehe ich den roten Backstein. Rufus gibt einen gequälten Laut von sich, als ich einem Loch in der Straße nicht ausweiche. Bevor ich dem armen Drahtesel noch Schlimmeres antun kann, steige ich ab und schiebe ihn den restlichen Weg, wobei ich in Gedanken immer wieder durchgehe, was ich Conner sagen könnte, damit er wirklich keinen falschen Eindruck bekommt.

Ich stelle Rufus vor dem Diner ab und nehme mir ein paar Sekunden, um durchzuatmen. Mir ist bewusst, dass ich Kevin nichts schuldig bin, aber ich fühle die Schuld dennoch. Sie kratzt mit ihren kalten Klauen an meinem brüchigen Herzen herum und lässt mich einfach nicht in Ruhe. Obwohl es völlig absurd ist, ist es, als würde ich ihn betrügen.

Frauen in Shakespeares Dramen werden manchmal fälschlicherweise des Ehebruchs angeklagt, und obwohl ich weiß, dass meine Situation nicht mit der von Desdemona aus *Othello* vergleichbar ist, habe ich Angst, das gleiche Schicksal zu erleiden wie sie. Es ist die unnatürliche Furcht vor Verurteilung, nur weil die falschen Schlüsse gezogen wurden. Meine Gedanken verknoten sich wieder, weil ich weiß, dass der Einzige, der mich verurteilen würde, Kevin selbst ist. Und dem bin ich keine Rechenschaft mehr schuldig, war es genau genommen auch nie. Nur warum kommt es mir dann vor, als sei ich im Begriff, etwas Falsches zu tun?

Noch bevor ich diesen Gedanken weiterspinnen kann, geht die Tür auf, und Conner sieht mich an. »Hey.«

»Hey.«

Wir stehen voreinander, keiner von uns scheint wirklich zu wissen, was er tun soll. Ein dicker Kloß drückt auf meine Stimmbänder, ich bekomme keinen Ton heraus. Conner wischt sich unbehaglich über die kirschrote Schürze. Dann räuspert er sich und macht einen Schritt nach hinten, damit ich an ihm vorbei ins Diner treten kann. Schweigend bedeutet er mir, an einem der Tische Platz zu nehmen.

Unbehaglich rutsche ich auf dem weichen Leder herum. Meine Zehen wackeln in den Turnschuhen, weil ich nicht weiß, was ich sagen soll. Also greife ich nach der Serviette und falte sie auf, nur um sie gleich darauf wieder zusammenzulegen.

»Kommt mir das nur so vor, oder ist hier irgendwas ziemlich schräg?« Conner schiebt sich eine Strähne aus dem Gesicht, während er sich auf die gepolsterte Bank mir gegenüber sinken lässt.

Er sieht so angespannt aus, wie ich mich fühle. Vielleicht war es doch ein Fehler, herzukommen. Aber einfach wieder gehen kann ich jetzt auch nicht.

»Das hier ist kein Date«, platzt es aus mir heraus, was ihn zu verwundern scheint. Ich kann nicht abschätzen, ob seine Verwirrung etwas mit der Schuld zu tun hat, die wie ein dämonischer Vogel auf meiner Schulter sitzt. Er nimmt langsam die Schürze ab und lehnt sich zurück, ohne den Blick von mir abzuwenden.

»Das dachte ich auch nicht.«

Erleichtert atme ich auf. »Gut. Und was ist es dann?«

»Ein Essen unter Freunden.«

Das Wort hallt einen Moment in meinem Kopf nach. *Freunde.* Früher hatte ich viele davon, doch die letzten zwei Jahre haben mir gezeigt, dass Freundschaft für die meisten nicht das Gleiche bedeutet wie für mich. Bin ich wirklich schon bereit für eine neue Freundschaft? Noch dazu mit jemandem wie Conner? Selbst in dem fleckigen Shirt sieht er aus wie ein Unterwäschemodel, das jeden Moment anfängt, sich die Klamotten vom trainierten Körper zu reißen und das Diner zu seinem Catwalk zu machen. Dabei ist das so weit von seinem mürrischen Verhalten entfernt, dass ich fast grinsen muss. Mein langes Schweigen bleibt nicht unbemerkt. Sein Blick ruht noch immer auf mir, also räuspere ich mich erneut. »Okay.«

Sein Blick. Dieser verdammte Blick.

Ich kann nicht sagen, ob Erleichterung oder Enttäuschung hinter dem Waldgrün seiner Augen stehen, doch mein Körper reagiert darauf. Mein Herzschlag wird wieder schneller. Die Serviette in meiner Hand ist inzwischen so oft gefaltet und entfaltet worden, dass das Papier unschöne neue Knicke bekommen hat.

Conner runzelt die Stirn. Er blickt über die Schulter und senkt die Stimme, als hätte er Angst, jemand würde uns belauschen. »Geht es dir gut?«

Ich nicke einen Tick zu schnell. »Sicher.«

»Du bist eine schreckliche Lügnerin.«

»Ich bin nervös, weil ich nicht einordnen kann, was wir hier tun und warum. Und ob es eine schlechte Idee war, die Wohnung zu verlassen. Wieso hast du mich eingeladen?«

Meine Stimme ist viel zu leise, meine Worte sind viel zu schnell, und dieses verdammte Herz hört einfach nicht auf, gegen meinen Brustkorb zu hämmern. Ich schließe die Augen wieder, versuche, mich auf meine Atmung zu konzentrieren.

»Mia?«

Ich schlucke schwer. »Tut mir leid«, sage ich fast schon mechanisch.

»Es ist nur ein Essen, Mia. Und wenn ich dir das Gefühl gebe, dich irgendwie zu bedrängen, dann sag es oder geh. Oder beides. Du musst nichts tun, wobei du dich unwohl fühlst«, raunt Conner mit so sanfter Stimme, dass mein Herz kurz ins Stolpern gerät.

»Du bedrängst mich nicht, es ist nur … seltsam.«

Conner lacht, was mich noch mehr aus dem Konzept bringt. »Und jetzt haben wir auch rausgefunden, warum. Es ist seltsam, weil du dich unwohl fühlst.«

Gegen meinen Willen zucken meine Mundwinkel nach oben. Er hat recht. Diese Situation fühlt sich nur so befremdlich an, weil ich sie dazu mache. Es sind meine wirren Gedanken, die sich um uns wickeln. Mit einem Hauch von neuem Mut lege ich die Serviette zur Seite. »Du arbeitest hier. Was kannst du empfehlen?«, will ich wissen und schnappe mir eine der Karten.

»Alles außer dem Thunfisch-Sandwich«, antwortet er sofort.

»Ist es nicht gut?«

Er zuckt mit den Schultern. »Keine Ahnung, aber ich hasse Thunfisch.«

»Und was hasst du noch?«

Seine grünen Augen verengen sich, bevor er die tätowierten Hände verschränkt. »Die Liste ist zu lang für ein einziges Essen.«

»Absurderweise finde ich das irgendwie sympathisch«, gestehe ich leise. Unwillkürlich betrachte ich die beiden schwarzen Mandalas, die seine Handrücken schmücken. Sie sind absolut identisch, von einem kleinen Leberfleck auf seinem Ringfinger an der linken Hand einmal abgesehen. An den Rändern verlaufen die Zeichnungen, ziehen sich bis an seine Fingerspitzen. Es wirkt filigran und markant zugleich.

»Was ist mir dir?«

Ertappt reiße ich den Blick von seinen Händen los. »Mit mir?«

»Welche Dinge magst du nicht?«

Nun muss ich tatsächlich grinsen. »Thunfisch steht auch auf meiner Liste.«

Conner lacht leise. »Ich wusste gleich, dass wir uns verstehen.«

»Da wir das geklärt haben, werde ich wohl auf die Chili-Cheese-Fries setzen«, meine ich mit einem prüfenden Blick in die Karte, ehe ich sie wieder zuklappe.

»Ausgezeichnete Wahl. Ich nehme das Gleiche. Welchen Milchshake dazu?«

Obwohl mein Herz noch immer nicht in seinen gewohnten Rhythmus zurückgefunden hat, fange ich an, mich zu entspannen. Der Druck hinter meinen Schläfen flacht ab, die absurde

Angst, etwas Verbotenes zu tun, verschwindet langsam, und der Kloß in meinem Hals wird mit jeder Minute kleiner. »Scho-ko.«

»Gib mir eine Minute.« Conner steht vom Tisch auf und verschwindet kurz in der Küche. Dann ist er wieder hinter dem Tresen. Er macht unsere Milchshakes, ohne zu bemerken, wie ich ihn beobachte. Nicht nur, weil es ein seltsamer Anblick ist, wenn ein vermeintlicher Bad Boy wie er Milchshakes macht, was mich unwillkürlich an eine überzogene Netflix-Serie denken lässt, sondern auch, weil sonst keine Gäste im Diner sind. Nur die Geräusche aus der Küche verraten, dass Joey da ist.

Mit den Milchshakes in den Händen kommt Conner zum Tisch zurück. Für einen Moment bin ich sprachlos, denn mit einem 08/15-Milchshake hat die Schönheit vor mir nichts zu tun. Die dunkelbraune Flüssigkeit wird von einer Haube strahlender weißer Sahne zugedeckt, auf der sich nicht nur Schokoperlen befinden, sondern auch elegante Schnörkel aus Karamellsoße sowie ein Stück Erdnussbutter-Schokoladen-Fudge.

»Verrat niemandem, dass ich dir meine Spezialmischung gegeben habe«, murmelt Conner verschwörerisch.

Ich nicke stumm und ziehe den Shake dichter zu mir. Kaum dass sich meine Lippen um den Strohhalm aus Glas gelegt haben, entfaltet sich auch schon der Geschmack in meinen Mund. »Das ist himmlisch.«

»Das Geheimnis ist ein winzige Prise Meersalz in der Karamellsoße«, sagt er, als ich direkt noch einen großen Schluck nehme. »Willst du mir erzählen, warum du zum Vorsprechen wolltest?«

Die Frage bringt mich kurz aus dem Konzept. Ich schiebe den Milchshake von mir weg und weiche seinem Blick aus. »Wahrscheinlich wollte ich eine Rolle.«

Diese verfluchten grünen Augen fixieren mich, lassen nicht zu, dass ich mich der nächsten Frage einfach entziehen kann. »Und welche?«

Mein Herz gerät wieder ins Stolpern. »Um ehrlich zu sein, habe ich nicht so weit gedacht«, gestehe ich kleinlaut. »Es ging mehr darum, mir selbst zu beweisen, dass ich es noch kann.«

Ich sage ihm nicht, um wie viel mehr es ging. Es war die Wiederbelebung eines Traums, von dem ich dachte, ich dürfte ihn nicht träumen.

»Hast du schon mal im Theater gespielt?«

Meine Lippen pressen sich kurz aufeinander. So schnell lässt er mich wohl nicht vom Haken. »Auf der Highschool und im ersten Semester, aber ich habe es …« Eine unliebsame Erinnerung poppt vor meinem geistigen Auge auf wie eine Werbefläche, die sich nicht mehr wegklicken lässt. Zu allem Überfluss bin ich mir überdeutlich bewusst, wie Conner mich noch immer erwartungsvoll ansieht. »… aufgegeben.«

»Warum?«

»Das Studium war ziemlich zeitintensiv«, sage ich wie einstudiert, und wenn ich ehrlich bin, ist es das auch. Fast kann ich die Stimme meiner Mutter in meinem Kopf hören, die immer wiederholt, dass meine Zukunft nicht auf einer Bühne liegt, sondern in einem OP. Ich mache ihr keinen Vorwurf, denn ich war selbst so lange überzeugt, dass ihre Vorstellungen und meine irgendwie verschmolzen sind. Ich wusste nicht mehr, was ich wirklich will und was ich mir nur antrainiert hatte. Vielleicht weiß ich es noch immer nicht so genau.

»Medizin, oder?«

Eine meiner Augenbrauen wölbt sich nach oben. »In dieser Stadt gibt es wirklich keine Geheimnisse.«

»Zumindest nicht sehr lange«, stimmt Conner zu.

»Können wir aufhören, nur über mich zu reden?«

»Sicher, nur eine Frage noch.«

»Schieß los.«

»Willst du es noch mal versuchen?«

Bevor ich dazu komme, Conner und mir selbst diese Frage zu beantworten, kommt Joey aus der Küche. Mit einem breiten

Grinsen bringt er eine gigantische Platte voller Chili-Cheese-Fries zu uns an den Tisch.

»Guten Appetit«, sagt er, zwinkert uns zu und verschwindet pfeifend wieder in der Küche.

Conner schüttelt den Kopf, kommentiert es jedoch nicht.

Ich bin ohnehin noch zu sehr damit beschäftigt, auf meinem Stuhl hin und her zu rutschen. Zögernd greife ich nach einer Pommes, deren Käsekruste mir augenblicklich das Wasser im Mund zusammenlaufen lässt. Eine Weile essen wir schweigend, doch Conner nimmt das Gespräch nahtlos wieder auf.

»Das Vorsprechen. Willst du es beim nächsten Stück noch mal versuchen?«

Während ich kaue, versuche ich mir die Worte im Kopf zurechtzulegen. So, wie ich es immer getan habe. Schöne kontrollierte Antworten ohne Angriffspunkte – aber auch ohne einen Funken Wahrheit. Ich schlucke schwer, denn so, wie Conner mich ansieht, bringe ich es nicht fertig, ihn wie einen Fremden zu behandeln.

Ich kann nicht sagen, was es ist, doch hinter dem Grün seiner Augen liegt etwas, dem ich mich näher fühle. Wir kennen uns nicht, zumindest nicht richtig. Irgendetwas ist da zwischen uns. Nichts Romantisches im klassischen Sinne, aber eine Nähe. Und verrückterweise will ich mich der nicht einfach entziehen. Also atme ich einmal tief durch, ehe ich die Wahrheit sage: »Keine Ahnung. Ich bin ziemlich eingerostet, und vielleicht war es auch einfach eine dumme Idee.«

Conner schüttelt den Kopf. »Das glaube ich nicht.«

Ich tunke eine fast käsefreie Fritte in die Reste meines Milchshakes. »Ach nein?«

»Nein.«

Nun bin ich es, die den Kopf schüttelt. »Wie kommst du darauf? Du kennst mich doch gar nicht.«

»Nein, aber ich habe ein gutes Bauchgefühl.«

»Und das verrät dir, ob ich Talent habe?«

Conner grinst. »Der Punkt geht an dich. Aber ich finde, du

solltest es für die nächste Vorstellung versuchen. Auf dem Festival findet klassischerweise das große Vorsprechen für die Herbst-Vorstellungen statt. Die sind zwar nicht so gut besucht wie im Sommer, aber immerhin. Es verstört mich außerdem, was du da gerade mit meinem Milchshake anstellst.«

»Pommes und Eis sind die beste Kombination der Welt. Aber ausgerechnet *Macbeth*?«, gebe ich zurück und tunke die nächste Kartoffel in die Schokolade.

»Wenn du dir um die endlosen Monologe Sorgen machst, kann ich dir helfen. Bei deinem seltsamen Geschmack allerdings nicht.«

»Beim Textlernen?«, frage ich verwirrt.

»Warum nicht?«

»Das Argument, dass wir uns kaum kennen, zählt nicht?«

»Die Stadt ist klein. Wir werden uns so oder so kennenlernen«, gibt er zurück und verzieht das Gesicht, während ich meine Pommes wieder in das Eis dippe.

»Hm.«

»Hm?«

»Ich weiß nicht, das ist irgendwie ein unfairer Tausch«, murmle ich kauend.

»Wer hat etwas von einem Tausch gesagt«, wehrt Conner ab. »Ich kenne die Texte auswendig, also warum sollte ich dir nicht helfen?«

»Es kommt mir falsch vor, einen Gefallen von dir zu erhalten, ohne etwas zurückzugeben.«

»Ich lass mir was einfallen.«

»Bekomme ich Zeit, um darüber nachzudenken?«

»Natürlich. Es ist nur ein Angebot.«

»Okay.«

Wieder greife ich nach einer Fritte.

»Mia?«

»Ja?«

»Schmeckt das wirklich?«

Ich lache leise. Die Anzahl der Pommes hat sich bereits drastisch reduziert, aber es sind noch immer genügend auf dem Teller, damit Conner den Selbsttest machen kann.

»Versuch es«, sage ich aufmunternd und demonstriere noch einmal, wie man auf das perfekte Pommes-Milchshake-Verhältnis kommt.

Conner sieht noch immer skeptisch aus. Er hält eine Fritte zwischen den Fingern, als sei er dabei, etwas Schreckliches zu probieren. Dann überwindet er sich und tunkt sie in die cremige Schokolade. Gespannt warte ich ab, bis der Geschmack sich in seinem Mund ausgebreitet hat. In seinem Gesicht lassen sich sämtliche Gefühle eindeutig ablesen. Erst der Unwille und die Überwindung, dann die Überraschung und zu guter Letzt die völlige Verblüffung, als er merkt, dass Pommes und Eis die beste Kombination der Welt sind.

»Fuck«, stößt er aus. »Das ist genial.«

»Nichts zu danken. Du wirst deine Fritten nie wieder normal essen.«

»Du verdirbst mich«, meint er scherzhaft, aber irgendwo in seiner Stimme meine ich, einen Hauch Wahrheit herauszuhören. Schweigend essen wir weiter. Es ist nicht die unangenehme Stille, vor der ich mich gefürchtet habe, sondern die Art friedliches Schweigen, das man viel zu selten mit anderen Menschen teilt.

Die Milchshakes sind leer, sämtliche Fritten von dem Teller in unseren Mägen gelandet, und ich spüre, wie sich sanfte Trägheit in meinen Gliedern breitmacht. Conner sieht aus, als wollte er noch etwas sagen, doch bevor er dazu kommt, ertönt das Klingeln der Türglocke. Neue Gäste betreten das Diner. Offenbar ist Conners Pause vorbei, denn er greift nach seiner Schürze und sieht mich mit einem kleinen Grinsen an. »Es war schön, heute mit dir zu essen.«

Meine Mundwinkel zucken nach oben. »Fand ich auch.«

Und zu meiner Überraschung ist es keine Lüge, sondern bittersüße Realität.

11

CONNER

Ich wische mir müde über die Augen und trete an das staubige Fenster meines Wohnzimmers. Ein Schmetterling sitzt an der Scheibe. Das Sonnenlicht lässt seine Flügel schimmern, als habe sie jemand mit goldenem Staub verziert. Langsam, ganz so, als würde er spüren, dass er beobachtet wird, dreht er sich einmal um sich selbst. Wahrscheinlich lebt er sonst in den Weiten der Blumenwiesen am Waldrand, und die Scheibe irritiert ihn. Menschen sind schon seltsame Geschöpfe, die sich feste Häuser bauen und dann Löcher hineinschlagen, um die Welt nicht komplett aus den Augen zu verlieren.

Mein lautes Niesen durchbricht den kurzen Eindruck von Schönheit – der Schmetterling flattert davon. Die Fenster geben ein Knarren von sich, als ich sie aufreiße. In meinem Inneren mache ich mir eine Notiz. Nur ein Punkt mehr auf meiner scheinbar endlosen Liste der Dinge, die in diesem Haus noch zu tun sind. Das Hoffentlich-bald-Wohnzimmer und die Noch-nicht-offene-Küche zeigen das deutliche Bild eines Hauses, das im Chaos versinkt, ohne dabei je fertig zu werden.

Überall sind kleine Tische, Stühle und Kisten verteilt, auf denen ich mein Werkzeug verstreut habe. Mittendrin auf einem kleinen Tritt steht mein staubiges iPad, auf dem ein Video läuft, das mir erklären soll, worauf ich achten muss, wenn ich die Wand zwischen Wohn- und Küchenbereich verschwinden lassen will. Es ist schon das gefühlt hundertste Video dieser Art, aber da der Lieferant meiner Stützbalken auf sich warten lässt, habe ich ohnehin nichts Besseres zu tun.

Müde lasse ich mich auf den Boden sinken. Die ausgelegte Folie knistert, doch für mich klingt es fast wie eine Melodie. Es ist lange her, dass ich eine Nacht durchgeschlafen habe, und noch länger, seit ich diese vertraute Dauermüdigkeit nicht in jeder Faser meines Körpers gespürt habe.

Ächzend drücke ich den Rücken an die karge Wand. Ich greife nach der Flasche Wasser, die neben mir steht, und lege den Kopf in den Nacken. Das Flattern meiner Augenlider wird stärker, bis ich den Kampf aufgebe und sie schließe, während das monotone Rauschen der Stimmen aus dem Video immer weiter in die Ferne rückt.

Es entgeht meinem Bewusstsein völlig, wie ich immer weiter in den Sog der Müdigkeit gerate. Ohne dass ich es merke, befällt mich der Schlaf so sanft, dass ich nicht einmal merke, wie ich im Sitzen einnicke. Alles ist ruhig, friedlich. Jeder meiner Atemzüge wird gleichmäßiger.

Doch dann zupft etwas an meinem Verstand. Irgendwo weit im Hintergrund meines Bewusstseins höre ich einen Motor heulen. Doch ich bin bereits so weit abgedriftet, dass ich mich nur quälend langsam wieder aus dem Schlaf kämpfe. Dann, endlich, bin ich wach und begreife: Autotüren knallen, Männer fluchen. Stolpernd komme ich auf die Beine, sprinte zur Tür. Gerade noch rechtzeitig, um zu sehen, dass der Lieferant dabei ist, mehrere Stahlbalken am Ende meines Grundstücks abzulegen. Ich fluche und springe die Treppen der Veranda hinunter. »Moment! Halt! Warum stehen die Dinger jetzt hier?«

Der Mann sieht mich abschätzig ab. Er ist einen guten Kopf kleiner als ich, hat dafür jedoch einen beachtlichen Bauch unter der blauen Latzhose. »Lieferung bis zur Haustür.« Seine schnarrende Stimme lässt mich blinzeln.

»Ja, aber die Haustür ist nicht mitten auf meinem Hof.«

Zwei unfreundliche Augen sehen sich nach seinem Kollegen

um, der bereits dabei ist, wieder in den Wagen zu steigen, und er zuckt mit den Schultern. »Für mich schon.«

»Aber …«

»Hättest halt zur Tür kommen müssen.«

»Warte!«

Er ignoriert mich, und ich bin zu überrumpelt von der Situation. Verdammt, warum musste ich auch einnicken?

Ein erneuter Impuls, ihn davon abzuhalten, einfach zu fahren, bleibt mir im Halse stecken. Ich stolpere vom Wagen zurück.

Der Mann und sein Gehilfe lassen mich mit noch mehr Chaos allein.

»Fuck.« Fluchend betrachte ich die silbernen Monster, die zwischen meinen Tomatenpflanzen liegen. Auf diese Dinger habe ich den halben Vormittag gewartet, und natürlich kommt die Lieferung genau dann, wenn ich für zehn Minuten abgelenkt bin. Oder eingeschlafen.

Ich kratze mich am Kinn und betrachte die Balken. Damit ich die tragende Wand, die aktuell Küche und Wohnzimmer trennt, einreißen kann, müssen diese Dinger erst einmal ins Haus.

Ohne an meine Handschuhe zu denken, packe ich zunächst den Stahlträger – nur um gleich darauf wieder zu fluchen. Ich würde nicht behaupten, dass ich schlecht in Form bin, aber das verdammte Ding ist ziemlich schwer. Bis zum Haus schaffe ich es zwar zu ziehen, doch langsam dämmert mir, dass ich es nicht packen werde, es allein einzubauen.

»Brauchst du Hilfe?«

Ich zucke zusammen. Der alte Bennett sieht mich mürrisch an, während sein Ungetüm von einem Hund neben ihm sitzt. Sein Wagen steht auf der unbefestigten kleinen Straße, auf seinem Stammplatz. Ich sehe ihn oft mit dem Hund durch den Wald laufen, doch eigentlich ist es nicht seine Uhrzeit. Ich rümpfe die Nase. Der Berner Sennenhund legt den Kopf schief. Das glänzende Schwarz seines Fells zieht über Rumpf, Hals,

Kopf und Rute. An der Stirn beginnt eine weiße, symmetrische Blesse, in deren Mitte ein einzelner schwarzer Punkt zu sehen ist.

Ich unterdrücke einen erneuten Fluch, während die braunen Hundeaugen mich neugierig mustern. »Nein, danke«, bringe ich hervor und versuche, mich nicht von meiner Arbeit ablenken zu lassen. Der alte Mann lässt sich davon jedoch nicht beeindrucken. Er betritt den Hof mit einer Selbstverständlichkeit, von der ich nicht weiß, ob ich sie bewundern oder verachten soll. Sein Hund trottet langsam hinterher, kann es jedoch nicht lassen, sich auf meinen Tomatenpflanzen zu verewigen. Verdammt, der Tag kann gar nicht mehr schlimmer werden.

Ich versuche angestrengt, dem Blick und der lauernden Frage auszuweichen. Mein Stolz hält mich davon ab, mir anmerken zu lassen, wie verflucht schwer dieses Ding langsam wird. Bennett bleibt neben mir stehen. »Ich denke, doch.«

»Nein, es …«

Noch ehe ich überhaupt meinen Gedanken zu Ende bringen kann, rutscht mir der Stahlträger aus den Händen. Ich schaffe es gerade noch, zur Seite zu springen, ehe das verfluchte Ding auf meinen Füßen landet. Fuck. Das hätte böse enden können. Meine Turnschuhe sind nicht gerade die beste Wahl, um so ein Schwergewicht ins Haus zu schleppen. Auf eine unverschämt hohe Rechnung von Chris kann ich gut verzichten.

Der alte Bennett kommentiert nichts davon, aber sein Blick reicht, damit ich mir noch dümmer vorkomme.

»Wanddurchbruch?«, fragt er, und ich nicke grimmig.

Einen Moment lang ist es still genug, damit ich meine eigenen Gedanken hören kann – und Bennett wahrscheinlich auch.

»Die Stützen und der Stahlträger lassen sich zu zweit wesentlich leichter einbauen.«

»Das musst du nicht tun«, bringe ich mühevoll hervor. Wahrscheinlich habe ich keine andere Wahl, als sein unausgesprochenes Angebot anzunehmen. Und weil ich ein unfassbarer Glückspilz bin, benötige ich aufgrund der Statik sogar zusätzliche seitliche Stützen, bevor ich überhaupt anfangen kann, die Wand abzutragen. Es sei denn, ich möchte, dass dieses Haus doch noch einstürzt.

»Junge, du kannst meine Hilfe annehmen, oder dieses Haus wird nie fertig«, brummt Bennett und nimmt das Basecap vom Kopf.

Sein Hund bellt zustimmend, was mich nur noch grüblerischer stimmt. Offenbar versteht selbst dieses Fellmonster meine missliche Lage, aber mein verdammter Stolz lässt sich nicht so einfach abstellen.

Ich bin nicht gern auf andere angewiesen. Dieses Haus ist mein Projekt, nur meins. Doch inzwischen baue ich seit mehr als einem Jahr daran herum und bin nicht wesentlich weitergekommen. Also nehme ich sein Angebot entweder an – sosehr es mir auch widerstrebt –, oder ich verbringe den gesamten Tag damit, mich selbst dafür zu verfluchen, es nicht getan zu haben. Vielleicht ist es die Müdigkeit, vielleicht aber auch, dass ich langsam begreife, wie unklug es wäre, es nicht zu tun.

»Nur wenn du Zeit hast«, gebe ich vorsichtig zurück.

Bennett lächelt nicht, er nickt nur und sieht mich an. »Häuser sind nichts, was man sich allein aufladen sollte.«

»Das hättest du mir vielleicht vor dem Kauf sagen sollen«, gebe ich zurück und bin geneigt, ihm doch zu sagen, er solle sich und seinen Höllenhund wieder auf sein Land verfrachten.

»Willst du meine Hilfe nun oder nicht? Bo und ich gehen auch gern wieder.«

Bo gibt wieder Laut, bis Bennett die Hand hebt und das Tier verstummt. Zähneknirschend sehe ich mich um. Bennett ist einer der wenigen Nachbarn in meiner Umgebung, abgesehen vom alten Miller. Bennett selbst gehörte dieser Teil des Grundstücks inklusive des Hauses, das ich ihm abgekauft habe. Dass der Zufall den alten Mann ausgerechnet jetzt auf seinen täglichen Spaziergang zum Waldesrand geschickt hat, wird nicht allzu schnell wieder passieren. Ich begrabe meinen Stolz, während ich Bennett in die Augen sehe. »Schafft dein Rücken das?«

»Ich hole nur meine Handschuhe aus dem Wagen«, brummt er, und mir bleibt nichts anderen übrig, als zu nicken. Bo kommt auf mich zugetrottet. Er schiebt seinen gigantischen Kopf unter meine Hand, bis ich wie von selbst anfange, ihn zu streicheln.

»Du wusstest, dass ich einknicke, oder?«

Bo bellt wieder. Er bleibt neben mir sitzen, während Bennett zu seinem Wagen geht. Der parkt neben dem Tor, gute zwanzig Meter von der Grenze meines Grundstücks entfernt. Niemand sonst in der Stadt hätte mir dieses Stück Land inklusive des Hauses zu diesem Spottpreis verkauft.

Der Hund gibt einen leisen Laut von sich. Als ein Tropfen Speichel auf meine Schuhe fällt, rümpfe ich die Nase. Trotzdem muss ich gestehen, dass die feuchte dunkle Nase einen eigenen Charme besitzt.

»Erst mal verstauen wir die Balken drinnen«, meint Bennett, während er sich wieder zu mir gesellt. Inzwischen kann ich Bo nicht mehr widerstehen und streichle dem Hund das seidige Fell. Scheiße, jetzt tut es mir fast leid, dass ich ihn als Ungetüm bezeichnet habe. Aber wegen der Tomaten bin ich noch immer sauer. Bennett sieht mich an. »Ich kann dir nächste Woche auch mit der Wand helfen.«

»Warum?«, frage ich, ehe ich mich selbst stoppen kann. Man sollte einem geschenkten Gaul nicht ins Maul schauen oder einen grantigen alten Mann fragen, warum er plötzlich nett ist.

Bennett sieht mich mürrisch an. »Macht man so. Unter Nachbarn.«

»Stehe ich dafür in der Schuld des Teufels oder so?«

Bennett nimmt sich das Basecap vom Kopf und wischt sich über die Stirn. »Mir war nicht bewusst, wie sehr mein Ruf im Arsch ist. So schlimm?«

Meine Mundwinkel zucken nach oben. »Wenn ich ehrlich bin, eigentlich noch schlimmer.«

Bennett nickt knapp. »Genug Small Talk für heute. Du kannst mir sagen, was für Schauergeschichten die Leute erzählen, wenn wir die Balken ins Haus geschafft haben.«

Nun muss ich doch grinsen. Und zu meiner Überraschung geht es Bennett genauso, ehe er den ersten Balken packt.

12

MIA

Lächelnd dreht sich Chris zu mir um.

Die kleine Führung durch die Praxis war zwar eigentlich unnötig, aber ich bin trotzdem dankbar, dass er mir die Zeit gibt, bevor ich mich den ersten Patienten stelle.

Ein kleiner Schauder kriecht über meine Wirbelsäule. Mein erster Tag in einem neuen Job. Ich bin mir zwar nicht sicher, was ich erwartet habe, doch das hier war es nicht. Es wirkt alles auf eine schräge Art vertraut, als sei ich mitten in einen Wohlfühlfilm gestolpert, der am Sonntagnachmittag im FreeTV läuft. Der Kaffeebecher in meiner Hand ist inzwischen kalt, aber ich habe ohnehin kein Koffein nötig. Die ganze Situation ist aufregend genug. Ich kann noch immer nicht einschätzen, ob diese ruhige Fassade nur Tarnung ist.

»Und hier sind wir wieder an deinem Tresen«, schließt Chris die Führung und deutet auf den bereits eingeschalteten Computer. Das Programm ist zum Glück recht selbsterklärend. Dennoch bin ich froh über die vielen Notizen, die ich mir machen konnte, als Chris mir vor dem Rundgang alles erklärt hat.

Etwas angespannt lächle ich. »Jetzt ist es schon meiner?«

»Mir gehört schon der Schreibtisch, und ich will nicht gierig sein.«

Nun muss ich fast lachen. »Sehr freundlich.«

»So bin ich.«

Das ist er tatsächlich. Trotz meiner Aufregung hat er es geschafft, dass ich kaum noch Angst vor dem heutigen Tag habe.

Vorsichtig schiebe ich mich an ihm vorbei und setze mich auf den Drehstuhl. »Wenn ich das richtig sehe, ist der erste Termin gleich um acht Uhr.«

Chris zuckt mit den Schultern. »Die Vormittagstermine sind eigentlich immer ausgebucht.«

»Noch letzte Worte, bevor ich die Tür aufschließe?«, frage ich. Lächelnd lehnt er sich nach vorn. Er sieht jünger aus, wenn er lächelt. Trotz der kleinen Falten um seine Augen und diesem Hauch von Schwermut in der Stimme.

Er erinnert mich an Benvolio, den Cousin von Romeo. Vielleicht liegt es nur daran, dass ich mir die alte Verfilmung von *Romeo und Julia* vor dem Schlafengehen angeschaut habe, doch da Benvolios Name so viel wie wohlwollend und gütig bedeutet, liegt der Vergleich dennoch nahe. Er ist eine der wenigen wirklich guten Figuren im Stück, während Chris offenbar einer der wenigen guten Menschen auf dieser Welt ist. Ehe ich mich jedoch noch mehr auf ein Theaterstück fixiere, stehe ich wieder auf. Das Klimpern der Schlüssel begleitet mich bei meinen drei Schritten bis zum Eingang. »Gut, dann machen wir uns mal an die Arbeit.«

»Ich brauche erst einen neuen Kaffee.«

Ich nicke, bevor Chris sich an der Kaffeemaschine bedient, die hinter meinem Arbeitsplatz steht. Sobald ich die Tür geöffnet habe, habe ich keine Zeit mehr, mir Gedanken über meine Nervosität zu machen.

Mein Vormittag besteht aus Rezepten, Blutdruckmessen, Dutzenden neuen Gesichtern und einer Blutabnahme, bei der ich mich kurz frage, ob ich alles verlernt habe. Doch zum Glück finde ich beim zweiten Versuch eine Vene. Immerhin haben sich so die vielen Stunden Arbeit neben dem Studium gelohnt. Die Zeit fliegt nur so dahin, bis mir plötzlich klar wird, dass sich das Wartezimmer geleert hat und nur noch ein Termin ansteht.

Die Reste meiner Anspannung haben sich verflüchtigt, und

die gröbste Arbeit ist bereits vorbei, sodass ich nun langsam auf ein Mittagstief zusteuere. Etwas Zucker würde meinem Körper guttun. Mein Handy vibriert.

Megan: Und wie läuft dein erster Tag? Muss ich jemanden an den Haaren ziehen?

Ein kleines Grinsen schleicht sich auf mein Gesicht. Noch im Stehen antworte ich.

Ich: Nicht nötig. Ich habe alles im Griff.

Megan: Das höre ich gern. Ich ruf dich an, sobald du Feierabend hast.

Mir fehlt die Zeit für eine erneute Antwort, denn ein älterer Herr kommt herein. Chris hat mich bereits vor ihm gewarnt. Harald Mercy ist ein Vollblut-Patriot mit dem Hang, seine Hände nicht bei sich zu lassen. Leider nichts, was ich nicht schon kenne. Ein Nachteil an der medizinischen Arbeit ist, dass man einigen Menschen nicht einfach ausweichen kann. Allerdings hat Chris mir deutlich zu verstehen gegeben, dass wir Mr Mercy notfalls aus der Praxis werfen und auf die Liste für Hausbesuche setzen. Ich bitte den alten Mann freundlich, sich zu setzen, wobei ich darauf achte, möglichst großen Abstand zwischen uns zu halten. Dennoch reicht das anzügliche Lächeln, damit es mich innerlich schüttelt.

»Dr. Shefield ist gleich so weit«, verkünde ich und will mich gerade in die Sicherheit hinter meinem Tresen flüchten, da packt Mr Mercy mein Handgelenk. Für einen Moment will ich in Schockstarre verfallen, doch dann erinnere ich mich daran, wie ich vorher war. Wie ich vor allem war, was in den letzten Jahren passiert ist, und dass dieser Teil noch immer irgendwo in mir ist.

Mr Mercy sieht mich mit glänzenden Augen an. »Bei der Gesellschaft wartet man doch gern.«

»Das kann ich nicht unbedingt behaupten«, brumme ich weit weniger freundlich zurück und reiße meine Hand zurück. »Lass die Hände bei dir, sonst sorge ich dafür, dass die nächste Blutentnahme die reinste Folter wird.«

Mr Mercy sieht schockiert aus, doch zum Glück kommt er nicht mehr dazu, das Ganze mit mir auszudiskutieren. Chris ruft ihn ins Behandlungszimmer, und ich atme erleichtert aus. Doch lange hält meine Entspannung nicht, denn die Türglocke ertönt erneut.

»Hallo?«

Ich eile zum Tresen. »Guten Morgen.«

Der junge Mann vor mir erwidert mein Lächeln und fährt sich lässig durch die dunklen Haare. »Ich wollte nur ein Rezept abholen«, erklärt er.

Er erinnert mich an eine moderne Version eines Rockabilly-Sängers. Die schwarze Jeans, das helle Shirt und die abgewetzte Lederjacke. Nur seine glatt rasierten Wangen passen nicht ganz zu dem selbst gezimmerten Bad-Boy-Charme. »Wie ist dein Name?«

»Arin Smith.«

Schnell tippe ich ihn ein und finde die passende Akte im Computer. Inklusive der dazugehörigen Nachricht, dass er keine Rezepte bekommt, ohne vorher bei Chris gewesen zu sein. Mein Lächeln verrutscht fast, doch ich zwinge mich, ihm in die Augen zu sehen. »Es wird einen Moment dauern, leider kann ich kein hinterlegtes Rezept finden. Aber Dr. Shefield hat nur noch einen Patienten.«

Wenn es Arin ärgert, dann überspielt er es gut. »So viel Zeit habe ich leider nicht, aber ich bin sicher, du kannst es mir auch so rausgeben«, meint er mit einem charmanten Lächeln, das ihm mit Sicherheit schon viele Türen geöffnet hat.

Allerdings ist er nicht der erste Mensch, der versucht, verschreibungspflichtige Medikamente von mir zu bekommen. Immerhin in dieser Hinsicht hat mich New York abgehärtet. Also setze ich das bedauernde Lächeln auf. »Leider nicht.«

Er verengt die Augen einen Moment und beugt sich über den Tresen. »Du bist Mia, oder?«

»Genau.«

»Woher kommst du?«

»New York City.«

Er schnalzt mit der Zunge und legt den Kopf schief. »Die Großstadt, verstehe. Weißt du, hier laufen die Dinge etwas anders«, erklärt er mir.

»Ach wirklich?«

»Ja, wir vertrauen hier einander. Du kannst mir also vertrauen, wenn ich sage: Chris wird nichts dagegen haben, dass du mir mein Rezept gibst«, fährt er fort und lächelt wieder auf diese betont unschuldige Art.

Innerlich stöhne ich auf. Spätestens jetzt hat sich mein Verdacht erhärtet. Arin hat offenbar ein Drogenproblem.

»Bedaure, ich ziehe es vor, dass wir auf Chris warten.«

Arin schluckt.

Auf seinem Gesicht wechselt Hilflosigkeit zu Wut. Zum Glück wird mir eine Fortsetzung dieses Gesprächs erspart.

Mein neuer Chef bringt den aufdringlichen alten Herrn nach der Behandlung selbst aus der Praxis und nimmt direkt im Anschluss Arin mit.

Mir verschafft es eine kleine Denkpause, die ich dafür nutze, meine liegen gebliebene Arbeit im Labor wieder aufzunehmen. Aber es dauert nicht lange, bis ich laute Stimmen aus dem Behandlungsraum höre. Offenbar will Chris Arin ebenfalls nicht geben, was er will.

Fröstelnd reibe ich mir über die Unterarme. Ich kann mir nicht einmal vorstellen, wie es sein muss, sein ganzes Leben nach einer Droge oder Medikamenten auszurichten – obwohl es von meiner eigenen Situation gar nicht so weit entfernt ist. Arin ist abhängig von einer Substanz, und ich war es von einem Menschen.

Jemand, vermutlich Arin, stürmt wütend aus der Praxis, wobei er sich alle Mühe gibt, die Tür so laut wie möglich hinter sich zuzuknallen.

»Und?«, fragt Chris, während ich noch damit beschäftigt bin, die kleine Liege im Labor zu desinfizieren und die Blutproben für den Kurier zu beschriften.

»Keine Zwischenfälle.« In meiner Stimme klingt ein Hauch Stolz durch, denn noch vor einer Woche hätte ich mir selbst nicht zugetraut, die kleine Praxis in den Griff zu bekommen. Chris jedoch scheint weit weniger überrascht zu sein.

»Zumindest keine bis auf Arin«, murmelt er nachdenklich.

»Du hast in seiner Akte nichts Eindeutiges vermerkt«, sage ich so behutsam wie möglich.

»Dir entgeht wirklich nichts«, stellt Chris fest, doch er klingt nicht wütend, sondern eher erleichtert. Fast so, als würde ihm ein Stein vom Herzen fallen, dass er es nicht offen aussprechen muss. »Arin ist ein schwieriger Fall, aber ich hab ihn noch nicht aufgegeben.«

Schmunzelnd stemme ich die Hände in die Hüften. »Du scheinst wirklich ein Herz für hoffnungslose Fälle zu haben.«

»Wenn du mich fragst, ist kein Fall hoffnungslos. Gab es Anrufe?«

»Mr Bennett möchte ein neues Rezept für seine Blutdrucktabletten, und Mrs Miller hat gefragt, ob du Ende der Woche einen Hausbesuch machen kannst. Allerdings hat sie sich geweigert, mir zu sagen, warum.«

»Mach dir nichts draus, wahrscheinlich hat sie sich noch keinen plausiblen Grund dafür überlegt. Sag ihr, dass ich am Freitag vorbeikommen kann«, meint Chris und nickt, offensichtlich zufrieden. »Ich brauche eine Kaffeepause, kannst du den nächsten Patienten fünf Minuten länger aufhalten?«

»Nichts leichter als das.«

Gerade habe ich auf meinem Stuhl Platz genommen und will nach einem Schokoriegel greifen, als die Tür aufschwingt. »Oh, Mia! Schön, dich zu sehen.«

Ich lasse den Riegel unberührt, auch wenn mein Magen schon leise knurrt. »Guten Morgen, Tanja«, bringe ich hervor. Zu meiner Überraschung stelle ich fest, dass mein Lächeln echt ist. Nach den vergangenen Wochen tut es gut, nicht mehr nur mit mir und meinen Gedanken allein zu sein. Wie ein Stück Normalität, das ich mir lange selbst verwehrt habe.

»Wie geht es dir?«

»Gut, vielen Dank. Dr. Shefield ist gleich bereit.« Es ist nicht einmal gelogen, denn es geht mir wirklich gut. Von einer leichten Unterzuckerung einmal abgesehen. Doch das werde ich ändern, sobald niemand mehr in der Praxis zu sehen ist.

Tanja streicht über ihre gebügelte Bluse und verzieht die roten Lippen zu einem Lächeln. »Nur keine Hektik, ich habe Zeit. Joey und Conner ist es eh lieber, wenn ich mich vor dem Mittagessen nicht blicken lasse.«

Ich bin unsicher, ob ich etwas dazu sagen sollte, aber stattdessen kommt eine ganz andere Frage aus meinem Mund. »Conner hat heute Schicht?«

Mist, wo kam das denn plötzlich her? Hätte ich nicht einfach fragen können, welcher Kuchen heute im Angebot ist? Mein Lächeln wird verkrampfter, aber ich halte es mühsam aufrecht.

»Ja, Liebes. Soll ich dich zur Mittagspause einplanen?«, will sie wissen und sieht mich mit einem Blick an, der mir gar nicht gefällt. Ich kann mir gut vorstellen, dass Conner einer der begehrtesten Junggesellen der Stadt ist. Er verkörpert so ziemlich alles, was man anziehend findet. Eine Mischung aus Bad Boy und Gentleman, fast wie eine Kleinstadtversion von Aquaman, nur ohne Schuppen oder Superschurken. Ich merke, dass ich noch immer nicht geantwortet habe. »Ich …«

Zum Glück schwingt in diesem Moment die Tür des Sprechzimmers auf, und Chris rettet mich davor, dass die Situation noch peinlicher wird. »Wir kommen nur, wenn du uns deine Waffeln machst, Tanja.«

Mein Mund klappt auf, aber mir fällt keine nette Antwort ein, mit der ich aus der Nummer wieder rauskomme.

»Wie immer ein knallharter Verhandlungspartner«, meint Tanja lachend. »Aber ihr habt Glück, heute ist tatsächlich Waffeltag.«

»Komm rein. Wie geht es der Arthritis?«, höre ich meinen neuen Boss noch sagen, ehe die Tür zu seinem Sprechzimmer zufällt. Etwas ratlos bleibe ich vor dem Bildschirm sitzen.

Der Gedanke an Conner versetzt mir einen kleinen Stich, obwohl ich nicht einmal sagen kann, warum. Wir sind nur Freunde, eigentlich noch weniger als das. Es ist völlig okay, mit einem Bekannten und seinem neuen Chef zum Mittagessen zu gehen. Hatte ich mir nicht etwas mehr Normalität gewünscht? Bin ich nicht eben noch froh darüber gewesen, dass dieser Tag so unspektakulär verlaufen ist?

Doch mein Herz scheint nichts Normales zu spüren. Es pocht heftig gegen meine Rippen und sorgt dafür, dass ich vor meinem geistigen Auge noch einmal sehe, wie Conner aus dem See steigt. Wasserperlen auf erhitzter Haut.

Grüne Augen. Verdammt grüne Augen.

Diese Bondgirl-Einlage werde ich wahrscheinlich nie mehr aus dem Kopf bekommen. Wenn ich ehrlich bin, weiß ich auch nicht, ob ich darauf verzichten wollen würde. Unwillkürlich sauge ich an meiner Unterlippe.

Jemanden wie ihn habe ich an einem Ort wie Belmont Bay nicht erwartet, auch wenn ich mir fairerweise selbst eingestehen muss, dass ich mich selbst nicht hier gesehen hätte. Bisher dachte ich immer, ich sei eine Großstadtpflanze. Stattdessen spüre ich mit jedem Tag mehr, wie sehr mir diese Stadt ans Herz wächst. Langsam kann ich nachvollziehen, wieso Megan hier gestrandet ist.

Die große Uhr über der Eingangstür verkündet, dass es schon

eins ist. Damit habe ich offiziell Feierabend und kann mich endlich meinem Schokoriegel widmen. Das Vibrieren meines Handys lässt mich automatisiert in die Tasche greifen. Ich gehe ran, ohne darüber nachzudenken. Wahrscheinlich ist es nur Megan, die wissen will, wie es gelaufen ist.

»Mia?«

Ich erstarre. Die Stimme durchdringt jede Faser meines Körpers wie Säure. Tausend Bilder fluten meinen Kopf. Ein Kaleidoskop aus Erinnerungen.

»Verdammt, Mia, hast du gedacht …«

Ohne auch nur einen Ton zu sagen, lege ich auf. Ein seltsamer Laut dringt aus meinem Mund, und ich schlage mir die Hände davor. Meine Augen sind weit aufgerissen, ich kann nichts dagegen tun, dass die Bilder immer weiter auf mich einprasseln. Der Schmerz ist plötzlich wieder so real wie in dem Moment, als *er* das erste Mal zugeschlagen hat.

Ich.

Dunkelheit.

Blut.

Und diese Stimme. Die gleiche Stimme, die mir so oft gesagt hat, dass sie mich liebt. Die Stimme, die mich getröstet hat, wenn ich traurig war, und mir Mut machte, wenn die Verzweiflung mich gepackt hatte. Doch da ist keine Liebe mehr, keine Wärme, keine Sanftheit. Stattdessen ist sie schrecklich verzerrt und doch so vertraut. *Seine Stimme.*

Hitze brennt in meinen Wangen, obwohl Kälte meine Glieder lähmt.

Meine Hand umklammert das Handy, und als es erneut zu vibrieren beginnt, lasse ich es auf den Schreibtisch fallen. Ich hätte nur auf die Anzeige schauen müssen. Warum habe ich nicht auf dieses vermaledeite Display geschaut, ehe ich abgenommen habe?

Brennende Tränen kämpfen sich nach oben. Das Zittern und den Wunsch zu unterdrücken, einfach davonzulaufen, verbraucht sämtliche Kraftreserven. Ich bin unfähig, mich zu bewegen. Es gelingt mir nicht mal, den Anruf wegzudrücken. Stattdessen starre ich auf den Namen, als könnte ich Kevin dadurch beschwören, nicht mehr anzurufen.

Dann ist es vorbei.

Der Anruf wurde auf die Mailbox weitergeleitet.

Endlich fällt der Bann von mir ab, und ich schaffe es, das Handy wieder in meiner Gesäßtasche verschwinden zu lassen. Gerade rechtzeitig, denn die Tür des Sprechzimmers geht wieder auf.

Ich sage nichts, tue so, als wäre ich auf die Daten im Kalender fixiert, und bringe nur eine kurze Verabschiedung heraus, ehe Tanja die Praxis verlässt.

Chris sieht mich mit schief gelegtem Kopf und einem kleinen Grinsen an. »Nach diesem Tag hast du dir auf jeden Fall Waffeln verdient, meinst du nicht?«

Ich kann nicht antworten. Es geht einfach nicht. Es ist, als würden sich eisige Hände um meine Kehle legen und mir die Luft abschnüren.

»Mia?«

Fahrig streiche ich mir übers Gesicht. »Geh ohne mich«, bringe ich kraftlos heraus und greife nach meiner Handtasche und der dünnen Jeansjacke.

»Wirklich?« Chris sieht mich verwirrt an. Ich kann es ihm nicht einmal verdenken. Wahrscheinlich wirke ich wie ein Zombie.

»Ja, ich …« Wieso nur muss meine verdammte Stimme immer wieder verklingen? Ich bin es so leid, dass *er* mich mundtot macht. »Es war ein langer Tag.«

Chris nickt langsam. »Soll ich dich nach Hause bringen?«

»Nein, es geht mir gut.« Einen Augenblick lang blicken wir uns an, und ich flehe stumm, dass er nicht noch weiterbohrt. Das Letzte, was ich will, ist, den kleinen Sieg dieses Tages wieder zu einer Niederlage zu machen.

»Okay. Du hast dich gut gemacht heute«, sagt er, während er die Hände in die Taschen seines Kittels schiebt.

»Danke.«

»Ich meine nicht den Job.«

»Ich weiß.«

Eine lange Pause, in der ich mich nicht rühren kann. Nichts sagen kann. Nur noch darauf warte, dass der Fluchtreflex die Überhand gewinnt.

»Bis morgen, Mia.«

Statt noch etwas zu sagen, drehe ich Chris den Rücken zu, damit er die einzelne Träne nicht sieht, die ich nicht zurückhalten konnte.

13

MIA

Mit dem Handy zwischen Ohr und Schulter balanciere ich einen Teller Käsemakkaroni durch das chaotische Labyrinth des Wohnzimmers.

»Du musst nicht nach Hause kommen«, wehre ich ab, obwohl der Gedanke, das erste Mal auch über Nacht allein in der Wohnung zu sein, mir mehr zusetzt, als ich dachte.

»Bist du sicher?«, fragt Megan. Es kommt mir vor, als würde ich den Geruch ihrer Mentholzigaretten selbst durch das Telefon hindurch riechen. Im Hintergrund sind die vertrauten Großstadtgeräusche zu vernehmen. Autos, Menschen und dieser Bass, der jeden Schritt trägt, den man auf dem nackten Asphalt macht. Zu meiner eigenen Überraschung vermisse ich dieses Leben nicht. Weder die Hektik noch die Menschen oder die Schönheit der Skyline in warmen Sommernächten.

»Ja.«

Megan schnaubt. »So wichtig ist diese Ausstellung nicht.«

»Wichtig genug, dass du bis nach Boise City fährst und dir ein Hotel nimmst«, sage ich etwas strenger. »Mach dir keine Gedanken. Mir geht's gut. Und wir hatten dieses Gespräch in der letzten Woche wirklich oft genug.«

Das stimmt zwar nicht, doch ich möchte meiner Schwester nicht noch mehr zur Last fallen. Es hat mich stundenlange Diskussionen gekostet, bis sie überhaupt losgefahren ist. Seit ihr Instagram-Kanal durch die Decke ging und sie mehr Aufträge bekommt, scheint sie noch bescheidener zu sein, was ihre Arbeit angeht.

»Okay, aber du rufst mich an, wenn irgendwas ist, ja?«

»Was sollte denn sein?«, frage ich und gehe das aktuelle Netflix-Programm durch.

»Keine Ahnung, eine Monsterspinne vielleicht?«

Nun muss ich lachen. »Damit komme ich klar, Megan. Wirklich.«

»Du würdest es mir sagen, wenn etwas nicht okay ist, oder?«

Ich beiße mir kurz auf die Lippen und denke an die Flut aus Nachrichten auf meinem Handy. »Du hast dir diesen Tag verdient«, weiche ich aus. »Also genieß ihn. Mir geht es gut. Ich rufe dich an, falls plötzlich Monsterspinnen in den Wäldern von Idaho leben.«

»Versprochen?«

»Ja. Und jetzt zieh los und feier dich selbst!«

Megan gibt einen Laut von sich, der darauf schließen lässt, dass ich diese Runde gewonnen habe. »Gut, Zuckerstern.«

Ich verabschiede mich und lege mein Handy zur Seite. Inzwischen sind die Nudeln kalt, doch ich habe ohnehin keinen sonderlich großen Appetit. Zu gern würde ich meine Gedanken schweifen lassen, zufrieden schweigen und der nächtlichen Stille des Waldes vor dem Fenster lauschen, aber dazu ist der Lärm in meinem Inneren zu laut.

Die erste Woche in der Praxis ist so schnell vergangen, dass ich kaum Zeit hatte, mir über etwas anderes Gedanken zu machen. Statt nach der Sprechstunde zu gehen, habe ich mir die Zeit damit vertrieben, die katastrophal geführten Akten neu zu ordnen und sämtliche Dokumente zu sortieren. Jede Ablenkung ist eine gute Ablenkung. Und alles ist besser, als wieder in den Sumpf der Angst hinabzugleiten.

Jetzt jedoch sitze ich einfach nur da.

Trotz des übergroßen Pullovers und der dicken Kuschelsocken spüre ich die vertraute Kälte in mir aufsteigen. Der metaphorische Sumpf ist bereits dabei, mich zu verschlingen. Also springe ich auf. Diese verdammte Stille ist zu gefährlich. Ohne lange darüber nachzudenken, mache ich Megans Plattenspieler an, und gleich darauf dröhnt die Band *New York Dolls* mit ihrem Hit *Trash* durch die Wohnung.

Im Gegensatz zu meiner Schwester bin ich nicht der größte Punkrock-Fan, aber ich muss zugeben, dass mir die etwas absurde Mischung aus R 'n' B, Garage Beat, Glam Rock und Personality Crisis gefällt. Es hebt meine Stimmung, den verzerrten Stimmen zuzuhören. Doch meine Hände sind noch immer ohne Beschäftigung.

Wie von selbst fange ich an, die Fotografien und Papiere auf dem Tisch in zwei Stapel zu unterteilen. Danach nehme ich das vollgestopfte Regal in Angriff. Statt alle Bücher nebeneinander einzusortieren, hat Megan auch Kisten, Deko-Artikel aus sämtlichen Jahreszeiten und Ordner voller Papiere übereinandergestapelt.

Als Erstes nehme ich mir die Bücher vor. Sie bekommen ein eigenes Regalbrett und dürfen nun nebeneinanderstehen, so passt gleich viel mehr hinein. Der Anblick verschafft mir eine eigenartige Befriedigung. Erst als das Album plötzlich verklingt, wird mir bewusst, dass ich das halbe Wohnzimmer aufgeräumt habe. Ich trete an den Plattenspieler und lege ein neues Album auf. Als die Musik zum vierten Mal verklingt, habe ich die Wohnung komplett auf Vordermann gebracht. Der erste Wäschekorb ist gefüllt mit dreckiger Wäsche, der Inhalt der halb leeren Kartons im Regal verstaut, und Megans Unterlagen sind in den entsprechenden Ordnern abgeheftet. Nur ihre Fotos habe ich auf dem Tisch gelassen – und meine kalten Nudeln, über die ich mich jetzt hermache.

Einen kleinen Teil meines Ballasts habe ich abgeworfen, während ich den Staub und die Krümel aus allen Ecken des Zimmers entfernt habe. Nun kommt mir die Stille nicht mehr so bedrohlich vor. Aufräumen hatte für mich schon immer einen therapeutischen Nebeneffekt, aber bisher habe ich es nicht gewagt, diesen kleinen Fimmel auch in Megans Wohnung auszuleben.

Allerdings ist sie ja momentan nicht hier, um mich davon abzuhalten.

Mein Handy gibt das vertraute Piepen von sich, das mir signalisiert, dass Megan mir eine Nachricht geschickt hat. Ihren Rufton zu personalisieren, war eine der besten Entscheidungen der letzten Woche. So weiß ich gleich, dass sie es ist und nicht mein Ex.

Megan schickt ein Selfie, in dessen Hintergrund ich ein Foto erkenne, das eindeutig von ihr ist. Es zeigt einen zerbrochenen Teller inmitten eines Waldes, auf dem ein Schmetterling sitzt. Ich antworte ihr mit einem Bild meiner Nudelreste. Der Plattenspieler gibt nur noch ein Surren von sich. Mit dem Handy in der Hand lehne ich mich auf dem Sofa zurück. Es sind solche Momente, in denen ich nicht vor den Erinnerungen davonlaufen kann. Kevin ist plötzlich so präsent, als stünde er vor mir.

Es war nicht alles schlecht, aber auch ganz sicher nicht gut. Wann habe ich den Punkt überschritten, an dem ich von einer Frau zu einem Opfer wurde? Wieso tut es so entsetzlich weh, dass ich nach allem, was geschehen ist, gegangen bin? Sollte ich mich nicht freier fühlen? Stärker? Erleichtert?

Ich bin es so leid. Dieses Grübeln, diese Angst, dieser verdammte Stempel, den ich mir selbst aufgedrückt habe und der einfach nicht weggeht, egal, wie oft ich auch versuche, ihn abzuwaschen.

An Schlaf ist noch immer nicht zu denken. Da mein Teller leer ist, nutze ich den Gang zur Küche, um mich auch hier um das chaotische Durcheinander zu kümmern und die Gewürzdöschen alphabetisch zu sortieren.

Mir ist bewusst, dass ich nicht das gesamte Wochenende mit Putzen und Aufräumen verbringen kann. Aber außer Megan und Chris gibt es nur noch einen Menschen in dieser Stadt, den ich gut kenne. Und Chris kann ich nicht fragen, ob er etwas mit mir unternehmen will, das würde unserer Arbeitsbeziehung einen seltsamen Beigeschmack geben. Ein Name fliegt durch meinen Kopf, landet und lässt sich nicht mehr abschütteln. Das ist nicht gut, oder?

Die Dunkelheit der Nacht hatte früher immer etwas Tröstliches für mich, und im Licht des Mondes, der durch das Küchenfenster scheint, fühle ich den Schimmer der Hoffnung. Vielleicht hatte Megan recht, vielleicht ist die Idee, sich mit Conner zu treffen, gar nicht so weit hergeholt.

14

CONNER

Eigentlich wollte ich für fünf Minuten meine Ruhe haben. Die Touristen nehmen Belmont Bay langsam für sich ein, und das bedeutet, dass mein Stammplatz vor dem Theater dafür nicht mehr geeignet ist. Also stehe ich auf dem schäbigen Hinterhof des Diners neben den Mülltonnen. Gemütlich ist anders. Allerdings komme ich auch hier nicht dazu, mich zu entspannen, denn die laute Stimme von Tanja gönnt mir nicht einmal diese winzige Pause.

»Conner?«

Durch die halb offene Tür höre ich das Klackern ihrer Absätze näher kommen.

»Ich habe Pause«, sage ich, als sie den Kopf durch die angelehnte Tür steckt.

»Ja, das weiß ich. Deinetwegen riecht der Flur wie ein Aschenbecher.«

»Dann solltest du die Tür lieber schnell wieder schließen.«

»Wäre ich nicht so ein herzensguter Mensch, würde ich das vielleicht sogar tun.«

Nun sehe ich sie verwirrt an, während ein breites Grinsen auf ihrem Gesicht erscheint.

»Mia fragt nach dir«, antwortet sie auf meine unausgesprochene Frage. Für den Bruchteil einer Sekunde denke ich, dass ich sie nur falsch verstanden habe. Tanja hingegen deutet meinen Gesichtsausdruck schneller, als ich meine Gefühle einordnen kann.

»Kein Grund, aufgeregt zu sein, Conner. Aber vielleicht solltest du dir ein Kaugummi holen«, flötet sie, ehe sie klackernd wieder verschwindet.

Fuck.

Mit Mia habe ich heute nicht gerechnet. Seit unserem Mittagessen habe ich nichts mehr von ihr gehört. Abgesehen von dem, was Chris mir erzählt hat – was die Sache nicht gerade besser macht. Eilig trete ich die Zigarette aus. Obwohl ich mir dabei albern vorkomme, befolge ich den Rat meiner Chefin und stecke mir ein Kaugummi in den Mund, bevor ich mir noch mal durch die offenen Haare fahre und damit nichts besser mache.

Mia sitzt am Tresen. Ein schüchternes Lächeln hebt ihre Mundwinkel, während sie in ihrem Vanille-Cupcake-Milchshake rührt, den Joey aus meinem Vorrat entwendet haben muss. Der schwarze Pony fällt ihr in die Augen, und sie schiebt ihn zur Seite, bevor ich vor ihr stehen bleibe.

»Hey«, gebe ich wenig innovativ von mir.

»Ihr solltet deine Spezialmischungen wirklich auf die Karte setzen«, sagt sie zur Begrüßung, und obwohl ich eigentlich widersprechen will, fühle ich einen Hauch von Stolz. Es gefällt mir, dass Mia meine Milchshakes mag.

»Besser nicht.«

»Warum nicht?«

»Weil ich dann nicht mehr drei dieser Kunstwerke am Tag mache, sondern dreißig – und dann verliert es seinen Reiz. Ich mache Dinge lieber nur für mich«, gebe ich zurück. Das sanfte Lächeln auf ihrem Gesicht lässt mein Herz tanzen. Ich räuspere mich etwas unbehaglich. »Was machst du hier?«

»Tut mir leid, ich wollte dich nicht überrumpeln oder in der Pause stören«, sagt sie, und ihre Unsicherheit verunsichert mich noch mehr.

»Hast du nicht. Faktisch hat Tanja mich gestört«, brumme ich, wobei mir klar ist, dass Tanja und Joey an der Küchentür lauschen.

»Soll ich lieber gehen?«

»Nein, ich meine, *du* störst mich nicht. Und deine Nicht-Störung auch nicht.« Bei Gott, in meinem ganzen Leben habe ich noch nie einen derart unsinnigen Satz von mir gegeben. Warum fällt es mir plötzlich so schwer, mich wie ein normaler Mensch zu artikulieren? Ich räuspere mich und starte einen neuen Versuch. »Was gibt's?« Na also, viel besser.

Mia beißt sich kurz auf die Unterlippe. Einen Moment lang betrachtet sie den Milchshake, als wüsste er die Antwort auf meine Frage. »Megan ist dieses Wochenende nicht in der Stadt«, beginnt sie, noch immer zögerlich. »Und ich dachte, vielleicht hast du …«

»Ich arbeite an meinem Haus. Das mache ich eigentlich immer«, platzt es aus mir heraus. Irgendwo in meinem Kopf schlagen sich gerade zwei Männchen dafür, dass sie so unglaublich wenig Gespür für Timing haben. »Aber ich meine, sicher. Ich hab Zeit.«

Es ist mir nie schwergefallen, mit jemandem zu reden. Hauptsächlich, weil ich die meiste Zeit keine Lust habe, mit jemandem zu reden.

»Ich könnte dir helfen«, bietet Mia an und überrascht mich damit heute schon zum zweiten Mal.

»Bei meinem Haus?«

Sie zuckt mit den Schultern. Der lange Pferdeschwanz fliegt zur Seite, als sie den Kopf schief legt. »Sicher.«

»Es ist noch nicht im besten Zustand«, gebe ich zu und kratze mir den Nacken.

»Was Conner eigentlich damit sagen will, ist, dass er in einer Bruchbude haust«, kommt es plötzlich von Joey, der mit ein paar Tellern beladen zu den wartenden Gästen schlurft.

Ich blicke ihm missmutig hinterher. »Ich bin noch dabei, es zu renovieren«, erkläre ich.

»Tapeten abreißen? Streichen?«, will Mia wissen. »Meine Schwester ist so oft umgezogen, dass ich ein echter Profi geworden bin, was sämtliche Wandbekleidungen angeht.«

»Um ehrlich zu sein, will ich nichts verschönern. Es geht eher darum, eine Wand aus dem Weg zu schaffen«, murmle ich.

Mia zieht eine Augenbraue nach oben. »Du willst eine Wand einreißen?«

Ich nicke.

»Vergiss alles, was ich über Erfahrungen gesagt habe«, gibt sie zurück. Unruhig zupft sie an den Ärmeln ihres dünnen Pullis.

»Dann bist du raus?«, will ich wissen und bereue es fast, weil ich ihr so die Möglichkeit gebe, einfach wieder zu gehen. Dabei will ich alles, nur das nicht.

Mia lächelt und greift nach einer Serviette, auf die sie ihre Handynummer schreibt. »Das habe ich nicht gesagt.«

15

MIA

Hätte ich gewusst, dass ich heute eine Wand einreiße, wäre meine Wahl auf etwas anderes als die enge Jeans und den burgunderfarbenen Pullover gefallen.

»*Das* ist dein Haus?«, stoße ich hervor und lasse die Wagentür zufallen. Ich erkenne es von meinem ersten Waldspaziergang wieder. Auf der Veranda stehen zwei Stühle und ein paar leere Flaschen, als hätte niemand die Zeit gefunden, sie wegzuräumen.

»Überrascht dich das?«

Es kommt mir seltsam vor, ihm zu beichten, dass ich schon einmal hier war und über sein Grundstück geschlichen bin. Also weiche ich aus. »Etwas.«

»Es ist noch ziemlich viel Arbeit.« Er fährt sich durch die langen Haare.

Mit einem halben Lächeln sehe ich ihn an. »Ich will nicht unhöflich sein, aber das ist mir schon aufgefallen.«

Conner schiebt die Hände in die Taschen seiner Jeans. »Wenn du das nicht willst, musst du es nur sagen.« Für einen Augenblick glaube ich, Unsicherheit in seinen grünen Augen zu erkennen. Was für eine absurde Vorstellung, dass jemand wie Conner überhaupt zu so zu etwas wie Unsicherheit in der Lage ist. Jede seiner Bewegungen wirkt auf mich wie eine durchdachte Handlung, an der er keinerlei Zweifel hat. Wie könnte so jemand auch nur den Hauch einer Unsicherheit in sich tragen?

»Ist doch ein guter Deal. Du hilfst mir, die Texte zu lernen, und ich reiße dein Haus ab.«

Conners Mund verzieht sich amüsiert. Nur kurz, doch mein verräterisches Herz setzt bei dem Klang einen Schlag aus. »So, wie du das sagst, klingt es schräg.«

»Wenn du mich fragst, ist vieles in dieser Stadt schräg.«

»Da kann ich nicht widersprechen.«

Innerlich wappne ich mich, auch wenn mir nicht klar ist, wofür. Die Arbeit macht mir keine Angst. Im Gegenteil, mir fällt die Decke auf den Kopf, wenn ich mich nicht beschäftigen kann. Aber die Aussicht, die nächsten Stunden allein mit Conner zu verbringen, beschert mir ein seltsames Gefühl. Als hätte ich zu viel Kaffee getrunken und wäre kurz vor dem Punkt, an dem die Euphorie in Übelkeit kippt. »Also, wo fangen wir an?«

Conner bedeutet mir, ihm ins Haus zu folgen. Also straffe ich die Schultern, hebe das Kinn und sperre die Zweifel an meinem Plan aus meinem Kopf aus. Es kann nicht ewig so weitergehen. Ich wollte ein neues Leben, nun habe ich es – und was nützt es mir, wenn ich nicht langsam anfange, es auch zu leben?

Durch einen schmalen Flur, in dem nur ein großer Spiegel hängt, kommen wir ins Wohnzimmer, das viel kleiner ist, als ich von außen vermutet habe. Der Raum ist voller Werkzeuge. Statt eines Teppichs knistert Folie unter meinen Füßen, die den Holzboden schützen soll.

Conner bleibt vor einer Wand ohne Tür stehen. In ihr klafft ein rechteckiges Loch, hinter dem ich die Küche erahnen kann.

»Ich habe schon einen Rahmen in die Wand geschnitten, aber jetzt muss der größere Teil nach und nach entfernt werden.«

»Und wie?«

Er zeigt auf einen Vorschlaghammer. Ich will gerade danach greifen, da umfasst Conner mein Handgelenk. »Deinen Arbeitseifer in allen Ehren, aber du brauchst erst die Ausrüstung. Ich geb dir was zum Überziehen.«

Mir fällt kein wirkliches Gegenargument ein, darum sehe ich Conner dabei zu, wie er die Treppe hinaufpoltert, und blicke mich noch mal um. Ich kann mir nicht erklären, warum, aber ich fühle mich auf seltsame Weise heimisch, obwohl noch nichts nach einem Zuhause aussieht.

Mir bleibt jedoch keine Zeit, meine Gedanken zu hinterfragen, denn Conner kommt wieder herunter und reicht mir ein altes Shirt. Ich zögere kurz, dann tausche ich meinen Hoodie gegen das Shirt. Conners Geruch nebelt mich ein. Fast will ich fragen, woher der kommt, aber irgendwas hält mich zurück.

So unauffällig wie möglich weiche ich einen halben Schritt von ihm zurück. Der Duft kitzelt meine Nase, als würde er die Fragen auf meiner Zunge noch anstacheln wollen. Allerdings erscheint es mir nicht ratsam, ihm zu zeigen, wie sehr mich sein Geruch beschäftigt. Wir sind nur Freunde. Sogar noch etwas weniger. Bekannte. Und Bekannte machen sich keine Gedanken darüber, wie und warum jemand so unfassbar gut riecht.

Conner bindet seine wilde Mähne zusammen und schafft es dabei, auf diese lässige Art sexy auszusehen, über die sich meine Schwester so gern lustig macht. Mein Blick wandert an mir selbst hinunter, und ich komme mir vor wie die Karikatur eines schlechten Heimwerkers. Das Shirt ist so lang, dass es mir fast bis zu den Knien reicht. Zum Glück passen die Handschuhe besser. Vorbildlich schiebe ich die Maske über meine Nase. Conner scheint wirklich auf alles vorbereitet zu sein. Gerade als ich die Schutzbrille aufsetze, reißt er die Fensterfront zum Wald auf. Dann betrachtet er mich und nickt zufrieden. Warme Spätsommerluft dringt in das Wohnzimmer.

»Gut, dann leg mal los.«

Ich sehe von ihm zum Vorschlaghammer und der Wand. Plötzlich bin ich mir nicht mehr halb so sicher wie im Diner. Eine Wand zu verschönern ist eine Sache, sie zu zerstören eine ganz andere. »Soll ich einfach darauf einschlagen?«

Conner lacht. »Es gibt nichts, was einen so sehr befreit, wie neuen Dingen den Raum zu geben, den sie brauchen.«

»Ist das dein Ernst?«

»Ich scherze nicht oft.«

»Ist mir aufgefallen.«

Der Hammer ist schwer, aber das Gewicht hat etwas seltsam Befriedigendes. Noch einmal sehe ich Conner an. Er setzt seine Brille auf und macht eine ausladende Geste zur Wand.

Etwas mutiger trete ich vor.

In meinem Leben habe ich noch nie etwas absichtlich demoliert, aber vielleicht müssen manche Dinge zerstört werden. Vielleicht müssen wir manchmal etwas zerschlagen, um daraus etwas Neues zu machen. Ein neues Leben, eine neue Rolle.

Dieses Mal verweilt mein Blick einen Moment länger auf dem Werkzeug. Das Gewicht wird mit jedem Herzschlag vertrauter. Es beginnt sogar, sich gut anzufühlen. Ganz so, als sei es absolut richtig, diesen Hammer in diesem Moment in den Händen zu halten.

Der erste Hieb verursacht ein seltsames *Grascht.* Ich habe Mühe, den Hammer wieder herauszuziehen, doch dieser erste Schlag hat die Barrikade in meinem Kopf gelockert.

»Nicht übel«, lobt Conner. »Versuch es mal mit beiden Händen, ungefähr so …« Er ahmt die Bewegung mit dem kleineren Hammer nach, wobei er darauf achtet, mehr Abstand zwischen beiden Händen zu haben, die sich um den Griff schließen. Nickend folge ich seinem Beispiel.

Der nächste Schlag gelingt mir deutlich besser. Die Anspannung der letzten Tage gerät ebenso ins Wanken wie die Wand selbst. Da ist keine Angst mehr, nur noch Wut. Meine Finger umschließen den Hammer fester.

Ich bin weggelaufen, weg von all dem, was mich immer kleingemacht und in eine Rolle gepresst hat. Weg von all den Gefühlen, die sich so furchtbar falsch angefühlt haben. Aber in diesem Moment fühlt sich nichts mehr falsch an.

»Keine Angst, der Putz wird sich nicht wehren«, witzelt Conner, und trotz seiner Atemmaske erkenne ich das Schmunzeln.

Es wird Zeit, dass ich dieser Wand zeige, wer der Boss ist. Ich schlage noch mal zu. Und noch mal. Und noch mal.

Putz rieselt auf den Boden.

Ich taumle zwei Schritte zurück, ebenso erschrocken wie glücklich über das euphorische Gefühl in meinem Körper. Auf der einen Seite könnte ich die Welt umarmen, und auf der anderen möchte ich dringend noch mehr kaputt machen. Conner hat recht: Es macht verflucht Spaß. Er betrachtet mich mit einem wissenden Ausdruck, ehe er selbst sich einen etwas kleineren Hammer nimmt.

Worte sind nicht nötig, denn wir beide wissen nun, wie es weitergeht. Wir nicken einander zu.

Ein kleiner Freudenschrei entfährt mir, als ich zu den nächsten Schlägen ansetze. Das Loch wird größer, zeigt mir immer mehr von dem Raum, der dahinterliegt. Befreit mich immer mehr. Jeder neue Schlag, jedes Bröckeln der Wand. Der Putz sammelt sich unter meinen Schuhen. Obwohl mir der Schweiß über die Stirn perlt, kann ich nicht aufhören zu grinsen.

Erst als auch das letzte Stück innerhalb der Markierung zu Boden gerieselt ist, berührt Conner sanft meine Schulter. Ich habe keine Ahnung, wie lange ich auf diese Wand eingeschlagen habe, doch nun ist von ihr nur noch ein schmaler Rand übrig. Staubpartikel fliegen durch die Luft und glänzen in der abendlichen Sonne wie Diamantsplitter.

»Mia?« Conner ist nicht halb so außer Atem. Er nimmt Maske und Brille ab.

Ich tue es ihm gleich, schmecke den feinen Sand und die Befriedigung auf meinen Lippen. »Ja?«

»Das war ziemlich beeindruckend.«

»Danke.«

Er dreht sich einmal in dem Chaos, das wir angerichtet haben. Ich bin mir ziemlich sicher, dass meine Haare von all dem Staub ebenso grau sind wie seine. »Hast du schon öfter Wände eingerissen?«

Ich lache. Ein echtes, lautes Lachen. »Nein, aber es könnte mein neues Hobby werden.«

Conner stimmt mit ein. »Du bist die erste Wahl, wenn ich mal wieder etwas mutwillig zerstören will.«

»Das werte ich als Kompliment.«

»So war es auch gemeint.«

Conner dreht sich zu mir. Das Grinsen auf seinen Lippen lässt meinen gesamten Körper kribbeln. Wie in Zeitlupe streift seine Hand meine Wange, um ein verirrtes Stück Putz aus meinem Haar zu befreien. Und plötzlich sind wir uns so nahe, dass selbst der Staub seine Kreise um uns beide zu ziehen scheint. Conners Pupillen weiten sich, und ich könnte schwören, dass er den Atem anhält. Moment, halte ich selbst auch den Atem an?

Er bewegt sich nicht. Nicht einmal einen Millimeter, und doch sind wir uns plötzlich noch näher. Der Schmutz legt sich langsam, doch mein Herz klopft nur noch lauter.

»Mia?«

Seine Stimme ist so rau, dass ein Schauder über meine Wirbelsäule läuft. In meinem Kopf herrscht völlige Leere. Da sind nur das Klopfen meines Herzens, der Duft nach Zitronengras zwischen all dem Staub und diese grünen Augen, die mich ansehen. Sein Blick fällt auf meine Lippen. Conner beugt sich vor, nur ein winziges Stück, doch es reicht aus, um mich aus meiner Trance zu katapultieren.

Ich weiche zurück. Das Klopfen wird zu einem Donnern, wird von einer unnatürlichen Angst übernommen. Mein Atem setzt rasselnd wieder ein, der pudrige Dreck legt sich auf meine Lunge, lässt mich husten, und dieses verdammte Zittern beginnt erneut.

Ehe ich weiß, wie mir geschieht, zieht Conner mich nach draußen. Die frische Luft fühlt sich an wie eine Ohrfeige aus Wind. Keuchend lasse ich mich auf die Stufen der Veranda sinken, während mein Blick über die Landschaft gleitet. Es dauert einen Augenblick, bis ich merke, dass Conner nicht mehr hinter mir steht.

Erst seine schweren Schritte auf den knarrenden Dielen sorgen dafür, dass ich mich wieder zu ihm umdrehe.

»Spektakuläre Wasserfälle, erstklassige Forellenangelplätze, uralte erstarrte Lavaströme, überraschende Sanddünen, unbegradigte Flüsse, glitzernde Seen und majestätische Berge«, murmle ich.

»Was?«

Ich schlucke schwer und blinzle zu Conner, der scheinbar aus dem Nichts ein Glas Eistee in der Hand hat und mir hinhält. »Das stand auf der Website.«

»Welche Website?«

»Über Idaho.«

»Okay?«

»Keine Ahnung, wieso ich gerade daran denken musste«, gestehe ich. Meine verräterischen Wangen werden wieder warm.

»Ich mag den Anblick auch«, meint Conner. Er lässt sich neben mich auf die Stufen sinken und drückt mir das Glas in die Hand. »Die Berge und der Wald sind das Beste an dieser Stadt.«

»Vergiss die Milchshakes nicht.«

»Guter Punkt, aber ich bin mir fast sicher, dass die in New York auch gut sind.«

Augenblicklich verkrampfe ich wieder. Conner gibt ein seltsames Grunzen von sich, sodass ich ihn verwirrt ansehe. »Tut mir leid, das war nicht die beste Überleitung.«

»Überleitung?«

»Um dich zu fragen, was los war.«

»Nichts«, kommt es viel zu schnell aus meinem Mund. »Es war nichts.«

»Und wegen nichts musste ich dich aus meinem Haus zerren, ehe du wieder ohnmächtig wirst?«

»Können wir bitte nicht darüber sprechen?«

»Ich denke aber, das sollten wir. Also, was war los?«

»Es …« Mein Gehirn sucht fieberhaft nach einer Antwort, mit der ich ehrlich bin, mich aber nicht blamiere. Leider scheitert es daran. »Du warst so nahe …«

Conners Augen werden dunkler. Für einen Moment huscht ein Schatten über sein Gesicht, doch noch bevor ich ausmachen kann, ob er wütend oder enttäuscht ist, nickt er und wendet den Blick von mir ab.

»Ich würde nie etwas tun, was du nicht willst, Mia«, murmelt er so leise, dass der sanfte Abendwind seine Stimme fast übertönt.

»Das meinte ich auch nicht.«

»Gut.«

»Es ist nur, ich bin nicht bereit für …« Ich stocke, weil meine Gedanken schneller sind als meine Zunge. »… was auch immer das gerade fast war.«

»Es war nichts, Mia.«

»Nichts?«

Ein kleines Lächeln zeichnet sich auf seinen Lippen ab, doch es wirkt eher traurig. »Wir sind nur Freunde, Mia.«

Ich nicke. Doch irgendwo tief in mir drin fühle ich die Lüge zwischen uns. Und sie ist nicht so kalt wie das plötzliche Schweigen.

CONNER

»Fuck.«

Ich gehe einen Schritt ins Wohnzimmer, nur um gleich darauf wieder zurück auf die Veranda zu treten.

»Fuck.«

Von Mia ist nichts mehr zu sehen. Die einsetzende Dämmerung und die zirpenden Grillen leisten mir in meinem Selbsthass Gesellschaft.

»Fuck. Fuck. Fuck!«

Mein ganzer Brustkorb bebt angesichts meines rauschenden Bluts. Alles in mir schreit. Die Kontrolle habe ich längst verloren. Sie wiederzubekommen, erscheint mir in diesem Moment unmöglich. Wütend trete ich gegen die Blechdose, nur um zuzusehen, wie sich die Zigarettenstummel und Aschereste über dem Holz der Veranda verteilen.

»Ich bin ein Arschloch.«

Niemand ist da, um mir zu widersprechen. Wenn ich ehrlich bin, höre ich ohnehin selten auf jemand anderen. Meine Wut pulsiert nicht mehr wie eine Explosion in meiner Brust, allerdings bleibt sie mir auch weiterhin erhalten. Ich hocke mich hin, um das Chaos wieder aufzusammeln. Unter mir knackt das Holz, und der aufkommende Wind wird stärker, als wolle er mich von meinen kreisenden Gedanken ablenken.

Mia ist gegangen.

Doch das Gefühl in mir ist noch immer da. Mias Anblick hat sich in mir eingebrannt. In dem viel zu großen Shirt voller Staub und Dreck.

Was stimmt nicht mit mir? Und wie bin ich auf die absurde Idee gekommen, sie fast zu küssen?

Beinahe kommt es mir vor, als sei irgendwo in meinem Kopf ein roter Selbstzerstörungsknopf, den die Männchen in meinem Gehirn immer dann drücken, wenn ich etwas wirklich Gedankenloses tue. Inzwischen ist die Liste der Dinge, für die ich mich selbst schlagen möchte, länger als die derjenigen, auf die ich stolz bin. Viel länger.

Offenbar bin ich ein absoluter Versager, der ständig anderen Menschen wehtut. Schlimmer noch: ausgerechnet den Menschen, die ich mag. Mia.

Ich wische mir über die Stirn, wodurch ich den Dreck nur noch mehr auf meiner Haut verteile. Seufzend lasse ich mich auf den Hintern fallen. Es juckt mich in den Fingerspitzen, ihr zu schreiben, aber wenn ich ehrlich bin, weiß ich nicht, was ich sagen soll.

Hier an der frischen Luft beginnen meine Gedanken langsam wieder klarer zu werden. Leider ändert sich die Erkenntnis dadurch nicht: Ich bin zu weit gegangen.

Nur meinetwegen ist Mia in eine völlig unerwartete Situation gestolpert, und alles, was ich Vollpfosten daraufhin getan habe, ist, sie weiter zu bedrängen. Vielleicht ist das sogar noch schlimmer als die Tatsache, dass ich aus Reflex geleugnet habe, dass da etwas war.

Grollend stehe ich auf. Es wird Zeit für eine kalte Dusche. Aus mehreren Gründen.

16

MIA

Es gibt diese Momente im Leben, in denen man bereits vorher weiß, dass man etwas tut, das man nicht tun sollte. Aber dann ist es bereits getan, und man muss sich dem Ganzen stellen, ob man nun möchte oder nicht. Trotzdem stehe ich jetzt in der Tür und wünschte, jemand würde spontan den Körper mit mir tauschen. Nur für eine Stunde. Höchstens zwei.

»Und, hast du mich vermisst?«

Angestrengt versuche ich, mein Lächeln nicht verrutschen zu lassen, und versperre Megan die Tür. Sie hält ihre Reisetasche locker in der einen Hand, während die andere mit ihrem Handy beschäftigt ist. In aller Seelenruhe tippt sie ihre Nachricht zu Ende, bevor sie das Smartphone in die Hosentasche schiebt und mich erwartungsvoll ansieht.

»Unfassbar sogar. Lief die Ausstellung gut?«, will ich schnell wissen, um mir ein paar wertvolle Sekunden zu erschleichen, in denen sie mich noch immer lieb hat und nicht an die Decke geht.

Ein selbstsicherer Zug liegt auf ihren Lippen. »Sagen wir einfach, mein Bild hat einen ziemlich guten Preis erzielt und zahlt die Miete der nächsten drei Monate. Allerdings werde ich das Gefühl nicht los, dass hier etwas nicht stimmt.« Ihre Augen verengen sich, und eine der roten Strähnen löst sich aus dem unordentlichen Knoten auf ihrem Kopf.

Ich räuspere mich unbehaglich. »Nun, es ist möglich, dass ich in deiner Abwesenheit die Zeit genutzt habe, um einiges neu zu organisieren.«

Megan lässt die Reisetasche vor meine Füße fallen. Von dem Lächeln ist nun nichts mehr zu sehen. Ihr Gesicht wirkt wie eingefroren, obwohl aus ihren Augen bereits Funken sprühen. Sie verschränkt die Arme vor der Brust, und plötzlich sind nicht nur ihre Haare rot wie eine Tomate. »Du hast was?«

Beschwichtigend hebe ich die Hände. »Bitte, flipp nicht aus. Ich schwöre dir, ich habe nichts weggeworfen, nur etwas Staub gesaugt, neu sortiert und …«

Meine Schwester macht einen bedrohlichen Schritt auf mich zu. Megan wird schnell wütend, aber zum Glück dauert der Sturm nie sonderlich lange. Was mir gerade aber nicht hilft.

»Ich schwöre dir, wenn auch nur eins meiner Fotos …«, brummt sie und schiebt mich unsanft zur Seite. Den Rest ihres Gemurmels höre ich kaum noch, denn sie steuert zielsicher das Regal im Wohnzimmer an. Fast wäre ich über meine eigenen Füße gestolpert, schaffe es jedoch, mich an der Wand des Flurs abzustützen. Das verschafft ihr einen wertvollen Vorsprung.

»Es ist wirklich alles noch da«, beteuere ich in der Hoffnung, ihre Wut damit etwas abzumildern. Aber meine Schwester scheint mich gar nicht zu hören, ihre Aufmerksamkeit liegt ganz auf einem kleinen, staubigen Karton. Mit schnellen Schritten folge ich ihr ins Wohnzimmer, nur um zu sehen, wie sie den Deckel aufreißt.

Irritiert zucken meine Finger, denn ich verstehe nicht, was hier vorgeht. Das letzte Mal habe ich Megan so gesehen, als sie mich dabei erwischt hat, wie ich nach ihrem Tagebuch gesucht habe. Nur dass ich jetzt kein Teenager mehr bin und meine Neugier damit befriedige, ihr Instagram-Profil zu checken.

»Es ist noch da«, murmelt sie. Leise stöhnt sie auf, als sei eine schreckliche Last von ihren Schultern gefallen.

Unsicher bleibe ich mit ein wenig Abstand vor ihr stehen und blicke sie fragend an. »Das hab ich doch gerade gesagt.«

Megan hockt auf dem Boden. Ihr schwarzes Shirt gibt die helle Haut ihrer linken Schulter preis, auf der Ranken ihrer Tätowierung zu erahnen sind. Eine Weile sieht sie mich nur an, während ich mich frage, was hier gerade passiert. Dann schluckt sie schwer. »Tu das nie wieder, hast du verstanden?«

»Tut mir leid, ich hab das Chaos einfach nicht mehr ausgehalten«, versuche ich zu erklären und stachle damit das Wespennest ihres Unmuts nur noch mehr an. Fehlt nur noch, dass sie ihren Wutausschlag bekommt, wie früher.

»Es sind meine Sachen, Mia. Meine. Und du hast nicht das Recht, sie zu durchwühlen oder zu sortieren oder sonst was.« Mit jedem Wort ist sie lauter geworden, sodass ich unweigerlich vor ihr zurückzucke. Für einen Herzschlag befinde ich mich nicht mehr im Jetzt, sondern in einem meiner Albträume. Der rationale Teil in mir weiß genau, dass ich keine Angst vor meiner eigenen Schwester haben muss. Es ist nur ein Reflex, doch die Wirkung ist absurd.

Megan sieht mich an, doch es steht kein Zorn mehr in ihren Augen.

»Warum weichst du aus?«, will sie wissen.

Ich bin allerdings nicht sicher, ob ich das wirklich aussprechen will. »Es ist nichts«, wehre ich ab. »Es wäre nur nett, wenn du nicht so schreien würdest.«

Megan nickt, als würde sie mich verstehen, vielleicht tut sie das sogar. Aber ich will nicht in einem Streit, in dem eindeutig *ich* Schuld habe, meine traumatische Beziehung vorschieben, um mich zu rechtfertigen. Mit einem Räuspern schüttle ich die Gänsehaut ab und breite die Arme aus. »Ich weiß, dass es nicht in Ordnung war, aber es war dringend nötig. Sieh dich um«, sage ich, ehe ich mich einmal um mich selbst drehe. »Deine Wohnung ist plötzlich doppelt so groß.«

Sie schüttelt den Kopf. »Du hättest mich vorher fragen müssen.«

Ich sage nichts, denn natürlich weiß ich, dass sie damit recht hat. Auch wenn wir eine Familie sind, gibt es Grenzen. Mir war klar, wie wichtig Megan ihre Privatsphäre ist, doch ich bin trotzdem über diese Linie gegangen.

Das Schweigen wird langsam unangenehm, also wage ich einen Schritt nach vorn. »Was ist in dem Karton?«

Meine Schwester zuckt zusammen. Sie legt den Deckel schnell wieder auf den Karton, ehe sie ihn hinter ihrem Rücken versteckt. »Nichts.«

Eine meiner Augenbrauen wölbt sich fragend nach oben. »Megan, jetzt komm schon, du versteckst ihn vor mir wie ein Staatsgeheimnis.«

Sie blickt stur an mir vorbei. »Hast du ihn nicht eh schon durchwühlt?«

Ich lasse mich zu ihr auf den Boden sinken und blicke ihr ernst in die Augen. »Nein, denn ich habe aufgeräumt und nicht alles nach potenziellen Hinweisen auf deine Doppelidentität als Superschurkin durchsucht.«

»Wieso bin ich eine Schurkin?«

»Du bist viel zu tough für die klassische Heldin«, meine ich in dem uneleganten Versuch, sie damit etwas milder zu stimmen.

Endlich hebt sich auch ihr anderer Mundwinkel, wenn auch nur kurz. »Damit hast du recht.«

Drei oder vier Herzschläge lang sitzen wir nur da. Durch das geöffnete Fenster ist die Musik des Waldes zu hören, als wollte die Natur uns daran erinnern, dass es Wichtigeres gibt als einen unwichtigen Streit.

»Also, was ist da drin?«, frage ich noch einmal.

Meine Schwester schweigt, und ich sehe ihr deutlich an, wie sie mit sich ringt. Eigentlich ist sie nicht der Typ für Geheimnisse.

»Megan?«

Sie atmet einmal tief durch. »Ich sag es dir, wenn wir uns nicht streiten.«

Spätestens jetzt wird mir klar, dass es sich nicht um ein harmloses Mysterium handelt. Es ist nicht wie in unserer Kindheit, es geht nicht um einen Schwarm, der ihr peinlich ist, oder darum, dass sie zwanzig Dollar aus dem Portemonnaie unserer Mutter gestohlen hat. Diese Heimlichkeit schleppt sie schon lange mit sich herum.

»O Gott, bis eben wolltest du mir noch den Kopf abreißen, und jetzt hast du Angst, dass wir uns *deswegen* streiten?«, spreche ich meine Gedanken aus und rutsche ein Stück dichter an sie heran.

»Ja.«

Ich halte ihr meinen kleinen Finger zum Schwur hin. »Okay. Kein Streit. Ich verspreche es.«

Megan lächelt traurig und verhakt ihren Finger mit meinem. »Gut.«

Nervös schiebt sie mir den Karton zu, und plötzlich beginnt mein Puls zu rasen. Ich bin mir nicht mehr sicher, ob ich wirklich sehen will, was sich darin befindet. Doch meine Hände nehmen mir die Entscheidung ab und heben den Deckel an.

Zunächst ist darin nicht viel zu erkennen, dem ich eine größere Bedeutung zuschreiben könnte. Nur ein altes Foto von einem Mann in schlechter Auflösung. Keine von Megans Arbeiten. Dennoch nehme ich das Bild heraus. Und da verstehe ich endlich, was los ist. »Verdammt, Megan!«

»Denk an dein Versprechen!«

Megans Geburtsurkunde fühlt sich in meinen Händen tonnenschwer an. Aber noch schlimmer wird es, als ich die Namen darauf lese und entdecke, dass der ihres Vaters in krakliger Schrift auf der Rückseite des Fotos zu lesen ist.

Deswegen wollte sie nicht, dass ich es weiß. Meine Schwester ist auf der Suche nach ihren leiblichen Eltern. Fassungslos starre ich sie an, ohne zu wissen, was ich fühlen soll. »Wieso ist das noch immer so ein Thema für dich?«

Grimmig beiße ich mir selbst auf die Zunge. Nicht gerade die sensibelste Frage, aber in diesem Moment fällt es mir schwer, meine Emotionen zu filtern.

Meine Schwester lehnt sich an das Bücherregal und schließt die Augen, als würde es sie unendlich viel Kraft kosten, es laut auszusprechen. »Er ist mein Vater, Mia, mein echter Vater.«

»Wohl eher dein Erzeuger, der nie auch nur im Ansatz Interesse an dir gezeigt hat«, platzt es aus mir heraus.

»Du verstehst das nicht.«

Damit hat sie recht. Ich verstehe es nicht. Es ist nicht das erste Mal, dass sie darüber redet, ihre *echten* Eltern zu finden. Aber ich habe es nie verstanden. Wir haben eine Familie, und auch wenn wir unsere Differenzen mit unserer Mutter haben, war sie doch immer für uns da. Sie hat uns alles gegeben, was sie konnte, und wenn wir ehrlich sind, noch viel mehr. Deshalb habe ich nie begriffen, weshalb es wichtig sein sollte. Wir sind Schwestern, ob wir nun blutsverwandt sind oder nicht. »Dann erklär es mir.«

»Du hattest nie die Wahl.« Megan macht die Augen wieder auf. »Du hattest nie die Wahl.«

»Das ist mir bewusst.«

»Ich bin keine Waise. Da draußen gibt es Menschen, die sich bewusst dafür entschieden haben, dass sie mich nicht wollen«, murmelt sie, und ich erkenne meine Schwester kaum noch. Ihre Stimme ist verzerrt von einem Schmerz, den ich bis dahin nie so deutlich an ihr wahrgenommen habe. Jegliche Wut ist wie weggeblasen. Am liebsten würde ich sie augenblicklich in den Arm nehmen. »Mist, Megan, so darfst du das nicht sehen …«

»Lass mich ausreden«, sagt sie erschreckend ruhig und sieht mich an. »Sie haben sich entschlossen, ein Leben ohne mich zu führen. Und auch wenn ich froh darüber bin, weil ich sonst nicht unsere Mom gehabt hätte oder die nervigste kleine Schwester der Welt, will ich wissen, warum.«

Es ist nicht so, dass ich es wirklich nachempfinden kann. Aber langsam kann ich zumindest im Ansatz verstehen, woher dieser Drang kommt. »Mist.«

Ihre Nase zuckt. »Ich gebe es nicht gern zu, aber ja.«

»Warum hast du nie was gesagt?«

»Du hast mir nur einfach nicht zugehört. Ich habe oft was gesagt, allein eben musste ich es gefühlte drei Mal wiederholen, bevor du es hingenommen hast.«

Das sitzt. Fast fühlt es sich an, als würde mein Verstand sich selbst ohrfeigen. »Du hast recht.«

»Stimmt gar nicht, Moment. Kannst du das bitte noch mal sagen?«

Ich zucke mit den Schultern, weil ich keine Ahnung habe, was ich sonst tun könnte. Meine Schwester so zu sehen, tut mir unendlich weh, und mein eigenes unsensibles Verhalten hilft auch nicht gerade. »Es tut mir leid, Megan. Du hast recht. Dieses Thema habe ich immer weggeschoben, sobald es aufkam. Ich habe dir nie die Chance gegeben, mir zu sagen, wie du dich wirklich fühlst und wie wichtig es dir ist, deine leiblichen Eltern zu finden.«

Sie dreht den Kopf zu mir. »Wer bist du, und was hast du mit meiner Schwester gemacht?«

»Man mag es kaum glauben, aber ich bin durchaus in der Lage, mein Verhalten zu reflektieren«, gebe ich zurück und rücke nun noch näher an sie heran, sodass auch ich mich gegen das Regal lehnen kann. Sie bettet ihre Wange auf meine Schulter und verschränkt ihre Finger mit meinen.

»Danke«, murmelt sie leise.

Ich hingegen betrachte weiterhin das Foto von dem Mann, dem ich verdanke, dass meine Schwester auf der Welt ist. Sein Gesicht ist ebenso markant, aber ihm fehlt die Ausstrahlung, die Megan so besonders macht. Da ist eine leichte Ähnlichkeit, doch wüsste ich nicht von ihrer biologischen Verbindung, wäre sie mir entgangen. »Und?«

»Und was?«, murmelt meine Schwester fast schon schläfrig.

»Hast du ihn gefunden? Deinen leiblichen Vater?«

Sie seufzt leise. »Ja und nein.«

»Das bedeutet was?«

»Ich kenne seinen Namen, ich habe alte Fotos gefunden. Ein

paar Einzelheiten aus seinem Leben – aber ich weiß nicht, wo er sich gerade aufhält. Irgendwann endet die Spur einfach im Nichts, und die meiner Mutter hat mich zuletzt hierhergeführt«, erklärt sie leise, während sie meine Hand noch fester umklammert. »Ich will nur rausfinden, wer sie sind, Mia.«

»Es kostet mich gerade wirklich jede Überwindung, dir nicht zu sagen, was für eine schreckliche Idee das ist«, gebe ich zu, was sie dazu veranlasst, ein Stück von mir abzurücken. Die Unterschiede zwischen uns scheinen gerade doppelt so schwer zu wiegen. Meine helle Haut gegen ihre sonnengebräunte. Meine länglichen Gesichtszüge gegen ihre markanten. Ihr Wunsch danach zu wissen, woher sie kommt, gegen meine Überzeugung, dass meine leiblichen Eltern lange tot sind.

Und auch wenn ich es nicht gern zugebe, so weiß ich tief in mir, dass diese Abwehrhaltung auch eine Schutzreaktion ist. Die japanische Kultur ist mir fremd, denn mein Umfeld hatte nie einen Bezug dazu, und es war einfacher, mich davon abzuspalten, als all diese Fragen und ihre Auswirkungen zuzulassen. Also habe ich es verdrängt. Vielleicht ist das der Grund, warum dieses Thema zwischen Megan und mir immer ein heikles war. Ihre Suche nach ihren Wurzeln erinnert mich daran, dass ich sie manchmal um ihr Privileg beneide, weiß zu sein.

»Ist es wirklich so schwer zu verstehen? Er ist mein Vater.«

Kopfschüttelnd schiebe ich ihr eine der roten Strähnen hinter das Ohr. »Nein, aber ich habe schreckliche Angst davor, dass du verletzt wirst.«

»Wer weiß«, murmelt sie, und das Lächeln auf ihren Lippen wirkt traurig. »Aktuell hab ich keine Ahnung, wo genau er ist. Also werden wir es nicht rausfinden.«

»Aber wenn es so weit ist, bist du damit nicht allein«, verspreche ich, doch zu meiner Überraschung meine ich es auch so. »Egal, wie du dich entscheidest, ob du ihn findest oder nicht oder treffen willst oder nicht. Ich bin da, und du kannst jederzeit mit mir darüber reden.«

Megan lacht auf. »Jetzt machst du mir wirklich Angst.«

»Ich liebe dich auch, Schwesterherz.«

»Können wir jetzt aufhören, über unsere Gefühle zu reden? Das liegt mir an einem Sonntagabend nicht sonderlich gut«, meint sie halb ernst, halb im Scherz.

»Klar, und wenn du mir auch weiterhin nicht den Kopf abreißt, verrate ich dir, dass ich einen Auflauf im Ofen habe«, sage ich grinsend.

»Ich besitze eine Auflaufform?«

»Unglaublich, was man alles findet, wenn man aufräumt, oder?«, gebe ich stichelnd zurück.

»Gut, ich brauche was zu essen, und dann will ich hören, was du dieses Wochenende noch verbrochen hast, außer meine Wohnung auf den Kopf zu stellen.«

Ohne dass ich es verhindern kann, spüre ich, wie Hitze in meine Wangen steigt. Denn Conner hat sich wieder in meinen Kopf geschlichen. Natürlich entgeht das meiner Schwester nicht. Manchmal verfluche ich meinen Körper dafür, dass man ihm jede meiner Gefühlsregungen sofort ansieht.

»Mia?«

»Es war nichts. Also nicht wirklich«, antworte ich einen Tick zu schnell, ehe man mir diese Lüge abnehmen könnte. Megan zieht mich auf die Beine und setzt ihren Ich-bin-deine-große-Schwester-also-erzähl-mir-keine-Scheiße-Blick auf.

»Wir werden jetzt in die Küche gehen, dann entkorke ich eine Flasche Weißwein, und du erzählst mir ganz genau, was dieses *Nichts* war.«

»Wir haben Weißwein?«

»Ja, sogar den guten. Manchmal ist es ein Vorteil, in der *Red Lady* zu arbeiten.«

17

CONNER

»Du hast *was* getan?«

»Nicht so laut«, herrsche ich Chris an und senke den Blick, als die beiden neugierigen Damen vor uns die Köpfe drehen. Hätte er mich nicht in einem schwachen Moment erwischt, wäre ich niemals freiwillig zur Stadtratssitzung gekommen. Bei Gelegenheit werde ich mich dafür rächen.

»Lass es mich anders formulieren«, murmelt Chris, ehe er lächelnd einer kleinen Gruppe von Frauen zunickt, die durch den Gang zwischen den Stühlen schreitet. »Warum tust du das genaue Gegenteil von dem, was du vorhattest?«

Mein Schnauben ist laut genug, dass die Leute wieder zu uns blicken. Verdammt, warum nur habe ich dieses verfluchte Rathaus überhaupt betreten? Grimmig verschränke ich die Arme vor der Brust. »Wenn ich das wüsste, würde ich wohl kaum deinen Rat wollen.«

Amüsiert hebt er die Augenbrauen. »Ach, du willst meinen Rat?«

Ich stöhne auf. »Chris, meine Geduld ist ohnehin schon nicht sonderlich groß.«

Dieser Mistkerl von einem besten Freund fängt an zu lachen. Mein finsterer Blick stört ihn dabei ebenso wenig wie die Tatsache, dass ich mich auf meinem viel zu schmalen Stuhl hin und her winde. Zu allem Überfluss knarzt das Holz dabei auch noch furchtbar laut. Nachdem Chris seinen Lachanfall überwunden hat, beugt er sich nach vorn. »Du magst sie, sie mag dich. Lehn dich zurück und warte ab, was passiert.«

Blinzelnd starre ich ihn an. »Ist das dein Ernst?«

»Ich unterbreche deine seltenen Gefühlsausbrüche wirklich ungern, aber es geht gleich los. Ich weiß, dass du es nicht gern hörst, aber es gibt Menschen in dieser Stadt, denen die Gemeinde am Herzen liegt.«

»Dir sind wohl eher die Höschen der frisch geschiedenen Frauen ein Anliegen«, brumme ich und rolle mit den Augen.

Aber Chris wirkt entspannt. Obwohl er nur ein schwarzes Polohemd und eine klassische Jeans trägt, scheint alles an ihm *Arzt* zu schreien. Die Art, wie er sitzt, sein Blick und der schwache Geruch nach Desinfektionsmittel, der ihn umgibt wie ein Schleier. »Das ist eine tollkühne Behauptung, ich schlafe nicht mit Patientinnen.«

»Du bist der einzige Doc in dieser Stadt.«

»Jetzt siehst du, warum mein Leben nicht halb so toll ist, wie es nach außen wirkt«, meint er und zuckt mit den Schultern, als sei damit alles gesagt. Bevor ich etwas Unfaires erwidern kann, ertönt das vertraute Klopfen des Holzhammers. Und damit ist meine Laune definitiv im Keller.

Caroline Tantum.

Die böse Königin von Belmont Bay. Wahrscheinlich würde sie jeden, der es wagt, ihr das ins Gesicht zu sagen, mit ihrer kleinen Armee aus der Stadt jagen. Was der Grund dafür ist, dass nur über sie getuschelt wird und sich niemand ins Kreuzfeuer stellt.

»Willkommen«, flötet sie, und sofort verstummt das fröhliche Gemurmel um uns herum. »Wir haben heute einige wichtige Punkte zu besprechen, also sollten wir …«

Ein lautes Knarren, gefolgt von einem noch lauteren Fluchen, bringt sämtliche Anwesenden dazu, die Köpfe nach hinten zu drehen. Feuerrote Haare schwingen hin und her, während Megan ein entschuldigendes Lächeln aufsetzt. »Hey«, sagt sie.

»Tut uns leid«, murmelt Mia hinter ihr – und mein Herz setzt einen Schlag aus. Sie hebt eine Hand, nur um sie gleich darauf wieder herunterzunehmen.

»Mit den Rain-Schwestern wird es nie langweilig«, höre ich die Stimme von Arin und werfe ihm einen grimmigen Blick zu.

»Kein Problem«, meint Caroline mit einem Lächeln. »Setzt euch, dann können wir anfangen.«

Mia und Megan nehmen in der hintersten Reihe Platz, weshalb ich aufhören muss, sie anzustarren, und den Blick stattdessen wieder auf Caroline richte. Allerdings kann ich mich nicht auf die Worte konzentrieren, die zwischen ihren dunkelroten Lippen hervorkommen. Mein Fuß beginnt zu wackeln, ohne dass ich es verhindern kann. Ebenso wenig wie die Tatsache, dass ich immer wieder verstohlen über die Schulter blicke.

»Wer ist dafür?«

Chris stößt mich an, denn offenbar habe ich den Punkt verpasst, an dem es zu einer Abstimmung kam. Caroline sieht nicht glücklich aus über die vielen Hände, die sich gehoben haben. Und auch wenn ich keine Ahnung habe, was eben entschieden wurde, sorgt genau das dafür, dass sich einer meiner Mundwinkel hebt.

»Gut, kommen wir zu einem sehr persönlichen Anliegen«, fährt Caroline fort und sieht dabei in die Runde. »Das Theater möchte eine weitere Vorstellung – und benötigt dafür einen Zuschuss für die Kostüme und das neue Bühnenbild.«

Unwillkürlich verdrehe ich die Augen. Diese Stadt hält sich zum größten Teil dank der Theaterwochen im Jahr so gut, schon klar. Aber noch eine Vorstellung? Zusätzlich zu allen sieben Abendvorstellungen der Augustwoche, den Vormittagsvorstellungen des Highschool-Theaters und den eingeschobenen Kunstprojekten?

Es gibt hier auch noch anderes. Die Wanderwege, die Klettertouren. Die Touristen sind Segen und Fluch zugleich. Aber ist es wirklich notwendig, in jeder verdammten Sitzung mehr Geld in die Kasse der Königin zu spülen?

»Warum eine zusätzliche Vorstellung?«, fragt Bennett.

Caroline lehnt sich nach vorn und lächelt auf diese Art, bei der ich eine Gänsehaut bekomme, weil ich Angst vor einem mächtigen Fluch habe, den sie über diese Stadt legt wie in einem alten Märchen.

»Wir wollen dafür sorgen, dass auch über die Weihnachtsfeiertage mehr Touristen kommen. Das ist nicht nur gut für das Theater, sondern für die gesamte Stadt.«

»Aber das Hotel ist schon ausgebucht«, wirft Elif ein.

Die Friseurin hat ohnehin einen Stein bei mir im Brett, da sie die Einzige ist, die mit meiner Frisur kein Problem hat. Ich nicke ihr kurz zu, was sie mit einem Lächeln erwidert. Ihr burgunderfarbener Hijab ist farblich perfekt auf ihre Schuhe abgestimmt und bietet einen schönen farblichen Kontrast zu ihrer ansonsten schwarzen Kleidung.

Caroline kann es sich auf keinen Fall leisten, die Gunst der Friseurin zu verlieren, darum wählt sie ihre Worte mit Bedacht: »Und damit das so bleibt, sollten wir mehr als eine einfache Weihnachtsvorstellung geben. Seien wir ehrlich, die *Weihnachtsgeschichte* kann nun wirklich niemand mehr hören.«

»Shakespeare aber auch nicht«, entkommt es meinem Mund, ehe ich mich bremsen kann. Sofort richten sich alle Augen auf mich – den armen Tor, der die böse Königin verärgert. Super, viel schlimmer kann dieser Tag gar nicht mehr werden.

»Wolltest du etwas sagen, Conner?«, fragt Caroline, und ihre Stimme wird einen Tick lauter.

Jetzt ist es zu spät, um noch einen Rückzieher zu machen. Mich räuspernd stehe ich auf. »Das Theater zeigt immer die gleichen Stücke. Es sind jedes Mal Shakespeare und die *Weihnachtsgeschichte.*«

»Stimmt, aber es heißt auch *Shakespeare-Festival*«, kommt es wenig hilfreich von Chris.

Ein Raunen geht durch die Menge. Joey und Tanja drehen sich auf ihren Stühlen zu mir um, ebenso wie einige andere in den vorderen Reihen.

»Und du bist plötzlich zum Fan des Theaters geworden?«,

fragt die Blondine schnippisch, noch immer lächelnd. »Möchtest du vielleicht einen Vorschlag machen?«

Shit, das hätte ich kommen sehen sollen. Ich bin mitten in die Falle gelaufen. Mein Wissen übers Theater ist nicht halb so ausgereift wie meine Fähigkeit, gute Milchshakes zu machen. »Wie wäre es mit anderen Klassikern?«

Ich drehe mich halb um und blicke Mia direkt in die Augen. Unsicher steht sie vor ihrem Stuhl, die Hände in den langen Ärmeln ihres grauen Pullis verborgen.

Caroline legt den Kopf schief. »Entschuldigung, wir wurden uns wohl noch nicht vorgestellt.«

»Ich bin Mia.« Sie deutet neben sich. »Die Schwester von Megan.«

»Genau.« Megan winkt, was Chris wieder zum Lachen bringt.

»Und offenbar ein Theater-Fan«, kommentiert die Blondine.

»Ja, und ich liebe Shakespeare. Aber es gibt auch noch andere großartige Stücke, die man vielleicht in Betracht ziehen sollte. Nicht für die Festivalwoche natürlich – aber als zusätzlichen Anreiz und um die Vielseitigkeit dieser Stadt zu zeigen.«

Für einen Moment herrscht Stille. Nur das Knarzen der Stühle ist zu hören, während die Städter von Caroline zu Mia blicken. Jeder scheint nur darauf zu warten, dass dieses Duell in die nächste Runde geht. Doch davon lässt sich Caroline nicht aus der Ruhe bringen. »Ach?«

»*Warten auf Godot* von Samuel Beckett oder der Einakter *Salome* von Oscar Wilde«, schlägt Mia wie aus der Pistole geschossen vor.

Caroline verengt die Augen. »Das entspricht nicht der Tradition des Theaters.«

»Aber gerade das Theater steht doch für die kulturelle Weiterentwicklung«, schießt Mia zurück. »Shakespeare ist großartig, ohne Frage. Aber …«

»Schön, dass wir uns da einig sind«, unterbricht Caroline. »Wenn wir nun …«

»Wie wäre es denn mit *Wer hat Angst vor Virginia Woolf?*?«, wirft Megan dazwischen, und am liebsten würde ich ihr auf Knien danken.

Das Gemurmel und Getuschel im Raum wird lauter. Alle haben plötzlich eine Meinung. Einige schlagen zwar Musicals anstelle von Theaterstücken vor, aber der Gedanke zählt – und dass die gesamte Stadt plötzlich die Königin infrage stellt.

Ich revidiere meine Aussage: Die Sitzungen können großartig sein. Ab jetzt werde ich jedes verdammte Mal in der ersten Reihe des Stadtrats sitzen.

»Das ist doch hoffentlich ein Scherz«, brummt Caroline. Das perfekte Lächeln ist ihr aus dem Gesicht gerutscht.

»Oder eine neue Interpretation der *Frauen von Stepford*«, fügt Chris an.

»*Trauer muss Elektra tragen*«, ruft Tanja aus.

»*Endstation Sehnsucht*«, kommt es von Arin.

Unsere Blicke begegnen sich nur kurz, aber lang genug, damit ich seine erweiterten Pupillen sehen kann. Ich rümpfe die Nase. Sein Anblick reicht aus, damit ich wieder wütend auf ihn und diese Welt werde. Aber gerade gibt es Wichtigeres.

Carolines Gesicht wird trotz der dicken Schicht Make-up rot vor Zorn. »Keiner dieser Vorschläge ist …«

»Jetzt komm schon«, brummt eine tiefe Stimme, und der alte Bennett tritt vor. »Wie du gerade gesehen hast, können wir alle deinen Shakespeare nicht mehr hören. Oder sehen. Was spricht dagegen, außerhalb der Festivalwoche mal etwas anderes zu probieren?«

»Oder zu spielen …«, murmelt Mary Winter, die, seit ich sie kenne, immer die Nebenrollen spielen muss. Und davor wahrscheinlich auch. Sie betreibt die kleine Konditorei, deren Erdbeertörtchen mindestens so beliebt sind wie die Milchshakes in Joeys Diner.

»Nun, irgendjemand muss das entscheiden …«

»Warum lassen wir nicht die Touristen während der Theaterwoche abstimmen?«, fragt Mia mit einer Seelenruhe, für die ich sie nur bewundern kann.

»Bitte was?«

»Wir können zu den verkauften Eintrittskarten für das Stück eine kleine Befragung durchführen. Wie Wahlzettel, die in Urnen auf dem Fest gesammelt werden. Die Touristen können aus drei Stücken wählen, welches in der Weihnachtszeit aufgeführt wird. Und das Stück mit den meisten Stimmen gewinnt«, schlägt sie vor.

Für einen Moment herrscht völlige Stille. Dann folgt ein anerkennendes Nicken, und Caroline hat verloren.

»Mia!«

Da ich es nicht eher geschafft habe, mich aus der Traube von Menschen zu lösen, sprinte ich nun über den Parkplatz. Mia dreht sich zu mir um. Ihr schwarzes Haar weht im sanften Abendwind. »Hey.«

»Hey«, brumme ich und fahre mir durch die Haare, weil ich mir unsagbar deplatziert vorkomme. »Ich wollte nur Hallo sagen.«

Ihr Gesichtsausdruck zeigt leichte Verwirrung. »Okay?«

»Wenn ich jetzt wirklich *Hallo* sage, wirkt es ziemlich schräg, oder?«

Nun schüttelt sie leicht den Kopf. »Ich glaube, diesen Punkt haben wir schon überschritten.«

»Das habe ich befürchtet.«

Megan betrachtet uns kurz, zieht sich dann jedoch diskret in den Wagen zurück und steckt sich eine Zigarette an, während sie demonstrativ auf ihr Handy blickt.

»Möchtest du das Gespräch neu starten?«, will Mia wissen.

Ich schiebe die Hände in die Hosentaschen meiner Jeans. »Das könnte helfen.«

»Hey, Conner. Schön, dich zu sehen.«

Sie sieht mich an, und in meinem Kopf herrscht plötzlich

völlige Leere. Ich kann mich nicht daran erinnern, warum ich ihr über den Parkplatz nachgelaufen bin. Geschweige denn, dass ich in der Lage bin, einen vollständigen Satz zu bilden. »Wandern.«

»Was?«

»Ich meine, ich könnte Hilfe beim Wandern gebrauchen«, rede ich drauflos und fühle mich sofort noch schlechter als zuvor. Falls das überhaupt möglich ist.

»Du siehst nicht aus, als hättest du Probleme beim Laufen.«

»Der Wald.«

»Der Wald hat ein Problem mit dir oder mit dem Laufen?«

»Ja, ich meine: nein. Was ich sagen will, ist, dass ich am Wochenende wandern gehen will, und ich dachte, du möchtest vielleicht mitkommen.«

Sie zögert einen Moment, fast so, als würde sie darüber nachdenken, ob ich ein paar Biere zu viel hatte. Dann fängt sie an zu lachen.

»Freut mich, dass ich dich erheitern konnte.«

»Tut mir leid, ich hab dich nur noch nie so … gesehen.«

»Wie denn?«

»Ich hab dich noch nie mit einer Mischung aus Peinlichkeit und Verzweiflung gesehen«, antwortet sie sofort, was dafür sorgt, dass ich zum ersten Mal seit sehr langer Zeit das Gefühl habe, rot zu werden.

»Du weißt wirklich, wie man Komplimente macht.«

Sie schüttelt den Kopf. »Um deine Frage zu beantworten: Ich helfe dir gern beim Wandern.«

Erleichtert atme ich aus. »Danke.«

»Dafür sind Freunde doch da«, sagt sie so unbefangen, dass es mir fast einen Stich versetzt.

»Sind wir das? Freunde?«, frage ich deshalb und betrachte ihre Schuhe anstelle ihres Gesichts.

»Ich denke, dass du mir inzwischen zweimal bei Nervenzusammenbrüchen zugeschaut hast, hat uns zusammengeschweißt«, meint sie, wobei sie die Arme um ihren Körper schlingt, als würde allein der Gedanke daran sie frösteln lassen.

»Ich muss jetzt aber nicht selbst einen bekommen, oder?«

»Nein. Aber wenn doch, werde ich da sein und deine Tränen trocknen«, verspricht sie.

Nun sehe ich ihr wieder ins Gesicht. »Danke, Mia.«

»Gern. Holst du mich am Samstag ab?«, fragt sie, schon halb im Gehen.

»Sicher.«

»Okay.« Sie winkt zum Abschied, ehe sie in den Wagen steigt und mit ihrer Schwester davonfährt.

»Was sollte das denn werden?«, will Chris wissen. Er misst mich mit diesem Blick, der mir gar nicht gefällt. Das habe ich nun wirklich nicht auch noch gebraucht.

»Wenn du etwas zu sagen hast, sag es einfach und sieh mich nicht so an«, schnaube ich.

»Gewöhn dich daran, denn du bist in romantischen Dingen wie ein Unfall, bei dem man nicht wegschauen kann.«

»Warum?«

»Freunde?«

Ich verdrehe die Augen. »Ja, Chris. Wir sind Freunde.«

»Freunde, die sich fast geküsst hätten.«

»Da war nichts«, wehre ich schnell ab, obwohl in meinem Inneren eine Stimme anfängt, laut zu schreien, als habe sie sich den großen Zeh am Bettpfosten gestoßen.

Chris nickt halbherzig. »Klar, darum benimmst du dich auch plötzlich so, als wärst du wieder ein Teenie.«

»An dieser Stelle beende ich unser Gespräch. Es war mir absolut keine Freude«, brumme ich, während ich demonstrativ an ihm vorbeimarschiere.

»Ich liebe dich auch, Conner. Willst du vielleicht freundschaftlich knutschen?«, will Chris wissen. Dabei macht er Kussgeräusche, die mir selbst mit zehn Jahren peinlich gewesen wären.

Darum weiß ich mir auch nicht anders zu helfen, als ihm den Mittelfinger zu zeigen, während ich zu meinem Auto gehe und die Tür öffne. »Leck mich am Arsch.«

»Ich finde, das könnten wir ausprobieren, so rein freundschaftlich …« Mit seinen Händen formt er ein Herz – und ich verdrehe die Augen, bevor ich den Motor starte.

18

MIA

Konservativ, freundlich und hilfsbereit – mit diesen Attributen werden die Menschen in Idaho oft beschrieben. Als Red State unterstützt die Mehrheit der Bevölkerung die Republikanische Partei, was mir zwar sauer aufstößt, jedoch auch erklärt, warum Conner nicht so ganz in diese vermeintlich heile Welt der Kleinstadt zu passen scheint. Er ist definitiv Demokrat. Zumindest, wenn ich dem Sticker auf seinem Auto vertraue. Da der aber noch nicht halb so alt aussieht wie der Rest des Lacks und weit weniger Kratzer hat, vermute ich, es war ein sanfter Hinweis auf die letzten Wahlen.

Mit einem schmalen Lächeln steht Conner vor mir. Sein großer Körper wirft einen langen Schatten, als er die Autotür seines Wagens zufallen lässt und sich umdreht.

Es ist einer dieser letzten warmen Sommertage, die man sich in eisigen Winternächten wieder zurückwünscht. Ich blicke mich in dem Waldstück um, suche nach einem Anhaltspunkt für unsere Wanderung. Aufgrund der Schönheit der Wälder und der vielen möglichen Outdooraktivitäten bin ich nicht überrascht, dass ein weiterer Wagen an uns vorbei zu einem kleinen Parkplatz rollt. Der Tourismus in diesem Bundesstaat ist im Aufschwung. Ich kann es niemandem verdenken. Die Wälder hier haben einen ganz eigenen Geruch, fast so, als könne man Magie riechen. Vielleicht ist es dieser Duft, der die Menschen anlockt und zum Bleiben einlädt.

»Bist du bereit?«, reißt mich Conner aus meinen Gedanken und reicht mir meinen Rucksack.

Lächelnd ergreife ich ihn, nur um festzustellen, wie erstaunlich schwer er ist. Da ich keine Ahnung vom Wandern habe, hat Conner ihn gepackt. Was mich an die Möglichkeit denken lässt, dass sich auch Ziegelsteine darin befinden könnten. Wahrscheinlich hatte ich eine falsche Vorstellung von seiner Art einer Wanderung. Ich dachte eher an einen entspannten Spaziergang durch den Wald, nicht an eine einstündige Fahrt mitten in die grünen Weiten hinein. So nahe war ich der kanadischen Grenze wahrscheinlich noch nie. »Ich denke schon. Aber du hast nicht vor, mich in den Wäldern zu verscharren, oder?«

Meine Frage ist ein Scherz, doch irgendwo in den Winkeln meines Gehirns spüre ich dennoch eine diffuse Angst. Ich war noch nie hier, habe keine Ahnung, wo genau wir uns überhaupt befinden, und mein Orientierungssinn funktioniert schon auf beschrifteten Straßen nicht sonderlich gut.

»Wenn doch, hätte ich eine andere Route gewählt«, meint Conner und schließt sein Auto ab. Sein Rucksack ist noch wesentlich größer als meiner, und langsam frage ich mich, was er alles mitschleppt.

»Wirklich sehr beruhigend«, murmle ich.

»Bist du schon mal gewandert?«

»Ich hab mich in New York öfter verlaufen, falls das zählt«, gebe ich zurück.

»Das ist nicht ganz das, was ich meinte.«

»Dann ist die Antwort wohl Nein.«

»Das habe ich befürchtet, aber keine Bange. Ich habe uns eine Route für Anfänger rausgesucht«, sagt er amüsiert, ehe er mich noch einmal von oben bis unten mustert. Mir ist klar, dass sein Blick der Kontrolle dient, ob wir etwas vergessen haben, aber ich spüre trotzdem, wie mein Blutdruck in die Höhe schnellt. »Okay, sind deine Schuhe neu?«

Dankbar über die Möglichkeit der Ablenkung nicke ich und strecke stolz einen Fuß nach vorn, damit er die Wanderstiefel näher begutachten kann. »Ja. Megan und ich sind extra …«

»Das ist nicht gut«, unterbricht er meine kurze Euphorie.

»Wieso nicht?«

»Komm schon, Mia, neue Schuhe zum Wandern?«

Demonstrativ blicke ich auf meine Schuhe. Zugegeben, ich war einfach froh, einen Grund gefunden zu haben, mal abseits von Belmont Bay einkaufen zu gehen. Rückblickend war es vielleicht doch keine besonders gute Idee. »Wie lange hattest du denn vor, unterwegs zu sein?«, frage ich vorsichtig.

Conner lacht auf. »Ein paar Stunden.«

»Oh.«

Belustigt schüttelt er den Kopf. »Gut, wir nehmen den kurzen Weg, und wenn deine Füße wehtun, sagst du es gleich. Nicht dass du dir alles blutig läufst. Das ist die zweite Regel beim Wandern, okay? Realistische Selbsteinschätzung. Wenn du merkst, dass du nicht mehr kannst, sag es.«

»Sobald es zwickt, sage ich Bescheid«, verspreche ich. »Was ist die erste Regel?«

»Die richtige Route wählen«, antwortet Conner. »Dann mal los.«

Ich marschiere an Conners Seite den Wanderweg entlang. Es ist für mich noch immer unvorstellbar, dass fast die Hälfte der Staatsfläche Idahos bewaldet ist. Hier ist die Naturlandschaft noch erhalten, kein Vergleich zum ewigen Grau von New York City.

»Was weißt du über Idaho?«, will Conner nach einer Weile wissen.

»Du meinst, außer, dass ihr Trump gewählt habt? Zweimal?«

»Hey, das ist unfair. Wir unterstützen nicht alle rot«, bestätigt er meinen Verdacht.

Ich wusste doch, dass er kein Republikaner ist. Meine Lippen spitzen sich, während ich so tue, als müsse ich nachdenken. »Na gut. Ich weiß, dass wir flächenmäßig etwas kleiner sind als Großbritannien und damit Rang 14 aller US-Bundesstaaten besetzen.«

»Wir?«, fragt Conner.

Mein Blick schweift über den Wanderweg und bleibt an einem knorrigen Baum hängen, der nicht zu den anderen zu passen scheint. Er bildet eine pyramidenförmige Krone mit steilen Leitästen, während die Seitenäste herabhängen. Die schmalen Blätter schimmern bereits in den Farben des Herbsts. Lächelnd blicke ich von ihm wieder zu Conner. Es dauert einen Moment, bis ich verstehe, worauf er hinauswill. »Inzwischen fühle ich mich ziemlich heimisch. Bevor ich herkam, habe ich nie verstanden, warum Megan nicht mehr zurück in die Stadt gekommen ist«, gebe ich zu.

»Aber jetzt schon?«

»Ich denke, ja«, murmle ich. »Also, was wolltest du mir erzählen?«

Offenbar steigt mir die frische Luft bereits nach einer knappen halben Stunde zu Kopf.

Wir laufen weiter. Vorbei an Beerensträuchern, Steinformationen und natürlichen Alleen, gesäumt mit blühenden Blumen. Er wartet, bis ein verliebtes Paar, das kaum die Hände voneinander lassen kann, an uns vorbeigegangen ist. Dann räuspert er sich. »Du bist also bereit dafür, dir die Geschichte Idahos anzuhören?«

Die Sonne kitzelt auf meiner Nase, meine neuen Schuhe sind schon jetzt dekoriert mit trockener Erde und den ersten gefallenen Blättern. Ein Lächeln schleicht sich auf meine Lippen. »Auf jeden Fall!«

»Also gut. Es gab eine Expedition von Meriwether Lewis und William Clark, die dieses Gebiet erkundet haben, und schon sie wussten, dass sich hier viel mehr verbarg als nur Wald und Berge. Das Idaho-Territorium wurde ungefähr um 1863 geschaffen, doch natürlich war das Gebiet damals von den amerikanischen Ureinwohnern besiedelt, und ihnen war gleich klar, dass sie das Juwel dieser Gegend schützen müssen.« Während er redet, sieht er mich von der Seite an, ganz so, als würde er in meinem Gesicht lesen wollen.

»Du redest von Gold?«

Conner schüttelt den Kopf. »Als in Kalifornien der Goldrausch massenhaft Siedler anzog, haben zwar viele von ihnen Idaho durchquert, aber die wenigsten blieben hier. So ist die Bevölkerungszahl bis heute eine der niedrigsten aller US-Bundesstaaten. Dabei haben wir etwas, das viel mehr wert ist als Gold.«

»Und was?«

Conner deutet zur Seite, zu einem schmalen Pfad, der zwischen all dem Grün, das langsam ins Gold übergeht, verborgen ist. Er liegt abseits der normalen Wanderroute. Zögernd betrachte ich den Weg, der nicht mit der aktuellen Route vergleichbar ist, auf der wir seit knapp einer Stunde unterwegs sind.

»Es gibt doch auch sicher eine Wanderregel, die besagt, man soll sich nicht vom Weg abbringen lassen?«, frage ich.

»Bin ich der Wanderexperte oder du?«, schießt Conner zurück. Seine Stimme ist jedoch nicht harsch oder aggressiv, sondern eher neckend. In seinen Augen sehe ich nichts, vor dem ich Angst haben müsste, und doch ist da diese kalte Furcht, versteckt in einem der hintersten Winkel meines Kopfes. Mein stolpernder Herzschlag sorgt dafür, dass ich einfach stehen bleibe und ihn ansehe.

Conner streckt mir seine Hand entgegen. »Kommst du?«

Er hat mir noch nie wehgetan. Nie. Es ist unlogisch, dass er das nun tun sollte, nur weil er mir etwas zeigen will, das nicht auf der Touristenstrecke liegt. Oder?

Für einen Moment zögere ich, dann lasse mich durch das dichte Gestrüpp führen. Die Selbstverständlichkeit seiner Berührung lässt mich fast nach Luft schnappen. Doch dahinter steckt keine Taktik, kein perfides Spiel, um mich zu täuschen oder in falscher Sicherheit zu wiegen.

Die satten Blätter versperren mir den Blick auf unser Ziel, genauso wie der breite Rücken vor mir. Ich habe Mühe, nicht über eine der zahlreichen Wurzeln oder Äste zu stolpern. »Weißt du, woher der Name kommt?«, will Conner wissen, als würde er spüren, wie die Unsicherheit in mir wieder größer wird.

»Idaho?«, frage ich kleinlaut zurück und rutsche fast in einem kleinen Schlammloch aus. Doch Conner hält mich fest, sodass ich gegen ihn stolpere.

»Alles gut?«

Die Sekunden zwischen meinen Herzschlägen scheinen sich auszudehnen, ehe sie sich plötzlich wieder zusammenziehen. Wir sind uns so unendlich nahe in unserem Schweigen. Um uns herum gibt es nur Bäume und Sträucher, Gräser und Blumen. Nichts ist zu hören außer dem Wind, der durch die Tannen pfeift, und meinem Herzen, das immer lauter wird.

Ich nicke. »Nichts passiert«, sage ich verunsichert.

Conner nickt ebenfalls, zieht mich noch etwas weiter, bis die Sträucher und das dichte Unterholz wieder ebener werden. Dann stellt er sich mit einem Lächeln vor mich, verdeckt mir die Sicht auf das, was er mir eigentlich zeigen wollte.

»Gut, dann schließ die Augen.«

Verwirrt blinzle ich zu ihm hinauf. Erst jetzt wird mir bewusst, wie nahe wir uns sind. Wir stehen nicht einmal eine Handbreit voneinander entfernt – und Conners Hand umfasst noch immer meine. »Was, jetzt?«

Er lacht. »Ja.«

»Ich weiß nicht …« Ich höre meinen Herzschlag plötzlich erschreckend laut in meinen Ohren pochen. Der Geruch des Waldes vermischt sich mit dem nach Zitronengras, der von seiner Haut ausgeht.

»Wenn es dir hilft, schwöre ich auf meine Familie, dass ich kein Serienkiller bin und das hier keine Falle ist«, brummt Conner, und ich bilde mir ein, dass seine Stimme rauer klingt als noch vor einer Minute.

»Aber würde ein potenzieller Killer das nicht auch behaupten?«

»Gutes Argument, aber schließ die Augen trotzdem.«

Ich atme einmal tief ein und tue es. Was soll schon schiefgehen? Wenn ich gleich eine gewaltige Schlucht heruntergeworfen werde, werde ich erfahren, ob ich schon wieder dem Falschen vertraut habe. Meiner Angst hilft die Selbstironie leider auch nicht weiter, doch so ungern ich es auch zugebe: Conner hat sich bereits ein Stück meines Vertrauens erarbeitet.

»Noch nicht gucken.«

Vorsichtig setze ich einen Fuß vor den anderen, während Conner mich führt. »Der Name unseres wundervollen Staates kommt von der indigenen Bevölkerung, genau genommen von dem Wort *Ee-dah-how* der Shoshonen. Sinngemäß bedeutet es *Licht auf den Bergen*«, raunt er. Dann stoppt er, und ich merke, wie er einmal um mich herumgeht. Ich spüre seinen Atem im Nacken, als er flüstert: »Mach die Augen auf.«

Vor mir ist ein Abgrund, so tief, dass ich kaum wage, mich zu bewegen. Für einen Moment droht die Panik mich zu ergreifen, doch das, was vor mir liegt, ist die Gefahr wert und wischt die Angst fort. Die Bergkette hinter dem Wald und dem kristallblauen Fluss leuchtet mit ihren noch schneebedeckten Gipfeln strahlend hell. Die funkelnde Sonne scheint sich nach und nach aufzulösen und ihr Licht um die Spitzen der Berge zu wickeln wie gesponnenes Gold.

»Wow.«

»Das ist es, was Idaho so besonders macht«, murmelt Conner hinter mir, und ich kann sein Lächeln förmlich hören, während ich mich von dieser Schönheit nicht losreißen kann.

»Hab ich zu viel versprochen?«

Ich schüttle den Kopf. »Nein, ganz sicher nicht.«

Die Zeit scheint stillzustehen, es gibt nur noch mich, Conner hinter und diesen Anblick vor mir, der versucht, alles Hässliche aus meinem Leben zu vertreiben.

»Gut, dann komm. Wir suchen uns einen Platz zum Essen.«

Trotz der hoch stehenden Sonne blutet mir innerlich das Herz. Es ist fast so, als würde ich spüren, wie der Herbst naht und alles in einem großen Sturm niederzureißen droht. Die Waldfrüchte, die Eicheln, Nüsse und Kastanien von Tausenden Bäumen, jedes einzelne Blatt von den knorrigen Ästen, bis alles nackt und schutzlos zwischen dem Herbstlaub und den ausgedörrten Gräsern liegt. Nach allem, was schön ist, folgt eine Zeit, in der diese Schönheit stirbt.

Zwischen den Baumstämmen taucht ein breiter Weg auf. Abrupt bleibe ich stehen, drehe den Kopf noch mal und überlege, ob ich nicht einfach wieder zurück zur Klippe gehen soll. Nur noch ein paar Minuten die Welt vergessen.

»Mia?«

Ich habe nicht bemerkt, wie eine Träne über meine Wange läuft, und wische sie schnell fort. Aber nichts kann ungeschehen machen, dass er sie gesehen hat.

»Ist alles okay?«

Stumm nicke ich, schlinge die Arme um mich, als würde die strahlende Sonne nicht ausreichen, um mich zu wärmen. Irgendjemand muss mich zusammenhalten, auch wenn ich es selbst tue. Ich eile ein paar Schritte vor. Nun, da wir wieder auf einem ebenen Pfad sind, ist die Richtung leicht zu erahnen. Conner schließt schnell zu mir auf. »Du musst nicht über die schlechten Zeiten reden, wenn du nicht willst«, sagt er, und plötzlich wünsche ich mir, er hätte meine Hand nie losgelassen.

»Über die guten zu sprechen, wäre noch schlimmer«, flüstere ich, mehr zu mir selbst als zu Conner.

Stur gehe ich weiter, weil ich einfach nur unser nächstes Ziel erreichen will. Obwohl ich es ungern zugebe, tun meine Füße langsam, aber sicher weh. Die neuen Schuhe waren definitiv keine gute Idee, und eine Pause wird langsam notwendig. Zum Glück kommt eine schmale Lichtung in Sicht.

Eine Gruppe Touristen verlässt gerade den Platz mit einem großen Holztisch und den passenden Bänken aus halben Baumstämmen. Nur die großen Container stören das Bild. Conner geht vor und wartet, bis ich mich auf eine morsche Bank gesetzt habe. Das rissige Holz erinnert mich an mein Herz, und das Brennen meiner Augen wird wieder schlimmer.

»Warum?«, fragt er sanft, doch zugleich so bestimmt, dass es mir unmöglich erscheint, ihm nicht zu antworten.

Er reicht mir eine der Wasserflaschen aus seinem Rucksack. Bis eben habe ich gar nicht bemerkt, wie durstig ich bin. Das Wasser kühlt meinen Hals, der sich anfühlt, als hätte ich mir die gesamte Seele aus dem Leib geschrien, obwohl ich keines der Worte ausgesprochen habe, die auf meiner Seele brennen. Conner lässt sich neben mich sinken und wartet ab, bis ich bereit bin.

»Weil ich ihn geliebt habe.« Mit den Worten kommt eine neue Träne. »Viel mehr, als gut für mich war. Ich dachte, er sei diese eine große Liebe, die man nie mehr vergisst und von der immer alle reden. Der Eine. Und jetzt, wo ich es ausspreche, komme ich mir noch naiver vor.« Noch immer stumm, reicht Conner mir ein Taschentuch, das ich ergreife, ohne ihm dabei in die Augen sehen zu können. Ich tupfe die salzigen Perlen fort, nur um Platz für neue zu schaffen. »Und das Schlimmste daran ist, dass ich so glücklich war. Es war, als würde ich einen Traum leben. Das perfekte Studium, die perfekte Wohnung und der perfekte Mann. Ich habe alles durch einen rosaroten Filter gesehen, der keine Schatten gezeigt hat. Nur Glück. Und ich dachte, dieses Gefühl würde mich für immer vor all dem Schmerz beschützen.« Meine Stimme bricht, und ich zwinge mich, nicht völlig die Fassung zu verlieren. Ich habe schon viel zu viel an diese angebliche Liebe verschwendet.

»Und dann?«

Das Lächeln auf meinen Lippen fühlt sich schrecklich falsch an. »Dann ist er zu meinem Schmerz geworden.«

Einen Augenblick schweigt Conner und betrachtet das Farbspiel der Blätter, die im Licht der Mittagssonne schimmern, als habe sie jemand mit Gold besprenkelt. »Aber trotzdem gab es die guten Zeiten. Man sollte das nicht vergessen und sich deswegen auch nicht schlecht fühlen. Egal, was danach passiert ist.«

Ich schüttle den Kopf. »Auch wenn jedes Glück, das man verspürt hat, plötzlich wirkt wie eine Lüge?«

Unsere Blicke treffen sich, ohne sich wieder voneinander lösen zu können. Das schmerzhafte Pochen meines Herzens wird wieder ruhiger.

»Glück ist keine Lüge, selbst wenn man danach ins Unglück rennt«, meint Conner leise.

»Wow, das klingt wie aus einem Poesiealbum.«

»Was ich damit sagen will, ist, dass du dich nicht selbst dafür bestrafen darfst, dass du mal glücklich warst. Und auch nicht für das, was danach passiert ist.«

»Du meinst, dass er mich geschlagen hat?« Meine Stimme klingt so verbittert, dass ich sie beinahe nicht als meine eigene erkenne.

Er gerät ins Stocken. Es ist das erste Mal, dass ich es ausspreche. Es vor jemandem *so* ausspreche. Und jetzt, da ich es getan habe, kann ich es nicht mehr stoppen. »Das erste Mal dachte ich noch, es sei einfach ein Versehen. Ein schrecklicher Fehler, den er niemals wiederholen würde. Aber aus einem Mal wurden viele, und mit jedem Mal wurde ich mehr zu einem Menschen, den ich gar nicht kenne.«

Diese verfluchten Tränen drohen wieder aus mir hervorzubrechen. Conner kommt näher, nur ein wenig, doch es reicht aus, damit mir klar wird, was ich ihm gerade offenbart habe. Nicht einmal mit Megan konnte ich so darüber reden.

Er wischt sich über den Mund. Offenbar brennt ihm eine Frage auf den Lippen, von der er noch nicht weiß, ob er sie stellen soll. »Hast du es niemandem … ich meine, warst du ganz allein?«

Ich schüttele den Kopf. »Es ist schwer zu erklären, was es mit einem macht, wenn man nie weiß, ob man Blumen oder Schläge bekommt. Und ich weiß, wie das klingt. Feige und schwach.«

»Nichts an dir ist schwach.«

»Offenbar doch, sonst wäre ich gegangen, bevor mich ein Notarzt zusammenflicken musste«, murmle ich und deute auf meine Augenbraue.

»Nichts von all dem, was er getan hat, sagt etwas über dich

aus«, murmelt Conner. Seine Augen liegen mit einer solchen Intensität auf mir, dass ich unwillkürlich ein Stück von ihm abrücke. Um mich abzulenken, ziehe ich meine Schuhe aus.

»Wenn das nur so einfach wäre«, schnaube ich. Prüfend taste ich meine Füße ab und zucke zusammen. Conner hatte recht, ich habe mir Blasen gelaufen. Kommentarlos reicht er mir eine Packung Pflaster und etwas, das aussieht wie ein Labello, aber sicher nicht für meine Lippen gedacht ist.

»Hirschtalg.« Er zuckt mit den breiten Schultern. »In der Theorie ist alles einfach, nur die Praxis oft nicht.«

Gegen meinen Willen spüre ich, wie die Anspannung in mir weiter nachlässt. »Hast du den Spruch von einem Kalender gestohlen?«

»Vielleicht.«

Das Schweigen ist wieder da. Doch dieses Mal ist es nicht geprägt von all den düsteren Wolken in meinem Kopf. Vielleicht liegt es an der Schönheit der Natur um mich herum oder daran, dass ich mich das erste Mal seit langer Zeit getraut habe, über diese Sache zu reden – doch mein Herz fühlt sich plötzlich weniger schwer an. Außerdem habe ich meine Füße nun verarztet und wackle prüfend mit den Zehen, ehe ich mir wieder die Socken anziehe. »Danke.«

Verwirrt sieht Conner mich an. »Wofür? Pflaster gehören zur Grundausrüstung bei jeder Wanderung.«

»Dass du mir zuhörst, ohne mich zu verurteilen.« Ich meine es viel ernster, als mir bewusst war, ehe ich es ausgesprochen habe.

»Man muss andere nicht dafür verurteilen, dass ihre Wunden noch heilen müssen.« Conner blickt stur in den Rucksack und packt ein paar Brote aus.

Dankbar nehme ich das Käsesandwich und gönne mir einen großen Bissen. Conner deckt unterdessen den Holztisch, als hätte er dieses kleine Picknick schon lange geplant. Neben den Sandwiches gibt es auch noch geschnittenes Gemüse, etwas, das verdächtig nach den Keksen aus dem Diner aussieht, ein wenig Obst und sogar zwei Schokoladenbrownies.

»Welche Regel des Wanderns rechtfertigt dieses Festmahl?«

»Das wichtigste Gut im Wanderrucksack ist Wasser. Aber es kann eine gute Motivation sein, sich auf eine leckere Mahlzeit zu freuen.«

»Und Schokolade ist die beste Medizin gegen Herzschmerz.« Beherzt greife ich mir einen der Brownies. Conner kommentiert es nicht, doch seine Mundwinkel zucken wieder. Es fühlt sich seltsam an, dass er mich schon so oft in Ausnahmezuständen gesehen hat und ich doch so gut wie nichts über ihn weiß.

»Erzählst du mir jetzt, wer dein Herz gebrochen hat?«, frage ich in dem plumpen Versuch, das zu ändern.

Conners Gesicht wird finsterer. »Im romantischen Sinne?«

»Ja?«

»Nur ich selbst«, sagt er mit einer solchen Überzeugung, dass ich mich fast an dem köstlichen Karamellkern verschluckt hätte.

»Das klingt … irgendwie traurig.«

»Dass ich selbst schuld an der Wunde in meinem Herzen bin?«, will Conner wissen.

Ich kann seinen Blick nicht deuten. Da ist etwas in dem Grün, das dunkler wird. »Ja.«

»Wir alle kennen Schmerz, manche von uns können nur nicht einsehen, dass sie selbst schuld daran sind«, raunt er, wobei er sich eine verirrte Strähne aus dem Gesicht wischt.

»Dir ist aber schon klar, dass diese Aussage ein ziemlicher Kontrast zu deinem Ratschlag ist?«

Sein Blick trifft mich unvermittelt. »Ja. Aber in meinem Fall ist es anders. Ich *bin* selbst schuld.«

Ich schlucke schwer, kann mich jedoch nicht davon abhalten, dass meine Neugier nun noch größer wird. »Erzählst du es mir?«

»Willst du es denn wissen?«

»Natürlich, außerdem: Ich bin dir so viele emotionale Ausbrüche voraus. Du musst langsam nachziehen«, versuche ich es mit einem Scherz.

Sein Gesicht bleibt regungslos. »Muss ich das?«

»So funktioniert das. Man schüttet sich gegenseitig das Herz aus«, versichere ich ihm. »Aber nein, natürlich musst du es nicht. Tut mir leid, ich wollte nicht …«

»Schon gut«, unterbricht er mich. Conner scheint einen Moment darüber nachzudenken. Er tupft sich mit einer Serviette über die Lippen und blickt in den Wald hinein. »Mein Herz wurde gebrochen, als ich dafür gesorgt habe, dass meine erste große Liebe im Wald verschwunden ist.«

CONNER

Mia starrt mich fassungslos an. »Was?«

Ich will es ihr sagen. Will ihr sagen, warum ich so bin, wie ich bin, aber gleichzeitig habe ich unglaubliche Angst davor, dass meine Dunkelheit sie verjagen wird. Trotzdem kann ich nicht anders, kann die Worte nicht mehr stoppen, jetzt, da sie einmal ausgesprochen sind. »Sie ist … in den Wald gelaufen, und wir haben sie nie wiedergefunden. Und das war meine Schuld.«

Schon wieder einer dieser Momente, in denen meine zwei Gehirnhälften sich gegenseitig ohrfeigen würden, wenn sie könnten. »Entschuldige. Ich hätte das nicht sagen sollen.«

Oder doch?

Mia rutscht auf der Bank herum und stützt die Ellenbogen auf den Tisch. Ihr Blick ist glasklar, als würde sie aus diesem einen Satz noch so viel mehr herauslesen. »Du meinst wohl eher, du hättest es mir viel früher sagen sollen«, sagt Mia ruhig, aber bestimmt. »Mist, Conner. Du kannst so etwas doch nicht so beiläufig einwerfen.«

»Vielleicht hast du das Recht, es zu wissen, denn in dieser Stadt wirst du es ohnehin erfahren.« Ich merke, wie meine Stimme wieder mehr zu einem Brummen wird. Es war nicht klug, dieses Thema anzuschneiden, aber jetzt kann ich es nicht mehr fallen lassen.

»Der Punkt geht an dich. Aber ich will dich nicht dazu drängen.« Mia hat den Kopf schief gelegt und sieht mich unter dem schwarzen Pony hervor an. Die Wahrheit ist, dass ich mich selbst dränge.

»Es ist wirklich schon sehr lange her«, druckse ich herum.

»Ich höre zu, wenn du es willst, oder wir schweigen einfach. Dass du das gut kannst, weiß ich ja.«

Ihr sanftes Schmunzeln erinnert mich an die Mona Lisa. Ich habe keine Ahnung, was es bedeuten soll, aber es ist mir auch nicht möglich, mich davon loszureißen. Und je länger ich sie anblicke, desto schneller beginnt mein Herz zu schlagen. »Mir war nicht klar, wie unsensibel du sein kannst«, sage ich halb im Scherz.

»Ich bin eben nicht halb so gut in sentimentalen Dingen wie du«, schießt sie zurück. Gegen meinen Willen muss ich lachen, obwohl es sich schrecklich falsch anfühlt. »Du bist wahrscheinlich der einzige Mensch auf dieser Welt, der so denkt.«

»Nein, aber in der Stadt wahrscheinlich schon. Also?«

»Du wirst nicht lockerlassen, oder?«

»Auf keinen Fall.«

Als könnte ich so verhindern, dass die Erinnerungen wie ein Film vor mir ablaufen, schließe ich die Augen. Doch es hilft nichts. Ich sehe das Gesicht deutlich vor mir. Caren, meine ärgste Feindin und gleichzeitig meine beste Freundin. »Wir waren fast noch Kinder, auch wenn es uns nicht so vorkam. Kurz vor den Abschlussprüfungen in der Highschool«, beginne ich, ohne so richtig zu wissen, wie ich weitermachen soll. Es gibt vieles, was ich über Caren sagen könnte. Zahlreiche Momente voller Leben und Schmerz, die ich die meiste Zeit über verdränge.

Ich erinnere mich daran, wie sie ihre Haarbürste zum Mikrofon umfunktioniert hat und zu Britney Spears durchs Zimmer gesprungen ist, als wäre ihr Bett eine Bühne. Oder an die Zeit nach dem Tod von ihrer und Chris' Mom, nachdem sie sich fast ein Jahr lang nur in Schwarz gekleidet und ständig düstere Zitate von Edgar Allan Poe von sich gegeben hat. Mia unterbricht mein Schweigen nicht, sondern sieht mich nur an.

»Die Stadt war damals noch kleiner. Es gab nicht viele Orte, an denen wir Jugendliche unsere Ruhe hatten. Zumindest nicht lange. Aber wir hatten diese Hütte am Rand des Waldes …«

»Moment mal, deine Hütte?«

Ich nicke. »Wir waren eigentlich jedes Wochenende da, mit so ziemlich allen anderen in unserem Alter. Und auch an diesem Abend.«

So viele Abende, so viele Augenblicke. Schluckend mache ich eine Pause, weil ich nicht weiß, wie ich diese Worte aussprechen soll. Meine Handflächen sind plötzlich schwitzig, als wollte mein Körper sich bereit machen, die Flucht zu ergreifen. Als könnte ich vor dieser Nacht und den damit verbundenen Erinnerungen davonlaufen.

»Caren war sauer auf mich. Eigentlich war sie das immer, aber an diesem Abend besonders. Ich hab Scheiße gebaut, und sie musste dafür büßen.«

»Caren ist …«

»… wir waren damals zusammen, ja.«

»Oh.«

Mia rückt näher. Ich spüre die Wärme ihres Körpers, obwohl noch immer eine Kluft zwischen uns zu existieren scheint. Tiefer als die Schlucht am Waldesrand.

»Du musst nicht …«, beginnt Mia, schweigt aber sofort, sobald ich sie ansehe. Meine Augen brennen, aber ich mache mir gar nicht erst die Mühe, meine Trauer zu verbergen. Sie wollte sehen, wer ich bin. Das bin ich. Aber warum sträubt sich dann alles in mir, mich ihr so zu offenbaren? Mich so verletzlich zu machen?

»Oh, Conner«, murmelt sie und ergreift meine Hand. Unsere Finger verschränken sich so zögerlich, als hätten wir plötzlich Angst davor, einander zu berühren. Für eine Weile genieße ich einfach das Gefühl von ihrer Haut auf meiner und die kreisenden Bewegungen ihres Daumens auf meinem Handrücken.

»Ist schon gut«, behaupte ich, obwohl das natürlich nicht stimmt. »Wir haben ziemlich viel getrunken. Nicht nur Caren und ich, sondern alle. Die gesamte Oberstufe der Schule war da, trotz des angekündigten Sturms. Wegen des Regens konnte niemand aus dem Haus. Wie unfassbar naiv wir waren. Eine ganze Klasse pubertierender Einfaltspinsel, die sich gegenseitig abfüllen. Wir hätten wissen müssen, dass die Situation eskaliert. Caren ist …« Ich mache eine Pause, suche nach den Worten, um das Unaussprechliche auszusprechen.

»Ein paar Jungs haben über die Stränge geschlagen. Arin, einer der Footballspieler, hat sich an Caren rangemacht. Sie hat ihn auflaufen lassen.« Ein kurzes Grinsen zuckt über meine Lippen. Caren hat sich nie etwas gefallen lassen. Erst recht nicht von ein paar betrunkenen Hinterwäldlern. »Die Situation ist eskaliert. Arin hat sie angefasst, wollte sie nicht loslassen. Dann habe ich rotgesehen.«

Mias fragender Blick liegt auf mir.

»Damals hatte ich Probleme, meine Wut zu zügeln. Aber dieses Mal … dieses eine Mal habe ich die Kontrolle verloren.«

Sie sagt kein Wort, aber ihre Hand umfasst meine nun stärker. Eine Träne löst sich aus meinem Augenwinkel. Dann noch eine.

»Wir haben uns geprügelt. Caren ist dazwischengegangen, und ich … ich habe sie weggestoßen.«

Das Funkeln der Sonne zwischen dem Blätterdach wird plötzlich stärker, als wollte die Natur mich mit diesem Kontrast daran erinnern, wie schrecklich düster die damalige Nacht war. »Es war meine Schuld, ich habe ihr wehgetan. Und es ist egal, ob es meine Absicht war oder nicht. Ich hab die Kontrolle verloren, meine

Vernunft und nur darum auch sie. Sie ist einfach abgehauen, mitten im Sturm, und in den Wald gelaufen.«

Mia streichelt weiter meine Hand. Jede ihrer Berührungen löst ein Kribbeln in meinem gesamten Körper aus, das nicht zu dem Brennen meiner Augen passt. »Und dann?«, fragt sie.

»Nichts.« Ich entziehe mich ihrer Wärme, als würde ich sie nicht verdienen. Falsch, denn ich verdiene sie tatsächlich nicht. Nichts davon. Ich springe auf, will die Tränen verstecken, die aus mir hervorzubrechen drohen. Will mich selbst verstecken und alles zurücknehmen, was sie bereits von meinem Schmerz gesehen hat. Aber es geht nicht. Dann spreche ich sie aus – die Wahrheit, nach der Mia gefragt hat, die der Nagel im Sarg zu meinem inneren Seelenfrieden ist. »Das war das letzte Mal, dass ich sie gesehen habe.«

Nachdenklich schweigt Mia. Ich weiß nicht, was sie denkt. Scheiße, ich weiß nicht mal, was *ich* denken soll.

»Das muss schrecklich gewesen sein«, flüstert sie nach einer Weile. »Ich meine, es *ist* schrecklich.«

»Ich bin ihr nachgelaufen«, erkläre ich, weil ich die Worte nicht zurückhalten kann. »Aber ich konnte sie nicht finden. Der Regen …«

Plötzlich steht Mia ebenfalls auf. Sie umarmt mich, ehe ich mich abwenden kann. Mein Kopf liegt auf ihrer Schulter, während sie mir sanft über den Rücken streichelt.

»Ich konnte sie nicht finden«, flüstere ich heiser. »Ich konnte sie einfach nicht finden.«

»Fuck.«

Ohne meine Überraschung zu verbergen, blinzle ich Mia an. »Hast du gerade Fuck gesagt?«

»Tut mir leid, aber das ist … einfach scheiße. Ich weiß nicht, was ich sagen soll, weil ich nichts sagen kann, das es auch nur ein bisschen besser macht.«

»Fuck«, stimme ich also zu, denn sie hat recht.

»Es war nicht deine Schuld, Conner«, sagt sie.

»Doch, war es. Sie ist meinetwegen in den Sturm hinausgelaufen und wurde vom undurchdringlichen Wald verschluckt«, stelle ich klar und rücke ein Stück von Mia ab. So sind diese Wälder. Endlos und so groß, dass manche Seelen einfach darin verloren gehen und nie wieder auftauchen. »Ich bin es ihr schuldig, sie wieder nach Hause zu bringen. Sie zu finden und zu begraben, damit sie ihre Ruhe findet. Und ich vielleicht auch.«

Mia seufzt und nimmt mein Gesicht in ihre Hände. Einen Augenblick lang sieht sie mich an. »Conner«, wispert sie und legt den Kopf schief. »Ich werde es dir immer und immer wieder sagen, bis du es selbst glaubst: Du bist nicht schuld daran. Es war ein schrecklicher Unfall.«

»Hätte ich nicht …«

»Du warst jung, wütend und betrunken. Alles, was du wolltest, war, sie vor einem Arschloch zu beschützen. Das war sicher nicht die klügste Entscheidung deines Lebens, aber du hast sie nicht selbst in den Wald gejagt. Es war nicht deine Schuld.«

Ich sehe sie stumm an und wünsche mir, sie hätte recht. Aber es *war* meine Schuld. Und deshalb liegt es in meiner Verantwortung, sie wieder nach Hause zu bringen.

19

MIA

Seufzend lasse ich mich auf meinen Drehstuhl sinken. Chris sieht mich amüsiert an, während er hinter dem Tresen zum Kaffeeautomaten schlendert, als hätten die Leute uns heute nicht die Praxis eingerannt. Die Mittagspause ist in greifbarer Nähe, und das Wartezimmer hat sich endlich geleert, doch gefühlt haben war heute bereits die halbe Stadt bei uns.

»Kaffee?«

»Auf jeden Fall«, sage ich und reiche ihm meine Tasse, bevor ich mich wieder der Akte zuwende, die auf meinem Bildschirm geöffnet ist. Aber die Buchstaben verschwimmen nur. Offenbar brauche ich für meine Konzentration dringend etwas Koffein, und erst jetzt fällt mir auf, wie wenig ich diesen Dauerstress der Großstadt vermisse. Allerdings muss ich zugeben: Diese Ablenkung hatte ich nötig. Die Geschichte von Conners Freundin liegt mir noch immer schwer im Magen. Ich wusste, dass auch er eine Vergangenheit hat, doch mir war nicht klar, wie tief seine Narben wirklich sind. Ich kann mir nicht einmal vorstellen, wie schrecklich es für mich wäre, wenn jemand, den ich liebe, einfach spurlos verschwinden würde.

»Du machst deine Sache wirklich gut«, lobt mich Chris.

Ich sehe ihn an und zwinkere. »Du bist aber auch nicht übel.«

»Besten Dank«, sagt er belustigt, bevor er den heißen Kaffee wieder neben mich stellt. »Wenn du so weitermachst, wirst du für diese Praxis noch unverzichtbar.«

»Das sagst du nur, damit ich dir weiterhin die Abrechnungen abnehme«, gebe ich scherzend zurück und schüttle den Kopf.

»Dieses Argument ist nicht von der Hand zu weisen. Wann kommt der nächste Termin?«

Das Klingeln der Praxistür ertönt, doch ich blicke noch auf den Terminplan. »Wir haben endlich etwas Luft. In zehn Minuten, du kannst also …«, doch gerade als ich mich umdrehe, sehe ich, wie Chris plötzlich in seinem Behandlungszimmer verschwunden ist. Stirnrunzelnd blicke ich die geschlossene Tür an.

Mir bleibt keine Zeit, mich darüber zu wundern, denn vor meinem Tresen steht bereits eine Frau.

O Mist. »Guten Morgen, brauchst du einen Termin?«, presse ich so freundlich wie möglich hervor.

Deshalb hat Chris so schnell die Flucht ergriffen. Caroline. Sie ist eine dieser Frauen, die zeitlos schön sind und die es einem unmöglich machen, sie nicht anzusehen. Ich kann ihr Alter nicht einschätzen, ebenso wenig wie ihre gesamte Haltung.

»Nein, ich wollte mir dir sprechen, Mia.«

Die große Sonnenbrille und das perfekt frisierte blonde Haar lassen sie wirken wie eine Südstaatenschönheit aus den alten Filmen. Sie verunsichert mich. Vielleicht, weil ihre Ausstrahlung mich an meine Mutter erinnert. Alles an ihr strahlt Stärke und Anmut aus, die niemand infrage stellen sollte. Nicht dass ich das vorhätte. Ich räuspere mich. »Wieso?«

»Ich glaube, wir hatten einen etwas unglücklichen Start«, sagt sie und zieht mit einer lässigen Bewegung die Sonnenbrille ab.

»Und deswegen dachtest du, dass du während meiner Arbeitszeit einfach in die Praxis kommst?« Die Worte sind einen Tick zu schnell aus meinem Mund gestolpert. Aber da sie nun raus sind, kann ich sie ohnehin nicht mehr zurücknehmen.

»Ich fand es zu übergriffig, dich bei deiner Schwester aufzusuchen, und da Conner nicht gut auf mich zu sprechen ist, habe ich auf das Diner verzichtet«, erklärt sie und macht eine wegwischende Geste. »Also, hast du eine Minute?«

»Es kommen gleich Patienten.«

Demonstrativ sieht sie sich in der leeren Praxis um. »Nun,

noch sind sie aber nicht da, oder? Es geht ganz schnell, und ich schwöre, dass ich meine Zaubertränke zu Hause gelassen habe und meine Wachen dich nicht in den Kerker werfen.«

Unruhig rutsche ich auf meinem Stuhl hin und her. »Woher kommt diese Böse-Königin-Sache?«

Caroline verzieht den Mund, doch ich bin nicht ganz sicher, ob sie es lustig findet oder beleidigend. Oder vielleicht beides. »Es war Halloween. Conner, Chris und seine Schwester waren bekannt für ihre Streiche, sie hatten eine Menge Spaß daran, Häuser, Autos und alles andere mit Klopapier zu dekorieren.«

»Chris hat eine Schwester?«

Carolines Blick flattert. »Hatte …«

In meinem Kopf macht es klick, und ich fange an zu verstehen, wieso Chris und Conner sich so nahe sind. Sie haben beide jemanden verloren. Aber jetzt ist der falsche Zeitpunkt für diese Gedanken. Mit gerunzelter Stirn lehne ich mich auf meinem Stuhl zurück. »Conner und Streiche?«

Sie zuckt mit den Schultern. »Sie waren jung. Jedenfalls habe ich sie an diesem besagten Halloween-Abend erwischt. Ich war als böse Königin verkleidet und bin möglicherweise etwas aus der Haut gefahren.«

»Möglicherweise?«

Ihr Blick richtet sich nach oben, als würde sie alles noch einmal vor sich sehen. »Es kann sein, dass ich Kürbispunsch über Conner gegossen habe.«

»Was?«

»Nicht gerade eine meiner Sternstunden, das gebe ich zu. Und ich konnte wirklich nicht ahnen, dass er allergisch reagiert. Es war nur ein Hautausschlag, aber seitdem hält sich das Gerücht, ich hätte ihn verflucht.«

Ich halte mir eine Hand vor den Mund. »Das ist nicht dein Ernst.«

»Lach nur. Zumindest hat er danach nie wieder mein Haus in Klopapier gewickelt, also scheint der Zauber funktioniert zu haben«, gibt sie zu, und zum ersten Mal erscheint mir ihr Blick nicht kalt, höhnisch oder überlegen. »Du siehst also, diese Sache hat zwei Seiten. Ich bin nicht die Böse in dieser Geschichte.«

»Nur diejenige mit dem Kürbispunsch«, setze ich nach und kann das hämische Grinsen nicht unterdrücken.

»Ich werde ewig leugnen, dass ich dir diese Geschichte erzählt habe, aber da in dieser Stadt ohnehin nichts lange geheim bleibt …« Ihre hellbraunen Augen taxieren mich, als sei sie ein Raubtier und ich die arme Maus, die sich in ihr Revier gewagt hat. »Kommen wir zum Wesentlichen. Das Theater ist mein Baby. Und niemand stellt sich zwischen mich und mein Baby.«

Meine Stirn legt sich in Falten. »Ist das ein Zitat aus *Dirty Dancing*?«

»Witzig, Mia. Wirklich. Ich bin sicher, wir werden viel Spaß miteinander haben«, schnurrt sie, was mich nur noch verwirrter dreinschauen lässt.

»Jetzt verstehe ich gar nichts mehr.«

»Du willst auf die Bühne, und die Bühne gehört mir.«

Erbost stehe ich auf. »Drohst du mir gerade?«

»Nein, Liebes«, entgegnet Caroline und schiebt mir ein gebundenes Heft über den Tresen. »Ganz im Gegenteil. Ich reiche dir meine Hand, und es wäre gut, wenn du sie nicht gleich wieder wegschlägst.«

Ich verschränke die Arme vor Brust, ohne ihrem Blick auszuweichen. »Was ist das?«

»Das sind die Texte für das nächste Vorsprechen. Such dir einen der Dialoge aus, und dann zeig mir auf dem Festival, dass du wirklich etwas vom Theater verstehst«, sagt Caroline so gelassen, dass ich Lust bekomme, ihr das Heft einfach vor die Füße zu werfen. Doch da ist noch etwas anderes. Ein Kribbeln in den Fingerspitzen, als hätte sie mit ihren Worten meine Sehnsucht erneut angestoßen.

»Ich hoffe, du erwartest jetzt kein Dankeschön.«

»Nein. Ich erwarte, dass du mich überzeugst.« Sie zwinkert.

Nickend sehe ich sie an, weil ich keine Ahnung habe, was ich sonst tun soll. Irgendwie habe ich den Moment verpasst, in dem dieses Gespräch eine rasante Wendung genommen hat. Und das Schlimmste daran ist, dass Caroline in meinem Gesicht zu lesen scheint wie in einem Buch.

Ihr Lächeln wird einen Tick wärmer. »Schönen Tag noch, Mia. Und keine Angst, ich mache keinen Kürbispunsch mehr.«

»Danke, Caroline.«

Mit einem letzten Winken geht sie ebenso schnell, wie sie gekommen ist. Das Textheft liegt in meinen Händen und fühlt sich plötzlich entsetzlich schwer an. Bei dem Gedanken daran, wieder einen Dialog oder Monolog zu lernen – nicht für mich selbst, sondern für die Bühne –, beginnt mein Herz zu flattern. Bevor mein Körper jedoch in den Panikmodus schaltet, höre ich das Quietschen der Tür des Behandlungsraums.

»Ist sie weg?«, flüstert Chris.

Kopfschüttelnd sehe ich ihn an. »Hast du dich etwa gerade vor ihr versteckt?«

»Verdammt, natürlich. Sie ist noch nie in meiner Praxis aufgetaucht, ohne einen Termin zu haben.«

»Und du versteckst dich vor ihr, weil …?«

»… ich keine Lust habe, zu Halloween ausgestopft über ihrem Kamin zu hängen?«, gibt er zurück und macht zwei große Schritte auf mich zu.

»Komm schon, so schlimm ist sie nicht.«

»Hat sie dich etwa verhext, bestochen, wirst du die nächste Königin?«

Nun muss ich lachen. »Das ganz sicher nicht. Aber sie hat mir die Dialoge für das nächste Vorsprechen vorbeigebracht«, erkläre ich und halte das Heft wie eine Trophäe empor.

Jetzt verändert sich sein Gesichtsausdruck. »Wirklich?«

»Sollte das ihre Art einer Entschuldigung sein?«, frage ich, in der stillen Hoffnung, dass er mir sagt, dass ich kein Messer im Rücken zu erwarten habe.

»Möglich, aber vielleicht auch eine Kriegserklärung.«

So viel dazu. »Ich denke, du tust ihr damit unrecht. Sie hat zwar eine sehr eigene Persönlichkeit, aber ist bestimmt nicht die böse Königin, die du und Conner in ihr seht.«

Chris sieht mich todernst an. »Da habe ich andere Informationen.«

»Und die wären?«

»Dazu kann ich leider keine Auskunft geben. Du weißt schon, streng geheimes Kleinstadtleben, und ich bin keiner der Bewohner, die sich das Maul über andere zerreißen.«

»Verstehe«, sage ich, wobei ich die Augen verdrehe. Dann lasse ich das Heft in meiner Handtasche verschwinden.

Damit werde ich mich später auseinandersetzen. Chris ist in Gedanken schon wieder woanders. »Kommst du heute mit ins Diner?«

»Ich bin noch nicht sicher. Was steht denn auf der Tageskarte?«, frage ich abgelenkt.

»Bananenpudding.«

»Im Ernst?«

»Ja, Conner versucht, seine Bananenpudding-Liebe der gesamten Stadt aufs Auge zu drücken«, meint Chris lachend.

»Ich glaube, ich passe.«

Er fährt sich durch die Haare. »Warum?«

»Megan holt mich ab, und sie hasst Bananen.«

»Sie könnte ja etwas anderes essen?«, schlägt er vor, und wenn mich nicht alles täuscht, ist da ein Funkeln in seinen Augen, das eben noch nicht da war. Eines, das ganz sicher nichts mit Bananenpudding zu tun hat.

»Hm …«

»Hm … was?«

»Du könntest meine Schwester auch einfach mal zum Essen einladen, wenn du sie sehen möchtest«, schlage ich vor und beobachte sein Gesicht genau.

Chris' Nase zuckt, als hätte ich ihn gerade kalt erwischt. Er legt den Kopf schief, während er anscheinend darüber nachdenkt, ob er es leugnen oder zugeben soll. »Meinst du?«, platzt es schließlich aus ihm heraus. »Ich meine, das geht nicht. Sie ist deine Schwester. Und eine potenzielle Patientin, auch wenn sie bisher nie hier in Behandlung war.«

»Hm …«, mache ich wieder und lege einen Finger an mein Kinn.

»Lass das. Sieh mich jetzt nicht so an.«

»Hm …«

»Und dieses *Hm* kannst du dir sparen.« Er dreht mir den Rücken zu, um wieder in seinem Zimmer zu verschwinden.

»Alles klar, Boss.«

An der Tür bleibt er stehen, dreht sich noch einmal zu mir um. »Du meinst, sie würde Ja sagen?«

»Keine Ahnung, Chris. Aber das findest du wohl erst heraus, wenn du sie fragst.«

20

CONNER

Das Licht der Abendsonne scheint durch die Vorhänge auf den Küchentisch und zaubert spiegelnde Lichtreflexe durch das Wasserglas hindurch auf das alte Holz. Auf meinen Unterarmen lehnend sehe ich dabei zu, wie ein seltsames Monster immer mehr Gestalt annimmt. »Was soll das sein?«

»Ein Tigerhai natürlich«, fährt Chana mich an. Ihre blonden Haare hängen ihr in die Stirn, während die großen grünen Augen mich mit völliger Verständnislosigkeit anstarren. »Das erkennst du doch an den Streifen.« Demonstrativ deutet sie auf die von ihr gezeichneten krakligen Striche.

Ein Grinsen zuckt über mein Gesicht, und ich gebe mir die größte Mühe, nicht zu lachen. »Ich glaube, du hast seinen Namen etwas zu wörtlich genommen.«

»Wieso sollte es Tigerhai heißen, wenn er nicht auch wie ein Tiger aussieht?« Chana verdreht so theatralisch die Augen, wie es nur eine Vierjährige kann.

Ihr Hai sieht eher aus wie Nemo, der durch den Schredder geschwommen ist, aber diese Meinung werde ich mit ins Grab nehmen. Bevor ich dazu komme, etwas zu sagen, erscheint meine jüngere Schwester.

»Könntest du meiner Tochter bitte nicht die Illusion rauben?«, fragt Tara und drückt mir einen Kuss auf die Wange, bevor sie die Einkaufstüten auf dem Küchentisch ablegt.

Ich drehe mich zu ihr um und mustere sie einen Augenblick lang. Tara sieht müde aus. Die Schatten unter ihren Augen sind nur eins der vielen Zeichen eines anstrengenden Tages. Das schicke Einfamilienhaus am anderen Ende der Stadt zahlt sich nicht von allein ab. »Du bist spät dran.«

Meine Schwester stöhnt leise. »Ich weiß. Der Verkehr war die verfickte Hölle«, zischt sie, während sie zum Kühlschrank geht, um die Milch zu verstauen. Zum Glück hat Chana ihren Fluch nicht gehört.

Der Anblick des alten Fotos am Kühlschrank versetzt mir einen Stich. Es zeigt uns vier, Tara, Chris, Caren und mich, an Chanukka. Wir lächeln in die Kamera, als würde uns die Welt gehören. Damals hat sie das auch noch.

Jetzt erkenne ich mich auf dem Bild kaum noch. Meine Haare sind darauf wesentlich kürzer und zum Teil unter der Kippa verborgen. Ein anderer Conner, in einer Zeit, in der die brutale Realität des Lebens mich noch nicht gefangen hatte.

Nach Carens Verschwinden wurde alles anders.

Ich veränderte mich – und Tara veränderte sich mit mir. Unsere Familie löste sich auf, als sei dieser Verlust die Säure, die unsere Verbindung zerfraß. Mom und Dad konnten es irgendwann einfach nicht mehr ertragen. Zumindest rede ich mir ein, dass es so war. Und als Tara dann schwanger wurde, lösten sich auch noch die letzten Fetzen unserer Beziehung auf.

Ich räuspere mich und zwinge mich, meine kleine Schwester anzuschauen. Immerhin habe ich noch Tara. Ohne sie und Chana wüsste ich nicht, warum ich weitermachen sollte. Die beiden haben mich durch die dunkelsten Stunden geführt, und ich will das Gleiche für sie tun, wenn sie mich brauchen. »Tara …«, beginne ich, komme jedoch nicht dazu, ihr einen brüderlichen Vortrag zu halten, was wahrscheinlich ohnehin schiefgegangen wäre.

»Können wir jetzt essen?«, unterbricht mich meine Nichte. Chana blickt von ihrer Mutter zu mir. Man sieht ihrem kleinen Gesicht deutlich an, dass sie es nicht gut findet, dass ich sie heute abgeholt habe statt ihrer Mutter. Das entgeht auch Tara nicht. Sie nimmt sich die Zeit, sich vor Chana zu hocken und ihr eine Strähne hinters Ohr zu schieben. »Sicher, wir haben noch Hühnersuppe. Conner, isst du mit uns?«

»Bitte!«, ruft Chana sofort aus. Sie klimpert auf diese Art mit den Augen, bei der ich unmöglich Nein sagen kann, obwohl ich es eigentlich müsste.

»Okay, aber danach muss ich los.«

Das Mädchen legt den Kopf schief. »Na gut.«

»Geh dir schon mal die Hände waschen, ich helfe deiner Mutter beim Tischdecken.« Sachte ziehe ich sie vom Stuhl und schiebe sie in Richtung Badezimmer im Erdgeschoss, ehe sie von allein weiterläuft.

Sobald sie außer Sicht ist, gestattet Tara sich, noch einmal zu stöhnen. »Danke, dass du eingesprungen bist.«

Ich nicke knapp. »Sicher. Was war dieses Mal mit der Nanny?«

Einen Augenblick schweigt Tara, als würde sie darüber nachdenken, ob ich sie dafür verurteilen werde. Ihre Kiefermuskeln spannen sich sichtlich an, und sie beißt die Zähne zusammen. Nur eines der vielen Dinge, die wir gemeinsam haben. Sie weicht meinem Blick aus, dann sagt sie so leise, dass ich es kaum höre: »Chana hat sie gebissen.«

Damit habe ich nicht gerechnet. »Sollte eine Nanny nicht damit umgehen können?«

Ihr Gesichtsausdruck wirkt verkrampft, als könne sich ihre Mimik nicht entscheiden, ob sie belustigt oder wütend ist. »Sie hat ihr in den Busen gebissen und gesagt, sie sei jetzt infiziert und würde sterben.«

Mit einem Pfeifen schiebe ich die Hände in meine Hosentaschen. »Oh …«

»Keine Ahnung, wer meiner Tochter einen Zombie-Film gezeigt hat, aber offenbar …« Tara schüttelt den Kopf, und ich schweige beharrlich, damit sie hoffentlich niemals von dem Abend erfährt, an dem ich bei *The Walking Dead* eingeschlafen bin und nicht bemerkt habe, wie Chana sich ins Wohnzimmer geschlichen hat. »Es ist die fünfte Nanny in den letzten drei Monaten. Mir gehen langsam die Optionen aus.«

»Ich kann Chana auch mittags abholen, und du sammelst sie im Diner wieder ein«, biete ich an, obwohl ich weiß, dass es keine Dauerlösung ist. Chana kann nicht mit zu mir in die Hütte kommen, solange dort noch das völlige Bau-Chaos herrscht, und da das Shakespeare-Festival näher rückt, werden auch meine Schichten im Diner immer länger.

»Das geht vielleicht ab und an, aber nicht auf Dauer«, spricht Tara meine Gedanken aus. Sie legt ihren Blazer über einen der Stühle und wischt ihre Hände an der hellen Bluse ab. Es ist ein Wunder, wie sie dieses Pensum schafft. Alleinerziehende Mutter zu sein, ist das eine, aber auch noch jeden Tag zur Arbeit zu pendeln und eine ganze Abteilung von PR-Leuten anzuleiten, hebt das Ganze auf ein neues Level. Und so ungern ich es zugebe, ich bin ihr keine sonderlich große Hilfe. »Und was hast du jetzt vor?«

»Keine Ahnung«, gesteht sie und sieht mich hilflos an.

»Na, wenn das keine guten Neuigkeiten sind.«

Mit geschlossenen Augen legt sie den Kopf in den Nacken. »Ich bin eine schreckliche Mutter.«

»Nein, du bist eine großartige Mutter.«

»Du musst so was sagen, du bist immerhin mein Bruder.«

Ich ziehe sie in meine Arme. Tara lässt es ohne Widerrede zu, was ein weiteres Zeichen dafür ist, wie schlecht es ihr wirklich geht. »Ja, aber du kennst mich. Ich bin ein Arsch und würde dir die Wahrheit sagen«, nuschle ich in ihren Haaransatz.

»Onkel Conner hat Arsch gesagt!«, ruft Chana hinter mir aus. Ich zucke zusammen, als hätte sie mich bei etwas Schrecklichem erwischt. Seit sich meine Nichte sämtliche meiner Schimpfwörter abgehört hat, herrscht in ihrer Anwesenheit striktes Fluchverbot.

»Ja, und deswegen muss er jetzt etwas von seinem Taschengeld in das Glas stecken«, bestimmt Tara und sieht mich mit einem entschuldigenden Blick an.

Schnaubend angle ich die Geldbörse aus meiner Gesäßtasche und fische einen Dollar heraus. Doch mein Satansbraten von einer Nichte schüttelt den Kopf. »Ein Dollar reicht aber nicht.«

Ich hebe eine Augenbraue. »Ach nein?«

»Nein, es war ein Kind dabei, darum ist es teurer«, sagt sie fordernd und streckt mir ihre kleine Hand entgegen.

Gegen meinen Willen muss ich grinsen. »Und wie viel kostet es?«

»Mindestens fünf Dollar.«

»Das ist wirklich hart.« Kopfschüttelnd reiche ich ihr das Geld. Chana reißt mir die Scheine aus der Hand. Lässig zuckt sie mit den Schultern. »Man darf eben nicht fluchen.«

Nun kann ich mein Lachen gar nicht mehr verbergen. »Stimmt.«

21

MIA

Der Wanderweg im angrenzenden Wald von Belmont Bay ist gut markiert und leicht begehbar. Er ist allgemein zugänglich und zieht besonders Touristen an – doch für mich ist er noch immer ein kleines Abenteuer. Vielleicht ist das der Grund, warum ich zusammenzucke, als ein Radfahrer dicht an mir und Conner vorbeidonnert. Zum Glück finde ich gerade noch rechtzeitig Halt, damit ich nicht ausrutsche. Conner nickt mir kurz zu, eine stumme Frage, ob alles in Ordnung ist. Dann marschiere ich weiter.

Inzwischen bin ich froh, auf Megan gehört zu haben. Seitdem ich meine Wanderschuhe auch in der Praxis getragen habe, sind sie eingelaufen und verursachen mir keine Blasen mehr. Im Gegenteil, inzwischen finde ich sie fast bequemer als meine Turnschuhe.

Dieses Mal hat Conner mir nicht gesagt, wo wir hingehen. Der Weg ist breit und weist keine sonderliche Steigung auf, sodass wir gut vorankommen. Sollten wir eine Stelle erreichen, die doch noch gefährlich werden kann, wird er mich sicherlich vorwarnen. Hoffe ich zumindest. Vielleicht war es keine gute Idee, mir vor dem Schlafengehen mit Megan einen Gruselfilm anzuschauen.

Eine Weile laufen wir friedlich schweigend nebeneinanderher. Nach der letzten Woche ist diese Ruhe zwischen den Bäumen genau das, was ich brauche. Mir war nicht klar, wie hektisch meine Gedanken waren. Obwohl ich mich langsam in den Alltag ein-

und jeden Tag etwas mehr zu mir selbst finde, braucht es noch immer nur einen Funken, um das Feuer der Angst wieder in mir zu entfachen. Doch hier draußen ist nichts, das mich an all die Albträume erinnert, die ich in mir trage. Unwillkürlich wandert meine rechte Hand an meine Augenbraue und betastet die kleine Narbe. Eine persönliche Erinnerung an all die Fehler, die ich gemacht habe. Schweigend lasse ich sie wieder sinken, beschäftige sie lieber damit, die Riemen meines Rucksacks zu umklammern.

Keine düsteren Gedanken heute. Nur Sonne, das Rauschen der Blätter und die Natur um mich herum. Conner scheint genau zu wissen, was ich denke, denn er sieht mich mit einem halben Grinsen an, bevor er auf einen abgelegenen Weg deutet, der unser neues Ziel sein soll. Einen Moment bleibe ich stehen und betrachte die Bühne der Natur um uns herum. Der Gesang der Vögel, das Fallen von Blättern und das Rascheln im Laub begleiten uns. Dann marschiere ich weiter, breche das Schweigen und erzähle ihm von Carolines Besuch in der Praxis.

»Ich fasse es einfach nicht«, stößt er aus und fährt sich durch die offenen Haare. Nun stehen sie noch wilder ab.

»Glaub mir, ich war auch überrascht.«

»Du hast Caroline wohl für dich gewonnen.« Er bleibt zwischen zwei Bäumen stehen, während er auf mich deutet, um seine Überraschung noch einmal zu unterstreichen.

»So würde ich es nicht ausdrücken. Ich soll sie überzeugen, was auch immer das bedeutet.«

»Du kennst sie ja auch nicht so gut wie der Rest der Stadt. Wenn Caroline sich überzeugen lassen will, bist du schon sehr viel weiter, als du glaubst.«

»Dann meinst du, ich habe eine echte Chance? Wegen des Vorsprechens?« Allein es auszusprechen sorgt dafür, dass sich die Geschwindigkeit meines Herzschlags verdoppelt.

Conner bindet sich betont lässig die Haare zusammen. Der Man Bun wirkt an ihm halb sexy, halb ironisch, wie bei einem Instagram-Model. Allerdings lässt meine Nervosität nicht zu, dass ich diesem Gedanken noch mehr Raum gebe. Conner weicht meinem Blick aus. »Die hättest du so oder so. Ich komme mit Caroline nicht zurecht …«

»Wegen der Sache mit dem Punsch?«

Irritiert blinzelt er mich einen Moment an. »Das hat sie dir erzählt?«

»Darum nennt ihr sie also die böse Königin.«

»Es wäre schön, wenn wir nie wieder darüber reden. Ich komme mit Caroline nicht klar, aber sie würde nie jemanden mit Talent von der Bühne fernhalten. Dazu liebt sie ihren Job zu sehr«, stellt er klar. Nachdenklich kratzt er sich am Kopf.

Plötzlich bin ich mir nicht mehr so sicher, ob meine Anspannung wirklich nur mit dem baldigen Vorsprechen zu tun hat – oder auch mit ihm. Zum ersten Mal an diesem Tag nehme ich mir die Zeit, ihn wirklich anzusehen. Das langärmlige Shirt spannt über seinen Brustmuskeln, während er den Rucksack abnimmt und in die Hocke geht, um einen Schluck aus seiner Wasserflasche zu nehmen. Obwohl seine Haut vom langen Sommer gebräunt ist, bilden die schwarzen Linien seiner Tattoos noch immer einen scharfen Kontrast. Ich erwische mich bei der Erinnerung, wie er aus dem See gestiegen ist. All die kleinen Wasserperlen auf seiner verzierten Haut.

Hitze steigt mir in die Wangen, und ich räuspere mich schnell. Genau diese Gedanken sollte ich nicht haben. Dass Conner gut aussieht, steht außer Frage. Aber so sollten Freunde nicht aneinander denken. Und ich sollte in meiner aktuellen Lage an *niemanden* denken. Außer an mich selbst. »Du hattest ja angeboten, mir beim Textlernen zu helfen«, sage ich leise und verfluche mich innerlich für diesen Satz.

»Und das Angebot steht noch immer.«

»Dann würde ich es jetzt gern in Anspruch nehmen, falls das okay ist.«

Conner braucht nicht mal eine Sekunde, um zu antworten. »Klar, leg los.«

Stirnrunzelnd blicke ich über die Schulter. Hinter mir steht niemand, also muss ich wohl davon ausgehen, dass er mit mir geredet hat. »Was, jetzt?«

»Hast du den Text dabei?«

Ich nicke stumm und beginne sofort, in meinem Rucksack zu wühlen, um das Skript zu finden. Mir ist nur allzu deutlich bewusst, wie Conner mich dabei beobachtet. Meine Finger zittern leicht.

»Für die Zwischensaison oder die Winterspielzeit?«, will er wissen.

»Ich bin ehrlich gesagt nicht sicher, wie oft laufen denn Stücke im Theater?«

»Die der Highschool das gesamte Jahr über, alle paar Wochenenden. Ansonsten eigentlich immer dann, wenn die meisten Touristen in der Stadt sind. Obwohl sich das in den letzten Jahren immer mehr häuft – ich gebe den verfluchten Reisebloggern die Schuld«, führt er aus, und ich muss schmunzeln.

»Den Reisebloggern?«

»Ja, sie schießen ein Selfie auf dem Berg, und dann setzen sie sich in das Theater einer Kleinstadt und tun so, als würden sie etwas von Kultur verstehen.«

»Diese Banausen«, gebe ich zurück, wobei ich meinen sarkastischen Unterton nicht verbergen kann. »Also vier Stücke im Jahr?«

Conner nickt. »Frühling, Sommer, Herbst und Winter. Wobei Sommer und Winter die meisten Aufführungen hat.«

»Okay, Caroline hat mir nicht gesagt, welches Stück für wann ist.«

»Welche Szenen hat sie dir denn gegeben?« Er legt den Kopf schief und sieht mich an, ohne dass ich den Ausdruck in seinem Gesicht deuten kann, was mich nur noch unsicherer macht. Endlich habe ich das Skript gefunden. Seit gestern trage ich es überall mit mir herum, sodass die Seiten schon einige Knicke abbekommen haben. Ich schlucke und betrachte meine markierten Textfelder, erst dann wage ich es, zu antworten: »*Hamlet*, dritter Akt, erste Szene. Der Dialog von Hamlet und Ophelia.«

Conner grinst mich an. »Ich würde sagen, das ist ein gutes Zeichen, *Hamlet* ist eins ihrer liebsten Stücke. Wahrscheinlich will sie uns damit die Weihnachtszeit versüßen. Also los, mach mir die Ophelia!«

»Brauchst du keinen Text?«, frage ich, um noch ein paar wertvolle Sekunden Zeit herauszuschlagen.

»Solange du nicht von mir verlangst, wortgetreu zu zitieren, bekomme ich das hin. Wahrscheinlich habe ich *Hamlet* noch öfter gesehen als *Romeo und Julia*.« Damit schultert er seinen Rucksack und geht voran.

Plötzlich kommt es mir schrecklich dumm vor, meinen Text mitten im Wald zu üben. Trotzdem räuspere ich mich und straffe die Schultern. *»Mein Prinz, ich hab von Euch noch Angedenken, die ich schon längst begehrt zurückzugeben. Ich bitt Euch nun, nehmt sie zurück …«*

Meine Stimme ist viel zu leise. Da ist keine Überzeugung in den Worten, die aus meinem Mund stolpern, aber Conner scheint es nicht zu bemerken. Vielleicht will er mich auch nur schonen.

»Nein, ich nicht; ich gab Euch niemals was«, antwortet er und schaut dabei über seine Schulter zu mir.

»Mein teurer Prinz, Ihr wißt gar wohl, Ihr tatets, und Worte süßen Hauchs dabei, die reicher die Dinge machten. Da ihr Duft dahin, nehmt dies zurück …«

Endlich habe ich meine Sprachmelodie gefunden und bekomme die Sätze ohne ständiges Stocken heraus. Kleine Schritte, nicht nur auf dem Waldweg, sondern auch auf der Bühne. Symbolisch rupfe ich sogar ein Farnblatt aus dem Boden und reiche es Conner, als würden wir den Bäumen dieses Stück vorführen.

Conner dreht sich zu mir um. *»Seid Ihr tugendhaft?«*

Vor Schreck wäre ich fast nach hinten gestolpert. Er betrachtet erst die Pflanze, dann mich.

»Was?«, frage ich verwirrt, obwohl das weder der Text von Ophelia ist noch ich mich darüber wundern sollte, dass Conner wirklich kein Textbuch braucht.

Ein schmales Lächeln breitet sich auf seinen Lippen aus. *»Seid Ihr schön?«*

Ich bekomme keinen Ton heraus. Er sieht mir in die Augen, als würde er dort etwas sehen, von dem er sich unmöglich losreißen kann. Selbst als er noch einen Schritt auf mich zu macht, schaffe ich es nicht, mich zu rühren. Seine Stimme ist sanft und doch so rau. Eine Gänsehaut breitet sich auf meinem gesamten Körper aus.

Ich räuspere mich. *»Was meint Eure Hoheit?«*

»Daß, wenn Ihr tugendhaft und schön seid, Eure Tugend keinen Verkehr mit Eurer Schönheit pflegen muß.«

Damit lässt er das Blatt fallen. Es segelt im sanften Wind zu unseren Füßen, aber ich kann mich dem Grün seiner Augen nicht entziehen.

»Könnte Schönheit wohl bessern Umgang haben als mit der Tugend?«, bringe ich mühevoll hervor.

Wir sind uns so nahe. Der Duft von Zitronengras kribbelt wieder in meiner Nase, und der sanft aufkommende Wind spielt mit meinen Haaren, während ich das Textbuch fest umklammere. Für mich ist es wie ein Anker, der dafür sorgt, dass ich nicht noch näher an Conner herangespült werde.

»Ich liebte Euch einst …« Conner schluckt schwer, ohne dass ich sagen kann, warum.

»In der Tat, mein Prinz, Ihr machtet michs glauben«, gebe ich zurück, überrascht, dass dafür kein Blick auf die Zeilen nötig war, sondern nur in sein Gesicht.

»Ihr hättet mir nicht glauben sollen … Ich liebte Euch nicht.« Conners Stimme ist etwas lauter, und er weicht von mir zurück, als wäre auch ihm plötzlich klar geworden, wie nahe wir uns bis eben waren.

Ich hebe das Kinn. *»Um so mehr wurde ich betrogen.«*

Drei Herzschläge lang warte ich auf Conners erneuten Einsatz. Dann kratzt er sich an der Wange. »Ich glaube, jetzt kommt ein ellenlanger Monolog, der darauf hinausläuft, dass die arme Ophelia ins Kloster geht.«

Erleichtert atme ich aus. »Das fasst es ganz gut zusammen. Ich dachte schon, du kennst wirklich alle Stücke auswendig«, versuche ich zu scherzen.

»Nur das meiste. Lass mich mal den Text sehen.« Conner nimmt mir das Heft ab, in dem ich unseren Dialog farbig markiert habe. Es dauert nicht lange, bis er sich wieder eingelesen hat. *»Gott hat euch ein Gesicht gegeben, und ihr macht euch ein anders.«* Er überfliegt einen kleinen Teil und endet mit: *»In ein Kloster, geh!«* Dabei rollt er mit den Augen, als könne er nicht glauben, was Hamlet alles von sich gegeben hat. Fast hätte mir das ein Schmunzeln abgerungen, aber da nun mein Monolog kommt, schließe ich stattdessen die Augen.

»O welch ein edler Geist ist hier zerstört!«, setze ich voller Selbsthass und Zweifel an, voller Angst Ophelias, was mit ihrem Liebsten passiert und wieso er sie alleingelassen hat. Aber ich kann nicht. Die Worte stehen genau vor mir, aber sie wollen nicht fließen. Ich öffne die Augen wieder, blicke direkt in das Grün mir gegenüber und schüttle den Kopf. »Scheiße!«

Am liebsten würde ich das blöde Skript einmal durch den ganzen Wald werfen.

»Was?«, will Conner wissen.

»Ich fühle es einfach nicht.«

Verwirrt stemmt er die Hände in die Hüften. »Was fühlst du nicht?«

»Ophelia. Ich bekomme keine Verbindung zu der Rolle«, rufe ich frustriert und werfe die Hände in die Luft. »Das war eine schreckliche Idee.«

»Nein, war es nicht. Du willst auf eine Bühne, und dafür müssen wir eine Rolle finden, die du fühlst.«

»Da Caroline auf Shakespeare besteht, ist meine Auswahl auf

Dutzende von Frauen beschränkt, die sich aus Liebe entweder selbst getötet haben oder gebrochen wurden. Meistens sogar beides«, gebe ich grollend von mir und lasse mich auf einen der Steine sinken, die wie drapiert zwischen den Bäumen stehen.

Einen Moment schweigt Conner, dann setzt er den Rucksack wieder ab und hockt sich vor mich. »So siehst du Ophelia?«

Mit rollenden Augen seufze ich auf. »Obwohl Ophelia selbst nie an Hamlets Liebe gezweifelt hat, lässt sie sich von ihrem Vater und Bruder bereitwillig davon überzeugen, diese Liebe für jugendliches Verlangen zu halten. Sie springt von der Sicherheit der großen Liebe zu dem Glauben, dass sie nichts weiter war als ein sexuelles Abenteuer und jedes seiner Worte eine Lüge«, bringe ich hinter zusammengepressten Lippen hervor.

»Sie wurde manipuliert, ja, aber es war nicht ihre Liebe zu Hamlet, die sie gebrochen hat«, wirft Conner vorsichtig ein.

»Ophelia ist der Inbegriff einer jungen und naiven Frau in dieser Zeit. Sie ist konfliktscheu und schön und spielt ihre Rolle in der Gesellschaft, selbst wenn sie sich dafür selbst aufgeben muss. Und das tut sie. Mit jedem Akt ein kleines bisschen mehr.« Meine Stimme ist bei jedem Satz lauter geworden, und erst jetzt begreife ich, warum ich Ophelia unmöglich spielen kann.

Ich kann es nicht, weil ich genauso naiv bin. Ich habe alles getan, um das Leben zu führen, das andere für mich wollten. Ein Studium, das meine Mutter stolz macht, eine Stadt, die meine Schwester liebt, ein Freund, der mich mit vermeintlicher Sicherheit und dem Versprechen auf die ewige Liebe gelockt hat. Bis alles plötzlich zu einem großen Drama wurde. Ohne es zu wissen, war ich ein Spielball und blind vor Liebe zu einem Mann, der langsam wahnsinnig wurde. Mist, wieso habe ich ausgerechnet diesen Dialog gewählt?

Conner räuspert sich. »Aber gerade dann ist ihre Liebe zu Hamlet doch ihre Art einer Rebellion.«

»Stimmt«, schnaube ich. »Aber dann wird Ophelia wahnsinnig. In diesem Wahn zeigen sich ihre gesamten unterdrückten

Gefühle, Leidenschaften und Wünsche. Die Liebe zu Hamlet und die Tatsache, dass er sich ihr entzogen hat, bringt sie dazu, sich zu ertränken. Ihre Liebe hat sie geblendet und schließlich umgebracht.«

So, wie sie auch mich fast umgebracht hätte.

Conner greift nach meiner Hand, doch ich springe auf und schüttle den Kopf. Gerade kann ich keine liebevollen Gesten ertragen. Erst recht nicht von ihm. Wir sind uns ohnehin schon viel zu nahe.

»Diese Wanderung ist plötzlich sehr viel düsterer geworden, als es mein Plan war«, sagt er, und sofort fühle ich mich schlecht. Er kann nichts für das, was mir passiert. Es ist nicht seine Schuld, dass plötzlich wieder Tausende Gefühle meinen Verstand blockieren.

»Tut mir leid, ich bin frustriert.«

»Aber du liebst doch Shakespeare«, gibt er zu bedenken.

»Ja, aber … ich weiß auch nicht.«

Da stehe ich also, mitten im Wald, und habe keine Ahnung, wie es weitergehen soll. Dabei dachte ich, dass ich diesen Punkt bereits hinter mir hätte.

»Welche Szenen sind noch auf der Liste?«, fragt Conner pragmatisch, und ich reiche sie ihm, weil ich keine Kraft mehr habe, um sie vorzulesen. Er studiert die Liste eine ganze Weile, dann nickt er wieder.

»*Macbeth*, erster Akt, fünfte Szene«, meint er mit einer Gelassenheit, die mich fast schon wütend macht.

»Lady Macbeth?«

»Ganz genau.«

Empört reiße ich die Augen auf. »Nein.«

»Warum nicht?«

»Es ist … das passt nicht zu mir.«

»Du bist Schauspielerin, Mia. Das Schöne daran ist, dass du absolut jede Person sein kannst. Du musst es nur wollen.« Er reicht mir das Skript zurück, und ich schnaube.

Einen Moment lang starre ich ihn nur an. Doch da ist nicht mal ein Anflug von Zweifel in seinem Gesicht. Wie kann es sein, dass er mich kaum kennt und so viel mehr an mich glaubt als ich selbst?

Ich atme tief ein. »Darüber muss ich nachdenken.«

»Deine Entscheidung, aber während du nachdenkst, solltest du den Text schon mal lernen.«

»Mach dich nicht über mich lustig.«

»Tue ich nicht.«

»Ach nein?«

Conner lächelt. »Du kannst das, Mia. Die Ophelia, Lady Macbeth, du kannst jede von ihnen sein. Ich weiß es.«

Wieder kommt er näher. Uns trennt nur noch eine Handbreit voneinander, und zu meiner Verwunderung wünsche ich mir, dass wir auch diese Distanz überwinden würden.

»Woher willst du das wissen? Du hast mich nie spielen sehen«, flüstere ich, denn wenn ich zulasse, dass wir schweigen, könnte ich das Rauschen meines Bluts in den Ohren hören.

Conners Finger berühren mein Gesicht. Nicht fordernd, sondern so sanft. Ich kann mich der Berührung unmöglich entziehen. Mit dem Daumen streicht er hauchzart über meine Wange.

»Hast du nicht selbst gesagt, dass du dein ganzes Leben lang eine Rolle gespielt hast? Wenn du dein wahres Ich so lange vor den Menschen, die du liebst, verbergen konntest, sollte es doch leicht sein, dich in eine andere Figur zu verwandeln.«

Sein Gesicht kommt näher. Mein Herzschlag setzt aus, und mein Blick heftet sich an seine Lippen.

»Conner?«, raune ich.

»Ja?«

»Du stehst auf meinem Fuß.«

CONNER

»Scheiße.«

Wie kann man nur so unaufmerksam sein? Wie kann mir das gleich zweimal passieren? Wie kann ich sie gleich zwei Mal *fast* küssen? Und warum zum Teufel denke ich jetzt darüber nach, sie einfach an mich zu ziehen und es zu tun?

Ich stolpere zurück und verschränke die Arme vor der Brust, als würde ich mich von meiner Tollpatschigkeit abgrenzen wollen. Keine Ahnung, wie ich nicht bemerken konnte, dass ich auf ihrem Fuß stand. Der Geruch ihres Pfirsich-Shampoos hat mir offensichtlich das Hirn vernebelt.

»Schon okay«, winkt Mia ab, aber ich sehe es ihr deutlich an: Der Moment ist vorbei. Innerlich fluchend zwinge ich mich dazu, mir nichts anmerken zu lassen. Aber ihre Reaktion auf meine Nähe zeigt eindeutig, dass sie kein Interesse hat.

Mia geht an mir vorbei. »Können wir jetzt über etwas anderes reden?«

Ich würde zuerst gern an etwas anderes denken, aber ein Themenwechsel kann zumindest nicht schaden. Hoffe ich. »Klar.« Das unbehagliche Schweigen breitet sich zwischen uns aus, und mir fällt absolut nichts ein, um es zu brechen. Sie hat mir schon von der Arbeit erzählt. Wenn ich nachfrage, wie es ihr geht, würde es komisch wirken, und ich kann schlecht sagen: Hättest du vielleicht doch mehr Interesse an mir als am Üben deiner Texte?

Offenbar bin ich nicht der Einzige, der sich Sorgen um die Gesprächsführung macht. Mia blinzelt ein paarmal. »Das Festival ist bald«, sagt sie schließlich, ohne mich anzusehen.

»Zwei Wochen noch. Bis dahin hast du die Texte drauf. Und vielleicht wird es dieses Mal nicht einmal eins der Stücke, die sonst immer gespielt werden. Aber ich bleibe dabei: Du kannst jede Rolle spielen, Mia.«

»Freust du dich auf das Festival?«

»Wie lange kennst du mich jetzt?«, gebe ich zurück und hätte fast erleichtert nach Luft geschnappt, als ich ein Lächeln in ihrem Gesicht sehe.

»Punkt für dich.«

Wir blicken uns kurz an, nur um gleichzeitig wegzusehen. Keine Ahnung, was mit mir los ist. »Was ist mit dir?«

»Ich bin vor allem neugierig und freue mich auf das Theaterstück«, antwortet sie. Ihre Augen funkeln, als könne sie es tatsächlich nicht erwarten, einer Reihe schlechter Theatermenschen dabei zuzusehen, wie sie ein Stück verschandeln. Allerdings sage ich nichts dazu, denn auch wenn ich meine Unzulänglichkeit heute eindrucksvoll zur Schau gestellt habe, besitze ich genug Empathie, um ihr diese Illusion nicht zu nehmen. Außerdem liebe ich es, wenn die Leidenschaft in ihren Augen lodert. Und ich erwische mich dabei, wie ich mir wünsche, sie würde mich so ansehen. »Neugierig?«

Mia zuckt mit den Schultern. »Ich war noch nie auf einem Theaterfestival. Schon gar nicht in einer Kleinstadt mitten in Idaho.«

»Die Antwort hätte ich voraussehen können.«

»Gehst du hin?« Sie legt den Kopf schief und bleibt stehen, sodass ich gezwungen bin, ebenfalls zu stoppen.

»Die ganze Stadt geht hin.«

»Ich frage, weil du sonntags immer wandern gehst«, meint Mia und schüttelt den Kopf.

»Das ist dir aufgefallen?«

»Sicher. Ich warte allerdings auf den Moment, in dem du mir erklärst, warum wir beide am Samstag wandern und du sonntags allein losziehst.«

Überrascht blinzle ich. »Das hat nichts mit dir zu tun.«

»Darauf bin ich auch schon gekommen«, gibt sie zurück, noch immer wartend. Ihr schwarzer Pony weht im leichten Wind, während ihre klugen Augen noch immer auf mir ruhen. Sie drängt mich nicht, überschreitet keine Grenzen. Mia steht einfach nur da und wartet auf den Moment, in dem ich bereit bin, mich ihr zu öffnen. Ich weiß nicht, ob das eine gute oder eine schlechte Nachricht ist. Denn wenn sie erst einmal weiß, wie verkorkst ich *wirklich* bin, werden diese Ausflüge ihren Zauber verlieren. »Ich weiß nicht, ob ich darüber reden will.«

Sie nickt. »Okay.«

»Außerdem bin ich sonntags nicht auf den normalen Wanderwegen. Das ist zu gefährlich für eine Anfängerin«, versuche ich mich zu rechtfertigen.

Die Züge ihres hübschen Gesichts verziehen sich nachdenklich, als würde sie nicht wissen, ob ich nach einer Ausrede suche. »Also hat es etwas mit mir zu tun?«

»Nein.«

Nun schüttelt sie den Kopf, und zum ersten Mal sehe ich Enttäuschung in ihrem Blick. Sie verschränkt die Arme vor der Brust, ohne den Blick von mir abzuwenden. »Conner, wenn du nicht darüber reden willst, ist das okay. Aber verirr dich nicht in kryptischen Andeutungen und schlechten Ausreden.«

Ich beiße die Zähne zusammen. Mein Herzschlag verdoppelt sich. Sämtliche Alarmsignale in meinem Inneren beginnen zu blinken. Doch dann ist mein Mund schneller als mein Gehirn und entlässt die drei Wörter, die ich unbedingt für mich behalten wollte. »Ich suche sie.«

Sofort wird Mias Ausdruck wieder weicher. »Caren?«

»Ja.«

Mehr bringe ich nicht heraus. Kraftlos lasse ich den Rucksack von meinen Schultern fallen, um zumindest diese Last für ein paar Minuten loszuwerden. Der Wind wird stärker, wirbelt die ersten gefallenen Blätter der Bäume durch die Luft.

»Scheiße, Conner.«

Die Berührung ihrer Hand lässt mich zurückweichen. Das Letzte, was ich gerade ertragen kann, sind ihre Wärme und dieser Blick. Diese Zweifel.

»Ich weiß, dass die Chancen schlecht stehen, okay?«, schnaube ich und spüre, wie die alte Wut von mir Besitz ergreift. Die Narben in meinem Inneren sind kurz davor, wieder aufzubrechen und eine Flut an Schmerz freizulassen, die jeden klaren Gedanken auslöscht. »Diese Wälder können einen verschlingen.«

Mia steht direkt neben mir, so nah, und trotzdem fühlt es sich an, als seien wir nie weiter voneinander entfernt gewesen. »Conner …«

Abwehrend hebe ich die Hände. »Tu das nicht.«

»Was denn?«

»Dieser mitleidige Ton.«

»Gut. Dann in dem vollen Bewusstsein, dass meine Frage ziemlich unsensibel ist: Aber es wurde doch sicher nach ihr gesucht?«

Ich nicke. Damit kann ich besser umgehen, auch wenn es in mir noch immer bedrohlich pocht. »Die gesamte Stadt, Dutzende von Freiwilligen im Umkreis und ein ganzes Rudel Hunde. Aber nichts.«

Caren ging in den Wald und kam nie wieder heraus. Und ich bin schuld daran.

»Das war mir nicht klar«, murmelt Mia. »Dass Menschen einfach so verschwinden können.«

Der lose Putz, der mein Inneres zusammenhält, beginnt zu bröckeln. Keine Ahnung, wie lange ich all die Gefühle in mir noch unterdrücken kann oder wann sie aus mir herausbrechen. Doch ich kann auch nicht mehr schweigen. Nicht vor Mia. Sie würde es ohnehin erfahren. Es gibt keine Geheimnisse in Belmont Bay, und ich schulde es ihr, ihr meins selbst zu erzählen, bevor sie es von jemand anderem erfährt. Also schlucke ich. »Der Sturm hat Carens Spuren verwischt. Sie könnte meilenweit gelaufen sein, vielleicht über Tage. Es ist unmöglich, ihren Weg noch zu rekonstruieren.«

Wie sachlich diese Worte klingen. Fast wie in dem alten Polizeibericht. Dabei sind es genau diese Worte, die mir das Gefühl geben, vollkommen hilflos zu sein.

Mias Stimme ist leise, ruhig, fast schon vorsichtig. »Also willst du den gesamten Wald nach ihr absuchen?«

»Ja.« Die Antwort kommt schneller, als ich sie auch nur denken kann.

»Es ist ein wirklich großer Wald«, gibt Mia zu bedenken.

»Nach meinen Berechnungen dauert es knappe zwanzig Jahre«, schnaube ich und wünsche mir, ich hätte etwas in der Hand, um es von mir wegzuschleudern. Mia will nach mir greifen, doch ich weiche zurück.

Ihr Mitleid ertrage ich nicht. Nicht ihres.

Ich will nicht von ihr hören, dass ich mich in eine Hoffnung verrenne, die schon vor Jahren gestorben ist.

»Conner …«

»Sag es nicht! Bitte nicht, Mia.«

»Ich will es dir nicht ausreden, aber ich würde es gern verstehen.«

Ein höhnisches Lachen kommt über meine Lippen, ohne dass ich es verhindern kann. Die Verzweiflung, das Pochen meiner Seelennarben, es wird zu viel. »Sie ist irgendwo hier«, sage ich und breite die Arme aus. »Irgendwo in diesem Wald hat Caren sich verlaufen und ist gestorben. Einsam und allein, wo niemand ihre Schreie hören konnte. Ich kann sie nicht mehr retten, aber ich will sie wenigstens wieder nach Hause bringen. Ist das verständlich genug für dich?«

Mia presst kurz die Lippen zusammen. Dann macht sie wieder einen Schritt auf mich zu. »Oh, Conner …«

»Nicht.«

»Aber …«

»Lass uns zurückgehen.«

Bevor Mia etwas erwidern kann, klingelt ihr Handy. Zum Glück sind wir noch nahe genug an den öffentlichen Wegen, sonst wäre diese Ablenkung nicht mehr möglich gewesen. Doch Mia geht nicht ran. Stattdessen starrt sie eine Weile auf das Display, ohne sich zu bewegen.

»Alles okay?«

»Ja, sicher«, sagt sie und schiebt das Smartphone wieder in ihre Gesäßtasche. »Nur einer dieser Werbeanrufer.«

Ich sehe sie ihr an. Die Lüge, aber gerade habe ich nicht die Kraft, sie damit zu konfrontieren. Der Wald ist mir zu eng geworden, und ich sehne mich danach, endlich wieder in meinem Wagen zu sitzen und nach Hause zu fahren. Weg von meinen Schuldgefühlen und dem seltsamen Prickeln, das ich jedes Mal spüre, wenn Mia lächelt, und der unfassbaren Angst, dass ich sie dieses Mal endgültig von mir weggestoßen habe.

22

MIA

Die Dunkelheit legt sich mit etwas Nebel wie ein Schleier auf die Umgebung. Nur noch das entfernte Zirpen einiger Zikaden ist zu hören, und das bleiche Licht des Mondes offenbart mir einen undeutlichen Weg zwischen kahlen Ästen.

Ich bin allein in der Kälte.

»Hallo?«

Meine Stimme ist nicht mehr als ein Wispern im aufkommenden Wind, und fast glaube ich, dass mich niemand gehört hat. Doch da ist etwas. Die Härchen in meinem Nacken stellen sich auf. Warmer Atem direkt hinter mir. Warm und faulig.

Ich schreie, will weglaufen, aber die Wurzeln der Bäume schlingen sich um meine Füße, bringen mich zum Stolpern. Mein Gleichgewichtssinn lässt mich im Stich. Mit einem erstickten Schrei lande ich im nassen Laub, nur um hilflos mit anzusehen, wie sich immer mehr Wurzeln um meine Glieder knoten. Mich fixieren. Mich einfangen.

Schreiend versuche ich mich zu wehren. Die Hoffnung stirbt in dem Moment, als sich ein gewaltiger Schatten vor das Licht des Mondes schiebt. *Er* beugt sich über mich.

Die Augen, in die ich mich einst verliebt habe, sorgen nun dafür, dass die Todesangst endgültig von mir Besitz ergreift. Seine warmen Hände umschließen meinen Hals, drücken zu, schnüren mir die Luft ab. Jeder Versuch, mich zu wehren, wird in der Panik eingefroren. Ist nun der Moment gekommen, in dem er mich umbringt? Endgültig und ohne die Chance, wieder vor ihm davonzulaufen?

Gerade als die Finsternis vor meinen Augen zu flackern beginnt, lässt Kevin von mir ab. Er taumelt zurück. Perplex greife ich nach meinem Hals, versuche zu verstehen, warum er aufgehört hat.

Und dann sehe ich es.

Ein Mädchen in der Dunkelheit. Das weiße Kleid flattert ebenso im Wind wie die langen Haare. Kevin ist verschwunden. Stattdessen sehe ich nur noch die schattenhafte Gestalt ohne Gesicht. Wie von Zauberhand sind meine Fesseln verschwunden, sodass ich keuchend durch das Laub krieche. Weg von diesem Wesen. Doch es hilft nichts. Es kommt direkt auf mich zu, legt den Kopf schief und sieht mich aus leeren Augenhöhlen an, während sie flüstert: *»Bringst du mich nach Hause?«*

Der Schrei aus meiner Kehle ist laut genug, um Tote zu wecken. Keuchend liege ich auf dem Sofa und starre mit weit aufgerissenen Augen in das hell erleuchtete Zimmer. Noch ehe ich ganz begreife, dass ich geträumt habe, kommt Megan mit einem Föhn bewaffnet aus dem Badezimmer gestürmt. Wenn ich die Zahnpastaflecken auf ihrem Shirt richtig deute, war sie bereits wach.

»Was ist los?«, schreit sie panisch und sucht das Wohnzimmer ab, als würde sie erwarten, den Boogeyman oder ein Monster hinter einem der langen Vorhänge zu entdecken.

»Nur ein Traum«, sage ich schnell. Zum Beweis stehe ich auf und präsentiere meinen völlig unverletzten Körper.

»Verdammt, Mia. Ich hatte fast einen Herzinfarkt!«

»Tut mir leid.«

»Schon okay. Ist alles in Ordnung?«

Ich nicke, auch wenn ich mir nicht sicher bin, ob wirklich alles in Ordnung ist. Wird es das je wieder sein? »Ich mach uns Frühstück.«

Megan sieht sich noch einmal skeptisch im Zimmer um. Dann geht sie zurück ins Badezimmer, und ich atme erleichtert durch. Mist.

Es war wohl naiv zu glauben, die Albträume würden ebenso verschwinden wie die blauen Flecken auf meiner Haut. Mit den Fingern fahre ich mir durch die unordentlichen Haare, bevor ich in die Küche gehe. Die kalten Fliesen unter meinen Füßen sorgen dafür, dass auch der Rest der Müdigkeit abgeschüttelt wird. Nur leider ist die Realität nicht weit genug von dem düsteren Traum entfernt. Hilfe suchend greife ich nach dem Kaffee, in der Hoffnung, danach wieder klar denken zu können. Gerade habe ich es geschafft, den Tisch zu decken und mir eine Tasse einzuschenken, als Megan auch schon hinter mir steht.

»Wovon hast du geträumt?«

Unwillkürlich zucke ich zusammen, denn die Erinnerung schleudert mich wieder zurück in das Trauma, dem ich so verzweifelt zu entkommen versuche. Mein gequälter Gesichtsausdruck reicht offenbar, um Megan erneut in Alarmbereitschaft zu versetzen, darum antworte ich schnell: »Caren.«

»Oh?«

»Ich hab davon geträumt, wie sie sich damals im Wald verlaufen hat. Ganz allein in der Dunkelheit …« Die Brüchigkeit meiner Stimme sorgt dafür, dass ich wütend auf mich selbst werde. Wenn wir alle eine Rolle im Leben zu spielen haben, warum hatte Caren ausgerechnet diese? Warum musste ausgerechnet sie von der Finsternis des Waldes verschlungen werden? Und was zur Hölle habe ich verbrochen, dass ich in einer Beziehung gefangen war, die dieses zerbrochene Häufchen Elend aus mir gemacht hat?

Das ist nicht fair. Nichts davon.

Megan legt beruhigend eine Hand auf meine Schulter. »Oh, Mia. Dann hat er es dir endlich erzählt.«

Ich nicke stumm und lasse den Blick über das geordnete Gewürzregal wandern. Die Wut lässt mein Blut pulsieren.

»Und?«

»Und was?«, knurre ich, ohne zu wissen, warum sich meine Wut plötzlich auch noch gegen sie richtet. Ich wende mich ab und lasse mich am Esstisch auf einen Stuhl sinken. Der Toast ist inzwischen wieder kalt und mein Kaffee so bitter wie die Realität dieses Morgens.

»Wie geht es dir damit?« Sie setzt sich mir gegenüber und greift ohne nachzudenken nach dem Toast und der Butter.

Frustriert schüttle ich den Kopf. »Das ist nicht die Frage. Es ist egal, wie es mir damit geht. Viel wichtiger sollte doch sein, wie es *ihm* damit geht, oder?«

Verwirrt blinzelnd sieht sie mich an. »Sicher. Ich dachte nur …«

»Du denkst eben nicht, das ist dein Problem, Megan«, schnaube ich. Demonstrativ lasse ich meinen Toast wieder fallen. Der Appetit ist mir vergangen.

Sie sieht mich mit zusammengezogenen Augenbrauen an. »Warum wirst du jetzt wütend auf mich?«

»Ich …« Wenn ich ehrlich bin, kann ich das nicht genau sagen. Es ist weniger Wut auf sie als vielmehr auf die Welt. Wer bestimmt, welche Rolle wir bekommen? Wieso fühlt es sich so an, als haben wir keine andere Wahl, als in diesem Theaterstück des Lebens mitzuspielen und auf das nächste große Drama zu warten, das sich jemand für uns ausgedacht hat? Ich hab genug davon. Dieses Warten, Hoffen und Bangen. Die nächste Rolle suche ich mir selbst aus und lasse sie mir nicht vom Leben aufdrücken. Nie wieder. Ich schließe die Augen. »Bin ich nicht. Tut mir leid. Dieser Traum war … intensiv.«

Zum Glück ist meine Schwester nicht nachtragend. »Erzähl mir davon.«

»Nein, nicht jetzt«, wehre ich kopfschüttelnd ab.

Einen Moment schweigen wir über unserem Frühstück. Dann zieht Megan ihr Handy hervor. Sie schluckt schwer, und ich befürchte, das liegt nicht am Toast. Unruhig rutscht sie auf ihrem

Stuhl herum. »Gut, dann werde ich dir von etwas berichten, das fast so schlimm ist wie dein Albtraum.«

»Das ist wirklich nicht witzig.«

»Das habe ich auch nicht behauptet«, sagt sie leise. Als würde sie dieser Unterhaltung noch für ein paar Sekunden ausweichen wollen, steht sie auf und schenkt uns beiden Kaffee nach.

»O Gott, jetzt machst du mir Angst.«

Megan räuspert sich. »Mom hat angerufen.«

Mein Mund klappt auf. Auch wenn ich damit hätte rechnen müssen, trifft mich diese Nachricht wie ein Lastwagen. »Hast du ihr etwa gesagt, dass ich hier bin?«

Ihr schuldbewusster Blick macht mich wieder wütend. »Das habe ich schon längst. Darum geht es nicht.«

»Sondern?«

Megan setzt sich zu mir, nimmt meine Hände und sieht mich an. »Kevin war bei ihr, er wollte wissen, wo du bist.«

Mein Mund klappt auf. Schon wieder. Und dieses Mal rollt der Lastwagen vollständig über mich. »Was?«

»Er hat ihr erzählt, dass du einen Nervenzusammenbruch hattest, weil du den Druck im Studium nicht mehr ausgehalten hast«, erklärt sie leise, aber mit genügend Nachdruck, dass meine Handflächen schwitzig werden.

Das darf nicht sein. Das kann nicht wahr sein. Ist das hier eine absurde Fortsetzung meines Traumes? Die Angst sickert wie Gift durch meine Venen, infiziert jeden Teil meines Körpers.

»Verdammt, was hat sie gesagt?«, keuche ich und springe auf. Luft. Ich brauche Luft.

Doch meine Finger zittern so sehr, dass ich das Fenster nur mit Mühe aufgerissen bekomme. Megan kommt mir zu Hilfe, schiebt den Stuhl zu mir. Sie hockt sich auf den Küchenboden. Ihr Blick ist fest, ruhig – wie ein Sicherungsseil, das mich davon abhält, in die unendliche Schlucht aus Angst und Schuld zu stürzen.

»Sie wollte herkommen, was ich ihr ausreden konnte. Zumindest vorerst. Mia … Sie macht sich Sorgen, und das ist ihr gutes Recht.«

Hilflos schüttle ich den Kopf. »Noch nicht.«

Megan greift nach meiner Hand. »Je länger du es aufschiebst, desto schlimmer wird es.«

»Was hast du ihr gesagt?«, will ich wissen, obwohl ich es lieber nicht wüsste. Ginge es nach mir, würde ich diesen Dialog einfach aus dem Textbuch meines Lebens streichen.

»Dass du bei mir bist, dass es dir gut geht und dass du in dieser Geschichte nicht der Bösewicht bist. Selbst wenn dein Ex es so aussehen lässt«, antwortet Megan.

»Und was hat Mom dazu gesagt?«

»O Mann, stille Post war noch nie mein Spiel.«

»Sag einfach, was du sagen wolltest, Megan. Dann hab ich es hinter mir.«

»Dass es nicht gerade danach aussieht, dass du *keinen* Nervenzusammenbruch hattest.«

Ich stöhne so laut auf, dass ich mich vor mir selbst erschrecke. »Und genau deswegen kann ich noch nicht mit ihr reden.«

»Wie soll sie verstehen, was passiert ist, wenn du nicht mit ihr sprichst?«

Sie wird es nicht verstehen. Nicht einmal ich verstehe es. Wie könnte meine Mutter, die immer so stark ist, nachvollziehen, wie unfassbar schwach und naiv ich war?

»Hör sofort auf, so zu denken«, unterbricht Megan mich, woraufhin ich sie irritiert anblinzle.

»Womit?«

»Dich selbst als schwach zu bezeichnen, niemand verdient diese Worte.«

»Kannst du meine Gedanken lesen?«, frage ich, während die Fragen in mir trotzdem nicht verstummen.

Wie soll ich meiner Mutter erklären, dass von der Tochter, die sie einst kannte, nicht mehr übrig ist als ein Scherbenhaufen? Dass ich nicht mehr so stark bin, dass ich nicht mehr weiß, ob ich die große Karriere will, dass ich das ewige Grau von New York nicht mehr ertrage? Ich spüre, wie mir Tränen in die Augen schießen. »Was, wenn sie mir nicht glaubt?«

Jetzt erst geht mir auf, dass diese kleine Frage der Inbegriff meiner größten Angst ist.

»Mia, du kamst hier mit einem blauen Auge und Tausenden von anderen Verletzungen an. Sie wird dir glauben. Es gibt keinen Grund, warum sie es nicht tun sollte.«

»Für sie war er immer der perfekte Schwiegersohn«, kommt es erstickt aus meinem Mund.

»Was nicht nur ihre Schuld ist.«

Verwirrt sehe ich Megan an. »Bitte was?«

»So meinte ich das nicht«, erklärt sie schnell, und schon ist sie wieder da. Diese Wut auf die Welt.

»Und wie hast du es gemeint?«

»Du hast nie etwas gesagt, Mia. In den ganzen letzten Jahren nicht einen Ton.«

»Denkst du, das wüsste ich nicht?«, zische ich und springe vom Stuhl auf. Da ist es, das unausgesprochene Aber-ein-bisschen-bist-du-ja-auch-schuld. Warum haben sie es nicht gesehen? Meine ständigen Ausreden? All die Missgeschicke, die zu Brüchen, blauen Flecken und Schürfwunden geführt haben? Wieso haben sie nicht genauer hingesehen?

Megan zieht den Kopf ein, doch sie ist nicht der Typ dafür, sich einer Konfrontation zu entziehen. Selbst wenn es schmerzhaft wird. Sie gibt mir die Möglichkeit, etwas Raum zwischen uns zu bringen, dann sagt sie: »Tut mir leid, ich habe es nicht so gemeint, es ist nicht deine Schuld, dass du in dieser Situation warst. Nur kannst du ihr nicht zum Vorwurf machen, dass sie es nicht wusste.«

»Das mache ich auch nicht«, herrsche ich sie an.

»Ach?«

Fast hätte ich mit den Augen gerollt. Denn *natürlich* mache ich ihr einen Vorwurf. Den gleichen, den ich jedem Menschen um mich herum mache. Angefangen bei mir selbst. »Ich bin nur einfach noch nicht bereit dafür, ihr alles zu sagen«, murmle ich etwas ruhiger, aber meine Hände sind noch immer zu Fäusten geballt.

»Himmel, Mia, du …«

»Nein. Das ist meine Entscheidung, nicht deine.«

Wir liefern uns ein stummes Blickduell, dann mache ich das, was ich in meinem neuen Leben offenbar am besten kann: Ich laufe weg.

CONNER

Eine Taube ist gerade dabei, sich die Reste meines Muffins aus dem Müll zu fischen, während ich auf der Bank sitze und sie beobachte. Allerdings bietet das Federvieh nicht genügend Ablenkung, um Chris' Blick zu ignorieren. Als ich nicht reagiere, schüttelt er den Kopf. »Du bist ein Einfaltspinsel.«

»Danke, sehr aufbauend.«

»Ist dir eigentlich klar, dass du knietief in der Friendzone steckst?«, setzt Chris noch einmal nach, nur damit ich ihn ansehe.

»Deine Kommentare sind alles andere als hilfreich.«

»Scheiße.«

»Sag mir lieber, was ich jetzt machen soll.«

Chris schüttelt den Kopf. »Woher zur Hölle soll ich das wissen?«

Entmutigt lasse ich den Kopf in den Nacken fallen und blicke zum strahlend blauen Himmel hinauf, als könnten die Wolken mir ein magisches Zeichen senden. Irgendwas, das mir hilft, aus dieser Nummer wieder herauszukommen. »Fuck, Chris, ich meine das ernst. Ich glaube, ich finde sie gut.«

Er fängt an zu lachen. »Du findest sie gut? Was ist sie? Ein Auto?«

Augenrollend richte ich mich wieder auf. »Du weißt, was ich meine.«

Das scheint Chris mir jedoch nicht so einfach durchgehen zu lassen. Er wendet sich mir halb zu und hebt fast schon drohend seinen Muffin in die Luft. »Nein, Conner, das weiß ich nicht.«

»Jetzt willst du mich quälen.«

»Nein.«

Ich starre ihn an, denn auch wenn er recht hat, gefällt es mir gar nicht. Es ist nicht meine Art, ihm oder irgendjemandem mein Herz auszuschütten. Bis Mia in dieser Stadt aufgetaucht ist, war ich mir fast sicher, dass so etwas wie romantische Gefühle nicht mehr mein Ding sind. Doch offensichtlich habe ich mich da getäuscht. Sie hat nur ein paar Wochen gebraucht, damit ich an nichts anderes mehr denke als an sie. Und auch wenn ich es nie laut aussprechen werde, ist es anders als bei Caren. Mein Mund öffnet und schließt sich wieder, während ich versuche, irgendwie in Worte zu fassen, was in mir vorgeht.

»Sie ist …«

»… wehe, du sagst jetzt so was wie gut.«

»Sie ist verwirrend«, nuschle ich vor mich hin, und dieses Mal verstehe ich, warum Chris den Kopf schüttelt wie ein enttäuschter Vater.

»Ich hätte nicht gedacht, dass du dich selbst unterbieten kannst, aber offensichtlich gelingt dir das hervorragend.«

Hilflos wedle ich mit den Händen, sodass die Taube sogar von ihren Muffinresten ablässt und aufgeregt davonflattert. »Was ich meine, ist: Sie gibt mir das Gefühl, dass ich ihr näherkommen will, und dann wieder, dass ich niemals an sie herankomme. Fuck, Chris. Sie spielt nicht in meiner Liga.«

Nun zieht er die Augenbrauen zusammen, und eine tiefe Falte

bildet sich auf seiner Stirn. »Deiner Liga? Was soll das denn wieder sein?«

Frustriert stöhne ich auf. »Sie ist klug, schön und stark – und all das, ohne es zu wissen.«

»Du bist auch schön, klug und vor allem stark. Sonst könntest du nicht ständig ein halbes Haus und sein Innenleben durch die Gegend tragen«, wirft Chris ein und beißt in seinen Muffin. Während er langsam kaut, betrachtet er mich noch immer.

»Das hilft mir nicht.«

»Dein Problem ist, dass du feige bist.«

»Ich bin nicht feige«, behaupte ich mürrisch.

»Ach nein?«

»Nein.«

Mit einem halben Grinsen nimmt Chris den letzten Bissen, steht auf und wirft das Papier in den Mülleimer. Dann dreht er sich zu mir herum. »Dann sag Mia einfach, dass du dich in sie verknallt hast.«

Vor Verblüffung klappt mir der Mund auf. »Ist das dein Ernst?«

»Du wolltest einen Rat, da hast du ihn.« Chris zuckt mit den Schultern.

»Ich kann es ihr nicht einfach sagen.«

»Warum nicht?«

Die ehrliche Antwort wäre, dass ich doch feige bin. Denn ich habe keine Ahnung, was ich tun soll, wenn sie nicht fühlt, was ich fühle. In meinem bisherigen Leben gab es diese Situation nicht. Ich hatte nie das Gefühl, ein falscher Satz könnte alles kaputt machen. Oder dass mir so viel an jemandem liegt, dass ich meine eigenen Bedürfnisse lieber begraben würde, als sie in eine unangenehme Situation zu bringen.

Eine Beziehung ist gerade das Letzte, was sie sucht oder in dieser Stadt zu finden erhofft. Erst recht mit mir.

Und mir ist auch klar, dass ich sicher nicht der richtige Mann dafür bin, ihr mit ihren Narben zu helfen. Verdammt, ich komme ja nicht mal mit mir selbst klar. Wie kann ich da für sie da sein? Die Muskeln in meinem Kiefer spannen sich schmerzhaft an. Dann bringe ich zähneknirschend hervor: »Weil sie viel durchgemacht hat.«

Nun ist es Chris, der stöhnt. »Gerade darum solltest du es ihr sagen.«

»Deine Logik ist nicht gerade schlüssig.«

»Du kannst nicht für sie entscheiden, ob sie dir eine Chance geben soll oder nicht. Das muss sie allein tun. Und du hast auch nicht das Recht, ihr diese Chance zu nehmen«, führt er aus, was jedoch nur dafür sorgt, dass ich noch verwirrter bin.

»Und wenn sie nichts für mich empfindet? Wenn sie nur Freundschaft sucht?«

»Dann hast du ein Recht, das zu wissen. Und das am besten, bevor dein sensibles Herz noch mehr in Gefahr gerät.«

»Mein sensibles Herz?«

Chris winkt ab. »Mir machst du nichts vor. Du bist ein Softie.«

Diese Bezeichnung hab ich mir hart erarbeitet. »Was hat mich verraten?«

»Du meinst, von den Haaren mal abgesehen?«

Nun verschränke ich herausfordernd die Arme vor der Brust und hebe das Kinn. »Ja.«

»Die Shakespeare-Zitat-Sache und dass du deine Seife selbst herstellst«, antwortet Chris nüchtern.

»Die ganze Stadt kann Shakespeare zitieren – und ich mache meine Seife selbst, weil es günstiger ist und so zumindest kein Mikroplastik im Ausguss landet.« Ich stehe auch auf. Vielleicht, nur vielleicht, um zu demonstrieren, dass ich auch ohne meinen Haarknödel größer bin als er. Doch das Grinsen im Gesicht meines besten Freundes wird nur noch breiter. »Ja, und weil du gern riechst wie ein wandelnder Zitronengras-Strauch.«

Unwillkürlich neige ich den Kopf nach unten, um an mir zu riechen. »Stört dich mein Geruch etwa?«

»Nein, ich steh drauf, aber du bist trotzdem ein Softie.«

Ich verdrehe die Augen. »Manchmal finde ich dich echt zum Kotzen.«

»Nein, du liebst mich. Weil ich auch ein Softie bin«, sagt er lachend.

»Und ein Arschloch.«

»Ich hab nie behauptet, das eine würde das andere ausschließen.«

23

MIA

Meine Schuhe quietschen auf den Fliesen des Diners, ehe ich mich wieder an den Tresen setze. Mit einer Hand rühre ich in meinem Milchshake herum, während die andere den Text festhält.

»Also, welche Szene?«, fragt Conner und sieht mich an. Er wischt seine Hände an der roten Schürze ab.

Der erste Ansturm zum Mittagessen ist bereits verflogen, sodass wir nun fast allein im Diner sind. Nur ein Touristen-Pärchen sitzt noch in einer Ecke und unterhält sich angeregt darüber, welche Tiere sie bei ihrer Wanderung durch den Wald gesehen haben. Ich blicke sie über die Schulter hinweg an, als müsste ich erst sichergehen, dass sie mich nicht anstarren. Dann räuspere ich mich.

»Erster Akt, siebte Szene. Auftritt Lady Macbeth.«

Er überlegt kurz, als müsse er sich daran erinnern, was genau in der Szene vorkam. Doch ehe er nachfragen kann, schiebe ich ihm eine Kopie seines Textes zu. Die Passagen des Macbeth habe ich für ihn grün markiert, während meine in knalligem Pink leuchten. Conner stützt sich mit den Ellenbogen auf den Tresen, betrachtet die Zeilen kurz und nickt dann. »Bekomme ich eine Zusammenfassung?«

Das Lächeln schleicht sich auf mein Gesicht, während wir einander ansehen. Nickend nehme ich noch einen Schluck von meinem Minz-Schoko-Milchshake. »Lady Macbeth ist fasziniert von der Aussicht auf den Königstitel. Aber sie fürchtet, dass ihr

Mann nicht bereit ist, alles Nötige zu tun, um sich Duncans zu entledigen. Darum beschwört sie dämonische Kräfte und plant den Mord.«

»Es macht mir Angst, dass du dabei lächelst«, brummt er, doch seine Mundwinkel heben sich ebenfalls. Die störrische kleine Strähne löst sich wieder und fällt ihm ins Gesicht. Meine Finger zucken, als könnten sie nicht verstehen, warum ich der Versuchung, sie ihm hinters Ohr zu streichen, nicht einfach nachgebe.

»Du hast diese Rolle für mich vorgeschlagen«, erinnere ich ihn mit hämischem Unterton.

»Und langsam frage ich mich, ob das so klug war.«

Im Grün seiner Augen beginnt es zu glitzern, was augenblicklich dafür sorgt, dass mir heiß wird. Schnell weiche ich seinem Blick aus und konzentriere mich wieder auf das Theaterstück. »Macbeth bekommt große Zweifel an dem Vorhaben. Er fürchtet sich, doch Lady Macbeth setzt ihm so lange zu, bis er verspricht, den Mord zu begehen. Und wir starten mittendrin. Die Stelle habe ich dir mit einem Sternchen markiert.«

Ich warte, bis Conner noch einmal nickt.

Sobald die Worte meinen Mund verlassen haben, spüre ich es. In meinen Ohren rauscht es, mein Herz beginnt, schneller zu schlagen, und das Diner tritt völlig in den Hintergrund. Doch es ist keine Panik, die von mir Besitz ergreift, sondern etwas anderes. Die Rolle. Lady Macbeth.

Conner rückt von seinem Platz ab und läuft mit dem Text in der Hand hin und her. Sein Blick trifft mich, und ich muss lächeln, denn dieses Mal bin ich diejenige, die nicht mehr auf den Text schauen muss.

Meine innere Lady Macbeth hat ihn gerade dazu gebracht, einen Mord zu planen, und ich kann nicht anders, als mich auf meinen Stuhl zu stellen und auf Conner zu zeigen.

»Was können du und ich dann nicht vollbringen am unbewachten Duncan? Was nicht schieben auf die berauschten Diener, die die Schuld trifft des großen Mords?«

Das Pärchen am Tisch nebenan beginnt zu klatschen. Ich blicke sie einen Moment verwundert an, sodass sie sofort wieder damit aufhören. Tatsächlich hatte ich ganz vergessen, dass sie da sind, und jetzt wird mir erst bewusst, dass ich so getan habe, als sei ich auf einer Bühne – und nicht beim Milchshaketrinken.

Conner lässt sich davon nicht abhalten, scheint aber Probleme zu haben, seinen Part zu finden. Er starrt eine Weile auf das Blatt. »*Gebär mir Söhne nur …*«, antwortet er etwas unbeholfen, kommt jedoch nicht dazu, seinen Text zu beenden, denn Joey sieht uns verwirrt an.

»Ihr seid schon bei der Familienplanung?«, fragt er und schüttelt den Kopf. »Und ich dachte, man würde uns wenigstens zur Hochzeit einladen.«

»Wir üben nur die Szene zusammen«, erkläre ich und sehe vom Besitzer des Diners wieder zu Conner, dem die Situation noch unangenehmer zu sein scheint als mir.

»Richtig«, bestätigt er knapp.

»Na, dann lass mal hören, Junge.«

Conner sieht mich an. »Ich denke, ich verzichte. Das Schauspielern überlasse ich lieber fähigen Darstellerinnen.«

Ich grinse diabolisch. »Ich hoffe, damit meinst du mich?«

Joey klatscht in die Hände, woraufhin ich nicht verhindern kann, mich stolz zu fühlen, und mich spielerisch verbeuge. »Gut gemacht, Mädchen. Conner, dir zieh ich das von der Pause ab. Das war schrecklich.«

»Hey, ich versuche hier nur zu helfen«, stöhnt mein Gehilfe auf, ehe er die Hände in die Luft wirft.

»Ja, aber wenn ihr hier schon über Mord und Totschlag sprecht, muss ich mich nicht über die fehlende Kundschaft wundern. In zwei Tagen könnt ihr ja auf dem Festival alles geben«, sagt Joey und nickt dem Pärchen zu, das dabei ist zu gehen.

»Tut mir leid«, sage ich schnell, doch er winkt ab.

»Ist schon gut.«

»Bei Mia ist es also gut, und ich bekomme meine Pausenzeit gekürzt?«, brummt Conner.

»Das hast du richtig zusammengefasst.«

Conner stöhnt noch mal, während ich mich mit einem entschuldigenden Lächeln auf den Barhocker sinken lasse. »Tut mir leid.«

»Muss es nicht«, wehrt er sofort ab und grinst. »Du warst großartig.«

»Findest du?«

»Ja. Und jetzt habe ich Angst davor, dass du mich zu einem Mord verführst.«

»Keine Panik, ich bin nicht Lady Macbeth.«

»Vor zwei Minuten warst du es aber.«

»Dann glaubst du, ich sollte als Lady Macbeth vorsprechen?«

»Ich glaube, dass es egal ist, welche Rolle du spielst. Aber das eben war unglaublich.«

»Jetzt schleim nicht so rum, Junge«, kommentiert Joey ungefragt und zwinkert mir zu, was mir bei jedem anderen Mann in seinem Alter unangebracht erschienen wäre. »Ich brauche dich in der Küche.«

»Ich muss eh los«, sage ich schnell, bevor Conner wegen mir wirklich noch Ärger bekommt. »Sehen wir uns morgen?«

»Soll ich dich abholen?«

Ich schüttle den Kopf. »Megan fährt mich.«

»Okay, bis dann, Mia.«

24

CONNER

»Gleich kommt die Beleuchtung!«, ruft Mia wie ein kleines Mädchen, das zum ersten Mal auf einen Jahrmarkt gehen darf. Bei jedem anderen Menschen hätte ich wahrscheinlich abfällig die Nase gerümpft, doch Mias Begeisterung steckt mich an.

Der frühe Abend hat sich über die Stadt gelegt, und die meisten Bewohner sind bereits in ihren Häusern verschwunden. Durch den kühlen Wind fröstele ich trotz meiner Lederjacke. Der Sommer verlässt diese Stadt langsam, aber sicher.

»Vergiss vor lauter Freude nicht zu atmen«, kommentiert Megan, doch anhand ihres Grinsens sieht man deutlich, dass auch sie sich hat anstecken lassen.

Chris und ich blicken einander kurz an. Um ehrlich zu sein, habe ich nicht damit gerechnet, dass dies ein Ausflug zu viert wird, doch ich beschwere mich auch nicht. Mein bester Freund hat sich bereits gut mit Megan verstanden, als sie in die Stadt gezogen ist. Es sollte mich also nicht wundern, dass auch die beiden inzwischen Freunde geworden sind. Diese Gedanken beschäftigen mich jedoch nur am Rand, denn mein Fokus liegt eindeutig auf Mia.

Sie überstrahlt einfach alles mit ihrer Freude und bildet damit den perfekten Kontrast zur eher grummeligen Megan. Zum ersten Mal erlebe ich die Rain-Schwestern zusammen. Sie sind völlig unterschiedlich, doch man spürt ihre Verbindung so deutlich, als könne man das Band zwischen ihnen sehen.

Chris schüttelt den Kopf. »Endlich jemand, der mit mir für gute Laune sorgt.«

»Mit dir?« Megan verzieht fragend das Gesicht.

»Mit wem denn sonst?«, gibt er zurück und sieht mich hämisch an. »Ihr zwei zieht ja ständig ein Gesicht, als würde morgen die Welt untergehen.«

»Und irgendwann haben wir auch recht damit«, meint Megan.

»Muss ich noch mehr sagen?«

Ich unterbreche Chris und Megan nicht, denn in diesem Moment habe ich nur Augen für Mia. Sie steht auf einer der Parkbänke, um einen besseren Blick auf das Gelände zu bekommen. Das Theater, das Rathaus und das Stadtarchiv schlagen einen Bogen, in dem der runde Versammlungsplatz genügend Raum für die unzähligen kleinen Buden und Stände bietet.

Um den mit Girlanden geschmückten Platz stehen Schilder, auf denen mit glänzender Schrift verkündet wird, wann das Theater seine Vorstellungen gibt.

Die Highschool versucht sich an *Viel Lärm um nichts*, während die Schauspielertruppe von Caroline die gefühlt hundertste Vorstellung von *Othello* gibt. Diese Tatsache sorgt fast dafür, dass ich mich wieder mehr auf *Hamlet* und *Macbeth* freue. Zumindest, wenn die vage Hoffnung besteht, dass ich Mia zusehen kann, wie sie in eine dieser Rollen schlüpft.

Die Luft flirrt voller roter und goldener Lichter, die in der leisen Dämmerung immer mehr zu leuchten beginnen. Doch Mias Strahlen scheint alles andere unwichtig zu machen.

»Siehst du das?«, fragt sie, obwohl ich nur noch sie sehen kann. »Eine Statue, eine *leuchtende* Statue von Shakespeare!«

Lachend trete ich einen Schritt näher zu ihr. Auf der Bank überragt sie mich, sodass ich den Kopf in den Nacken legen muss, um ihr in die Augen sehen zu können. »Sehr beeindruckend.«

Sie blinzelt zu mir herunter. »Ich kann noch gar nicht glauben, dass es morgen schon beginnt.«

»Du klingst, als würdest du von einem Märchen reden«, sagt ihre Schwester und zieht eine Augenbraue in die Höhe.

»Das ist es ja auch! Eine ganze Woche voller Theaterstücke, Zuckerwatte und einem Riesenrad!« Mit dem Finger deutet sie auf das Karussell, das den Namen Riesenrad nicht wirklich verdient hat, denn es ist nicht mal höher als das Theater selbst.

Megan schüttelt den Kopf, während sie ihre Kamera auf Mia richtet. Das Klicken des Auslösers ertönt. »Wenn man dich so reden hört, glaubt man, du bist in Alaska aufgewachsen und nicht in New York.«

Mia streckt ihr die Zunge heraus, was ebenfalls fotografisch festgehalten wird. »Kein Grund, gemein zu werden, sonst teile ich meine Zuckerwatte nicht mit dir.«

»Gut, Zuckerstern. Aber jetzt komm da runter.«

Ich reiche Mia eine Hand, damit sie von der Bank runterhüpfen kann. In dem Moment, als unsere Haut sich berührt, zuckt mein Herz zusammen. Wir waren uns schon lange nicht mehr so nah, und auf absurde Art wird mir erst jetzt klar, wie sehr ich es vermisst habe, sie zu berühren.

»Müssen wir schon gehen?«, fragt sie mit einer Sehnsucht in der Stimme, die meine Haut kribbeln lässt.

»Sie bauen doch erst auf. Von mir aus kannst du dich die ganze Woche an den leuchtenden Shakespeare ketten – aber noch ist es nicht so weit.«

Mia blickt noch einmal über ihre Schulter, lässt sich dann jedoch darauf ein, mit uns zurück zum Parkplatz zu schlendern. »Ich werde das Gefühl nicht los, ihr wollt euch morgen alle davor drücken, wieder mit mir herzukommen.«

Tatsächlich muss ich nicht nach hinten blicken, um zu wissen, dass Megan und Chris ertappte Blicke wechseln.

»Keine Bange«, sage ich, ehe Megan mir zuvorkommt. »Müssen wir sogar, außer, du willst das Vorsprechen sausen lassen.«

»Vorsprechen?« Megan bleibt stehen und sieht ungläubig von mir zu Mia. »Du wirst vorsprechen?«

Eine zierliche Faust trifft mich an der Schulter. »Danke, Conner – jetzt wird sie bestimmt dafür sorgen, dass ich gleich im Erdboden versinken muss.«

»Ich wusste nicht, was für ein Geheimnis du daraus machst«, erwidere ich und reibe mir die Stelle, obwohl ihr Schlag viel zu sanft war, um wirklich wehzutun.

Megan stellt sich vor ihre Schwester und starrt sie an, als könne sie nicht glauben, was sie gerade gehört hat. »Mia, du sprichst vor?«

Sie räuspert sich unbehaglich. »Ja?«

Die Rothaarige wirft die Hände in die Luft, sodass die Kamera um ihren Hals bedrohlich ins Schwanken gerät. »Warum zur Hölle hast du denn nichts gesagt?«

»Weil ich diesen Blick nicht sehen wollte.«

»Welchen Blick denn bitte?«, zischt Megan zurück.

»Ich denke, sie meint das Höllenfeuer in deinen Augen«, kommentiert Chris wenig hilfreich.

»Dich habe ich nicht gefragt.«

»Ich glaube, meine Antwort ist trotzdem allgemeingültig.«

»Chris, halt die Klappe.«

Er hebt kapitulierend die Hände, was mich wundert. Denn eigentlich ist Chris keiner, der sich den Mund verbieten lässt. Auch wenn ich mir das so manches Mal wünschen würde.

»Aber er hat recht. Du guckst mich mit dämonisch funkelnden Augen an und sorgst so dafür, dass sämtliche Selbstzweifel über mich hereinbrechen«, sagt Mia leise, aber dennoch deutlich genug, damit ihre Schwester einen Schritt zurück macht.

»Wieso glaubst du das?«

Sie zuckt mit den Schultern. »Du hast nie viel vom Theater gehalten.«

»Ja, weil ständig nur toxische Scheiße aus dem Mittelalter gespielt wird. Das geht mir gegen den Strich …«

»Und genau darum wollte ich nicht, dass du es weißt.«

»… aber ich weiß auch, wie umwerfend meine kleine Schwester ist, wenn sie auf einer Bühne steht.«

Einen Moment lang überlege ich, ob ich ihr sagen soll, dass wir nicht alle Hinterwäldler sind, aber Mia lenkt mich zu sehr ab.

»Was?«, fragt sie.

Megan schüttelt den Kopf. Ihre roten Locken schwingen im Wind hin und her. »Du hast mich schon verstanden.«

»Dann willst du es mir nicht ausreden?«

»Scheiße, nein. Hast du das wirklich gedacht?«

»Irgendwie schon.«

»Wenn es das ist, was dich glücklich macht, dann will ich das auch«, sagt sie und stemmt die Hände in die Hüften.

Hilfe suchend sieht Mia mich an, als hätte ich irgendwas damit zu tun. »Sonst ist sie nicht so nett. Ich bin überfordert.«

»Ich auch, um ehrlich zu sein«, murmle ich.

»Für welche Rolle wirst du vorsprechen?«, mischt Chris sich ein, obwohl ich ihm längst davon erzählt habe.

Mia verschränkt die Arme vor der Brust und sieht mich an, als würde sie erwarten, dass ich für sie antworte. Doch ich schweige, nicke nur knapp und hoffe, dass sie es selbst aussprechen wird.

»Lady Macbeth.«

»Scheiße, nicht dein Ernst!«, ruft Megan aus. »Das ist genial.«

»Meinst du das ernst?«

»Na logisch, sie ist quasi die einzige Frau, die selbstbestimmt agiert und sich nicht unterbuttern lässt. Na ja, zumindest wenn man Ophelia oder Julia dagegenhält.«

Die beiden Schwestern laufen vor, während wir ein Stück zurückbleiben. Chris sieht mich von der Seite an und schüttelt den Kopf. »Es kommt mir vor, als hättest du schon gewusst, dass Mia vorsprechen will.«

»Wozu würde ich ihr sonst beim Textlernen helfen?«, gebe ich zurück. Mir gefällt der Ton nicht, der in Chris' Stimme mitschwingt.

»Wirklich schön, wie hilfsbereit du bist.«

»Möchtest du mir etwas sagen?«, brumme ich und wische mir übers Kinn, weil ich nicht weiß, wohin mit meinen Händen.

Chris grinst. »Nein, ich finde es nur erstaunlich, wie sehr du dich um diese *Freundschaft* bemühst.«

»Es gefällt mir nicht, was du hier andeuten willst«, murmle ich und verziehe das Gesicht.

»Ich deute an, dass ich schon lange dein Freund bin und wir nicht romantische Szenen im Wald aufführen – oder im Diner«, gibt er trocken zurück.

»Wir sind nur Freunde, Chris«, wehre ich ab, auch wenn ich weiß, dass es nicht die ganze Wahrheit ist. Zumindest nicht für mich. Aber es wäre besser, wenn es meine Wahrheit wäre – oder?

Mein bester Freund seufzt leise. »Du bist ein hoffnungsloser Fall.«

Da kann ich ihm nicht widersprechen. Ich bin hoffnungslos und vollkommen einer Frau verfallen, die bald merken wird, dass die Bühne Belmont Bay ihr nicht das bieten kann, was sie verdient.

25

MIA

Mein Herz donnert wie die Hufe von tausend wild gewordenen Pferden. Obwohl ich gierig Luft in meine Lunge sauge, scheint der Sauerstoff nicht bis zu meinem Gehirn vorzudringen – stattdessen sitzt da nur die nackte Angst.

»Ich kann das nicht.«

Conner schließt seine Hand um meine, während die andere mein Kinn anhebt, sodass ich ihm in die Augen sehen muss. Im Gegensatz zu mir scheint er keinerlei Bedenken zu haben. In dem dunklen Grün erkenne ich nicht den Hauch von Skepsis. »Doch, kannst du.«

Aber nur, weil mir keine Zweifel entgegenblicken, macht es meine eigenen nicht leiser. Panisch schüttle ich den Kopf, stolpere zurück und pralle gegen meine Schwester. »Nein, ich … das war ein Fehler.«

Megan sieht von mir zu Conner, ohne so recht zu wissen, was sie tun soll. Der Takt meines Herzens ist so laut, dass ich nicht hören kann, was sie sagt. Mir wird schwindelig, die Welt verschwimmt, und doch spüre ich, wie wir die Aufmerksamkeit der Festival-Besucher auf uns ziehen. »Ein Fehler«, flüstere ich gerade, da fühle ich, wie mich jemand zur Bank schiebt.

Im Sitzen kann ich immerhin nicht umfallen. Schwer atmend vergrabe ich mein Gesicht in den Händen. Wie bin ich nur auf die Idee gekommen, ich könnte das? Wieso will ich auf eine Bühne, wenn ich schon vor dem Betreten eine halbe Panikattacke bekomme?

»*Unsere Zweifel sind Verräter und häufig die Ursache für den Verlust von Dingen, die wir gewinnen könnten, scheuten wir nicht den Versuch*«, zitiert Megan und hockt sich vor mich. Ihre roten Haare sind zu einem großen Knoten geschlungen, aber das hält ein paar einzelne Locken nicht davon ab, sich in ihrem Nacken zu kringeln.

»Was?«

»Hat das nicht Shakespeare gesagt?«, fragt sie zurück und lächelt mich an, obwohl ich nah dran bin, mich direkt vor ihren Füßen zu erbrechen.

»Ja, aber der war genial, und ich bin …«

»Du hast Angst«, unterbricht Conner mich, hockt sich ebenfalls hin und sieht mir fest in die Augen. »Aber nur weil du Angst hast, bedeutet das nicht, dass du es nicht kannst.«

»Das ist alles ein großer Fehler«, stöhne ich und versuche angestrengt, die Tränen zurückzuhalten.

»Ist es nicht. Mia, sieh mich an.« Ich schüttle den Kopf, doch ich konnte Conner noch nie lange ausweichen. »Du kannst das.«

»Ich stimme dem großen Kerl mit den zu langen Haaren zu«, sagt Megan und lächelt. »Du kannst das.«

Jetzt entkommt mir eine Träne, und ich wische sie weg. »Was, wenn ich es versaue?«

Megan zuckt mit den Schultern, als wäre das die geringste Sorge. »Nichts dann. Niemand außerhalb von Belmont Bay wird es je erfahren, weil hier nur Nerds und alte Menschen vorbeikommen.«

»Hey«, gibt Conner von sich. »Du bist auch hier gelandet.«

Meine Schwester ignoriert das, stattdessen drückt sie meine Hand noch fester. »Du schaffst das, Zuckerstern.«

Ich blicke von ihnen zum Rathaus, in dem das Vorsprechen stattfinden soll. In den letzten Tagen habe ich ununterbrochen meinen Text geübt. Unter der Dusche, mit Conner im Diner, selbst in der Praxis. Der Text ist nicht mein Problem. *Ich* bin mein Problem.

Ein Stöhnen kommt aus meinem Mund. Mir ist völlig klar, dass ich mich von meiner Angst kontrollieren lasse. Aber ich kann es nicht verhindern. Meine Kehle ist so trocken, als hätte ich Kreide geschluckt.

»Mia?«

Conners Stimme sorgt dafür, dass ich nicke. Wenn ich jetzt einfach hier sitzen bleibe, werde ich es ewig bereuen, denn dann weiß ich nie, ob ich es vielleicht hätte schaffen können.

Auf einer Bühne zu stehen, ist das, was ich will. Ich will eine neue Rolle in meinem Leben finden. Und ich will, verdammt noch mal, die beste Lady Macbeth sein, die Belmont Bay je gesehen hat.

Mit neuem Mut erhebe ich mich von der Bank. »Okay. Ich schaff das.«

Megan klatscht begeistert in die Hände, und Conner lächelt mich aufmunternd an, doch unsere Freude ist nur von kurzer Dauer. Denn in diesem Moment betritt jemand die kleine Bühne vor dem Rathaus.

»Ladys und Gentlemen«, beginnt Caroline, wird jedoch direkt von Megan unterbrochen, die laut ruft: »And others!«

Der Königin der Kleinstadt verrutscht nicht einmal das Lächeln. »Ich freue mich, dass ihr auch dieses Jahr so zahlreich unserem Theaterfest beiwohnt!« Sie hält das Mikrofon wie ein Schwert nach oben. Erst als der Applaus abflaut, hält sie es wieder an ihre perfekt geschminkten Lippen. »Dieses Jahr steht ganz im Zeichen der Veränderung. Sie wählen nicht nur das nächste Stück, sondern auch, wer einen Platz in der Riege unserer Schauspielerinnen und Schauspieler erhalten wird.«

»Was meint sie damit?«, kommt es von Megan.

»O nein«, keuche ich.

Caroline hat allerdings keinerlei Erbarmen. »Unser diesjähriges Vorsprechen findet nicht hinter verschlossenen Türen statt, sondern genau hier – auf dieser Bühne!«

»Nein.« Ich falle wieder zurück auf die Bank, bereit, nun doch alles aufzugeben, wofür ich in der letzten Zeit gekämpft habe. Meine Hoffnung ist kurz davor, in Tausende Scherben zu zerspringen.

»Mia, ganz ruhig. Das ändert nichts«, versucht Conner mich zu beschwichtigen.

»Das ändert absolut alles. Ich kann das nicht«, schnaube ich. Jetzt werde ich wütend. Hauptsächlich auf mich selbst. Ich habe mich von diesem naiven Traum leiten lassen, obwohl ich wusste, dass ich es nicht kann. Alle wussten es. Schon immer.

»Sie will dich testen.«

»Das hat sie geschafft. Ich kann da nicht hochgehen«, sage ich entschieden und will losstürmen, aber Conner lässt das nicht zu. Er packt meine Hand. Sein Griff ist so fest und bestimmt, dass ich mich nicht wehre. Erst als er mich an sich zieht, begreife ich, was hier gerade passiert. »Du wirst da hochgehen und wirst dir diese Rolle holen«, knurrt er leise. Nicht bedrohlich, aber es jagt mir ein Schauer über den Rücken. Unbewusst habe ich eine Hand auf seine Brust gelegt, als ob ich ihn von mir wegstoßen oder an mich heranziehen will. Der Geruch von Zitronengras steigt mir in die Nase – und mein Körper scheint sich sonderbarerweise zu beruhigen.

»Wie kannst du dir da so sicher sein?«, flüstere ich erstickt.

Er beugt sich zu mir, so nah, dass seine Haare meine Nasenspitze kitzeln. Seine Lippen sind nur Millimeter von meinen entfernt. Jeder Schlag meines Herzens scheint mich näher an ihn heranzutreiben, bis ich vergesse zu atmen, zu denken. Da sind nur noch er und ich – und die Bühne im Hintergrund.

»Weil ich von der ersten Sekunde an, in der ich dich gesehen habe, wusste, dass du alles kannst. Du bist stark, Mia, stärker als alle hier. Und du wirst diese Rolle bekommen, weil du sie verdient hast.«

Meine Angst lässt mich taumeln, aber mein Wille sorgt dafür, dass ich nicht wieder zurückfalle. Ich schlucke schwer. Dann passiert etwas Seltsames.

Meine Schultern straffen sich. Mit festen Schritten gehe ich zur Bühne. Ich bin nicht mehr Mia. Ich bin Lady Macbeth. Conner und ich wechseln einen letzten Blick, dann betrete ich die Bühne.

Die Rolle hat mich im Griff.

Ich bin nicht mehr Mia, die vor der Tragödie ihrer Vergangenheit davonläuft. Ich bin eine Frau, die sich nicht länger dem System, in das sie hineingeboren wurde, unterwerfen will. Statt Unsicherheit spüre ich nur noch Entschlossenheit und Verbissenheit. Lady Macbeth, nein, *ich* will meinen Mann auf dem Thron sehen. Nicht nur, um ihn zu unterstützen, sondern, um ihn zu lenken. Seine Weichheit und Unentschlossenheit müssen korrigiert werden, und das durch mich.

Weder die Zuschauer noch Caroline nehme ich wahr. Es gibt nur mich, meinen Text und die Rolle, die vollständig von mir Besitz ergriffen hat.

»Wer darf was anders glauben, wenn unsers Grames lauter Schrei ertönt bei seinem Tode?«, schließe ich.

Meine Stimme verklingt, und für zwei Herzschläge ist es vollkommen ruhig. Erst jetzt wird mir bewusst, dass die ganze Stadt mich anstarrt. Dann bricht der Applaus los. Ein unkontrolliertes Lachen entkommt meinem Mund, und ich schlage die Hände davor. Meine Wangen beginnen sofort zu glühen, doch nicht vor Scham. Vor Freude.

Ich habe es geschafft.

Ich habe vorgesprochen.

Ich …

»Herzlichen Glückwunsch, Mia.« Caroline macht einen Schritt auf mich zu. »Ich wusste, du würdest mich nicht enttäuschen.«

»Heißt das …«

»Ich denke, die Reaktion des Publikums spricht für sich, wenn ich sage: Willkommen am Belmont-Bay-Theater.«

Ich kreische vor Freude laut auf und umarme Caroline so überschwänglich, dass diese zurücktaumelt.

»Danke«, flüstere ich erstickt gegen ihren parfümierten Hals.

»Kein Grund, sich zu bedanken, Mia«, meint sie unwirsch und schiebt mich von sich. »Die Rollen gehen an die, die sie verdienen.«

»Trotzdem. Tausend Dank.«

»Runter von meiner Bühne, jetzt bin ich wieder dran«, sagt sie, doch es klingt nicht halb so scharf wie sonst. Nickend drehe ich mich um, entdecke Conner am Rand des Podiums und denke nicht weiter drüber nach. Unsere Blicke finden einander. In seinem spiegelt sich alles, was ich auch fühle. Die pure Euphorie und dieser Wunsch, sie zu teilen.

Ich springe von dem Holzpodest, direkt in seine Arme. Er fängt mich mühelos auf, stützt mich und lässt mich langsam vor seine Füße gleiten. Gerade will er etwas sagen, aber dazu lasse ich ihn nicht kommen.

Ich ziehe ihn an mich und presse meine Lippen auf seine.

Und plötzlich stehen wir wieder im tosenden Applaus.

CONNER

Ihr Kuss macht mich süchtig.

Ich bin verloren – und das Schlimmste ist, dass ich nichts daran ändern will. Sie hat ihre Hände in meinen Haaren vergraben, während meine ihre Hüften umfassen. Alles in mir schreit nach mehr. Mehr Zeit, mehr Mia.

Ihre weichen Lippen lösen sich langsam von mir. Ihre Wangen sind rot vor Aufregung, doch das Lächeln ist noch immer da. Meine Kehle fühlt sich plötzlich rau an. »Du warst unglaublich.«

Sie will gerade etwas sagen, aber Megan kommt ihr zuvor.

»Was zur Hölle, kleine Schwester!«, ruft sie lachend aus und schüttelt den Kopf.

»Ich …« Mia scheint nicht so recht zu wissen, wie sie darauf reagieren soll.

Doch wenn ich ehrlich bin, weiß ich es auch nicht. Was ist da gerade passiert? Wieso hat sie mich geküsst?

»Ihr hättet mich wirklich vorwarnen können, bevor ihr in aller Öffentlichkeit rummacht«, fährt Megan fort und grinst.

»Wir haben nicht rumgemacht«, entfährt es Mia kleinlaut, und jetzt laufen auch ihre Ohren rot an. »Das war nur ein kleiner Kuss.«

»Das kannst du dir schön einreden, aber mir machst du nichts vor«, sagt Megan süffisant, während sie mich fixiert. »Wenn du ihr wehtust, schleppe ich dich ins Moor.«

Ich räuspere mich. »Okay.«

Megan zieht ihre Schwester zu sich. »Ich bin stolz auf dich. Du hast die Bühne gerockt und dir gleich danach ein Groupie geschnappt. Vielleicht hatte ich doch einen guten Einfluss auf dich.«

»Erzähl das bloß nicht unserer Mom«, murmelt Mia, die noch immer nicht ganz zu wissen scheint, wie sie sich nun verhalten soll.

Da sind wir schon zwei. Ich habe plötzlich keine Ahnung mehr, was ich mit meinen Händen machen soll.

Ein Tourist rempelt mich an und sorgt so dafür, dass ich mich zumindest ein bisschen aus meiner Schockstarre lösen kann. Megan hat sich bei Mia untergehakt und zieht sie von der Bühne weg, auf der jemand gerade die wohl schlechteste Interpretation eines Romeos darbietet, die ich je gesehen habe. Ich beeile mich, hinterherzukommen. Sie steuern zielsicher den Zuckerwattestand an, an dem Chris bereits mit zwei großen rosafarbenen Wolken am Stiel wartet.

»Tut mir leid, dass ich mich verspätet habe«, meint er und sieht entschuldigend von Mia und Megan zu mir.

»Sollte es auch, du hast eine großartige Schauspielerin verpasst.«

Die beiden Schwestern greifen zu, ohne zu zögern. Einen Moment frage ich mich, warum ich keine Zuckerwatte bekomme. Allerdings kann ich mich darüber nicht beschweren. Oder bilde es mir zumindest ein. Verdammt, ich glaube, ich habe sie gerade verträumt angesehen und dabei gelächelt.

»Megan, jetzt übertreib nicht«, murmelt Mia kleinlaut.

»Tut sie nicht«, springe ich ein und lächle. Schon wieder. Ich muss wirklich aufpassen, dass das nicht zur Gewohnheit wird. »Du warst großartig.«

Chris zwinkert. »Ich bin sicher, ich kann dein Talent beim nächsten Stück bewundern.«

Mit einem stummen Lächeln nickt Mia, als wisse sie noch nicht, wie sie mit all dem Lob und Zuspruch umgehen soll.

Megan verdreht die Augen und wechselt ihre Position von Mia zu Chris. »Wir lassen euch zwei Täubchen jetzt allein.«

»Tun wir das?«, fragt Chris sichtlich verwirrt.

»Jupp.«

»Megan, wieso …«, setzt Mia an, wird jedoch gleich wieder von ihrer Schwester unterbrochen.

»Du weißt genau, wieso.« Und mit diesen Worten zieht Megan Chris davon, der nicht einmal auf die Idee kommt, sich zu wehren.

Verdenken kann ich es ihm nicht. Immerhin stehe ich selbst unter dem Bann einer der Rain-Schwestern.

Mia tritt unruhig von einem Fuß auf den anderen. Ich fahre mir durch die Haare, unsicher, ob ich etwas ansprechen soll oder sie einfach an mich ziehe, damit ich die Zuckerwatte auf ihren Lippen schmecken kann.

»Du warst …«

»… großartig?«, fragt Mia mit einem hämischen Unterton, den ich noch nicht kenne. »Das hast du schon erwähnt, so ungefähr zehn Mal.«

»Es waren höchstens fünf.«

»Bist du sicher?«

»Nein.«

Sie lacht auf, was mich erleichtert, denn ich kann diese Anspannung zwischen uns nicht deuten. Es ergibt keinen Sinn, und doch fühle ich mich, als hätte nichts in meinem Leben mehr Sinn ergeben als Mia. Vielleicht werde ich langsam, aber sicher noch crazy.

Wir schlendern vorbei an den bunten Buden mit Angeboten voller überteuerter Bücher von Shakespeare und den Schießständen. Für den Bruchteil einer Sekunde denke ich darüber nach, ob ich ihr einen Teddybären oder etwas anderes wahnsinnig Kitschiges schießen soll. Allerdings hält meine Unfähigkeit, eine Waffe auch nur zu halten, mich von diesen Gedanken gleich wieder ab. »Worüber denkst du nach?«

Irritiert blicke ich Mia an. »Wer sagt denn, dass ich an etwas denke?«

»Die tiefe Falte auf deiner Stirn.«

»Willst du gehen?«, frage ich, statt ihr zu antworten. Mia sieht über ihre Schulter, dann steckt sie sich etwas Zuckerwatte in den Mund und nickt. »Ich würde gern zum See gehen.«

»Okay.«

Wir biegen um die Ecke, weg von dem bunten Treiben des Festivals und in Richtung See. Mia wirft den hölzernen Stab ihrer Zuckerwatte weg, doch auf ihren Lippen schimmert immer noch der Rest des Zuckers. Mit jedem Schritt, den wir uns von dem bunten Treiben entfernen, klopft mein Herz lauter.

Ich schiebe mir die alten Turnschuhe von den Füßen und spüre den feinen Sand zwischen den Zehen. Mia tut es mir gleich. Für ein paar Herzschläge stehen wir einfach nur da und blicken auf den dunklen See, in dem sich die Sichel des Mondes spiegelt.

»Mia, ich bin nicht gut in diesen Dingen, aber …«, setze ich an, weil die Stille zwischen uns mir keine Ruhe lässt.

»Dann lass es.«

»Was?«

»Ich …« Sie beißt sich auf die Unterlippe. »Es war der Moment, der mich überwältigt hat.«

»Dann hat eigentlich Lady Macbeth mich geküsst?«

»Nein. Aber eine Mia, von der ich noch nicht weiß, ob sie wirklich bereit dafür ist, dich zu küssen, obwohl ich ständig daran denke«, gesteht sie.

»Hm«, mache ich. Wobei ich versuche, nicht zu zeigen, wie sehr dieses Geständnis dafür sorgt, dass mein Körper sich anspannt und mein Herz sich überschlägt.

»Du tust es schon wieder.«

»Was denn?«

»Grübeln.«

Ich wende mich ihr zu. Das Mondlicht lässt ihre blasse Haut noch heller erscheinen, nur das ungewöhnliche Braun ihrer Augen wirkt dunkel wie ein Meer vor einem Sturm.

»Willst du, dass ich weniger grüble?«, frage ich und kann nicht verhindern, dass ein Hauch von Herausforderung in meiner Stimme mitschwingt. Mia sieht mich skeptisch an, lässt jedoch zu, dass ich ihr die Tasche von der Schulter streife.

»Was hast du vor?«

Statt ihr zu antworten, hebe ich sie hoch. Ohne ihr die Zeit zu geben, sich zu wehren, laufe ich in den See hinein.

Vor Überraschung quietscht Mia auf, umklammert jedoch aus Reflex meinen Hals, als hätte sie Angst, ich würde sie einfach ins Wasser werfen. Die Kälte des Gewässers sorgt dafür, dass ich die Luft anhalte. Erst als ich bis zur Hüfte im Wasser stehe, lasse ich Mia herunter. Diese ist alles andere als begeistert von meiner Spontaneität. So jedenfalls deute ich das Wasser, das sie mir mitten ins Gesicht spritzt.

»Verdammt, Conner«, ruft sie aus, doch das Lachen in ihrer Stimme verrät mir, dass sie nicht wirklich wütend ist.

»Du kannst nicht in Belmont Bay leben, ohne am letzten Sommertag schwimmen zu gehen«, erkläre ich notdürftig und wische mir das Seewasser aus den Augen.

»In meinem Kleid?«

»Es wäre doch etwas übergriffig gewesen, es dir auszuziehen.«

Mia lacht und schüttelt den Kopf, sodass Wasserperlen von ihrem Haar zurück in den See fallen und kleine Wellen erzeugen, die im Nachtlicht schimmern wie Silber.

»Sie wollen also schwimmen, Mr Rosenberg?«

Ich nicke nur, denn sie ist so schön, dass ich Angst habe, diesen Moment mit zu vielen Worten kaputt zu machen. Aber das scheint Mia nicht zu stören, stattdessen schwimmt sie vor. Durch den Schwung ihrer Füße trifft mich ein weiterer Schwall Wasser mitten ins Gesicht. Doch ich beklage mich nicht, sondern schließe zu ihr auf.

Ihren Vorsprung habe ich schnell eingeholt. Bei Mia sieht die Schwimmbewegung wesentlich eleganter aus als bei mir. Sie blickt zur Seite, wartet, bis ich direkt vor ihr bin. Wir haben längst den Boden unter den Füßen verloren.

»Mia«, kommt ihr Name über meine Lippen, ohne dass ich sagen kann, was ich eigentlich sagen will. Das ist auch gar nicht nötig. Sie kommt näher.

»Du verwirrst mich, Conner«, gesteht sie lächelnd. »Aber irgendwie gefällt es mir, von dir verwirrt zu werden.«

»Das beruht auf Gegenseitigkeit – und wenn es dir hilft, ich bin jederzeit bereit, dich zu küssen.«

Sie lacht. »Das ist wirklich sehr beruhigend.«

»Ich tue, was ich kann.«

Ihre kühle Haut trifft meine, entfacht inmitten des Sees ein Feuer in meiner Brust. Es gibt nur noch uns, das kühle Wasser, die silbrigen Wellen und den Mond über uns. Für einen Sekundenbruchteil schieben sich Wolken vor den Mond, tauchen ihr Gesicht in Schatten und verbergen jeden Zweifel. Sie legt ihre Arme um meinen Hals, zieht mich näher zu sich.

»Vielleicht hab ich nur Angst, was passiert, wenn ich einfach das tue, was ich will«, haucht sie an meine Lippen.

»Sind es nicht immer die Dinge, die wir am meisten wollen,

die uns die größte Angst machen?«, frage ich zurück, weil ich ihre Verwirrung verstehe. Ihre Angst. Die Zerrissenheit, was richtig ist und was nicht.

Mit einer Hand fährt sie langsam von meiner Wange zu meinen Lippen. Obwohl jede ihrer Berührungen leicht wie eine Feder ist, fühlt es sich dennoch an, als würde ein Sturm in mir toben. In meinem ganzen Leben wollte ich nie jemanden so sehr, wie ich Mia will. Ihre weichen Lippen treffen meine. Erst nur zögerlich, dann fordernd. Mein Mund öffnet sich wie von selbst, überlässt ihr die Führung und wartet sehnsüchtig darauf, dass sie mehr gibt. Ich hätte sie am liebsten näher an mich gezogen, doch meine Arme sind damit beschäftigt, uns beide über Wasser zu halten.

Jeder Herzschlag führt sie näher zu mir. Meine Augen schließen sich von selbst, sodass Mia nun vollständig die Kontrolle über mich hat. Die Bilder der vergangenen Tage rasen durch meinen Kopf, und ich genieße das Gefühl ihres Körpers, der sich an meinen schmiegt.

In meinem Kopf ist alles still. Ein leises Knurren kommt über meine Lippen, als ihre Hände von meinem Hals über meine Brust wandern, doch gerade als ich glaube, sie würde spüren, wie sehr ich sie will, rückt sie plötzlich von mir ab.

»Wer als Erstes am Ufer ist«, ruft sie mir zu, während sie schon dabei ist, wieder zurückzuschwimmen.

Ich bin viel zu perplex, um ihr sofort zu folgen. Das Blut muss erst wieder in meinem Kopf ankommen, ehe ich ihre Aufforderung verstehe.

Ohne ihre Wärme wird mir plötzlich bewusst, wie kalt das Wasser wirklich ist. Keuchend und zitternd komme ich am Ufer an. Mia ist bereits dabei, den Saum ihres Kleides auszuwringen.

»Das war unfair«, sage ich anklagend.

»Ich musste mir einen Vorteil verschaffen«, wehrt sie leichthin ab. Zitternd reibt sie sich über die Arme, bevor sie zu ihrer Handtasche geht.

»Und welche Mia bist du jetzt?«

Sie dreht sich halb zu mir um und legt den Kopf schief. »Ich bin eine nasse Mia.«

»Wenn es *diese* Mia beruhigt, ich bin jederzeit bereit für eine Wiederholung.« Der Satz war als Witz gemeint, doch sobald die Worte aus meinem Mund gestolpert sind, fühlt es sich schrecklich falsch an.

»Möglich, dass ich auch nicht abgeneigt bin.«

»Dann hat sich die Verwirrung gelegt?«

»Nein. Sie ist sogar noch stärker geworden, aber ich bin mir nicht sicher, ob das gut oder schlecht ist. Etwas in mir ist noch immer ziemlich kaputt, und ich habe Angst davor, was passiert, wenn ich mich jemandem öffne, obwohl einige Wunden noch bluten. Ergibt das Sinn?«, flüstert Mia. Sie blickt auf den See. Die Leichtigkeit von eben ist verflogen. Jetzt sind wir nur noch zwei nasse Verwundete, die im frühen Herbstwind am See stehen.

»Es ergibt viel mehr Sinn, als du glaubst«, sage ich, wobei ich näher an sie herantrete. Die plötzliche Distanz zwischen uns ist mir zu viel. »Ich bin auch nicht gerade gut darin, mich zu öffnen.«

Die Andeutung eines Grinsens zuckt über ihr Gesicht. »Ist mir noch gar nicht aufgefallen.«

»Mia, ich will nur, dass du weißt …« In meinem Kopf kreisen die Wörter, doch sie wollen sich nicht zu richtigen Sätzen formen. »Du hast es in der Hand, okay? Ich will nichts tun, das du nicht auch willst. Und wenn es dir zu viel wird, dann …«

»Conner«, unterbricht sie mich, sieht mich an mit diesem Blick, dieser Sehnsucht und der Angst dahinter. Dieser unendlichen Angst, wieder verletzt zu werden.

Ich halte es nicht mehr aus, will wieder zurück zu diesem magischen Moment im Wasser.

Mit einer Hand ziehe ich sie zu mir. Ihr zierlicher Körper drückt sich gegen meinen, ohne zu zögern, während ich die andere Hand in ihrem Haar vergrabe. Doch meine Lippen warten darauf, dass sie mir das Signal gibt, dass sie bereit dafür ist.

Mias glänzender Blick trifft meinen. Dann überwindet sie die letzten Millimeter, küsst mich, und meine Welt hört auf, sich zu drehen.

Der Zucker auf ihren Lippen und der Hauch des Sees wecken eine Sehnsucht in mir, die ich noch nie gespürt habe. Jeder klare Gedanke wird von ihrem Geschmack ausgelöscht. Ihre Hände wandern langsam über meine nasse Brust, meinen Hals. Das Prickeln in meinem Inneren wandelt sich zu einem Feuer, das ich nur mit Mühe in Schach halten kann.

Irgendwie landen wir im kühlen Sand, ohne den Kuss zu unterbrechen.

Selbst als wir uns atemlos voneinander lösen, kann ich nicht aufhören, sie anzusehen. Einen Moment lang gibt es nur uns, den See und die Sehnsucht. Doch die heimtückische Kälte sorgt dafür, dass wir uns wieder voneinander lösen.

Rückblickend betrachtet war es nicht beste Idee, in Klamotten baden zu gehen. Mia greift nach ihrer Handtasche. »Wie spät ist es?«

»Ist das wichtig?«

»Irgendwie schon, nicht dass Megan noch einen Suchtrupp nach mir aussendet.«

»Guter Punkt.«

Mia greift nach ihrem Handy.

Sofort verkrampft sie sich. Sie springt auf, schüttelt den Sand und die Tropfen ab, als könne sie damit auch unseren Kuss loswerden. Das kalte Licht des Displays lässt auch den letzten Zauber verfliegen.

»Ich muss gehen.«

Perplex blinzle ich und sehe sie an, ohne dass ihre Worte Sinn für mich ergeben.

»Soll ich dich fahren?«, bringe ich irgendwie hervor, bleibe aber im Sand sitzen, ohne mich zu regen.

»Nein.«

»Was ist los?«

»Nichts.«

»Mia?«

Sie sieht mich an, und im gleichen Augenblick wünsche ich mir, sie hätte es nicht getan. Da, wo eben noch Leidenschaft und Feuer gebrodelt haben, sitzt nun eisige Angst. »Ich geh jetzt.«

»Mia, warte. Was ist los? Hat Megan dir geschrieben?«

Ihr Kopfschütteln ist fast noch schlimmer als die Angst in ihren Augen. »Es war ein Fehler, ich hätte nicht so weit gehen sollen.«

»Mia, jetzt verwirrst du mich auf eine andere Art. Bis eben war noch alles in Ordnung. Wer hat dir geschrieben?«, murmle ich fast flehend.

»Das geht dich nichts an«, gibt sie trotzig zurück und schüttelt den Kopf. Ich habe keine Ahnung, ob sie wegen der Kälte zittert oder ob etwas anderes die Ursache ist.

»Wenn du es mir nicht sagen willst, okay. Die Entscheidung muss ich akzeptieren, ob es mir gefällt oder nicht. Aber gib mir nicht das Gefühl, dass all das hier ein Fehler war.«

»Und wenn es doch einer war? Meinst du wirklich, dass wir zusammen sein können? Mehr als nur Freunde?«

»Ja.« Das Wort kommt mir wie selbstverständlich über die Lippen, ohne dass ich auch nur darüber nachdenke. »Und du denkst es auch, sonst wäre das eben zwischen uns nicht passiert.«

Sie schnaubt. »Wenn es doch so einfach wäre. Ich wollte dich, will dich vielleicht immer noch, aber das ändert nichts daran, dass es nicht klug war …« Ihre Stimme bricht.

»Tu das nicht, Mia, versteck dich nicht wieder vor mir.«

»Das mache ich nicht.«

»Ach nein?«

»Nein.«

»Dann sag mir, was in der Nachricht stand, die dich offenbar dazu bringt, wieder wegzulaufen«, brumme ich und stolpere einen Schritt zurück.

»Nein.«

»Warum willst du es mir nicht sagen?«

»Weil …« Sie schüttelt den Kopf. »Ich gehe jetzt.«

»Mia, warte …« Ich will ihr hinterherlaufen, doch dann merke ich, dass sie ihre Schuhe bereits in der Hand hält.

»Nein.«

Mit leiser Panik beginne ich, nach meinen eigenen zu suchen, aber da ist sie bereits so weit von mir entfernt, dass ich nur noch ihren Namen rufen kann. »Mia!«

»Lass mich in Ruhe, Conner! Bitte. Ich kann gerade nicht mit dir reden.«

Ihre Worte sind wie eine Ohrfeige. Ich bleibe im Sand sitzen, ohne zu verstehen, was gerade passiert ist. Aber zum ersten Mal in meinem Leben bekomme ich eine Ahnung davon, was es bedeutet, wenn einem das Herz gebrochen wird.

26

MIA

»Guten Morgen, unartige kleine Schwester.«

Ich rolle stöhnend mit den Augen, während das Sofa unter mir quietscht. Der einzige Grund, warum ich Megan nicht den Rücken zudrehe, ist die Tatsache, dass sie einen heißen Kaffee in der Hand hält und ihn mir reicht.

»Wer von uns wohl unartig war«, brumme ich verschlafen und kann ein langes Gähnen nicht unterdrücken.

»Falls du damit mich und Chris meinst, kann ich dir versichern, dass es nicht halb so heiß herging wie bei euch. Am See, Mia? Also wirklich.«

Megan macht diese Sache mit ihren Augenbrauen, die sie vor meinem geistigen Auge immer in ein schmutziges GIF verwandelt.

»Weiß es schon die halbe Stadt?«, frage ich gequält. Am liebsten würde mich wieder unter der Bettdecke verkriechen, ohne je wieder herauszukommen.

»Du kannst jemanden wie Conner nicht in der Öffentlichkeit küssen und dann erwarten, dass niemand zusieht.«

Ich verziehe das Gesicht und reibe mir über die Stirn. »Mist.«

Meine Schwester scheint allerdings keine Notwendigkeit darin zu sehen, das Thema fallen zu lassen. »Also, romantisches Geknutsche am See?«

Stöhnend drücke ich mir eins der Kissen ins Gesicht. »Nein.«

»Was soll das heißen, nein?« Megan nimmt mir das Kissen wieder weg. Sie sieht ehrlich empört aus.

»Dass ich nicht darüber reden will.«

Drohend hebt sie einen Finger und erinnert mich dabei so sehr an unsere Mutter, dass ich unter anderen Umständen gelächelt hätte. »Komm mir jetzt nicht so. Ich lass dir vieles durchgehen, aber du kannst jetzt nicht einfach nichts sagen.«

»Ich will aber nicht darüber reden.«

Leider sorgt dieser Satz nur dafür, dass Megan noch aufmerksamer wird. »Was ist passiert?«

»Nichts.«

»Mia, manchmal machst du mich kirre«, schnaubt sie.

Mit knackenden Knien stehe ich vom Sofa auf und nuschle in meine Kaffeetasse: »Das beruht auf Gegenseitigkeit.«

In der Hoffnung, diesem Gespräch zu entgehen, führt mein Weg mich in die Küche. Allerdings lassen sich Schwestern nicht so einfach abschütteln.

»Hattet ihr Streit?«, fragt Megan weiter.

Einen Moment halte ich inne. Die Gedanken an den gestrigen Abend lösen eine erneute Welle aus. »So würde ich es nicht sagen.«

An den Türrahmen gelehnt, sieht Megan mich an. »Sondern?«

Geschlagen setze ich mich an den Küchentisch. Die Tasse in meiner Hand wird langsam kalt, und auch der Kaffee ist bestenfalls noch lauwarm. Dennoch nehme ich einen großen Schluck, ehe ich antworte: »Wir haben uns geküsst.«

Megan stöhnt. »Ich weiß, ich war dabei.«

»Nein, so richtig.«

Nun wandert eine ihrer Augenbrauen nach oben. »Du meinst, ihr habt rumgemacht.«

»Aus deinem Mund klingt das wie ein schmutziger Film.«

»Jeder Film ist schmutzig, wenn man ihn aus dem richtigen Blickwinkel betrachtet.«

»Na schön. Also, ja. Wir haben rumgemacht. Bist du jetzt zufrieden?«

»Fast. Und warum hat er dir zehn Nachrichten hinterlassen?«

Bevor ich auch nur die Chance habe, sie fragend anzusehen, legt sie mein Handy vor meiner Nase ab. Ich schlucke, ziehe mein Handy vom Tisch und betrachte kurz das Display.

Conners Name leuchtet mir ebenso entgegen wie mein schlechtes Gewissen. Ich habe ihn einfach stehen lassen. Obwohl ich bereits nass und frierend den Heimweg angetreten habe, komme ich mir noch immer so vor, als müsste ich immer mehr dafür büßen. Es war dumm. Einfach alles daran war dumm. Ich hätte ihn nicht küssen dürfen, ich hätte nicht mit ihm schwimmen dürfen und nicht …

»Ich hab Panik bekommen«, platzt es aus mir heraus.

Megan überlegt einen Moment, dann setzt sie sich zu mir. »Warum?«

Ich schlucke schwer, denn eigentlich ist das noch viel schlimmer, als mit Megan über meine Nicht-Beziehung und das Nicht-Date zu reden. »Wir sind nur Freunde.«

»Nein, Zuckerherz. Chris und ich sind *nur* Freunde. Conner und du, ihr seht euch ständig an wie verliebte Teenager«, erklärt sie ernst.

Damit ich nicht darauf eingehen muss, versuche ich, geschickt abzulenken. »Ist dir mal aufgefallen, wie *Chris* dich ansieht?«

Sie winkt gelassen ab. »Ja, dann haben wir uns geküsst und einen Lachanfall bekommen, weil es war, als würde ich meinen Cousin küssen.«

»Autsch.«

»Halb so wild, außerdem lenkst du ab.«

Verdammt.

»Kann ich nicht wenigstens meinen Kaffee trinken, bevor du dich in mein Privatleben einmischst?«

»Welches Privatleben? Du schläfst auf meinem Sofa, und deine Handy-PIN ist Moms Geburtstag.«

»Wie dein Cousin?«, frage ich, weil mir der Gedanke immer noch keine Ruhe lässt.

»Der schlimmste Kuss meines Lebens. Keine Funken, keine

Leidenschaft. Aber eine solide Technik, das muss ich ihm lassen.« Ihr Lächeln nimmt den Worten die Schärfe, doch es lässt keinen Zweifel daran, wie ernst sie es meint.

»Du bist unmöglich.«

»Nein, aber ehrlich. Und auch wenn du es nicht hören willst, du solltest dich vielleicht bei Conner entschuldigen.«

»Vielleicht ist es besser, wenn wir etwas Abstand bekommen«, wehre ich ab.

»Sagst du das, weil du es wirklich glaubst oder weil dir etwas Angst macht und du nicht willst, dass jemand erkennt, was es ist?«

»Musst du den Finger immer mitten in die Wunde legen?«, stöhne ich auf und lasse den Kopf auf den Tisch sinken.

»Ich bin nicht unbedingt die empathischste Person der Welt, Mia, aber ich weiß, dass Kevin dich angerufen hat. Die Nachrichten. Die Mails. Er stalkt dich schon fast.«

Unwillkürlich klappt mir der Mund auf. »Spionierst du mir nach?«

Megan legt den Kopf schief. »Das war gar nicht nötig. Ich weiß, ich wiederhole mich, aber du kannst seine Nummer blockieren lassen, wenn du schon kein neues Handy willst.«

Ich verkrampfe mich. »Ich weiß.«

»Aber? Glaub mir, ich möchte wirklich verstehen, warum du dir das freiwillig weiterhin antust.«

Am liebsten würde ich einfach nichts sagen. Es ignorieren, wie ich es in den letzten Wochen immer wieder getan habe. Doch da ist auch noch ein anderes Gefühl in mir. Ein kleiner Funke, der Angst davor hat, zu einem Feuer zu werden. Ich habe so lange geschwiegen. So viele Monate, Jahre. Vielleicht fehlt mir auch einfach die Kraft, weiterhin zu schweigen. »Mir ist klar, dass es völlig absurd klingt, aber solange er mir Nachrichten schreibt, weiß ich, dass er noch nicht herausgefunden hat, wo ich bin. Es gibt mir den winzigen Hauch des Gefühls, dass ich die Kontrolle habe. Und ich weiß, dass ich loslassen muss. Okay? Ich weiß es. Aber gerade schaffe ich das noch nicht.«

»Aber es tut dir weh. Ich seh doch, wie sehr es dich mitnimmt, jedes Mal wieder.«

Ich schließe kurz die Augen. »Ja, aber wenn ich es nicht mehr sehe, fühlt es sich an, als hätte ich ein Monster auch noch unsichtbar gemacht. Und keine Chance mehr, einen Angriff vorherzusehen.«

Für ein paar Wimpernschläge denkt Megan nach. »Verstehe.«

»Tatsächlich?«

Erst nickt sie, dann schüttelt sie den Kopf, nur um gleich darauf wieder zu nicken. »Zumindest gebe ich mir Mühe, dich zu verstehen, Zuckerherz. Aber auch wenn du es nicht mehr hören kannst: Wir sollten zur Polizei gehen.«

»Du hast recht«, sage ich und stehe wieder auf. »Ich kann es nicht mehr hören.«

27

CONNER

Ich muss die Augen schließen, um mir das Gesicht von Caren vorstellen zu können. Sie ist schon so lange fort, dass die Erinnerung an sie immer mehr verblasst.

Jeden Tag verschwinden Menschen.

Überall auf der Welt.

In einem Moment sind sie noch Teil deines Lebens. Sie haben ein Leben, eine Zukunft – und dann werden sie verschlungen. Es gibt keine Spuren, keine Anhaltspunkte. Nur die vage Hoffnung, dass sie irgendwann doch wieder auftauchen. Man hofft auf ein Wunder.

Ich bin mir nicht mehr so sicher, ob ich wirklich noch hoffe.

Aber das Schlimmste ist, dass ich vor einem leeren Grab stehe. Auch wenn ich selbst nicht sonderlich gläubig bin, hänge ich doch an einigen jüdischen Traditionen. Caren hat nie eine Totenwache bekommen. Es gab keine Kerze, die neben ihrem Haupt angezündet wurde. Kein brennendes Licht, das auf ihre Seele hinweisen konnte. Kein letztes Gebet, bevor ihre Seele hinausgelassen wird. Denn Caren kam nie nach Hause, weder tot noch lebendig. Ich glaube nicht an Geister, und dennoch werde ich von einem verfolgt.

Der graue Stein vor mir trägt ihren Namen, doch hat er keinerlei Bedeutung. Sie ist nicht hier. Wir konnten sie nicht begraben, ihr nicht die Totenruhe geben, die sie verdient.

Unruhig lasse ich die Steine zwischen meinen Fingern kreisen, ehe ich sie auf den Grabstein lege. Diesen alten Brauch kenne ich nur von Mutter, die mir erklärte, dass vor vielen Tausend Jahren und noch dazu in der Wüste kaum polierte Marmorplatten für die Gräber der Verstorbenen auffindbar waren. Stattdessen gab es Steinhaufen, um die Stelle zu markieren, an denen die Liebsten für die Ewigkeit ruhen sollten. Bei jeder Beerdigung brachten Freunde oder Verwandte einen Stein mit, um das Grab zu bedecken und ihre Trauer auszudrücken. Und jetzt ist es zu einem Brauch geworden. Jeder kleine Stein markiert einen Tag, an dem ich hier stehe und wieder mit leeren Händen komme. Wieder dabei versagt habe, sie nach Hause zu holen.

Und heute fühle ich mich gleich doppelt wie ein Versager, denn Mia hat mir noch immer nicht geantwortet, und ich habe Angst, eine Grenze zu überschreiten, wenn ich ihr noch einmal schreibe. Noch eine Grenze.

Frustriert schiebe ich die Hände in die Hosentaschen. Dann drehe ich mich weg, ohne all die Fragen in meinem Kopf auszusprechen. Mia dieses Geheimnis von Caren verraten zu haben, sorgt dafür, dass ich mich auf seltsame Art nackt fühle. Gerade will ich den Friedhof verlassen, als ich in Chris hineinlaufe. Er hat einen Strauß Sonnenblumen in der Hand. Die letzten des Jahres, denn schon bald wird sich die Farbenpracht in nichts auflösen. Eine kalte, graue Welt. Das ist es, was wir zu erwarten haben. »Was machst du hier?«, frage ich, obwohl ich die Antwort längst kenne. Es gibt nicht viele Menschen aus Belmont Bay, die ihre ewige Ruhe auf diesem Friedhof finden sollten.

»Ich wollte nur …« Chris zuckt hilflos mit den Schultern. »Blumen auf das Grab legen. Um ehrlich zu sein, bin ich eher erstaunt, dich hier zu sehen.«

»Ich stehe eben nicht gern an einem leeren Grab«, brumme ich und bereue spätestens jetzt, dass ich überhaupt hergekommen bin.

Da Belmont Bay keine große Gemeinde hat, liegt der jüdische Friedhof auf halbem Weg nach Boise. Früher war ich gern hier, auch wenn es absurd klingt. Da hatten die Grabsteine noch eine andere Bedeutung für mich.

»Und doch bist du hier«, reißt Chris mich aus meinen Gedanken. Meine Zähne pressen sich zusammen. »Hm«, mache ich, unschlüssig, ob es zustimmend oder ablehnend sein soll.

Chris lässt die Blumen in seiner Hand sinken. »Was ist passiert?«

Ich will nicht darüber reden, und eigentlich bin ich hierhergekommen, um nicht daran denken zu müssen. »Nichts.«

»Conner, wir kennen uns zu lange, um dieses Spiel zu spielen«, meint Chris in diesem widerlich freundlichen Ton, der in mir das Bedürfnis weckt, ihn boxen zu wollen. Ich verdrehe die Augen. »Gefühle sind ein Arschloch, denn ich fühl mich, als hätte ich jemanden verraten.«

»Moment, wen hast du verraten – Caren?«

»Wen denn sonst?«

»Ich sag's dir ja nicht gern, aber das ist Bullshit. Obwohl, doch, das sage ich dir gern.«

»Nicht hilfreich, Chris.«

Chris nickt. »Dann sag ich es mal anders, es ist gut, dass du Mia von Caren erzählt hast, ehe es der Stadttratsch tut, und es ist auch gut, dass du deine Gefühle jetzt nicht nur in dich hineinfrisst.«

»Ach ja?«

»Ja, es ist besser, wenn wir dir alle sagen können, dass deine Version der Geschichte …«

»Meine Version?«, echoe ich grimmig. »Es gibt nur eine beschissene Version.« Ich merke, dass ich an einem Ort der Stille viel zu laut bin. Doch ich kann nicht anders. Meine Gedanken wirbeln herum, als hätte ein Wirbelsturm alles in meinem Inneren auseinandergerissen.

»Was für Scheiße hast du gestern gebaut?«

»Ich bin nicht sicher. Wir haben uns geküsst, waren schwimmen, und dann hat sie mich sitzen lassen«, platzt es aus mir heraus, weil ich genau weiß, dass es nichts bringt, es Chris zu verschweigen. Diese Stadt ist zu klein für Geheimnisse.

Mein Freund braucht einen Moment, ehe er antwortet. Verdenken kann ich es ihm nicht, mir wäre es auch lieber, einfach den Mund zu halten. »Das ist echt hart.«

»Danke, ist mir aufgefallen. Sie hat eine Nachricht bekommen, und plötzlich hat sie mich angesehen, als wäre ich jemand anderes«, gebe ich zurück und will mich an ihm vorbeischieben, doch Chris hält mich auf.

»Okay, offenbar hat dich das mehr mitgenommen, als ich gedacht habe. Wenn du willst, können wir uns …«

»Ich bin nicht mitgenommen, ich bin wütend«, unterbreche ich ihn unwirsch.

Chris hebt die Hände, als wollte er mir signalisieren, dass er nicht vorhat, mich aufzuhalten. »Auf wen?«, will er wissen.

Ich schnaube, wische mir über die Nase und blinzle in die Herbstsonne. »Diese Welt? Diese verdammte Stadt? Darauf, dass ich offenbar etwas getan habe, das ich nicht tun sollte? Darauf, dass ich nicht weiß, was ich jetzt tun soll?« Grollend trete ich gegen einen Baum, nur um dann zu fluchen und festzustellen, dass es mich nur noch wütender gemacht hat. Außerdem schmerzt jetzt mein Zeh.

»Okay, beruhig dich«, sagt Chris, der offenbar doch nicht so viel Geduld hat, wie ich immer dachte.

»Ich bin ruhig.«

»Davon merke ich leider nichts.«

»Ich …« Meine Stimme verliert sich. »Ich bin einfach müde.«

»Hast du schon mit ihr gesprochen?«

Schmerzlich verziehe ich das Gesicht. »Sie hat auf keine meiner Nachrichten geantwortet.«

»Dann gib ihr etwas Zeit.«

»Was glaubst du, was zur Hölle ich hier gerade mache?«, schnaube ich, aber meine Wut ist wieder in ihrem Käfig, und es müssen weder unschuldige Bäume noch weitere Zehen leiden.

»Sie hat viel durchgemacht«, setzt Chris zu einer Erklärung an. »Vielleicht mehr, als wir beide wissen.«

»Wirklich aufbauend.«

»Damit will ich nur sagen, dass du nichts falsch gemacht haben musst. Aber manchmal brechen auch gute Dinge über einem zusammen. Gib ihr Zeit.«

»Das mache ich.«

»Gut, dann fahr diese Wut auf dich selbst runter. Denn sonst sehe ich schwarz.«

»Hast du noch weitere unnütze Tipps auf Lager?« Grimmig fahre mir durch die Haare.

»Nein, ich denke, das war's.«

»Zum Glück.«

»Ich werde meiner Schwester jetzt Blumen bringen, und danach gehen wir in die Bar«, beschließt mein Freund, und ich mache mir nicht die Mühe, ihm zu widersprechen.

28

MIA

Es gibt diese Tage, an denen man bereits beim Aufstehen ahnt, dass irgendwas nicht stimmt. Es ist, als würde der Autor des Stückes *Leben* den nächsten Akt schon einmal einleiten. Die Sonne scheint, die Vögel singen, aber da ist dieses vage Gefühl, dass es gleich auf einen Wendepunkt hinausläuft.

Heute ist so ein Tag.

Schon als ich die Augen aufschlage, fühlt sich alles gewohnt und falsch zugleich an. Das Klappern und Poltern im Badezimmer sagt mir, dass Megan ebenfalls wach ist. Die erste Ungereimtheit an diesem scheinbar normalen Morgen. So früh ist sie am Wochenende sonst selten auf den Beinen. Müde stehe ich auf und ignoriere mein Handy, das mein schlechtes Gewissen anstachelt, indem es mir die verpassten Nachrichten anzeigt. Doch noch kann ich nicht mit Conner sprechen.

Zuerst muss ich selbst verstehen, was eigentlich mit mir los ist.

Müde schlüpfe ich in ein Kleid. Kaum habe ich mein provisorisches Bett aufgeräumt, steht Megan hinter mir. Ihr Gesichtsausdruck gleicht dem von Mercutio, als er heimtückisch von Tybalt ermordet wird.

»Du siehst aus, als würdest du gleich rufen: *Die Pest über eure Häuser!*«, sage ich halb im Scherz und halb im Ernst.

Verwirrt sieht meine Schwester mich an. »Was?«

»*Romeo und Julia*«, erkläre ich schlicht.

»Gerade würde ich eher so was wie einen schlauen Kalenderspruch zitieren. Irgendwas mit innerer Mitte, das Schicksal gibt uns nur Aufgaben, die wir auch lösen können – du weißt schon, so was in der Richtung«, murmelt sie, und spätestens jetzt weiß ich, dass etwas nicht stimmt.

»Sollte ich Angst haben?«

Ehe Megan dazu kommt zu antworten, klingelt es. Ich bekomme sofort Gänsehaut. Der einzige Mensch, der bisher an dieser Tür geklingelt hat, war der Pizzabote, und da es eindeutig noch zu früh für Pizza ist, kann ich diesen ausschließen. Ich starre meine Schwester an, die offenbar noch überlegt, ob sie etwas dazu sagen will. Falls ja, ist das erneute Läuten schneller als sie. Ich gehe zur Tür, öffne und bereue es im selben Moment.

Fassungslos blicke ich Megan an. »Ich habe es auch eben erst erfahren«, sagt sie schnell. Ihre Stimme bebt vor Entschuldigung – aber das hilft mir in diesem Moment auch nicht.

Meine Mom kommt die Treppen hinauf und sieht mich mit einem Blick an, bei dem mir die Knie schlottern. In dem bordeauxfarbenen Kostüm mit den schwarzen High Heels wirkt sie wie der Inbegriff einer Großstadtpflanze. »Was tust du hier, Mom?«, stoße ich aus, weil mir keine bessere Begrüßung einfällt.

Meine Mutter bleibt vor mir stehen. »Es ist auch schön, dich zu sehen, Mia.«

Ich schlucke schwer. Vor diesem Moment hatte ich seit Wochen Angst, doch nun, da er gekommen ist, ist es noch viel schlimmer, als ich erwartet habe. Allein durch ihre Größe ist Jennet schon eine Erscheinung. Sie erinnert mich immer an die Schauspielerin Viola Davis in ihrer Rolle als Professor Annalise Keating in der Serie *How to Get Away with Murder*. Ihrer Mimik kann ich nicht entnehmen, ob sie wütend auf mich ist, sich auf mich freut oder beides. Ich mache einen Schritt zurück, damit sie in die Wohnung treten kann. »Komm rein.«

Jennet sieht sich um. Ihr Blick ist noch immer kühl und konzentriert, aber ich kenne meine Mutter. Dahinter liegt eine Verletzlichkeit, die sie nur selten durchblicken lässt. Das dezente Rouge schimmert auf ihrer dunkelbraunen Haut, als sie sich wieder zu uns herumdreht. »Hier wohnen meine Töchter also. Wie ich sehe, habt ihr sogar ein Telefon. Und ich dachte schon, es sei ein technisches Problem, dass mich niemand zurückruft.«

»Hey, Mom«, sagt Megan angespannt von der Küche aus und sieht mich Hilfe suchend an. »Hast du unsere Nachrichten nicht bekommen?«

Meine Mutter verdreht die Augen auf die gleiche Art, wie meine Schwester es manchmal tut. »Spart euch die Ausreden«, schnaubt sie und schüttelt den Kopf. »Ich bin nicht den ganzen Weg hierhergeflogen, um mir irgendwelche Halbwahrheiten anzuhören.«

Ihr prüfender Blick liegt auf mir. Tausende von stummen Fragen, die ich ihr nicht beantworten kann. Noch nicht.

Meine Mutter ist der Inbegriff einer starken, stolzen Frau. Sie würde sich nie von jemandem etwas sagen lassen – schon gar nicht von einem Mann. Es würde ihr einen Stich versetzen, wenn sie wüsste, was passiert ist. Natürlich ist mir klar, dass sie enttäuscht ist. Aber solange es nur um das Studium geht, kann ich damit umgehen. Wenn sie jedoch beginnt, in mir ein schwaches Opfer zu sehen? Eine Frau, die so völlig gegen ihre Überzeugungen gehandelt hat? Ich weiß nicht, ob ich damit umgehen kann.

»Es ist ein wirklich ungünstiger Zeitpunkt«, versuche ich dieses Gespräch hinauszuzögern. »Ich muss zur Arbeit.«

Meine Mutter verschränkt die Arme vor der Brust. In dem bunten Chaos von Megans Wohnung wirkt sie wie ein Fremdkörper. »Wie bitte?«

Megan sieht mich mit einem auffordernden Blick an, der mir wohl sagen soll, dass ich zumindest einen Teil der aktuellen Situation klären muss. »Ich arbeite in der örtlichen Arztpraxis«, erkläre ich also.

Vor Fassungslosigkeit entgleiten meiner Mutter die Gesichtszüge – was sich für mich anfühlt wie eine schallende Ohrfeige. »Du hast dein Studium geschmissen, um an einem Tresen zu sitzen und Termine zu machen?«

»Mom«, geht Megan dazwischen, wofür ich ihr dankbar bin. Doch es hilft nichts. Der Schaden ist bereits angerichtet. Ich fühle mich wie ein verwundetes Tier in der Falle. Es ist egal, ob jemand versucht, mir zu helfen. Vor lauter Angst kann ich nur noch um mich beißen.

»Nein«, antworte ich und atme tief durch. »Ich habe das Studium geschmissen, weil ich keine Ärztin werden will.«

»Was?«

Ich antworte nicht, weiche ihrem Blick aus und greife wie automatisiert nach meiner Jacke. Alles in mir schreit danach, hier rauszukommen. Einfach weg.

»Das ist unmöglich. Du wolltest immer Ärztin werden«, fährt meine Mutter sichtlich irritiert fort.

»Nein.«

Sie macht einen Schritt auf mich zu, ich mache einen zurück. »Seit du ein kleines Mädchen warst.«

Tränen schießen mir in die Augen. In meinem Inneren wankt alles, die Fassade beginnt zu bröckeln, und am liebsten würde ich mich einfach in ihre Arme werfen und weinen. Aber das geht nicht. Denn dann müsste ich ihr *alles* sagen. Wirklich *alles*.

»Nein, Mom. *Du* wolltest das immer für mich.«

»Aber …« Ihre Stimme verliert sich, und ich kann deutlich sehen, wie hinter ihrer Stirn die Arbeit beginnt. Sie legt sich Argumente zurecht. Argumente, die ich nicht hören will. Nicht hören kann.

Ich umklammere meine Handtasche. »Ich habe wirklich keine Zeit, mich mit dir zu streiten. Es tut mir leid, aber ich muss jetzt los.« Damit wende ich ihr den Rücken zu und marschiere zur Haustür. Gerade als ich sie erreicht habe, sagt meine Mutter: »Mia, du kannst mich nicht einfach so stehen lassen.«

Ich schlucke schwer, nicke und wende mich dennoch ab. »Wir reden später«, murmle ich, bevor ich die Tür hinter mir zufallen lasse.

Wenn ich etwas wirklich gut kann, dann ist es davonlaufen.

29

CONNER

Prüfend blicke ich auf mein Rezept, obwohl ich es schon so oft verwendet habe, dass ich es eigentlich auswendig kann. Ich ziehe Handschuhe an, setze die Schutzbrille auf und öffne die Fenster, damit ich die Dämpfe nicht direkt einatmen muss.

Lauge hat die Angewohnheit, sehr heiß zu werden, was ich bei meinem letzten Seifenversuch schmerzlich zu spüren bekommen habe. Das Letzte, was ich zusätzlich zu meinem Kater und den aufdringlichen Gefühlen in meinem Inneren gebrauchen kann, ist eine Verbrennung.

Während der Topf auf dem Herd steht, blicke ich kurz auf mein Handy. Mia hat noch immer nicht geantwortet. Und so ungern ich es auch zugebe, diese Funkstille treibt mich an den Rand eines emotionalen Abgrunds.

Neue Seife zu machen, lenkt zumindest meine Hände von dem Drang ab, ihr eine erneute Nachricht zu schreiben.

Ich bin mir nicht sicher, ob ich es war, der dieses Hobby für sich entdeckt hat, oder ob der Ursprung wie in so vielen Dingen in meinem Leben bei Caren lag. Als wir noch jünger waren, haben wir irgendwann angefangen, die Geschenke zu den Feiertagen selbst zu machen. Unsere Kerzen sahen zwar schön aus, doch sobald man sie ansteckte, rußten sie so sehr, dass wir einmal sogar das Wohnzimmer neu streichen mussten, um den Fleck an der Wand zu verstecken. Mit Seifen konnten wir weniger falsch machen – und da sie schneller verbraucht waren, konnten wie sie auch dreimal oder öfter im Jahr verschenken.

Seit ihrem Verschwinden, ihrem Tod, den ich mir nicht eingestehen kann, mache ich noch immer Seifen. Allerdings nur noch für mich und meine Nerven, wenn mal wieder ein Sturm aus Emotionen um mich herum losbricht, der mich überfordert. Außerdem ist es besser für die Umwelt, als ständig neue Seife in Plastikspendern zu kaufen.

Seufzend wische ich mir eine verirrte Strähne aus dem Gesicht. Noch dominiert der Duft des Kokosöls, doch das wird sich bald ändern. Ich stelle mir einen Timer und lege das Handy wieder weg. Erst die Seife, dann darf ich mich wieder selbst damit quälen, ob ich Mia nun schreibe oder nicht.

Inzwischen riecht es auch nach dem Zitronengras. Erst als ich die fertige Masse in die Formen gegossen habe, genehmige ich mir einen Blick in meine Nachrichten. Nichts. Was habe ich auch erwartet?

Zufrieden mit meiner Arbeit drehe ich mich um, betrachte das leere Haus und will mich gerade damit abfinden, dass ich heute nichts mehr mit mir anzufangen weiß, als es klopft.

Das donnernde Poltern reißt mich aus meinen Gedanken und sorgt dafür, dass die Kopfschmerzen sich erneut melden.

Leise fluchend stolpere ich zur Tür. Das Klopfen wird nur noch lauter und schneller. »Ich komme ja schon«, rufe ich grimmig und reiße die Tür auf, in dem festen Glauben, mich gleich mit jemandem anlegen zu müssen.

Mia sieht mich mit großen Augen an.

In meinem Kopf explodiert etwas. Mit allem hätte ich gerechnet, aber nicht damit, dass ausgerechnet sie vor meiner Tür steht. Taumelnd mache ich einen Schritt zurück.

»Ist alles okay?«, fragt sie sichtlich besorgt, was mich nur noch mehr verwirrt.

»Ich …« *… habe nur den Kater des Jahrzehnts, weil du mich nach unserem ersten Kuss hast sitzen lassen.*

»Conner?«

»Ja, ich bin nur überrascht«, bringe ich heraus. Dann wird mir bewusst, dass ich nur in einer alten grauen Jogginghose vor ihr stehe.

»Es tut mir leid«, entschuldigt sie sich, noch immer auf der Veranda stehend, als sei sie sich nicht sicher, ob sie hereinkommen darf. »Ich hätte nicht einfach weglaufen sollen.«

Schluckend starre ich sie weiterhin an, denn gerade bin ich mir nicht sicher, ob ich nicht doch zu viele Dämpfe von der Lauge eingeatmet habe – oder ob die Reste des Alkohols in meinem Blut mir einen verspäteten Streich spielen. Ich räuspere mich, blinzle ein paarmal. Aber dabei muss ich feststellen, dass Mia nicht wie eine Fata Morgana plötzlich wieder verschwindet. »Mir tut es leid«, entgegne ich, ehe ich ihr bedeute reinzukommen. Mit nackten Füßen laufe ich in die Küche und fülle mir ein Glas mit Wasser. Gierig trinke ich es leer, nur um direkt noch eins zu füllen. Mia bleibt unsicher stehen.

»Dir muss aber nichts leidtun.«

»Ach nein?«, frage ich, ohne dass ich den ironischen Unterton abstellen kann. »Und warum bist du dann weggelaufen?«

Sie streicht sich eine Strähne hinters Ohr. »Das lag nicht an dir, sondern an mir.«

»Dieser Klischee-Satz macht es nicht besser.«

»Aber es ist so. Ich laufe oft weg. Vor dir, vor meinen Gefühlen, und wenn ich ehrlich bin, bin ich auch jetzt weggelaufen«, murmelt sie.

Ich verenge die Augen. »Vor was?«

Sie lacht ohne Freude. »Meiner Mutter.«

Fragend ziehe ich die Augenbrauen hoch. »Deine Mutter ist in der Stadt?«

»Jepp, und ich wollte nach der Arbeit wirklich nicht nach Hause.«

»Mein Beileid.«

»Danke. Aber das ist nur ein Grund, warum ich hier bin«, sagt sie und macht einen Schritt auf mich zu. Wobei sie das Chaos im Raum genauer unter die Lupe nimmt. »Was ist das alles?«

»Und was ist der Grund?«, will ich wissen, bevor ich auf ihre Frage antworte. »Ich hab Seife gemacht.«

Vor Überraschung hebt sie die Brauen. »Seife?«

»Ja.« Ich deute hinter ihr zu dem großen Holztisch, auf dem die Seife in den Formen auskühlt. Mia macht einen Schritt darauf zu. »Darum riechst du immer so gut nach Zitronengras«, murmelt sie, offenbar mehr zu sich selbst als zu mir.

Einen Augenblick lang herrscht angespanntes Schweigen, bis ich mich räuspere. »Also, warum bist du hier?«

Mir ist klar, dass ich ruppig klinge. Doch diese Frau ist für mich ein Buch mit sieben Siegeln. Ich verstehe sie einfach nicht, und mein verletzter Stolz ist auch nicht gerade hilfreich.

»Weil ich überfordert war.« Sie dreht sich wieder zu mir um. Ihr schwarzes Haar liegt offen über ihren Schultern. Das dunkelblaue Kleid ist langärmlig, reicht ihr bis zur Hälfte der Oberschenkel, und ihre blasse Haut schimmert durch die schwarze Strumpfhose hindurch.

»Ach?« Ich weiche ihrem Blick aus, klammere mich an der Küchenzeile fest, um den Drang zu unterdrücken, sie in den Arm zu nehmen. Sie sieht so verloren aus, wie sie nach Worten sucht, um mir zu erklären, wie ich es geschafft habe, unseren Moment zu zerstören.

»Unser Kuss war … intensiv. Und das hat mir Angst gemacht«, gesteht sie schließlich.

Mein Kopf ruckt hoch. »Du hattest Angst vor mir?«

»Nein, also nicht direkt. Ich hatte Angst vor mir selbst«, erklärt sie schnell. »Vor all den Dingen, die ich gefühlt habe.«

Sie schüttelt den Kopf, kommt näher, verharrt dann kurz vor mir und sieht mich an. Mein Herz kann sich nicht entscheiden, ob es hämmernd gegen meinen Brustkorb schlagen oder seinen Dienst verweigern will. Ich räuspere mich, schließe die Augen.

»Ich wollte gleich in den Wald«, murmle ich.

Mia kommt etwas näher. »Du willst wandern gehen?«

Ich räuspere mich. »Ja, na ja. Das war der eigentliche Plan, und da ich hier so weit fertig bin …«, rede ich drauflos und zucke mit den Schultern.

Stirnrunzelnd sieht sie mich an. »Hast du jetzt ein schlechtes Gewissen, weil du eigentlich Pläne hattest und ich einfach aufgetaucht bin?«

»Ich muss zugeben, das kommt der Wahrheit ziemlich nahe«, äußere ich so vorsichtig wie möglich. Das Letzte, was ich will, ist, ihr das Gefühl zu geben, sie wäre hier nicht willkommen oder ich würde mich nicht freuen, sie zu sehen.

»Ich könnte mitkommen«, schlägt sie vor. Damit hätte ich rechnen sollen.

»Das könnte schwierig werden. Die Route, die ich nehmen will, ist nicht unbedingt für eine Anfängerin geeignet«, stelle ich so behutsam wie möglich klar.

»Autsch, habe ich mich bisher so ungeschickt angestellt?«

Schnell hebe ich die Hände. »Nein, nein, wirklich nicht.«

»Aber?« Sie macht eine Geste, die mir wohl sagen soll, dass ich nicht um den heißen Brei herumreden soll.

»Ich werde keine offizielle Wanderroute nehmen.«

Erkenntnis huscht über ihr schönes Gesicht. »Du suchst weiter nach Caren?«

Ich nicke stumm.

»Dann will ich erst recht mitkommen.«

Verdutzt sehe ich sie an. »Was?«

»Du läufst seit Jahren allein durch den Wald. Was spricht dagegen, es nicht mehr allein zu tun, sondern mit mir?«

Ich beiße die Zähne zusammen.

»Und jetzt entspann mal deinen Kiefer. Irgendwann fallen dir noch die Zähne aus, so heftig, wie du knirschst.«

Ich verziehe das Gesicht. »Es soll heute regnen«, gebe ich zu bedenken.

Mia ist noch immer völlig gelassen. »Ich bin sicher, du hast mehr als eine Regenjacke in diesem Haus.«

Für einen Moment betrachte ich sie von der Seite. »Du wirst nicht lockerlassen, oder?«

Lachend schüttelt sie den Kopf. »Sag mir, falls ich mich zu sehr aufdränge. Aber ich bin ziemlich sicher, du freust dich darauf, mit mir durch den Wald zu laufen.«

»Tatsächlich?«

»Auf jeden Fall.«

»Okay.«

»Ich zieh mich schnell um. Machst du uns Proviant?«

Ich nicke, sehe zu, wie sie zum Kühlschrank geht. Vielleicht ist es wirklich eine gute Idee, wenn sie mitkommt. Aber irgendwo tief in mir drin zuckt etwas zusammen. Als würde mein Körper etwas erahnen, das mein Kopf noch nicht bedacht hat.

30

CONNER

Ich parke den Wagen am Waldrand und schalte die GPS-Ortung ein, die ich mit meinem Handy verbunden habe. Zwar wandere ich inzwischen so lange, dass ich keine Angst habe, mich zu verlaufen, aber ich gehe lieber auf Nummer sicher.

Mia steigt auch aus und sieht sich kritisch um. Hier gibt es keine Touristenwege, keine planmäßigen Rastplätze. Nur Wald, noch mehr Wald und vielleicht Bären. »Noch kannst du umdrehen.«

»Keine Chance«, antwortet sie sofort und zieht sich die knallgelbe Regenjacke über. Noch ist der Himmel vollkommen wolkenlos, aber die Bäume verdecken uns die Sicht auf die Berge. Niemand kann sagen, wie es in zwei Stunden aussehen wird, nur weil gerade die Sonne scheint. Ich hoffe nur, wir sind dann schon wieder auf dem Weg zum Auto.

Mit dem Kopf deute ich zu einer kleinen Lichtung, die der Beginn unseres Wegs sein wird. Mir behagt es nicht, dass ich Mia wirklich mitgenommen habe. Doch es ihr abzuschlagen, kam ebenso wenig infrage. Schweigend gehen wir ein Stück in den Wald hinein.

Der Boden ist übersät mit raschelnden Blättern, die einige der großen Baumwurzeln verdecken, sodass man bei jedem Schritt aufpassen muss. Als hätte Mia diesen Gedanken gehört, landet sie auf den Knien.

»Mist«, ruft sie aus, ehe sie sich wieder aufrappelt. Mit einem entschuldigenden Gesichtsausdruck klopft sie sich den Dreck von der Kleidung.

Schmunzelnd zupfe ich ihr ein Blatt aus den Haaren. »Muss ich dich nachher zurücktragen?«

»Diese Option halte ich mir offen.«

»Offenbar hast du mich gut im Griff.«

»Oh, höre ich da verletzten männlichen Stolz?«

»Nein, ich steh drauf«, antworte ich grinsend.

»Hmmm …«

»Wir müssen weiter.«

»Hast du ein bestimmtes Ziel?«, fragt sie, doch ich antworte nicht darauf. Es fühlt sich trotz allem noch immer seltsam an. Auf der einen Seite kann ich mir nichts Schöneres vorstellen, als sie an meiner Seite zu haben, aber gleichzeitig fühle ich mich verletzlicher als jemals zuvor. Bisher habe ich diese Wanderungen und die Suche nach Caren immer allein unternommen. Es war meine Mission, sie einfach wieder nach Hause zu bringen.

»Conner?«

Abrupt bleibe ich stehen. »Ja?«

Mia atmet schwer und wischt sich über die Stirn. Offenbar war ich so in Gedanken, dass ich nicht bemerkt habe, wie schnell ich war. Sie braucht eine Pause, also nehme ich den Rucksack von den Schultern und reiche ihr etwas zu essen.

Sie hockt sich auf einen der umgefallenen Baumstämme, und einen Moment lang schweigen wir.

Mia sieht mich nachdenklich an.

»Was ist?«

»Ich weiß, diese Frage ist für einen Waldläufer wie dich wahrscheinlich absolut unlogisch, aber wenn Caren kurz hinter der Hütte verschwunden ist, wieso fahren wir dann eine gute Stunde in den Wald hinein?«

Ich trinke einen Schluck Wasser. »So dumm ist die Frage gar nicht«, gebe ich zu und betrachte die dichten Baumreihen und die verwinkelten Äste, Büsche und Gräser, die uns den Weg so schwer machen.

»Tatsächlich?«

»Dieser Wald ist ziemlich groß.«

»Ist mir aufgefallen.«

Ein kaum merkliches Grinsen huscht über mein Gesicht. Doch mein Herz verkrampft sich. »Die wahrscheinlichsten Routen habe ich schon abgesucht und den Kreis immer mehr erweitert«, erkläre ich und gebe mir Mühe, nicht zu klingen, als würde ich über meine erste große Liebe reden. Es schmerzt einfach zu sehr. »Es kann es sein, dass Caren … vielleicht tagelang ohne Orientierung durch den Wald gelaufen ist.«

»Fuck«, stößt Mia aus. »Tagelang …«

Sie sieht mich mit diesem Blick an, den ich nur schwer ertragen kann. Ihr einen Teil meines Schmerzes zu offenbaren, lässt Wunden bluten, von denen ich dachte, ich hätte sie gut genug verbunden.

»Hast du gerade *Fuck* gesagt? Wenn das so weitergeht, zahle nicht nur ich in die Fluchkasse von Chana ein«, sage ich in dem Versuch zu scherzen und reiche ihr die Hände, um sie von ihrem Platz zu ziehen.

»Verrat es nicht meiner Mutter.« Sachte tritt sie etwas näher, drückt sich an mich, schließt die Wunde mit einem sanften Kuss auf meine Lippen.

»Auf keinen Fall, sonst denkt sie noch, ich bin ein schlechter Einfluss.«

»Ich glaube, der Zug ist abgefahren.«

»Wirst du jetzt frech?«

»Vielleicht?«, fragt sie lachend und läuft plötzlich so schnell vor, dass ich kaum hinterherkomme.

MIA

Conner jagt hinter mir her. Meine Schritte sind so schnell, dass ich immer wieder aufpassen muss, nicht in einem Busch oder Baum zu landen. Er ist mir dicht auf den Fersen, aber ich drehe mich nicht zu ihm um, sondern laufe immer tiefer in den Wald hinein.

Dann packt mich seine starke Hand und zieht mich zu sich. Ich pralle gegen seine Brust, lache kurz auf. Conner schüttelt den Kopf, als wisse er nicht, ob er ebenfalls lachen oder wütend sein sollte.

»Mach das bloß nie wieder, du hättest dir den Hals brechen können.« Conner deutet hinter mich. Der Wald hört abrupt auf und gibt den Blick auf einen Felsvorsprung frei.

»O Fuck«, stößt er aus.

Ich schlucke, denn die Gipfel der Berge sind von schweren, dicken Wolken verhangen, deren Dunkelheit mir einen eiskalten Schauer über den Rücken jagt.

»Das sieht nicht gut aus.«

»Ich hab dir gesagt, es wird regnen.«

»Das sieht nach mehr als Regen aus.«

Mit einem Anflug von Panik sehe ich ihn an.

»Wir drehen um«, entscheidet er und nimmt meine Hand, als hätte er Angst, ich würde noch einmal davonlaufen.

Die Katastrophe beginnt mit einem einzelnen Regentropfen. Das Licht des Tages ist hinter dem Vorhang der dunklen Wolken fast völlig verschwunden. Donner, Blitze und daumengroße Tropfen zwingen uns, irgendwo Schutz zu suchen. Doch auch die großen Bäume können nicht verhindern, dass wir binnen weniger Minuten bis auf die Knochen durchnässt sind.

»Scheiße, wir sollten schnell zurück zum Auto«, ruft Conner durch das Prasseln der Tropfen. Bäche aus braunem Schlamm wirbeln um meine Füße und lassen jeden Schritt laut schmatzen.

Nach dem gröbsten Regensturz denken wir, es wäre vorbei.

Der Regen lässt gerade genug nach, damit wir uns weiter vorankämpfen können. Conner umfasst meine Hand fester. Ohne ihn hätte ich längst die Orientierung verloren. Die Schönheit des Waldes hat sich längst in die angsterfüllte Skizzierung eines Horrorfilms verwandelt.

Plötzlich komme ich nicht mehr weiter. »Conner!«

Meine Füße sind so tief im Morast versackt, dass ich mich kaum noch rühren kann. Eiskalte Panik ergreift mich. Je mehr ich versuche, aus dem Schlamm herauszukommen, desto mehr rutsche ich nach unten.

»Fuck.«

Panisch kralle ich meine Finger fester um seine, bis ich endlich spüre, wie mich der Grund wieder freigibt. Conner fällt zu Boden, und ich lande unsanft neben ihm. Schlick spritzt mir ins Gesicht.

Doch noch habe ich keinen Moment zu verschnaufen, denn eine weitere Welle aus Schlamm raubt mir die Sicht. Es ist ein Gefühl, als würde ich fallen und schwimmen zugleich. Ich werde weggerissen von der unbändigen Kraft der Natur.

»Mia!«, höre ich Conners Stimme, aber als ich antworten will, dringt so viel Erde in meinem Mund, dass ich würgen muss.

Keuchend komme ich auf die Beine, blinzle und versuche mich in dem Sturzbach des Himmels zu orientieren.

Offenbar hat ein Erdrutsch mich einen kleinen Abhang hinuntergerissen.

»Mia!«

Schnell taste ich meinen Körper ab und zucke zusammen, als ich die Wunde an meinem Oberarm berühre. Blut vermischt sich mit Regen, aber das Adrenalin in meinen Adern nimmt mir den größten Teil der Schmerzen. »Mir geht's gut, nichts passiert – aber …«, rufe ich durch den Regen.

Conners Gestalt taucht am Rand des Erdlochs auf. Er wischt sich über das Gesicht, sucht einen Weg, wie er zu mir herunterkommen kann. Aber ich löse den Blick von ihm und fixiere etwas anders.

Der Erdrutsch hat Dutzende Wurzeln, Steine und alten Müll freigelegt. Zuerst bin ich nicht sicher, was ich da sehe. Mein Körper zittert vor Kälte, Anspannung und nackter Angst.

Was ist das?

Schluckend trete ich ein Stück näher, strecke die Hand nach dem helleren Fleck aus, der durch die nasse Erde schimmert. Nur ein Schritt, und ich könnte danach greifen.

Die dicken Tropfen werden immer kleiner, verwandeln sich in einen stetigen Nieselregen, der nichts mehr von der Naturgewalt von eben zu haben scheint. Das Donnern rückt in die Ferne, selbst die Sonne kommt wieder zum Vorschein und zeigt mir deutlich etwas, das ich nie sehen wollte. Ein langer spitzer Schrei dringt aus meiner Kehle.

»Mia!«, ruft Conner auf und rutscht ebenfalls in den Abhang. Seine großen Hände packen mich, tasten mich ab, suchen nach etwas, das meine Panik erklärt. »Mia, hast du dich verletzt?«

Er entdeckt die Wunde an meinem Oberarm, flucht leise und schüttelt den Kopf, als würde er sich die Schuld daran geben. Mit steifen Gliedern deute ich zur Seite. Zwischen Schlamm und Dreck wurde etwas freigelegt.

Conner folgt meinem Blick, während ich mich in seine Arme drücke. Vor uns befindet sich ein Schädel, der halb aus dem Schlamm herausragt.

»Was …«

Obwohl ich ihn am liebsten davon abgehalten hätte, lässt Conner mich los und geht auf den Totenkopf zu. Er löst ihn aus dem Erdreich und sieht ihn lange an. Er muss nichts sagen, ich weiß auch so, was er denkt.

Vielleicht kann er Caren nach all den Jahren doch noch nach Hause bringen.

31

CONNER

Der Sheriff ist gerade gegangen, und Mia sitzt auf meinem Sofa. Der Verband an ihrem Arm ist das einzige Indiz dafür, dass diese Wanderung ganz anders hätte ausgehen können. Ich habe sie in Gefahr gebracht. Ausgerechnet Mia.

»Ist alles okay?«, fragt sie sanft, während ich mich zu ihr setze, ohne zu wissen, was ich in dem tosenden Sturm in meinem Inneren tun soll. Aber ein Blick in ihre dunklen Augen genügt, damit ich etwas spüre, das ich für immer verloren glaubte. Geborgenheit.

»Du bist verletzt, ich sollte lieber dich fragen, ob alles in Ordnung ist«, brumme ich.

»Ich hab Medizin studiert, das ist nicht meine erste Leiche«, murmelt sie. »Aber für dich bedeutet es mehr.«

»Das sollte es wahrscheinlich.«

Mia runzelt die Stirn. »Was meinst du damit?«

Gute Frage, die ich mir stelle, seit wir die Knochen gefunden haben. Seit ich dachte, ich würde Mia verlieren, während ich etwas suche, das längst verloren ist. Schluckend schließe ich die Augen. »Du weißt, dass ich dich will, Mia.«

Die Worte sind heraus, und zu meinem Erstaunen will ich sie auch nicht mehr zurücknehmen. Ich öffne die Augen wieder, suche in ihrem Gesicht nach einer Antwort auf die Frage, die ich nicht zu stellen gewagt habe.

Mia lächelt traurig. »Aber es gibt so viele Dinge, die in uns zerbrochen sind. Es ist, als würden Berge zwischen uns stehen, die jeden Moment zersplittern könnten, um uns unter sich zu begraben.«

»Wer sagt, dass wir allein heilen müssen?«, murmle ich, komme ihr entgegen, wage es aber nicht, sie zu berühren.

»Nach dem, was gerade passiert ist? Du denkst, das sei so einfach …« In ihren Augen schimmern Tränen und Angst.

Ich schüttle den Kopf, als könne ich damit all ihre Argumente einfach davonwischen. Ich greife nach ihrem Gesicht, bringe sie dazu, mich anzusehen. Sich nicht wieder zu verstecken. Keinen Teil von ihr. Auch nicht den Schmerz, der noch immer in jedem ihrer Worte mitschwingt. Dann sage ich endlich das, was ich fühle, auch wenn ich mir dabei vorkomme wie ein Trottel. »Weil ich es spüre, mit jedem Herzschlag. Wir sind nicht zerbrochen, wir haben nur Risse in unseren Seelen – wie alle anderen auch. Wir sind nicht anders als alle anderen. Nur sehen wir die Narben des anderen deutlicher.«

Sie schmiegt ihr Gesicht in meine Hand. »Conner …«

»Bitte sag nicht, dass es nicht möglich ist. Denn das ist es. Wenn du dich dafür entscheidest.«

Sie legt ihre Hände auf meine Brust. Die inzwischen so vertraute Röte erscheint auf ihrem Gesicht, während ihr Blick von meinen Augen zu meinen Lippen wandert. »Du weißt, dass ich dich auch will.«

Doch sobald sie es ausgesprochen hat, weicht sie abermals von mir zurück, steht auf und läuft in Richtung Tür, bereit, schon wieder vor mir zu fliehen. Aber dieses Mal lasse ich es nicht zu, sondern sprinte ihr nach. Ich greife ihre Hand, ziehe sie sachte zu mir.

»Dann hör auf, dich vor mir zu verstecken«, raune ich gegen ihre Lippen. »Lauf nicht vor mir weg.«

»Conner …«

Es kostet mich mit jedem Pulsschlag mehr Selbstbeherrschung, sie nicht zu küssen. Nur meine Hände wandern von ihren Hüften weiter nach unten, ehe sie verharren. »Du hast mich in der Hand, Mia. Ich würde nie etwas tun, das du nicht willst.«

Ich warte einen Herzschlag lang, doch Mia nimmt mir die Entscheidung ab, indem sie meine Hand unter den Saum ihres Kleides schiebt.

Ihre Lippen suchen meine, und ich vergesse die kalte, grausame Welt um uns herum. Und jede Narbe, die mir je zugefügt wurde.

MIA

Ich küsse seinen Hals, reibe mit der Nase über seine Haut und sauge seinen Duft tief ein. Conner riecht nach Seife, nach Zitronengras, nach einem Aphrodisiakum, das jeden klaren Gedanken und jegliche Angst aus meinem Kopf vertreibt.

Conner drückt meinen Rücken gegen die Wand. Etwas fällt zu Boden, doch ich schaffe es nicht, mich lange genug von ihm zu lösen, um zu sehen, was es ist. Seine Finger haben den Bund meiner Strumpfhose längst erreicht. Heiser knurrt er meinen Namen, dann kniet er sich vor mich.

Völlig unfähig, etwas zu sagen, sehe ich ihm dabei zu, wie er die Strumpfhose von meinen Beinen zieht. Die Wand in meinem Rücken ist der einzige Halt, während Conner meine Welt erschüttert.

Sein fiebriger Blick findet meinen, wartet auf eine stumme Zustimmung. Mein Körper schreit bereits so sehr nach seiner Hitze, dass ich kein Wort herausbringe. Diese Nähe. Diese Hitze. Es ist so … viel.

»Soll ich aufhören?«, höre ich Conner fragen. Ein Teil von mir schreit Ja, will sich seiner Wärme entziehen, als hätte ich sie nicht verdient. Stattdessen drückt mein Schoß sich seinem Mund entgegen. Seine großen Hände umfassen meine Hüfte und meine Pobacken.

Fast augenblicklich stöhne ich auf. Mein Bein winkelt sich an, macht ihm und einer alles verzehrenden Lust Platz. Seine Finger auf meiner Haut, seine Zunge in mir, sein Duft überall. Das alles wirbelt um mich herum. Tausend Gefühle, die mich auf eine Art ausfüllen, von der ich dachte, dass ich sie nie wieder empfinden kann.

Meine Muskeln zittern, während undeutliche Laute aus meinem Mund kommen. Doch gerade, als ich glaube, die gesamte Welt würde über mir und diesem Sturm, den Conner in mir auslöst, zusammenbrechen, hört er auf. Ein Lächeln liegt auf seinen Lippen.

Ich keuche, versuche zu verstehen, was hier passiert und was mit der Angst in mir geschehen ist, doch dazu bleibt mir keine Zeit. Er hebt mich hoch, ehe ich überhaupt weiß, was er vorhat. Ich fühle mich seltsam schwerelos in seinen Armen. Sanft legt er mich auf das Sofa, küsst mich wieder und wieder. Ich schmecke ihn, schmecke mich, schmecke ein Uns, das plötzlich mehr bedeutet als alles andere.

»Conner …«

Er löst sich von meinen Lippen, streicht mir das Haar aus dem Gesicht. »Ein Wort, und ich höre auf«, raunt er so zärtlich, dass es fast wehtut.

Wie kann er nur glauben, dass ich *das* wollen würde? Er gibt ein unterdrücktes Stöhnen von sich, als ich nach dem Bund seiner Jogginghose greife und über die ausgeprägte Beule streiche. Offenbar zerstreut das seine letzten Zweifel. Seine Küsse werden wilder, sehnsüchtiger. Das Stöhnen, das er mir entlockt, hallt durch das Haus. Mit halb geschlossenen Augen gebe ich mich seinen Liebkosungen hin.

Mein Kleid hat sich wie von allein über meine Brüste geschoben, und durch den dünnen Stoff meines BHs zeichnen sich meine Brustwarzen ab wie eine Einladung, dass Conner sich auch um sie kümmern soll.

Ich schlinge meine Beine um seine Hüften, überkreuze sie

über seinem Hintern und will ihn endlich vollständig spüren. Doch er hält mich davon ab, lässt stattdessen seine Finger zu meinem Schoß wandern. »Bist du sicher?«

Ja? Nein? Vielleicht?

Die Zweifel sind da, die Angst wartet, aber ich will auf keinen der beiden hören. Ich will die Hitze, will Conner, will vergessen – nur für ein paar Minuten.

Er spürt mein Zögern, will sich gerade von mir zurückziehen, mir den Raum geben, den ich sonst einfordere, aber ich schüttle den Kopf. »Bitte«, stöhne ich an seinem Ohr. »Ich will dich.«

Und noch nie waren diese Worte so wahr. Ich will, dass wir beide vergessen können. Nicht nur diesen Tag, sondern die Dunkelheit, die uns beide verfolgt.

Conner sieht mich mit einem Lächeln an, doch er kommt nicht dazu, etwas zu sagen. Plötzlich wird die Tür des Hauses aufgerissen.

Die sichere Blase, in der wir uns eben noch befunden haben, zerplatzt. Eilig zieht Conner mein Kleid wieder herunter, springt vom Sofa auf und richtet seine Jogginghose, auch wenn er so nicht alles verbergen kann.

»Junge, es tut mir leid. Ich habe es gerade gehört …« Der alte Bennett räuspert sich und hat immerhin den Anstand, uns den Rücken zuzudrehen. »Oh, das hab ich nicht kommen sehen.«

»Verdammt, wieso klopfst du nicht an wie jeder andere?«, knurrt Conner, doch er klingt nicht wirklich wütend.

»Konnte ja nicht ahnen, dass du Besuch hast«, gibt Bennett von sich und riskiert einen knappen Blick über die Schulter, als wollte er sichergehen, dass ich wirklich da bin.

Mit knallrotem Kopf streiche ich über mein Kleid. »Schon gut«, murmle ich und versuche, ein beschämtes Lachen zurückzuhalten. »Ich sollte nach Hause fahren, bevor die ganze Stadt es weiß und Megan mir den Hals umdreht.«

Conner sieht mich mit einer Mischung aus amüsiertem Grinsen und flehenden Augen an. »Bist du sicher?«

»Ja, alles gut.«

»Soll ich dich fahren?«

»Dafür solltest du dir aber mehr anziehen«, grummelt Bennett, und nun muss ich doch lachen.

»Ich nehm das Rad«, wehre ich schnell ab und sehe Conner an. »Sehen wir uns später?«

Er nickt, zieht mich noch einmal an sich. Sein Kuss zeigt mir auf bittersüße Art, was mir gerade durch die Lappen gegangen ist. »Ich hol dich heute Abend ab.«

»Die Lieb ist blind, das Dunkel ist ihr recht«, zitiere ich. Conner grinst. »Ich hab noch zu wenig Blut im Kopf, um mit einem Zitat zu antworten«, gibt er leise zu, was mich zum Lachen bringt.

Stumm nicke ich, und gerade will ich an Bennett vorbei aus dem Haus gehen, als Conner meinen Namen sagt. Ich drehe mich um. Zum ersten Mal, seit ich ihn kenne, ist er es, der rot wird. Er reicht mir meine Strumpfhose.

Bennett tut, als würde er es nicht sehen, doch ich würde trotzdem am liebsten im Boden versinken. Zusammen mit Conner, damit niemand uns jemals wieder stören kann.

32

MIA

Es hat mich einige Überzeugungsarbeit gekostet, meine Mutter dazu zu überreden, auf das Festival zu gehen. Die Nachricht vom Schädel im Wald hat bereits die Runde gemacht, und meine Familie war nicht gerade begeistert, dass ausgerechnet ich darin involviert war.

Wir schlendern über die Straße zum Torbogen, der den symbolischen Startpunkt zum Festivalgelände bildet. Sofort sind wir mitten im Trubel. Lachende Menschen schieben sich an uns vorbei, während sie die kleinen Papiertüten schwenken, auf denen der Kopf von Shakespeare als Scherenschnitt zu sehen ist.

»Habt ihr Hunger?«, will Megan wissen. Ehe ich allerdings antworten kann, hält sie mir die Linse ihrer Kamera vor das Gesicht und macht ein Bild.

»Ich könnte etwas zu trinken gebrauchen«, murmelt Mom und greift nach meinem Arm, um mich etwas näher zu sich zu ziehen. »Würdest du uns etwas besorgen, während ich mit deiner Schwester eine Runde im Riesenrad drehe?«

Meine Schwester und ich wechseln kurz einen Blick.

Sie ist nur deinetwegen hier, also hilf mir!, denke ich, so laut ich kann, und Megan zuckt mit den Schultern, als hätte sie mich tatsächlich gehört. Ihr Blick scheint zu sagen: *Lass uns einfach das Beste draus machen.* Megan gerät ins Stottern. »Ich ... will vielleicht auch Riesenrad fahren?«

Unsere Mom legt kritisch den Kopf schief. Eine Eigenheit, die wir eindeutig von ihr gelernt haben. »Mir ist klar, dass du deine kleine Schwester beschützen willst. Aber ihr seid erwachsen. Ich werde ihr schon keinen Hausarrest geben. Alles, was ich will, ist reden.«

Mein Problem ist nur, dass ich es ihr nicht sagen kann. Wie soll ich ihr erklären, dass ich die letzten drei Jahre eine Lüge gelebt habe?

Hilflos zieht Megan die Schultern hoch, bevor sie uns allein lässt. Mom sieht mich noch immer an, dann streicht sie mir eine Strähne hinters Ohr und zieht mich sachte zum Riesenrad. Wir werden etwas schräg angesehen, während wir uns hinter den wartenden Kindern einreihen. Aber Mom ist die Souveränität in Person. An ihr prallen sämtliche Blicke und das leise Getuschel einfach ab. Sie lässt sich nicht einschüchtern.

Ganz im Gegensatz zu mir.

»Mia, ich …«, beginnt sie, scheint jedoch nicht so genau zu wissen, wie sie dieses Gespräch beginnen soll. Immerhin damit geht es uns beiden gleich.

Ich lasse den Blick schweifen. Das Zelt, von dem Tanja vorhin sprach, ist leicht auszumachen. Während der Rest der Buden alle mehr oder weniger gleich aussehen, schlichte kleine Holzhütten mit roten Lackierungen und jeder Menge funkelnder Lichter daran, steht das Zelt etwas abseits. Auch dort hat sich eine kleine Schlange gebildet.

Neugierig stelle ich mich auf die Zehenspitzen, um einen Blick auf die Frisuren zu erhaschen, doch Mom lenkt mich ab.

»Mia, du kannst mir alles sagen.«

Ich zucke zusammen. »Was?«

»Du weißt das, oder?«

Mein Körper verkrampft sich. »Mom, ich …«

»Als Megan erzählte, dass du bei ihr bist, dachte ich erst, dass du nur eine Pause brauchst«, fährt sie fort. »Du warst im letzten Jahr so verschlossen, nur am Lernen. Ich hab dich kaum zu Gesicht bekommen.«

»Ich weiß, ich …« Ja, was? Kann ich ihr einfach so sagen, dass ich mich nicht melden konnte, weil sie sofort gewusst hätte, dass etwas nicht stimmt?

»Du hattest viel zu tun, ich weiß«, winkt sie sofort ab. »Und ich will dir auch kein schlechtes Gewissen einreden. Das Studium kostet viel Kraft. Ich mag zwar schon ein paar Semester älter sein, aber ich erinnere mich noch gut an die Zeit.«

»Das ist es nicht, es ist …« Bevor ich den Mut finde, den Satz auszusprechen, sind wir an der Reihe. Ein freundlicher junger Mann lächelt und deutet auf die kleine rote Gondel, in die wir uns setzen sollen.

Nachdem wir Platz genommen haben, geht die Fahrt etwas ruckelnd los. Mom schweigt einen Moment, wartet, ob ich noch etwas zu sagen habe.

In meinem Kopf schwirren all die ungesagten Worte, aber keins davon kommt mir über die Lippen. Stattdessen blicke ich auf das Gelände des Shakespeare-Festivals herunter. Betrachte die leuchtende Statue und die bunten Cocktails, all die fröhlichen Menschen, deren Schatten inmitten des bunten Treibens nicht mehr zu sehen sind.

Von hier oben aus haben wir die Rolle der Beobachter eingenommen. Obwohl wir Teil der Geschichte sind, die sich unter uns abspielt, können wir nicht eingreifen. Nur zuschauen. Und diese Distanz zu allem hilft mir, endlich die Worte auszusprechen, die meine Mutter wissen muss.

»Wir haben uns getrennt.«

Ihre Lippen kräuseln sich, ehe sie fragt: »Und warum?«

Unsere Gondel stoppt am höchsten Punkt, was mir etwas Zeit verschafft. Mom rückt näher an mich heran, dann zeichnet sich ein Lächeln auf ihren Lippen ab, und sie deutet nach unten. »Die Haare deiner Schwester sind selbst von hier zu sehen.«

Ich folge ihrem Blick und entdecke Megan, die offenbar Conner gefunden hat und ihm gerade die Getränke in die Hand drückt. »Die Farbe ist schon ziemlich genial.«

»Und sie passt zu Megans Temperament.«

Wir schweigen wieder, saugen das Festival einen Moment in uns auf. Die Lichterketten, den Geruch nach Zuckerwatte und die Poesie, die durch die Luft schwingt, als würde selbst der Wind die Worte des alten Meisters zitieren.

Erst das Wackeln der Gondel sorgt wieder dafür, dass meine Mom das Gespräch erneut aufgreift. »Wieso habt ihr euch getrennt?«

Mein Herz beginnt zu toben. Kalter Schweiß bildet sich in meinem Nacken, und nicht einmal der heiße Sommertag kann die Kälte vertreiben, die sich in mir ausbreitet.

»Es ist kompliziert.«

»Ist es das nicht immer?«, will sie wissen. Ihre Hand auf meiner sorgt dafür, dass ich mich gleichermaßen geborgen und bedrängt fühle.

Als sie sieht, wie ich mit den Tränen kämpfe, zieht sie mich nur in ihre Arme, drückt mich an sich und wartet, ob ich die Kraft finde weiterzusprechen. Aber ich finde sie nicht.

Unsere Gondel ist wieder sicher gelandet, und Megan wartet bereits mit unseren Getränken und Conner an ihrer Seite.

»Ich verlasse diese Stadt erst wieder, wenn ich weiß, was los ist«, stellt meine Mutter klar.

Nickend stehe ich auf.

Ich habe Conner versprochen, ihn auf dem Fest zu sehen, aber nun, da ich nicht mehr allein hingehe, fühlt es sich seltsam beschwert und unwirklich an.

»Verrätst du mir immerhin, wer dieser Conner ist?«, will meine Mutter wissen.

»Ein Freund«, kommt es etwas zu schnell aus meinem Mund, und ich fluche innerlich. Die Beschreibung *Freund* hat sich noch nie so falsch angehört, aber das hier ist weder der richtige Ort noch die richtige Zeit, um dieses Thema anzuschneiden.

»Nur ein Freund?«

»Mom, nicht jetzt, okay? Dieser Tag verdient einen Abschluss, der nichts mit den traurigen Geschichten des Lebens zu tun hat, okay?«

Zu meiner eigenen Überraschung nickt sie und folgt mir zu den anderen beiden.

CONNER

Das muss wohl Mrs Rain sein. Bisher hatte ich keine Vorstellung von Mias Mutter, doch diese Frau flößt mir schon von Weitem einen gehörigen Respekt ein. Ihre Haltung ist gerade, selbstbewusst und voller Eleganz. Ein bisschen erinnert sie mich sogar an meine eigene Mutter.

Bevor ich es mir anders überlegen kann, entdeckt Mia mich. Ihr Lächeln wird augenblicklich breiter und sorgt dafür, dass mir sofort warm wird. Sie winkt mich zu sich.

»Mom, das ist Conner.«

Ich reiche Mrs Rain die Hand. Ihre dunklen Augen taxieren mich einen Moment, als würde sie überlegen, ob ein Handschlag ausreicht, um sich mit etwas zu infizieren. Aber dann schüttelt sie meine Hand.

»Du bist also Conner, der Mann, der meiner Tochter eine Leiche im Wald gezeigt hat.«

»Mom!«

Räuspernd lasse ich mich neben Mia sinken. »Das ist nicht ganz das, was passiert ist. Aber ich verstehe den Ärger und die Angst. Ich will auch nicht, dass Mia etwas passiert.«

Die Frau mustert mich streng. »Das kann ich nur für dich hoffen, denn sonst lernst du mich auf eine andere Art kennen.«

»Ich will ehrlich sein, Ma'am. Ich bin eingeschüchtert.«

Ihre Mutter verengt die Augen. »Gut.«

»Mom«, schnaubt Mia und schüttelt den Kopf.

Ich weiß nicht, wem von uns beiden es peinlicher ist, aber ich bin froh, dass die Musik um uns herum etwas lauter wird. Offenbar beginnt gleich eine kleine Feuershow auf der Bühne des Theaters.

»Du bist selbst schuld. Wir hätten auch zu Hause auf Megans Sofa darüber reden können, aber du weichst mir ja permanent aus«, murmelt Mrs Rain. Sie sieht mich noch einmal abschätzig an.

Mia verdreht die Augen, doch sie lächelt dabei. »Ich wollte mich von Elif frisieren lassen, kommst du mit?«

Die eigentliche Antwort sollte ein klares Nein sein, aber irgendwie wird es doch zu einem Ja.

Zu Mia werde ich wohl immer Ja sagen.

33

MIA

Es gibt diesen Mythos, dass Shakespeare nie wirklich gelebt hat. Einige Umstände seines Lebens, seines Todes und des damit verbundenen Nachlasses sind merkwürdig. Er hat der Nachwelt mehr als eine Million Worte in seinen Dramen und Sonetten hinterlassen, Geschichten, die über Generationen und Jahrhunderte immer wieder erzählt werden – doch von ihm selbst sind lediglich 14 Schriftstücke erhalten. Krakelige Varianten seines Namens, wirre Notizen. Das alles wirft eine Frage auf, die jedes seiner Werke in einem völlig neuen Licht darstellen könnte: Konnte er womöglich gar nicht richtig schreiben?

Was, wenn eines der größten Genies der letzten Jahrhunderte selbst sein Leben lang eine Rolle gespielt hat? Woher soll ich wissen, was in dieser Welt noch echt ist, wenn ich nicht ausmachen kann, wer gerade eine Rolle spielt und wer nicht?

Mit offenen Augen liege ich auf dem Sofa und starre an die Decke. Ich habe keinerlei Zeitgefühl mehr, denn meine Gedanken wiederholen sich wie ein leidiges Sonett. Die Sonne ist längst aufgegangen, aber ich kann mich nicht dazu durchringen, endlich aufzustehen.

»Mia?«

Ich kneife die Augen zusammen, doch das hilft nicht. Meine Mutter hat längst gesehen, dass ich wach bin. »Komme«, murmle ich, bleibe aber dennoch liegen. Heute würde ich mich gern vor sämtlichen Bühnen des Lebens drücken – und besonders vor dem Monolog, den ich präsentieren muss. Schwerfällig zwinge ich mich dazu, endlich hochzukommen, und schlurfe in die Küche, in der meine Mutter bereits wartet. Im Gegensatz zu mir sieht sie nicht aus wie frisch aus dem Bett gefallen.

Ihr Make-up sitzt, und obwohl sie heute leger gekleidet ist, wirkt sie in der cremefarbenen Bluse und der schwarzen Jeans dennoch wie eine Königin.

»Gut geschlafen?«

»So würde ich es nicht nennen«, grummle ich und nehme mir eine Tasse. Gerade will ich nach der Kaffeekanne greifen, als mir klar wird, dass sie nicht an ihrem üblichen Platz steht. Ich drehe mich mit einer dunklen Vorahnung zu meiner Mutter um.

»Keine Ausflüchte mehr«, sagt sie ernst. Die Kanne steht direkt neben ihr auf dem Tisch.

Müde reibe ich mir die Augen. »Mom, ich brauche erst einen Kaffee.«

Fordernd stelle ich ihr meine Tasse vor die Nase. Doch sie rührt sich nicht. »Und ich brauche Antworten. Also gib mir welche, und du bekommst einen Kaffee.«

»Dir ist klar, dass ich keine sechzehn mehr bin, oder?«

»Ich bin immer noch deine Mutter, darum wird dieses Druckmittel auch noch funktionieren, wenn du vierzig Jahre alt bist.«

»Okay«, gebe ich mich geschlagen. »Eine Frage, dann Kaffee.«

Meine Mutter nickt sichtlich zufrieden und füllt den Kaffee in die große Tasse. Allein der Anblick sorgt dafür, dass ich danach greifen und die wunderbare bittere Flüssigkeit an meinen Lippen spüren will.

»Ist dieser Conner der Grund, warum du bleiben willst?«

Vor Empörung klappt mir der Mund auf, und ich lasse mich auf den Stuhl vor ihr sinken. »Was? Verdammt, nein. Wie kommst du denn darauf?«

Eine ihrer perfekten gezupften schwarzen Augenbrauen hebt sich. »Fluch nicht, wenn ich direkt vor dir sitze. Also, dieser Mann hat nichts damit zu tun, dass du lieber auf dem Sofa deiner

Schwester schläfst als in deinem Apartment in New York? Oder bei deiner Mutter?«

»Nein.«

Ich kann verstehen, warum es für meine Mutter danach aussieht. Conner hat mit meinem aktuellen Gefühlschaos zu tun, aber nichts mit dem, was passiert ist – und auch nichts damit, wie sehr ich mich in diese Stadt verliebt habe.

Und auch nichts mit dem, vor dem ich weglaufe. Aber das kann sie nicht wissen. Soll sie nicht wissen. Zumindest noch nicht.

Mom nickt noch einmal und reicht mir endlich die Tasse. Ich nehme einen großen Schluck. Obwohl ich weiß, dass es reine Einbildung ist, fühlt sich mein Geist augenblicklich wacher an. Stärker, bereit, meiner Mutter zumindest einen Teil der Wahrheit zu sagen.

»Also, das Studium …«, schneidet sie das nächste Thema an. Zumindest dazu habe ich tatsächlich Antworten für sie. Also nicke ich, fast schon erleichtert, dass sie nicht mit etwas anderem begonnen hat.

»Ich weiß, dass du dir das immer für mich gewünscht hast«, sage ich schnell. »Und ich habe lange geglaubt, dass ich es mir auch wünsche.«

Elegant wie immer lehnt sie sich auf ihrem Stuhl zurück. Die kleinen Locken ihres Afros glänzen im Licht der Morgensonne. »Aber?«

»Es war ein Kampf«, sage ich zögernd. »Ein andauernder Kampf. Ich musste mich jeden Tag dazu zwingen aufzustehen. Wenn ich schon am Anfang des Studiums weiß, dass ich nicht glücklich werde, wieso sollte ich mich dann durch weitere Jahre kämpfen?«

Prüfend zieht sie die Augenbrauen zusammen. »Aber die Arbeit in der Klinik hat dir immer Spaß gemacht«, wirft meine Mutter ein.

Die Tasse umklammernd, weiche ich ihrem Blick aus, während ich meine eigene Spiegelung in der braunen Flüssigkeit betrachte. »Eine Weile, ja«, stimme ich zu. »Aber nicht als Ärztin und nicht für den Rest meines Lebens.«

Ich zwinge mich, meiner Mutter fest in die Augen zu sehen. Mein Körper krampft sich zusammen, als würde er darauf warten, dass sie mir sagt, wie enttäuscht sie ist. Wie wütend. Doch das passiert nicht. Jennet Rain rutscht ein Stück nach vorn und faltet die Hände auf dem Tisch. Einen Moment lag sagt sie nichts, denkt nach und nickt dann, als hätte sie eingesehen, dass meine Argumente sinnvoll sind. »Und was willst du stattdessen tun?«

»Ich will ans Theater.«

»Was?«

Jetzt nicht schwach werden, Mia. Du kannst das.

Ich schlucke schwer, nehme meinen Mut noch einmal zusammen und spreche das aus, was ich schon längst hätte sagen sollen: »Was ich will, ist eine klassische Theaterausbildung.«

Der Gesichtsausdruck meiner Mutter erinnert mich daran, wie sie mich angesehen hat, als Megan mir einmal aus Spaß einen Pony geschnitten hat, der gerade einen Finger breit war.

»Das soll ein Witz sein.«

»Mom, ich …«

Sie springt von ihrem Stuhl auf. »Nein.«

Jetzt bin ich die Fassungslose. »Was?«

Meine Mutter beginnt, hektisch in der Küche hin und her zu laufen wie eine Löwin im Käfig. »Nein, Mia. Das ist kein Beruf. Das ist ein Hobby.«

Enttäuscht sinke ich auf meinem Stuhl zusammen. »Es kann ein Beruf werden.«

»Hat deine Schwester dir diesen Unsinn in den Kopf gesetzt?«

»Danke, Mom«, murrt Megan und schlurft zu uns in die Küche. Sie nimmt sich mit völliger Gelassenheit einen Kaffee und zwinkert mir aufmunternd zu. »Aber nein, ich habe Mia nichts in den Kopf gesetzt. Sie hat ihren Weg ganz allein gefunden. Und das macht mich wirklich unglaublich stolz.«

Noch ist unsere Mutter zu beschäftigt damit, hin und her zu laufen, um darauf zu antworten. Dann bleibt sie plötzlich stehen und sieht mich an. »Mia, bitte. Sei vernünftig. Du brauchst ein Studium, eine Grundlage.«

Ich zucke mit den Schultern. »Megan schafft es auch, sich mit ihrer Kunst und dem Fotografieren zu finanzieren«, gebe ich trotzig zurück.

»Wenn es so wäre, müsste ich ihr wohl nicht ständig aushelfen!«

»Zieh mich da bitte nicht noch mehr rein«, murmelt meine Schwester in ihre Tasse, aber dennoch laut genug, damit ich ihr einen Hilfe suchenden Blick zuwerfen kann.

»Theater«, sagt meine Mutter kopfschüttelnd. »Eine sterbende Kunst.«

»Sie stirbt nicht«, wehre ich ab.

»Sag das den geschlossenen Theatern und den arbeitslosen Darstellerinnen.« Sie stützt sich an der Lehne des Stuhls ab, um mich streng zu mustern.

Mit aller Kraft versuche ich, ruhig zu atmen. Ich kann dieser Konfrontation nicht länger aus dem Weg gehen, das ist mir klar. Aber das macht es nicht einfacher. Es war nie meine Absicht, sie zu enttäuschen, aber ich kann nicht mehr die Rolle der perfekten Tochter spielen. »Mom, ich will nicht in einen OP. Ich will auf eine Bühne.«

Sie schüttelt den Kopf. »Und wie stellst du dir das vor?«

Endlich etwas, auf das ich ihr eine gute und strukturierte Antwort geben kann. »Die *Boise State University* bietet ein Studium in Theaterwissenschaften an. Ich hab mich für das nächste Semester beworben«, erkläre ich also, woraufhin meine gesamte Familie hörbar nach Luft schnappt. Bevor sie mich aber mit ihrer Meinung überschwemmen können, fahre ich einfach mit meinem eingeübten Vortrag fort, als sei er eine Rolle. »Dort habe ich Theater, Film und kreatives Schreiben. Die Universität hat mehrere Partnerprogramme, darunter auch das Belmont-Bay-Theater. Caroline selbst hat dort auch studiert. Also nicht nur stumpfe Theorie. Selbst wenn ich feststelle, dass ich nicht auf eine Bühne gehöre, kann ich mit diesem Abschluss immer noch all die Dinge tun, die ich liebe.«

Mein Puls trommelt wie wild. Die Blicke meiner Familie sind undeutbar. Für einige Herzschläge wirkt es, als seien wir alle eingefroren.

»Du meinst es wirklich ernst«, stellt meine Mutter fest und lässt sich wieder auf dem Stuhl nieder, als hätte sie Kraft verloren, gegen meinen Wunsch anzukämpfen.

Ich weiß nicht, was ich darauf erwidern soll, denn ich spüre, wie wieder Tränen in meinen Augen brennen, obwohl ich mir vorgenommen habe, nicht zu weinen. Megan scheint als Einzige zu merken, was los ist. Sie stellt sich demonstrativ hinter mich und legt mir eine Hand auf die Schulter. »Mom, du solltest sie sehen. Ich habe keine Ahnung vom Theater, aber Mia gehört auf eine Bühne. Wirklich.«

Dankbar blicke ich zu meiner Schwester. Sie lächelt aufmunternd. Unsere Mutter jedoch ist noch immer nicht begeistert. »Verbündet ihr euch jetzt gegen mich, damit ich nachgebe?«

»Wenn du uns keine andere Wahl lässt, ja«, gibt Megan völlig gelassen zurück.

Wieder herrscht angespanntes Schweigen, doch dieses Mal ist etwas anders. Meine Mutter denkt nach. Doch nicht darüber, wie sie mich davon abhalten kann. »Dein Collegegeld ist erschöpft«, fährt sie fort, ohne mich aus den Augen zu lassen. »Mit dem Geld, das noch übrig ist, wirst du nicht das gesamte Studium finanzieren können.«

»Ich habe einen Job«, sage ich schnell. »Und ich bin sicher, ich kann den auch neben dem Studium fortführen.«

Sie nickt. »Darüber muss ich nachdenken.«

Fast hätte ich aufgejubelt, aber dazu ist es noch zu früh. »Okay. Das verstehe ich«, versichere ich ihr und drücke Megans Hand, deren Grinsen breiter wird. »Wusste Kevin von deinen Plänen? War das der Grund für eure Trennung?«

Die Erwähnung seines Namens sorgt dafür, dass sich alle meine Muskeln plötzlich anspannen. »Nein, ich …« Meine Stimme verliert sich, wird leiser, schwach. Schleudert mich zurück in ein Korsett, das mir die Luft abschnürt.

Meine Mutter scheint es nicht zu bemerken. »Keine Ahnung, was zwischen euch vorgefallen ist. Aber er scheint sich wirklich Sorgen um dich zu machen. In den letzten Wochen hat er sich öfter bei mir gemeldet als du.«

Mein Mund ist trocken. Ich bringe kein Wort heraus. Jedes ihrer Worte klingt gedämpft, als hätte jemand meinen Kopf unter eisiges Wasser getaucht.

»Mom«, ruft Megan aus. »Das Thema sollten wir verschieben.«

Die dunklen Augen meiner Mom fixieren mich. »Du kannst mit mir reden, Mia.«

»Ich weiß«, gebe ich zurück, obwohl es eine Lüge ist, denn ich weiß es nicht. Bisher war der einzige Mensch, mit dem ich wirklich reden konnte, Conner, und selbst ihm habe ich nicht alles gesagt. Konnte ihm nicht alles sagen.

Je näher mir die Menschen stehen, desto mehr scheue ich mich davor, ihnen zu zeigen, wie viel Schaden meine Seele wirklich genommen hat.

Einmal atme ich noch tief durch, dann sage ich: »Mom, ich will keinen Kontakt mehr zu ihm.«

Das scheint sie zu überraschen. »Okay. Und wirst du mir auch sagen, warum?«

»Mia«, murmelt Megan drängend neben mir. »Bitte.«

Da ist sie, die perfekte Situation, um meiner Mutter alles zu sagen. Um ihr zu erklären, was in den letzten Monaten und Jahren mit mir passiert ist.

Aber mein Mund bleibt geschlossen, während mein Herz so laut hämmert, dass ich kaum etwas anderes hören kann.

»Mia, ich bin für dich da. Egal, was passiert«, setzt sie nach, und ich weiß, dass sie es nur gut meint. Aber in meinem Kopf dreht sich alles.

»Ich weiß«, murmle ich. »Aber ich … habe Angst.«

Vor Verwirrung schießen die Augenbrauen meiner Mutter nach oben. »Aber wovor denn?«

»Vor Kevin.«

Ihr klappt der Mund auf. Für ein paar Sekunden zucken ihre Lippen, als würde sie etwas sagen wollen, aber nicht wissen, was. Dann lehnt sie sich auf ihrem Stuhl zurück. »Aber …«, setzt sie an, kommt allerdings nicht weiter, denn dieses Mal bin ich es, die sie unterbricht: »Ich kann noch nicht darüber reden, aber das werde ich. Versprochen. Das Festival endet heute, und ich habe mir nach den letzten Monaten etwas Glück verdient. Also, könnten wir darüber reden, wenn ich diesen letzten Tag genossen habe?«

Ich spüre Megans Hand auf meiner Schulter. Diese kleine Geste reicht aus, damit ich die Kraft finde, zu lächeln. »Also: Frühstück, Festival, Mittag, Festival und dann die letzte Vorstellung des Sommers?«

Meine Mom lacht auf. »Wie könnten wir uns dagegen wehren?«

CONNER

Fluchend weiche ich einer Truppe angetrunkener Menschen mit bunten Drinks aus. Leider bin ich dabei nicht schnell genug, und etwas von den bunten Cocktails landet auf meinem Shirt. Natürlich ist es weiß, und es bildet sich augenblicklich ein rosafarbener Fleck.

Doch mit fehlt die Zeit, mich darüber zu ärgern, denn Mia lacht zwischen den Menschen auf, und sofort muss ich lächeln. »Du bist spät dran«, sagt sie zur Begrüßung und haucht einen Kuss auf meine Lippen, der mich ebenso überrascht wie freut.

»Tut mir leid, im Diner war die Hölle los.« Dass es in meinem Kopf ähnlich zugeht, lasse ich dabei unerwähnt. Die Albträume sind wieder schlimmer geworden, seit wir den Schädel gefunden haben, und auch wenn ich weiß, dass die Wahrscheinlichkeit, dass es Caren ist, gegen null geht, ist da diese leise Hoffnung. Ich will mich nicht daran klammern, aber ich kann nicht verhindern, dass sie immer wieder vor mir aufblitzt.

Mia lächelt, holt mich damit wieder ins Jetzt und sagt: »Ich verzeih dir, weil du dir die Aufführung mit uns ansiehst.«

»Was bin ich doch für ein Glückspilz. Warte – mit uns?«

»Hallo, Conner«, flötet Mias Mutter und taucht hinter ihr auf. Ich schlucke meine Überraschung hinunter. »Hallo, Mrs Rain.«

»Wir sollten unsere Plätze sichern – nicht dass uns noch etwas entgeht, nur weil wir zu lange warten.«

Mia sieht mich entschuldigend an, aber ich gebe zu, ich kann ihr nicht wirklich böse sein. Schon gar nicht, wenn ich ihre Mutter und Megan in den weißen Shirts mit dem Shakespeare-Aufdruck vor mir sehe. »Hast du kein Shirt bekommen?«

Mia grinst verschmitzt, während wir zu der Freiluftbühne schlendern. »Die beiden haben eine Wette gegen mich verloren. Darum müssen sie jetzt den ganzen Abend diese Shirts tragen.«

»Und was für eine Wette war das?«

»Dieses Geheimnis werde ich dir nicht verraten.«

Ich verenge die Augen. »Wie geheimnisvoll.«

»Mit mir wird es eben nie langweilig.«

»Stimmt.«

Sie ergreift meine Hand und zieht mich zu unseren Plätzen. In diesem Moment betritt der erste Akteur die Bühne und unterbricht damit diese seltsame Unterhaltung. *Antonius und Cleopatra* ist nicht gerade mein liebstes Stück. Doch Mia hängt an den Lippen der Spielerinnen und Spieler und scheint sich in diese alte Welt hineingezogen zu fühlen, in der Julius Cäsar gerade ermordet wurde und Antonius, Octavius und Lepidus ein neues Triumvirat bilden, um das Römische Reich zu beherrschen.

Aufgrund der mangelnden männlichen Darsteller in Belmont Bay wird Octavius von derselben Frau gespielt, die mir in der Highschool das Leben mit endlosen Aufsätzen zur Hölle gemacht hat.

Offenbar habe ich meinen Unwillen nicht nur in Gedanken geäußert, denn Mia stößt mich mit der Schulter an. »Ist alles okay?«

Ich lächle, überlege kurz, ihre Hand zu küssen, aber der strenge Blick ihrer Mutter hält mich davon ab. »Mir war nur nie klar, warum Antonius, statt zu herrschen und einen Krieg zu verhindern, lieber bei Cleopatra Milchbäder nimmt«, antworte ich so leise wie möglich.

»Ich würde gern antworten: wegen der Liebe. Doch seine Heirat mit Octavius' Schwester, um das Triumvirat wieder zusammenzubringen und den Friedensvertrag mit Pompeius zu schmieden, widerspricht dieser Theorie wohl.«

»Genau das ist es ja. In einem Moment gibt es für ihn nichts als Cleopatra, und im nächsten dient er seinem Land.«

»Genau das ist der Kern dieser Tragödie. Egal, wie sehr man sich liebt, es können immer Dinge dazwischengeraten. Besonders in Zeiten von Krieg und Verrat.«

»Nein.«

»Nein?«

»Ich denke, wenn es diese große Liebe gibt, dann kann nichts zwischen sie geraten. Kein Krieg, kein Verrat. Und man stürzt sich auch nicht in sein Schwert, ohne zu wissen, dass die Frau, die man liebt, wirklich gegangen ist.«

»Wie gut, dass wir nun das Ende kennen«, murmelt Mias Mutter und sorgt so dafür, dass wir wieder schweigend der Tragödie folgen. Natürlich spielt Caroline selbst die Cleopatra. Dennoch kann ich nicht verhindern, dass ich die Luft anhalte, als sie in das Grab ihrer Familie flieht und Antonius, von Trauer zerrissen, sich selbst schwer verwundet.

Mia tastet nach meiner Hand. Eine einzelne Träne läuft über ihre Wange, als Antonius in den Armen seiner Königin stirbt.

Bei der letzten Szene drückt Mia meine Hand fester, und auch wenn ich finde, dass Caroline es mit ihrer Todesszene etwas übertreibt, muss ich zugeben, dass es mich berührt hat.

Antonius und Cleopatra sind wieder vereint, doch statt Romantik sehe ich in diesem Beispiel eher eine Warnung für das Ende einer Beziehung.

Megan scheint es ähnlich zu gehen, denn sie verdreht nur die Augen, als sich unsere Blicke kreuzen.

Die leise Hintergrundmusik verklingt, und Mia springt sofort von ihrem Sitz auf, um zu applaudieren. Ihr folgen alle anderen, und selbst ich ringe mich dazu durch, dem Belmont-Bay-Theater zumindest diesen Applaus zu schenken.

Selbst Mias Mutter scheint einen Moment von der knisternden Atmosphäre und dem Lachen ihrer Tochter angesteckt zu werden.

»Her mit euren Eintrittskarten«, sagt Megan.

»Das geht nicht, wir müssen noch abstimmen«, widerspricht Mia und deutet auf die Rückseite der Karten, auf denen wir unser Kreuz für das nächste Theaterstück machen sollen.

Die Auswahl aus *Hamlet*, der *Weihnachtsgeschichte* oder *Wer hat Angst vor Virginia Woolf?* haut mich zwar nicht sonderlich um, aber ich muss dennoch lächeln. Mia hat es in dieser kurzen Zeit bereits geschafft, ihre Spuren in dieser Stadt zu hinterlassen.

»Die Karten gehören in ein Fotoalbum, nicht in eine Wahlurne«, protestiert ihre Schwester, aber Mia bleibt hart.

»Wir haben noch die Karten von gestern.«

Also setzen wir unsere Kreuze und werfen unsere Karten in die roten Sammelbehälter an der Bühne. Mein Blick schweift über das sich leerende Gelände, auf dem einige Budenbesitzer bereits dabei sind, ihre Stände zu schließen. Wer weiß, vielleicht wird es in dieser Stadt bald ein Stück geben, das Mia bestimmt.

Die Menschentraube löst sich langsam auf, verteilt sich wieder über das Festivalgelände. Einige gehen bereits in Richtung See, um sich einen guten Platz für das Feuerwerk zu sichern.

Kurz überlege ich zu fragen, ob Mia und ihre Familie das Feuerwerk ebenfalls sehen wollen, entscheide mich dann jedoch dagegen. Der Egoist in mir will, dass sich meine eigentlichen Pläne noch erfüllen – und das bedeutet, dass Mia und ich diesen Moment nur für uns haben.

Irgendwie habe ich den Faden zur Unterhaltung der Schwestern verloren, die nun von der Mutter kommentiert wird. »Ich muss gestehen, das wusste ich bisher nicht über Idaho.«

Mia nickt und wirft mir einen Blick über die Schulter zu, während ich der Familie hinterherschlendere.

»Nur weil du deine Vorurteile nicht ablegen kannst«, kommt es von Megan. »Idaho ist großartig. Berge, Wald, Seen und sehr viel mehr Kultur, als du denkst.«

»Wenn auch die eher kitschige Sorte.«

»Beim Festival gebe ich dir recht«, mische ich mich ein. »Aber das liegt weniger an Idaho und mehr an der Kleinstadt.«

»Du bist hier aufgewachsen, Conner?«

»Ja.«

»Und wolltest du nie weg?«

»Bisher nicht, wenn ich ehrlich bin.«

»Und was für eine Zukunft erwartet man für sich in einer Stadt wie Belmont Bay?«, will Mias Mutter mit prüfendem Blick wissen. Zum Glück springt Mia für mich ein. »Mom, bitte. Langsam ist es unangenehm.«

Mrs Rain macht eine wegwerfende Handbewegung. »Ich will nur wissen, mit welchen Leuten meine Tochter sich abgibt.«

»Verlangst du auch gleich noch seine Krankenakte und die Kontoauszüge?«, nuschelt Megan gerade laut genug, damit man sie noch hören kann.

Ich lache. »Auf meinem Konto befinden sich aktuell 48 Dollar und 56 Cent«, sage ich, ohne mit der Wimper zu zucken.

»Interessant«, sagt Mrs Rain wieder, doch dieses Mal klingt es wieder anders.

»Mir ist klar, dass ihr Mia gern für euch hättet, da die gesamte

Familie nun in der Stadt ist …«, beginne ich, verliere aber gleich wieder den Faden angesichts des strengen Ausdrucks in ihren Augen.

»Ihr wollt euch das romantische Feuerwerk allein ansehen?«

»Mom!«, ruft Mia aus und schlägt die Hände vors Gesicht.

»Das zu leugnen, wäre eine Lüge.«

»Kein Mann vieler Worte«, meint Mrs Rain und sieht ihre Tochter an. »Geht und habt Spaß, aber morgen kommst du mir nicht so einfach davon.«

Mia sieht von mir zu ihrer Mutter, lässt sich kurz in den Arm nehmen und nickt dann.

»Viel Spaß, ihr zwei«, ruft Megan und zieht ihre Mutter von uns weg, wofür ich ihr wohl auf ewig dankbar sein werde. In meinem Kopf mache ich mir eine Notiz, ihr einen der guten Milchshakes zu spendieren, wenn sie mal wieder im Diner ist.

»So habe ich mir den Abend nicht vorgestellt«, murmelt Mia. Ihr entschuldigender Blick lässt mich erneut lächeln. Offenbar wird das in ihrer Gegenwart allmählich zur Gewohnheit.

»Ich gebe zu, ich auch nicht.« Mit einer Hand deute ich zum Parkplatz. Nichts von dem, was in der letzten Zeit passiert ist, habe ich mir so vorgestellt.

Mia scheint kurz verwirrt zu sein, da sie mit dem Strom von Touristen und Einheimischen zum See gehen wollte. Doch sie folgt meiner stummen Aufforderung.

Als wir im Wagen sitzen, sieht sie mich lange an. »Du hast dich ziemlich gut geschlagen.«

»Findest du?« Ich starte den Wagen und fahre an den Menschen vorbei. Es gibt eine kleine Bucht, gut versteckt. Nichts, was die Touristen kennen. Doch von dort aus werden wir den besten Blick auf das Feuerwerk haben. Die Wahrscheinlichkeit, dass wir dort völlig allein sind, ist zwar gering, doch zumindest werden wir uns nicht inmitten der gesamten Stadt befinden.

»Ja. Dafür, dass du kein Anwalt oder Arzt bist oder ein Royal, hat sie dich ziemlich gut behandelt.«

»Ein Royal?«

»Für ihre Töchter ist selten jemand gut genug«, meint Mia nachdenklich und blickt aus dem Fenster.

»Das kann ich ihr nicht übel nehmen.«

Wir lächeln uns einen Moment an, doch dann muss ich aufhören, sie anzusehen wie ein verliebter Teenager, und den Wagen zur Bucht lenken.

Wortlos steigt Mia aus. Wie ich erwartet habe, sind wir nicht das einzige Paar, das es vorzieht, etwas mehr Ruhe zu haben. Im hellen Sand liegen mehrere Decken, auf denen sich die Verliebten tummeln. Der Geruch von Bier und Sekt mischt sich mit dem des Sees.

Ich grinse, hole eine karierte Decke aus dem Kofferraum und lege sie statt in den Sand auf das Dach des Autos. Mia legt fragend den Kopf schief. »Du willst dich auf dein Auto setzen?«

»Warum nicht?«

Lachend schüttelt sie den Kopf, lässt sich jedoch von mir hochheben und auf das Dach setzen. Zum Glück hat Tara daran gedacht, mir auch ein paar Kissen einzupacken sowie einen kleinen Korb, in dem sich kalte Cola befindet. Nachdem ich Mia den Korb gereicht habe, klettere ich ebenfalls auf das Dach. Die Sonne ist schon lange untergegangen. Der See liegt dunkel vor uns. In der Ferne sind die aufgeregten Stimmen der Festivalbesucher zu hören, und vereinzelte Glühwürmchen fliegen wie Goldfunken durch die kühle Nachtluft.

Ich fühle die samtige Decke unter mir, während ich mich neben Mia setze. »Gleich geht es los«, raune ich und ziehe sie in meine Arme.

Mia sieht mich an, und der Trommelwirbel in meiner Brust wird noch rasender. Sie haucht einen zarten Kuss auf meine Lippen, bevor sie ihren Kopf wieder an meine Brust bettet.

Gedämpft hören wir das Zünden der Feuerwerkskörper. Der schwarze Himmel wird in ein Farbenmeer getaucht. Gerade haben sich drei Raketen gleichzeitig ihren Weg zum Himmel gesucht. Mia drückt sich lächelnd an mich und bettet den Kopf an meine Schulter.

Ich küsse ihre Stirn, versuche diesen Moment in meinem Inneren abzuspeichern, und betrachte die funkelnden Punkte, die sich in nichts auflösen. Die Feuerwerkskörper zerspringen und malen rote und grüne Linien an den schwarzen Himmel und den schimmernden See. Der Anblick erinnert mich an Sterne, die sich aus dem Himmelszelt lösen und in den See hinabregnen.

Mia hebt den Kopf, sieht mir in die Augen. »Danke.«

Noch bevor ich darauf antworten kann, küsst sie mich. Ihre Hand streicht über mein Kinn, und diese winzige Berührung reicht aus, damit in mir ein eigenes Feuerwerk stattfindet. »Wofür?«, murmle ich an ihre Lippen.

»Dass du …«

Eine grölende Stimme unterbricht sie. »Mia, hey, Mia!«

Für den Bruchteil einer Sekunde blinzle ich verwirrt. Vor unserem Wagen steht Arin. Ich springe vom Wagen. »Was willst du?« Ich mache einen bedrohlichen Schritt auf den Typen zu. Der Gestank von Bier schlägt mir entgegen. Ein Blick in seine Augen reicht, damit ich sehen kann, dass Bier nicht das Einzige ist, von dem er zu viel hatte. Alles kocht in mir hoch. Der Wald, der Regen, der Schädel. Die Angst und die Hoffnung, Caren gefunden zu haben. Mia, die verletzt ist.

Mein Kiefer knackt.

»Conner, lass gut sein«, ruft Mia aus und rutscht ebenfalls vom Autodach.

»Mia«, lallt Arin. Er will näher kommen, doch ich schiebe mich ihm in den Weg. Nur über meine Leiche wird er ihr noch näher kommen. »Mia kennt mich!«

»Was willst du, Arin?«, fragt sie. Vorsichtig, fast schon behutsam.

»Ich brauche wirklich dringend meine Pillen«, meint Arin, wobei er versucht, jedes Wort deutlich auszusprechen. Der Versuch scheitert kläglich, stattdessen klingt er verwirrt und alles irgendwie matschig.

Angewidert verziehe ich das Gesicht. »Keiner von uns hat Pillen. Verschwinde.«

»Mia, Mia. Ich weiß, du kannst mir was besorgen«, fährt Arin fort. »Komm schon, du hast doch bestimmt was dabei. Oder du bringst mich zur Praxis …«

»Nein«, sagt Mia laut und deutlich. »Ich kann dir nicht helfen. Bitte geh jetzt.«

Arin schüttelt den Kopf. »Du verstehst das nicht«, fährt er fort und wird lauter. »Ich brauchte etwas, jetzt. Okay?«

»Hast du ihr nicht zugehört?«, knurre ich und balle unwillkürlich die Hände. Der Kerl ist einen guten Kopf kleiner als ich, doch sein Ego und seine Sucht scheinen dafür unendlich zu sein. Er hat sich nicht geändert, hat nichts verstanden. Und irgendwo in mir regen sich all der Ärger, der Schmerz und der Verlust, und es wird zu etwas viel Schlimmerem, zu Hass. Zu allem Überfluss versucht er auch noch, sich an mir vorbeizuschieben. »Mia, komm schon, wir kennen uns doch. Jetzt hilf mir, verdammt noch mal.«

Er stolpert an mir vorbei, versucht, Mia zu packen.

Da legt sich der Schalter in mir um. »Du elender …«

»Conner!«

Ich höre Mia, aber ihre Stimme ist weit weg. Das Einzige, was ich überdeutlich spüre, ist die Wut, die in mir tobt. Grob stoße ich den Kerl von mir weg. Sämtliche Muskeln in meinem Körper spannen sich an, machen sich bereit. Ich weiche seinem eher peinlichen Versuch, mich zu schlagen, aus und setze zur Gegenwehr an. Der Typ landet im Sand, doch das reicht mir nicht.

»Conner, hör auf!«

Ehe ich etwas tun kann, das ich schon einmal bereut habe, steht Mia plötzlich vor mir.

»Stopp!«

Hinter ihr rappelt sich der Kerl wieder auf. In seinem Gesicht steht nackte Angst. Doch was noch viel schlimmer ist: in Mias auch.

»Was zum Teufel sollte das?«, herrscht sie mich an. Halb wütend, halb ungläubig und – selbst wenn es mathematisch nicht korrekt ist – auch halb panisch.

»Ich habe ihn gewarnt.«

»Und darum dachtest du, es sei eine gute Idee, jemanden, der eindeutig Probleme hat, fast zu schlagen? Musstest du das Alphamännchen rauslassen?«

Ich schüttle den Kopf, bin selbst wütend, weil sie recht hat. »Tut mir leid, ich dachte …«

Sie schlägt die Hand weg, die ich nach ihr ausstrecke. »Fass mich nicht an.«

»Mia, ich …« Aber die Worte bleiben mir in der Kehle stecken.

»Nein. Ich will es nicht hören.« Sie schüttelt den Kopf, sieht von mir zu dem fremden Mann, dessentwegen ich die Kontrolle verloren habe. Ihr Blick zeigt eine derartige Enttäuschung, dass ich mir wünsche, der See würde mich in seinem schwarzen Wasser verschwinden lassen.

»Mia …«

Wütend marschiert sie davon und lässt mich an meinem Auto stehen. Das Feuerwerk ist vorbei. Es gibt nur noch die Dunkelheit und mich.

»Fuck.«

34

CONNER

Vier Jahre zuvor

Der Bass lässt den morschen Holzboden vibrieren und scheucht sämtliche Spinnen aus ihren Ecken. Der peitschende Wind wird von der grölenden Musik übertönt. In dem verlassenen Haus befinden sich kaum Möbel. Nur ein altes Sofa und jede Menge leerer Kisten. Ich nippe an meinem Bier, beobachte, wie ein paar andere die halb abgefallene Tapete mit Graffitis verschönern, und lege den Kopf schief.

»Du solltest nicht so viel trinken«, meint Caren und stellt sich zu mir. Ihr dunkelblondes Haar ist zu einem langen Pferdeschwanz gebunden. In der Jeans und dem langen schwarzen Pullover sieht sie eher aus, als würde sie sich bereit machen, in die Bibliothek zu gehen, statt auf einer Party zu sein. Mir ist es egal, was sie trägt, für mich ist sie immer wunderschön.

»Komisch, das Gleiche wollte ich dir eben sagen«, gebe ich zurück und stoße mit ihr an.

Lustlos sieht sie aus dem Fenster. »Der Sturm wird schlimmer.«

Ich folge ihrem Blick. Vor den dreckigen Fenstern blitzt es. Regen trommelt gegen die Scheibe, als wollte er uns aus dem Haus treiben. Das hier war eine verdammt schlechte Idee, aber nun sitzen wir fest. »Wir sollten warten, bis er vorbei ist.«

»Dann hoffen wir mal, der Wind hört auf, ehe das letzte Bier leer ist«, murrt sie. »Warum sind wir noch mal hier?«

»Wenn ich mich richtig erinnere, war das deine Idee.«

»Nein, ich bin sicher, es war deine.«

Ich grinse sie an und widerstehe dem Drang, sie zu küssen. »Warst du es nicht, die meinte, wir müssen uns vor den Abschlussprüfungen noch mal austoben?«

Das schummerige Licht der Dutzenden Kerzen und der winzigen Glühbirne im Raum sorgt dafür, dass ich ihr Gesicht nicht erkennen kann. Sie schüttelt den Kopf. »Das klingt absolut nicht nach mir.«

Eine Gruppe aus unserer Klasse kommt auf uns zu. Genau die Art von Gesellschaft, auf die ich keine Lust habe. Darum versuche ich gar nicht erst, ein freundliches Gesicht aufzusetzen. Allerdings bin ich auch nicht diejenige, die das Interesse auf sich gezogen hat. »Caren, du siehst heute wirklich heiß aus.«

»Spar dir die Mühe, Arin. Selbst im schlimmsten Sturm der Welt würde ich dich nicht einmal mit der Kneifzange anfassen«, gibt Caren dem Klassenwiderling direkt Konter.

Arin sieht von mir zu meiner Freundin, als würde er abschätzen, was er sagen darf und was nicht. Dann grinst er breit. »Warum gleich so hysterisch?«

Caren verdreht die Augen. »Weil du ein sexistisches Arschloch bist und noch dazu weniger in der Lage, einen Trick zu lernen, als der Hund vom alten Bennett«, sagt sie mit einem falschen Lächeln, bei dem ich automatisch lachen muss. Genau darum liebe ich sie.

Bei Arin rattert es noch. Ich bin nicht sicher, ob es am Alkohol liegt oder an den anderen Dingen, die er konsumiert. »Hast du mich gerade als dumm bezeichnet?«

Caren grinst. »Oh, ich bin erstaunt, dass du es gemerkt hast. Zieh dir auf dem Klo doch noch etwas mehr Zeug durch die Nase, dann wird deine Auffassungsgabe sicher besser.«

Binnen eines Wimpernschlags verändert sich Arins Ausdruck. Sein sonst blasses Gesicht wird plötzlich puterrot, und seine Unterlippe beginnt zu zittern. Er macht einen Schritt auf meine

Freundin zu, packt sie am Arm und will sie zu sich ziehen. »Bitch …«

Bevor es ihm gelingt, schlage ich ihm die Hand weg und schiebe mich vor Caren. »Was hast du da gerade gesagt?«

Arin weicht sofort einen Schritt zurück. »Chill! So läuft das immer zwischen uns.«

»Da läuft gar nichts zwischen euch.«

»Entspann dich, Conner. Vielleicht sollte deine Kleine mal einen mit uns rauchen, damit sie nicht …« Er will erneut nach ihr greifen.

»Fass sie nicht an«, knurre ich wütend und spüre, wie der Zorn mir sauer die Kehle hinaufsteigt.

»Ein Fick würde euch beiden mal guttun.«

Ein donnernder Knall ertönt.

Wir zucken alle zusammen und starren aus dem Fenster. Ein Blitz hat in einen der Bäume eingeschlagen. Funken fliegen, Feuer mitten im Regen. Einen Moment lang herrscht Schweigen. Nur der Bass der Musik dröhnt unaufhörlich durch das morsche Haus.

Da stehen wir also. Jugendliche, die sich selbst völlig über- und die Stürme in dieser Stadt unterschätzt haben. Das Feuer hat keine Chance gegen den Regen. Ebenso wie meine Wut.

Damit bin ich offenbar nicht allein. Plötzlich stürzt sich Arin auf mich. Ich kann seinen ersten Schlag nicht abwehren und keuche auf vor Schmerz, während mein Kiefer knackt. Doch das stachelt meine Wut nur noch mehr an. Ich stoße ihn von mir.

Er prallt gegen die Wand. Staub wirbelt durch die Luft, während meine Faust krachend auf seiner Nase landet.

»Conner, hör auf!«

Blut spritzt auf meine Haut. Ein roter Film hat sich vor meine Augen gelegt. Ich will Arin wieder von mir stoßen, aber er stürmt einfach erneut auf mich zu.

»Scheiße, Conner …«

Caren.

Plötzlich ist nicht mehr Arin vor mir, meine Faust fliegt nicht mehr auf ihn zu, sondern auf Caren.

Nur kommt das Signal zu spät in meinem Körper an. Ich stoße Caren zu Seite, und die Wucht reicht aus, damit sie hart am Boden aufschlägt. »Conner …«, ächzt sie.

Meine Wut weicht einer panischen Angst. »Fuck. Geht's dir gut?«

Ich knie mich neben sie, will ihr hochhelfen, doch sie funkelt mich nur wütend an. »Fass mich nicht an.«

»Caren, tut mir leid, ich …«

»Was?«, herrscht sie mich an und springt auf die Füße. »Was tut dir leid? Dass du dich genauso benimmst wie diese Arschlöcher?«

Mein Mund steht offen. Meine Kehle ist rau. »Du warst plötzlich da, es ging so schnell«, stottere ich.

»Schön, und jetzt bin ich weg. Dann könnt ihr euer Alphamännchengehabe gern bis zum bitteren Ende ausfechten«, schnaubt sie und greift sich ihre Jacke von dem Haufen, auf dem wir alle unsere Sachen abgelegt haben.

Fluchend reibe ich mir über die Stirn, bemerke erst jetzt die roten Blutsprenkel auf meiner Haut. Einen Augenblick bringt mich das völlig aus dem Konzept. Arin wird unterdessen von seinen Freunden versorgt. Seine Nase sieht nicht gut aus. Fuck, was habe ich mir nur dabei gedacht?

Gerade will ich mich zu meiner Freundin umdrehen, aber sie ist verschwunden. »Caren, bleib hier«, rufe ich ihr nach und eile ihr hinterher.

»Spar's dir«, schnaubt sie durch den dichten Regen.

Ich fluche, weil ich meine Jacke nicht dabeihabe. »Caren, nicht, der Sturm …«

»Lieber bin ich in dem Sturm hier draußen als mit dir da drin«, schreit sie und marschiert davon, während Blitz und Donner ihre Wut noch unterstreichen.

»Caren, warte!«, rufe ich, rase wieder rein, schnappe mir eine der Jacken, die hoffentlich wirklich meine ist, und bin wieder auf der Veranda. Doch sie ist nicht mehr da.

Ohne nachzudenken, laufe ich los. Zwischen den dichten Tropfen verschwimmt meine Sicht. Ich bin schon jetzt bis auf die Knochen durchnässt, und meine Turnschuhe rutschen immer wieder im Schlamm weg. Undeutlich erkenne ich eine Gestalt, die unseren üblichen Pfad im Wald einschlägt. Ich laufe hinterher, rufe ihren Namen. Aber Caren dreht sich nicht einmal um.

So schnell ich kann, haste ich ihr hinterher. Der Weg ist kaum zu erkennen. Ich stehe bis zu den Knöcheln in tiefem Schlamm, der mir jeden Schritt erschwert. Regen tropft in meine Augen, raubt mir die Sicht. Aber ich bleibe nicht stehen, sondern gehe immer weiter. Ich rufe, schreie, flehe. Doch der Sturm ist lauter als ich. Atemlos drehe ich mich im Kreis. Vor mir sind dichte Bäume, kein Pfad.

Die Dunkelheit, der Regen, meine Rufe.

Ich verliere die Orientierung. Meine Füße verlieren den Halt.

Äste und Dornen bohren sich in meine Haut, während ich einen Abhang hinunterrolle. Meine Schreie werden vom Donner verschluckt. Und plötzlich ist alles schwarz.

Ich liege allein in der Dunkelheit und rufe nach Caren.

35

MIA

Es fühlt sich ein bisschen an wie eine Intervention. Nur dass ich diejenige war, die ihre Familie versammelt hat, um endlich zu sagen, was so lange unsagbar war. Die Ereignisse haben sich überschlagen, sich verheddert und verdreht, bis ich den Fokus verloren habe. Schon wieder, aber ich bin jetzt bereit. Oder zumindest so bereit, wie man eben sein kann.

Mom sitzt neben Megan auf dem Sofa. Sie sagen kein Wort, sehen mich nur an und warten darauf, dass ich bereit bin. Darauf warte ich auch, nur bekomme ich langsam das Gefühl, dass ich nie wirklich bereit sein werde.

Womit soll ich anfangen?

Mit dem ersten Mal? Der Backpfeife, die ich bei einem Streit bekam? Mit den Tränen, die er jedes Mal vergossen hat, wenn er sich bei mir entschuldigte und schwor, das würde nie wieder passieren? Oder mit dem Moment, in dem ich realisiert habe, dass dies nun meine neue Rolle ist? Die Frau, die geschlagen wird. Die sich selbst einredet, sie hätte es verdient, weil sie niemals gut genug sein wird.

»Ich weiß nicht, wie ich anfangen soll«, gestehe ich leise. Hilflos schlinge ich die Arme um meinen Körper, als müsste ich mich selbst zusammenhalten. Ein Teil von mir wünscht sich, dass Conner jetzt hier wäre. Aber nach seinem Ausbruch ist die Angst in mir wieder so wach, dass ich ihm noch nicht in die Augen sehen kann.

»Himmel, Mia«, flüstert meine Mutter. »Was ist denn nur passiert?«

Ich atme einmal tief durch. »Erinnerst du dich an letztes Weihnachten?«, beginne ich also und schließe die Augen, weil ich ihr Gesicht nicht sehen will.

»Ja«, sagt sie tonlos.

»Und an meinem Unfall beim Eislaufen?«

»Natürlich, deine Nase sah furchtbar aus.«

Meine Stimme klingt seltsam tonlos, und gleichzeitig fühlt es sich an, als würden alle unterdrückten Gefühle zwischen den Silben beben. »Das war kein Unfall.«

Das Schweigen unterstreicht die nachdenkliche Sorgenfalte auf Moms Stirn, während sie zu verstehen versucht, was ich ihr damit sagen will. Megan ist auffällig ruhig. Sie hält meiner Mutter die Hand, wartet darauf, dass ich die letzten Worte ausspreche.

»Es war Kevin.«

»Was?«

Die Kraft verlässt mich, ich taumle zum Sessel, lasse mich daraufsinken und ziehe die Knie an die Brust. »Es tut mir so leid«, wimmere ich. »Ich hätte es dir viel eher sagen sollen, aber ich wollte nicht, dass du mich so siehst.«

Mom scheint noch immer in Schockstarre zu sein. »Dass ich dich wie sehe?«

»Als Opfer.«

Es dauert einen Moment, bis diese zwei Wörter zu ihr durchdringen. Dann schüttelt sie den Kopf. Sie steht auf, kniet sich vor den Sessel und greift meine Hand. »Alles, was ich sehe, ist eine starke junge Frau, die ihrer Mutter verdammt noch mal sagen muss, was hier los ist.«

So lange hatte ich Angst vor diesem Moment. Hatte Angst vor der Verurteilung, der Schande. Ihrer Reaktion. Hab mir die Schuld gegeben für alles, was passiert ist. Doch das tut sie nicht. Vor Erleichterung versuche ich sogar zu lächeln, auch wenn ich das Gefühl habe, dass es mir nicht ganz gelingt. »Hast du gerade geflucht?«

»Ich werde es auf ewig leugnen«, antwortet meine Mutter. »O Mia, es tut mir so schrecklich leid.«

Ich kann nichts sagen, die Tränen unterdrücken jedes Wort. Dabei bin ich es so leid, dieses Weinen.

»Es tut mir so schrecklich leid, hätte ich es doch nur gewusst, dann …« Die Stimme meiner Mutter verliert sich. Sie schlägt sich die Hand vor den Mund, als würde sie erst in diesem Moment begreifen, dass sie einen schrecklichen Fehler begangen hat.

»Dann?«, fragt Megan, die hier die Einzige zu sein scheint, die noch einen klaren Gedanken fassen kann.

Mom wischt sich eine Träne aus dem Gesicht, verschmiert ihr Make-up und presst kurz die Lippen aufeinander, ehe sie sagt: »Er rief mich an. Wirkte so verzweifelt, weil du nicht mit ihm reden wolltest – und ich hab ihm geglaubt.«

Megan steht nun ebenfalls auf. »Mom?«

»Es tut mir so leid, Mia. Ich wusste doch nicht …«

»Mom, was hast du getan?«, will Megan wissen. Ihr Körper verkrampft sich, als würde sie die Gefahr sehen, die mir noch immer verborgen bleibt.

»Er hat gesagt, dass er sich aussprechen will. Mia ihre restlichen Sachen geben will. Und ich dachte, es wäre eine gute Idee, damit ihr die Dinge zwischen euch klären könnt«, erklärt Mom verzweifelt.

Die Welt um mich herum beginnt zu beben. »Was?«

Sie schluckt, sieht mich flehend an. »Ich hab ihm gesagt, wir treffen uns morgen zum Mittagessen.«

Fassungslos starre ich sie an, blicke zu Megan.

»Ich sag es sofort ab«, meint meine Mutter noch, aber ich kann nur den Kopf schütteln.

»Nein, ich treffe ihn lieber mit euch, als dass er mir auflauert«, murmle ich, doch die Kraft verlässt mich. Ich umklammere meine Hände. Will versuchen, diesen Worten nicht die Macht zu geben, mich wieder in den Abgrund zu stoßen. Aber alles schlägt über mir zusammen, wie tosende Wellen, die bereit sind, ein Schiff in die Tiefe des offenen Meeres zu ziehen.

Die Angst.

Die Panik.

Der Schmerz.

Zwei Jahre habe ich diesem Mann geschenkt, zwei Jahre habe ich verschwendet. Und dafür 200 Schläge kassiert, die ich nicht verdient habe.

Belmont Bay hat mir geholfen zu heilen. Mir selbst zu verzeihen, dass ich all dies habe geschehen lassen. Doch nun weiß meine größte Angst, wo sie mich finden kann.

Meine Welt verschwimmt. Wird schwarz.

Und nimmt mir jede Hoffnung, die eben noch da war.

36

CONNER

Ich wache auf und fühle mich beschissen.

Keine große Überraschung, und es ist auch nicht so, als ob ich etwas anderes erwartet hätte. Allerdings hilft mir das in meiner aktuellen Lage auch nicht weiter. Zähneknirschend bleibe ich im Bett liegen und taste lustlos nach meinem Handy, nur um es gleich wieder wegzulegen.

Offenbar habe ich es endgültig versaut. Die doppelte Dosis an Schuldgefühlen, vor Mia, vor Caren. Beides vermischt sich zu einer Lawine aus Schuld, die mich zu begraben droht. Vielleicht habe ich es nicht anders verdient.

Fluchend zwinge ich mich aus dem Bett. Die Holzdielen unter meinen nackten Füßen knarren. Das obere Geschoss des Hauses ist noch immer mehr eine Abstell-Etage. Lediglich mein Schlafzimmer sieht schon danach aus, als könnte man hier leben. Das große Bett nimmt den meisten Platz ein, ein kleiner Schreibtisch steht vor dem großen Fenster und mein Kleiderschrank an der Wand gegenüber. Irgendwo zwischen den Kisten, die ich mit dem Wort »wichtig« markiert habe, müsste auch noch die einzige Topfpflanze sein, die sich beharrlich weigert, das Zeitliche zu segnen.

Bisher habe ich mich in diesem Haus nie wirklich einsam oder allein gefühlt, doch heute ist es anders. Mein knurrender Magen erinnert mich daran, dass ich etwas essen sollte, bevor ich mich weiter in Selbstmitleid suhle. Bei einem Blick in den Kühlschrank muss ich allerdings feststellen, dass ich nichts mehr dahabe. Genervt stöhne ich auf, lasse die Kühlschranktür wieder zufallen und drücke meine Stirn dagegen.

Keine Ahnung, wie ich die Sache mit ihr wieder geradebiegen soll. Oder ob ich es überhaupt kann.

Sie hat eine Seite von mir gesehen, die ihr Angst gemacht hat. Verflucht, sie hat mir selbst Angst gemacht.

Ich glaube, mit mir stimmt etwas nicht. Irgendwo in mir ist irgendwas zu stark beschädigt, um wieder zusammenzuwachsen.

Das Klingeln meines Telefons bringt mich dazu, mich umzudrehen. Stirnrunzelnd blicke ich aufs Display. Für einen winzigen Moment habe ich die Hoffnung, dass es Mia ist. Aber leider ist es nicht ihr Name, der mir entgegenleuchtet.

»Chris, es ist gerade …«

»Er ist hier.«

»Wer ist …«

»Mias Ex ist in Belmont Bay«, unterbricht er mich sofort. Sämtliche meiner Nerven schlagen Alarm. Chris klingt leise, fast schon, als würde er flüstern.

Ich schlucke schwer, räuspere mich. »Was? Wer?«

Am anderen Ende der Leitung wird es kurz ruhig. »Mias Ex.«

Die Welt steht still. Tausende Albträume mischen sich mit der Realität, in der ich noch immer in meiner Küche stehe. Kurz blicke ich an mir hinunter, nur um sicherzugehen, dass ich schon eine Hose trage.

»Ich bin gleich da«, nuschle ich in mein Handy, bevor ich barfuß in meine Schuhe schlüpfe und die Tür achtlos hinter mir zufallen lasse.

MIA

Mir bleiben noch vier Stunden und 34 Minuten Galgenfrist, bevor ich meiner schlimmsten Angst ins Auge sehen muss. Aber ich kann nichts dagegen tun, dass ich jedes Mal zusammenzucke, wenn das Telefon klingelt.

Mir war klar, dass ich vor meiner Vergangenheit nicht davonlaufen kann, aber ich dachte, ich könnte zumindest verhindern, *ihn* wiederzusehen. Fahrig reibe ich mir über die Stirn. Mein Bein zuckt unkontrolliert, mir ist unfassbar heiß. Irgendwo in meinem Magen liegt ein unendlich schwerer Stein, der bereit ist, mich jeden Moment in den Abgrund zu ziehen.

»Alles okay?«, fragt Chris und sieht mich besorgt an.

Ich schüttle den Kopf. »Nein.«

Meine Mutter konnte nicht wissen, was sie mir damit antut. Aber der bloße Gedanke daran, mit Kevin im Diner zu sitzen, auch nur für ein paar Minuten, ist, als säße ich im Vorhof zur Hölle.

Es hat so unendlich lange gedauert, bis ich den Mut gefunden habe, einfach zu gehen, und nun werde ich mit Gewalt wieder zurückkatapultiert. Auch wenn ich dieses Mal zumindest nicht allein bin.

»Willst du lieber gehen? Ich schaffe die Patienten heute auch allein«, bietet Chris an, aber ich winke ab. Seine besorgte Miene sorgt nur dafür, dass ich mich noch schlechter fühle. Wieder einmal habe ich in meinem Stück die Rolle des Opfers angenommen. Ich bin es so leid.

»Es geht schon. Die Arbeit lenkt mich wenigstens ab«, antworte ich und meine es auch so. Zumindest habe ich hier etwas zu tun, um nicht an das zu denken, was mir noch blüht. Ich kann nicht einschätzen, wie Kevin reagieren wird, doch zumindest wird er mich in der Öffentlichkeit und vor meiner Familie nicht anfassen oder einen Wutanfall bekommen. Oder?

Chris nickt, betrachtet mich noch einmal und sieht kurz aus, als wollte er noch etwas sagen. Aber er entscheidet sich offenbar dagegen und ruft Mrs Miller in sein Sprechzimmer. Ich stöhne leise auf und bette meinen Kopf auf die Knie. Der einzige Patient, der noch im Wartezimmer sitzt, ist der alte Mr Bennett, der zumindest den Anstand hat, so zu tun, als sei er so vertieft darin, seinen Hund zu streicheln, dass er meinen Zustand nicht bemerkt. Bo gibt ein tiefes, zufriedenes Schnauben von sich und rollt sich vor seinem Herrchen auf dem Boden zusammen.

Wie schafft die Zeit es nur, gleichzeitig zu rasen und quälend langsam zu vergehen? Am liebsten würde ich mich auch einfach unter dem Schreibtisch zusammenrollen und nie wieder aufstehen. Noch drei Stunden und 14 Minuten.

Die Zeit kriecht dahin und vergeht gleichzeitig viel zu schnell. Ich muss mich ablenken, bevor ich auch noch die Reste meines gesunden Menschenverstands verliere. Die Akten der vergangenen Stunde stapeln sich neben meinem Kaffeebecher, aus dem ich kaum mehr als zwei Schlucke getrunken habe. Ich sehe die Akte, kann die schnörkelige Handschrift von Chris durchaus lesen, aber die Bedeutung will einfach nicht zu mir durchdringen. Mein erster Impuls wäre, Conner anzurufen, aber nach meinem Abgang gestern und seinem Verhalten kommt das nicht infrage. Trotzdem nehme ich mein Handy in die Hand und lasse den Daumen über seinem Namen schweben. Doch ehe ich mich entscheiden kann, ruft Chris den alten Bennett zu sich, und Mrs Miller steht mit einem Lächeln vor mir. »Mein Mann und ich haben deinen Auftritt gesehen«, sagt sie fröhlich. »Eine großartige Interpretation der Lady Macbeth!«

»Vielen Dank«, entgegne ich. Sie ist schon die dritte Patientin, die mich lobt. Nachdem ich so lange nicht mehr auf einer Bühne stand, gibt mir der Zuspruch das Gefühl, zumindest nicht alles verlernt zu haben. Dennoch ist mir die plötzliche Aufmerksamkeit unangenehm.

Noch zwei Stunden und 49 Minuten.

»Dann bleibst du in Belmont Bay?«, will Mrs Miller wissen, und ihr knittriges Gesicht wirkt bei dieser Frage ganz aufgeregt.

»Vorerst ja.« Die Antwort überrascht mich selbst, denn sie kommt mir wie selbstverständlich über die Lippen. Diese kleine Stadt ist schon jetzt viel mehr ein Zuhause für mich, als New York es jemals war.

Ihr Lächeln wird noch breiter. »Sehr gut, diese Stadt braucht mal frischen Wind. Und niemand kann Caroline noch in den Hauptrollen ertragen.«

Zum ersten Mal heute muss ich lachen. Mrs Miller ist nicht gerade eine einfache Patientin, aber ich habe sie ins Herz geschlossen. Ihre unverblümte Art erinnert mich an Megan. Ich könnte wetten, wenn meine Schwester die 80 Jahre überschritten hat, wird sie die nächste Mrs Miller. Wir verabschieden uns, und ich mache mich daran, alles für den Feierabend fertigzustellen, während Chris den alten Mr Bennett behandelt.

Noch in diesem Gedanken versunken, notiere ich etwas in die Akte der alten Dame und drehe mich dann um, um sie in dem Schrank hinter mir zu verstauen, als die Tür zur Praxis erneut aufschwingt. Ich blicke nicht gleich auf, doch plötzlich wird mir eiskalt, als würde mein Körper die Gefahr spüren, ehe mein Verstand sie erfasst. Mein Kopf ruckt hoch.

Der Countdown ist vor seiner Zeit abgelaufen.

Einen Augenblick lang starren Kevin und ich einander nur an, während in meinem Inneren ein Sturm losbricht. Kein leichtes Gewitter, das mich zum Schwanken bringt, sondern ein reißender Hurrikan, der das Potenzial hat, alles zu zerstören.

»Was tust du hier?«, flüstere ich, denn meine Stimme scheint von dem Sturm fortgeweht worden zu sein.

Kevin macht einen Schritt auf mich zu. Noch nie war ich so dankbar, hinter meinem Tresen zu sitzen. »Ich will nur reden, Mia. Allein.«

Nur reden. Wie einfach das aus seinem Mund klingt, wie normal. Allein. Eine Drohung, nur unterschwellig, und doch überdeutlich.

Kevin sieht aus wie immer, völlig normal und der Inbegriff eines perfekten Schwiegersohns. Gebügeltes Hemd, gegelte Haare und frisch rasiert. Nur seine Augen verraten die unbändige Wut, die in ihm lodert. Ich schlucke, rutsche mit meinem Stuhl automatisch ein Stück zurück.

»Du siehst gut aus. Der Urlaub scheint dir gutzutun.«

»Urlaub?«, stoße ich aus, weil ich nach all der Zeit tatsächlich geschockt darüber bin, dass er meine Flucht vor ihm so bezeichnet.

»Hör zu, ich will mich nicht streiten.«

»Und ich will dich nicht sehen, Kevin«, schnaube ich. Das Adrenalin flutet meine Adern, benebelt meinen Kopf und gibt dem Sturm in meinem Inneren mehr Kraft, als ich für möglich gehalten hätte.

Er lehnt sich mit gespielter Gelassenheit auf den Tresen und sieht mich an. »Du bist wütend auf mich, das versteh ich«, beginnt er und lächelt wieder. Dieses verdammte Lächeln, das mich schon so oft getäuscht hat. »Aber ich dachte, es sei besser, wenn wir einige Dinge klären, bevor wir uns mit deiner Familie treffen.«

»Es gibt nichts zu klären«, sage ich gerade laut genug, damit er es noch hören kann.

»Ich verstehe, warum du mal rausmusstest, Mia. Wirklich. Es ist einfach alles eskaliert, und das tut mir leid. Aber versetz dich mal in meine Lage.«

Fassungslos starre ich ihn an. »Deine Lage?«

Mein spitzer Ton bringt die Sanftheit seiner Worte ins Schwanken. »Ja, Mia. Nicht nur für dich waren es ein paar harte Wochen.«

»Das kann nicht dein Ernst sein, hörst du dir eigentlich selbst zu?«, zische ich, noch immer leise, aber es reicht aus, um den Schatten in seine Augen zurückzubringen. Der Schalter in ihm droht jeden Moment zu kippen. Aus dem perfekten Mann wird jemand anders. Die Sanftheit wird zu gleißender Wut.

»Ich hab mich entschuldigt, Mia«, meint er, als würde eine Entschuldigung einfach alles ungeschehen machen.

»Es ist nicht meine Aufgabe, mich mit deinem schlechten Gewissen zu beschäftigen«, gebe ich zurück, spüre, wie ich mutiger werde. Wie meine Stimme wieder an Kraft gewinnt. »Und jetzt geh.«

Seine Lippen zucken. »Du kannst mich nicht einfach wegschicken, Mia. Nicht nach allem, was wir zusammen durchgestanden haben. Es gab auch gute Zeiten, und wir können wieder …«

»Hör auf damit, ich will nichts davon hören.«

Er atmet tief durch. Ist sichtlich bemüht, weiterhin seine Rolle zu spielen, weiterhin so zu tun, als gäbe es nur diese Seite von ihm und nicht die Dunkelheit, in der ich so oft gefangen war. »Du kannst nicht einfach verschwinden. Das habe ich nicht verdient, Mia.«

Seine Worte donnern durch die Praxis. Ich würde ihnen gern ausweichen, mich davor verstecken, aber dazu ist der verdammte Raum zu klein und ich zu schwach. »Ich …«

Wie ein enttäuschter Tierbesitzer schüttelt er den Kopf, beugt sich nach unten und funkelt mich an, als könne allein sein Blick mich bestrafen. »Hast du eigentlich eine Ahnung, wie ich mich gefühlt habe? Du hast auf nichts reagiert, wochenlang. Ich wusste ja nicht mal, wo du bist.«

Die Art, wie er auf mich niederblickt, halte ich nicht länger aus. Langsam stehe ich auf und schlucke die Angst für einen einzigen Satz herunter: »Ich bin nicht einfach verschwunden.«

Ein dunkler Blitz zuckt über sein Gesicht und wirft ein Licht auf das, was hinter der schönen Fassade steckt. »Was?«

Drei Atemzüge lang sage ich nichts. Mein donnernder Herzschlag hallt in meinen Ohren wider. »Ich sagte, ich bin nicht einfach verschwunden, Kevin«, wiederhole ich, und endlich klingt meine Stimme wieder nach mir. Nach der Mia, die ich jetzt bin.

»Du bist einfach abgehauen«, herrscht er mich an.

»Nicht *einfach*«, sage ich schlicht und werde plötzlich ganz ruhig. »Weil du mich geschlagen hast, Kevin. Immer wieder.«

Er blinzelt. Einmal. Zweimal. Fast als könne er nicht glauben, dass ich es ausgesprochen habe. »Du weißt ganz genau, dass es nicht so war.«

»Es war genau so«, wehre ich ab.

Kopfschüttelnd macht er einen Schritt zurück, sieht sich in dem leeren Wartezimmer um, als hätte er Angst, jemand könnte es hören. »Nein, du hast mich provoziert.«

»Ist das dein Ernst?«

»Du weißt genau, wie du sein kannst.«

»Wie denn, Kevin? Was, glaubst du, hat gerechtfertigt …«

»Halt den Mund.« Seine wütenden Augen fixieren mich, ehe er den Finger hebt und auf mich zeigt. »Du tust es schon wieder, Mia. Bringst mich dazu, aus der Haut zu fahren. Aber noch bin ich bereit, dir zu vergeben. Wir können das schaffen, wir können …«

Ich schüttle den Kopf, weil mir diese Situation so unfassbar unwirklich erscheint. Fast schon lächerlich. In Hunderten von Albträumen hatte ich panische Angst vor diesem Augenblick. Doch jetzt fühlt es sich an, als würde sich der Sturm der Angst in etwas anderes verwandeln. »*Du* hast mich verprügelt.«

Sein Mund schließt sich, aber meiner bleibt offen. Ich habe so lange alles zurückgehalten, habe nie ausgesprochen, was geschehen ist, und mich selbst dazu verdammt, zu schweigen. Damit ist jetzt Schluss. Ich bin nicht mehr das naive Mädchen, das einfach davonläuft und die Augen vor allem Schlechten verschließt. »Merkst du eigentlich nicht, was du getan hast? Meine Augenbraue musste genäht werden, Kevin. Du hast mir ins Gesicht getreten, als ich schon blutend am Boden lag.«

Er sagt noch immer nichts.

»Ich will nicht zu dir zurück, sondern dass du verschwindest. Für immer, aus meinem Leben.«

Er blinzelt ein paarmal, betrachtet mich, als wisse er nicht, wen er da vor sich hat. Dann verzieht er den Mund in einer seltsamen Mischung aus Wut und Ekel. »Du irrst dich.«

»Ich irre mich?«, echoe ich fassungslos.

Völlig sicher in seiner Illusion, nickt er wieder. »Du liebst mich. Das hast du immer und das wirst du immer«, schnaubt er und packt mich so plötzlich am Arm, dass ich es nicht schaffe, ihm auszuweichen. Er zerrt mich hinter dem Tresen hervor, ohne darauf zu achten, dass Akten und Papiere heruntergerissen werden.

»Lass mich los.«

Er zieht mich an sich. »Was bist du, Mia? Ein Kind? Glaubst du, du kannst einfach vor mir davonlaufen?«, zischt er.

Und plötzlich ist die Angst wieder da.

Ich hätte ihn nicht provozieren dürfen. »Lass mich los«, sage ich noch mal so ruhig wie möglich, um nicht noch Öl in das Feuer seiner Wut zu gießen. Auch wenn mein Herzschlag so laut in meinen Ohren pocht, dass mir schwindlig wird.

»Nein.«

Dieses kleine Wort wird sichtbar. Fünf Finger auf meiner Wange. Eine Ohrfeige. Ein lauter Knall. Ein Klingeln in meinen Ohren. Der tosende Sturm in mir, die Wut und die Angst, die sich wie ein Wirbelwind in mir aufbauen.

Die Welt ist plötzlich in einer Zeitlupe gefangen.

Kevin hat mich noch immer am Arm gepackt, sodass ich nur seinetwegen nicht zur Seite falle. Das Keuchen aus meiner Kehle scheint nicht mir zu gehören, sondern einer völlig Fremden, die nun in meinem Körper steckt. Ich klammere mich an mich selbst, an das Wissen, dass er mich schlagen kann, aber dass ich noch immer hier bin. Noch immer stehe. Ich darf ihm nicht wieder diese Macht über mich geben, darf nicht wieder weglaufen.

Mein Albtraum soll enden. Heute.

Hinter mir geht die Tür des Sprechzimmers auf, Chris ruft etwas. Kevin flucht. Bos Knurren ist fast so laut wie das Klingeln in meinen Ohren.

Und ich?

Ich bin wieder in meinem Körper, hebe mein Knie und ramme es meinem Ex-Freund zwischen die Beine.

Er stöhnt auf, sackt vor mir auf die Knie. Mein keuchender Atem wird wieder ruhiger. Ich starre ihn an, kann nicht glauben, was ich gerade getan habe, und mache einen Schritt zurück. Die feuchte Nase des Hunds drückt sich an meine Hand, während Bennett sich vor mich schiebt. Ohne einen Hauch von Mitleid betrachtet er den am Boden Liegenden.

»Alles in Ordnung bei dir?«, schnaubt der alte Bennett an mich gewandt.

Diese Frage kann ich gerade nicht beantworten. Alles ging so unglaublich schnell. Also schweige ich und hoffe, dass der alte Mann nicht noch mal nachfragt. Ehe es dazu kommen kann, geht die Praxistür wieder auf.

Conner sieht mich, sieht Kevin und stürmt sofort zu mir. Schützend nimmt er mich in die Arme. »Geht's dir gut?«

Ich kann nur knapp nicken. Es passiert zu viel auf einmal, alles stürzt auf mich ein. Mein Blick ist noch immer auf Kevin gerichtet, der sich langsam aufrichtet. Offenbar hat mein Treffer gesessen, denn sein Gesicht ist noch immer schmerzverzerrt. Bennett sorgt dafür, dass er nicht weit kommt, und verfrachtet ihn auf einen Stuhl, den er so weit wie möglich von mir wegschiebt.

»Der Sheriff ist auf dem Weg«, höre ich Chris sagen.

Das Adrenalin in meinen Adern nimmt ab, die Erkenntnis, was gerade geschehen ist, dafür zu. Ich habe mich gewehrt. Ich habe meine größte Angst besiegt. Und ich werde dafür sorgen, dass er nie wieder jemanden so brechen kann, wie er mich gebrochen hat.

CONNER

Ich habe meine Lederjacke um Mia gelegt. Ihr Blick ist noch immer starr, aber sie wirkt nicht mehr ängstlich. Nur müde. Der Hund des alten Bennett liegt vor ihren Füßen, als würde er nur darauf warten, dass sich der falsche Mensch nahe genug an uns herantraut. Der Sheriff ist gerade dabei, Mias verdammtem Ex Handschellen anzulegen und ihn abzuführen. Ein ziemlich lautstarkes Unterfangen, für das sogar eine Zimmerpflanze büßen muss, die Kevin umstößt, als er sich wehrt. Es kostet mich alle Selbstbeherrschung, dem elenden Schwein nicht noch einen gezielten Tritt zu verpassen.

Aber ich weiß, dass es jetzt Wichtigeres gibt. »Soll ich deine Schwester anrufen?«

Hinter Mias Stirn scheint es zu arbeiten. Sie sieht mich an, doch ihr Blick scheint direkt durch mich hindurchzugehen. »Also?«

Sie nickt langsam. »Ruf Megan an, sag ihr, wir treffen uns im Büro des Sheriffs. Sie soll die Fotos und die Mailbox-Nachricht mitbringen.«

Verwirrt ziehe ich die Augenbrauen zusammen. »Was?«

»Megan wird wissen, was ich damit meine«, erklärt sie leise und ringt sich ein verkrampftes Lächeln ab. »Danke, dass du gekommen bist.«

»Tut mir leid, dass ich spät dran war«, brumme ich und blicke den Mistkerl an. Er flucht wütend vor sich hin, doch dem Sheriff entkommt er nicht mehr. Und zugegeben – Bennetts grimmiges Gesicht macht es ihm auch nicht leichter.

»Conner, soll ich euch abholen?«, fragt der Polizist.

»Ich kann euch auch bringen«, bietet Bennett an und pfeift Bo zu sich, der sich nur widerwillig von Mia trennt. Ich schüttle den Kopf. »Wir kommen nach«, entscheide ich, während Mia noch immer schweigt.

Der Sheriff nickt, tippt sich an den Hut und lässt uns allein. Nur Chris ist noch da, drückt Mia einen Tee in die Hand und klopft mir auf die Schulter. »Lasst euch Zeit«, murmelt er, ehe auch er das Wartezimmer verlässt.

Mia starrt in ihren Tee. Unsicher hocke ich mich vor sie, nehme eine ihrer kleinen Hände in meine und hauche einen Kuss auf ihre Knöchel. »Hat er dich verletzt? Hast du Schmerzen?«

Sie schüttelt den Kopf. »Nein, ich meine, es geht schon. Auch wenn es seltsam klingt, ich bin einfach nur froh, dass es jetzt vorbei ist«, flüstert sie. »Ich brauche nur einen Moment, um mich darauf vorzubereiten.«

»Dann geb ich dir ein paar Minuten.« Demonstrativ ziehe ich mein Handy aus der Hosentasche. »Ich rufe Megan an und warte am Wagen. Komm einfach raus, wenn du bereit bist.«

»Okay.«

Unschlüssig bleibe ich noch einen Moment stehen, unsicher, ob ich sie wirklich allein lassen sollte. Doch Kevin wurde abgeführt. Es gibt keine Gefahr mehr für sie. Also nicke ich noch einmal, ganz so, als müsste ich mich selbst bestätigen. Dann trete ich in die Mittagssonne. Atme tief durch und wähle Megans Nummer.

»Conner?«, meldet sich sofort eine alarmierte Stimme.

»Ja, ich bin's.«

»Was ist passiert?«

37

MIA

»Möchtest du noch auf deine Schwester und deine Mutter warten?«, fragt der Sheriff mich mit einem Lächeln.

Ich nicke dankbar, denn auch wenn ich weiß, dass Conner da ist, brauche ich gerade meine Schwester an meiner Seite.

»Wo ist sie?«, höre ich eine laute, vertraute Stimme und das Klacken von hochhackigen Schuhen.

Sofort springe ich von meinem Stuhl auf. Megan und ich fallen uns in die Arme, während meine Mutter neben uns steht, ohne dass auch nur ein Ton aus ihrem Mund kommt. Ich drücke den Kopf fest an Megans Brust, lasse die Tränen einfach laufen.

Meine Kraft, sie zurückzuhalten, ist erschöpft.

»Ist ja gut«, flüstert sie an meinem Haaransatz. Sie hält mich fest, sorgt dafür, dass ich mich wieder beruhige. Dann schiebt sie mich ein Stück von sich weg. Betrachtet mich lange, sucht nach Spuren, nach offenen Wunden, die aber nur in meinem Inneren bluten.

»Mia?«

Ich blinzle meine Mutter an.

Die helle Bluse ist zerknittert, und auch in ihren Augen schimmern Tränen. Ich stürme in ihre Arme, umklammere sie, lasse mich halten und weine so hemmungslos, wie ich es noch nie vor einem anderen Menschen getan habe. »Was ist passiert?«, fragt meine Mutter erstickt.

»Es tut mir so leid, Mommy.«

Mein Weinen ist so heftig, dass ich kaum Luft bekomme. Das Beben droht mich wieder in die Schwärze zu ziehen, doch dann umfasst Mom mein Gesicht. Sie sieht mir lange in die Augen, ohne einen Ton zu sagen.

Auch über ihr Gesicht laufen Tränen. »Entschuldige dich nie wieder dafür, okay?«, sagt sie und wischt mir über die Wangen, obwohl ihre genauso nass sind. »Ich war noch nie so stolz auf dich. Du bist so viel stärker, als ich je gehofft habe.«

»Mia?«, unterbricht uns der Sheriff. »Bist du bereit?«

Ich weiß es nicht. Bin ich es? Bin ich bereit, offenzulegen, wie die letzten Jahre wirklich waren? Wie tief meine Wunden wirklich sind?

»*Unsre Leiber sind unsre Gärten, und unser Wille ist der Gärtner darinn*«, zitiere ich.

»Shakespeare hat auch für jede Lebenslage etwas parat, oder?«, fragt meine Mutter mit einem sanften Lächeln.

»Ich bin bereit«, sage ich. Meine Schwester ist an meiner Seite, meine Mutter hinter mir, und Conner wartet auf mich. Anders als Othello werde ich mich nicht selbst hinrichten, sondern dafür sorgen, dass der tatsächliche Täter endlich dingfest gemacht wird. Dieser Weg wird steinig, ich weiß es. Doch ich muss ihn nicht allein gehen, und dafür bin ich dankbar.

»Du hast gesagt, deine Schwester hätte Fotos und eine Tonaufnahme?«, will der Sheriff sanft wissen.

Ich nicke stumm. Megan zieht einen Umschlag aus ihrer Umhängetasche und legt ihn vor dem Polizisten hin.

Er greift danach, zieht das erste Foto heraus. Ich versuche, mich auf meine Atmung zu konzentrieren. Die Bilder zeigen nicht mehr mich, nur eine frühere Version. Eine andere. Jetzt bin ich stärker.

Der Sheriff mustert mein Gesicht auf den Fotos, schluckt angesichts des blauen Auges, der Schwellungen, der Dutzenden von blauen Flecken an meinem Körper. Er schüttelt den Kopf. Meine Mutter keucht auf, als sie die Fotos sieht.

Für mich ist es, als würde ich einen Geist sehen. Das war mein Gesicht. Dunkelviolett verfärbt und mit verkrustetem Blut an der Naht der Augenbraue. Es liegen nur einige Wochen zwischen diesem Bild und mir, aber es kommt mir vor wie eine Ewigkeit. Doch schlimmer als die Bilder ist die Nachricht von mir auf Megans Mailbox.

»Sie hat mich angerufen, als …« Megan sieht mich an, ohne weiterzusprechen. »Ich glaube, er hat ihr das Handy aus der Hand geschlagen, bevor sie Hilfe holen konnte.«

Der Sheriff nickt, und Mom legt mir eine Hand auf die Schulter. Dann drückt Megan auf Play.

Ich kann mich nicht mal mehr daran erinnern, wie ich sie angerufen habe, doch ich höre mich selbst schreien und nach Hilfe rufen. Ich höre die Schläge und Tritte, die auf meinen Körper treffen. Ich höre, wie dieser Mann versucht hat, mich zu brechen.

CONNER

Obwohl ich den Rauch der Zigarette so tief wie möglich in meine Lunge sauge, spüre ich nicht den Hauch von Entspannung. Unruhig laufe ich vor dem Revier hin und her. Mia ist seit fast zwei Stunden da drin.

»Kann ich mir eine schnorren?«

Mit der Zigarette zwischen den Lippen drehe ich mich um und betrachte Megan, die langsam die Stufen herunterkommt. Sie bleibt vor mir stehen. Ihre Miene ist ernst, angespannt, aber auch erleichtert.

Ohne zu zögern, werfe ich ihr meine Packung zu. »Wie geht's Mia?«

»Sie schafft das.«

»Das beantwortet meine Frage nicht.«

»Sie kommt klar, aber ich denke, das wird noch eine ganze Weile dauern«, murmelt sie und legt den Kopf schief. Gierig saugt sie den Qualm ein, doch es scheint auch auf sie nicht den gewünschten beruhigenden Effekt zu haben.

»Wie meinst du das?«, will ich wissen, während ich aufhöre, vor dem Revier hin und her zu laufen.

Bisher habe ich Megan nie weinen sehen, auch jetzt ist sie in Anbetracht der Umstände ruhig. Aber ihre Nase ist gerötet und die Mascara verschmiert. Es dauert einen Moment, bis sie es endlich ausspricht. »Sie zeigt Kevin an.«

»Wirklich?«

Megan nickt. »Ich war noch nie so stolz auf meine kleine Schwester.«

Ich lasse mich auf die Stufen sinken, weil ich keine Ahnung habe, wie ich darauf reagieren soll. »Und wie geht es jetzt weiter?«

»Erst mal müssen wir warten. Da Megan die Anzeige hier in Idaho macht und nicht in New York, wo … der Tatbestand, wie es der Sheriff nannte, stattfand, kann es dauern«, murmelt sie. »Wir müssen jetzt für sie da sein, Conner.«

Ich schlucke, nicke und reibe mir über die Stirn. In meinem Leben hatte ich bisher nie das Gefühl, von jemandem gebraucht zu werden, und auch jetzt kommt es mir trotz allem noch immer vor, als würde ich Mia mehr brauchen als sie mich. Aber vielleicht geht es gar nicht darum. Vielleicht geht es nicht darum, einander zu brauchen, sondern darum, auch füreinander da zu sein, wenn man sich nicht braucht.

»Megan Rain, rauchst du etwa?«, ruft plötzlich Mrs Rain empört.

»Fuck«, stößt Megan aus und tritt die Zigarette schnell aus. »Nein?«

Mrs Rain schnaubt, sieht mich mit einem Hauch von Wut an, kommentiert jedoch nicht, dass ich noch immer eine Kippe zwischen den Fingern halte. »Kann ich meine Töchter wirklich nicht eine Sekunde aus den Augen lassen?«

»Das war meine Schuld, Ma'am«, versuche ich dazwischenzugehen, aber Mrs Rain hat dafür nur ein müdes Schnauben übrig.

»Netter Versuch, Conner. Ich weiß zu schätzen, dass du die Schuld auf dich nehmen willst, aber meine Tochter hat sich selbst dafür entschieden, Lungenkrebs zu riskieren.«

»Das war nur der Stress«, nuschelt Megan kleinlaut, aber niemand antwortet mehr darauf, denn Mia tritt aus dem Revier.

Ihr Haar weht im leichten Wind, ihre Augen sind gerötet. Ich bleibe wie angewurzelt stehen, weil ich nicht weiß, ob ich sie in den Arm nehmen darf. Langsam nimmt sie die Stufen und bleibt dann vor mir stehen. Sie sagt nichts, doch plötzlich drückt sie mich fest an sich. Unfähig, etwas zu sagen, bin ich einfach da. Lasse die Umarmung zu, so lange sie es will.

Nach einer Weile tritt ihre Mutter näher. Sie legt eine Hand auf Mias Schulter, sodass sie sich halb zu ihr herumdreht. »Komm, Liebes, du brauchst ein anständiges Bett. Etwas Ruhe wird uns sicherlich allen guttun.«

»Mom?«

»Ja?«

Mia sieht mich an. »Ich würde gern zu Conner gehen.«

Überrascht erwidere ich ihren Blick, nicke jedoch sofort. Ich würde alles tun, damit sie sich wieder etwas besser fühlt. Auch wenn ich mir meines leeren Kühlschranks und der dreckigen Wäsche im Badezimmer vollkommen bewusst bin.

»Bist du sicher?«, fragt ihre Mutter. Ihr prüfender Blick liegt auf mir, als würde sie darüber nachdenken, ob man mir wirklich trauen kann.

»Du hast selbst gesagt, ich brauche etwas Ruhe«, sagt Mia bestimmt. »Ich will nicht in ein Hotel und ehrlich gesagt auch nicht auf Megans Sofa.«

»Hey, bisher hat es dir gute Dienste geleistet«, protestiert diese kleinlaut.

Mrs Rain sieht uns noch einen Moment an, dann nickt sie. »Na gut. Aber wir sehen uns morgen, ja?«

»Klar.«

Mia nimmt meine Hand und zieht mich so zielsicher zum Wagen, dass ich nur noch zum Abschied winken kann.

38

MIA

Mir wird wieder einmal klar, wie wenig ich Conner eigentlich kenne und wie sehr sich unsere Gespräche immer um mich gedreht haben statt um ihn.

Sobald wir im Auto saßen, hat er seine Schwester Tara angerufen, und nun, da wir die Einfahrt zu seinem Haus hinauffahren, sehe ich sie zum ersten Mal.

Ihr Haar ist ebenso dunkelblond wie das von Conner, doch nicht halb so durcheinander. Das vertraute Grün der Augen bringt mich kurz aus dem Konzept, als ich aussteige und die Tür hinter mir zufallen lasse.

»Hey, ich bin Tara«, stellt sie sich fröhlich vor und mustert ihren Bruder. »Schade, dass wir uns nicht schon früher kennengelernt haben.«

»Mia«, antworte ich knapp.

»Oh, ich weiß. Conner redet seit Wochen nur von dir.«

Nun gelingt mir ein nervöses Lächeln. Ich blicke ihn kurz an. »Wirklich?«

Tara zuckt mit den Schultern. »Du hast meinem Bruder ganz schön den Kopf verdreht.«

Ich unterdrücke ein Schmunzeln, besonders da sich Conner peinlich berührt am Kopf kratzt. Ehe seine Schwester jedoch noch weitere Details ausplaudern kann, kommt ein kleiner Wirbelwind auf mich zugelaufen.

»Und das ist Chana.«

Die Kleine bleibt kritisch vor mir stehen und betrachtet mich eine Weile. Mir bleibt nichts anderes übrig, also sehe ich sie ebenfalls an. Ihre Ähnlichkeit mit Tara ist verblüffend. Immer wieder sehe ich zwischen den beiden hin und her. Conners Schwester ist etwas jünger als er selbst. Ich räuspere mich, weil ich mir eine gedankliche Notiz mache, dieses Thema nicht laut anzusprechen.

Chana nickt bestimmt, als habe sie die Musterung nun abgeschlossen. »Du bist wirklich hübsch.«

Erleichtert lache ich auf. »Danke, du aber auch. Mir gefallen deine Zöpfe.«

»Und mir dein Kleid.«

»Vielen Dank.«

»Hoffentlich baut Onkel Conner keinen Mist. Er kann das nicht so gut«, meint sie, während Conner und seine Schwester ihr Auto ausladen.

»Was meinst du?«, will ich wissen und laufe mit der Kleinen in das Innere des Hauses. Conners Geruch hängt in der Luft wie ein Parfüm.

»Na, sich verlieben natürlich.«

Ich lache unwillkürlich auf. »Keine Angst, bisher schlägt er sich wirklich gut.«

»Okay.« Sie zuckt mit den Schultern und setzt sich an den Küchentisch, wo sie wie selbstverständlich Malzeug vorfindet, das für sie bereitliegt, und sich ans Werk macht.

»Der Einkauf sollte euch erst mal über das Wochenende bringen«, meint Tara fröhlich und lehnt sich an die Küchenzeile. »Das Haus sieht tatsächlich nicht mehr aus wie eine Bruchbude.«

»Das mit den Komplimenten solltest du noch mal üben«, brummt Conner.

Die beiden so zu sehen, sorgt dafür, dass ich mich an Megan und mich erinnert fühle. Es gibt dieses Band zwischen Geschwistern, das schwer zu erklären ist, wenn man es nicht selbst erlebt. Egal, wie unterschiedlich man ist oder wie groß die Differenzen sind – man hat eine Konstante.

Gedankenverloren greife ich mir an die Brust.

Ich zucke zusammen. Offenbar habe ich die Realität einen Moment aus den Augen verloren. Tara steht mit schief gelegtem Kopf vor mir, während Conner und Chana damit beschäftigt sind, über ihr neuestes Kunstwerk zu debattieren. Offenbar geht Conner ganz in seiner Rolle als Onkel auf und versucht zu erklären, dass Kugelfische nicht als Dekoration für Weihnachtsbäume taugen.

»Ja?« Ich reibe mir über die Arme.

»Geht es dir gut?«, fragt Tara sanft. »Oder zumindest so gut, wie es dir nach dem ganzen Mist gehen kann?«

Verkrampft ringe ich mir einen freundlichen Gesichtsausdruck ab, der hoffentlich nicht so maskenhaft aussieht, wie es sich anfühlt. »Es geht schon. Danke.«

»Ich weiß, du hast viel durchgemacht«, beginnt Tara und winkt gleich darauf ab, als würde sie nicht weiter darauf eingehen wollen. »Wir kennen uns noch nicht sonderlich gut, aber du bist Conner wichtig und deshalb auch mir. Also wenn du mal mit jemandem reden willst, der regelmäßig zum Friseur geht und nicht nur einsilbig antwortet, ruf einfach an.«

Mein Lächeln wird weniger verkrampft. »Danke.«

»Wir gehen jetzt«, entscheidet Tara. »Los, Liebes, pack deine Sachen zusammen.«

»Aber ich will noch nicht gehen«, protestiert Chana prompt.

»Das ist sehr schade, du musst aber trotzdem mitkommen.«

»Aber wieso denn?«, beschwert sich Chana und sieht Hilfe suchend von Conner zu mir, als hätten wir die magische Kraft, ihre Mutter vom Gegenteil zu überzeugen.

»Dein Onkel und Mia hatten einen schweren Tag«, erklärt Tara. »Sie brauchen etwas Zeit für sich.«

»Braucht ihr das wirklich?«, will das kleine Mädchen aufgebracht wissen.

Conner kratzt sich am Kopf. »Manchmal brauchen Erwachsene etwas Ruhe.«

»Du auch, Mia?«

Ich grinse Chana an. »Weißt du, es war ein echt langer Tag.«

»Na gut«, lenkt die Kleine ein, verdreht dabei aber noch einmal theatralisch die Augen. »Dann essen wir jetzt noch zusammen, und dann gehen wir nach Hause.«

CONNER

»Ich wusste gar nicht, dass du so gut mit Kindern kannst«, sagt Mia und räumt unsere Teller in die Spülmaschine.

Ich zucke mit den Schultern. »Sie ist meine Nichte, ich hatte keine wirkliche Wahl.«

»Nein, das liegt nicht an der Blutsverwandtschaft.«

»Wieso bist du dir da so sicher?«, will ich wissen und reiche ihr das Glas Wein, das ich ihr eben eingeschenkt habe.

»Nenn es einfach ein gutes Bauchgefühl«, sagt sie schmunzelnd.

»Mia, ich …«, beginne ich und kratze mich am Kopf, weil ich während des Satzanfangs bereits vergessen habe, welche Worte ich mir zurechtgelegt hatte.

»Ist schon gut.«

Verwirrt sehe ich sie an. »Woher willst du wissen, was ich sagen wollte?«

Mia legt den Kopf schief, und in ihrem Blick liegt ein Hauch von Herausforderung. »Du wolltest dich dafür entschuldigen, dass du dich am See wie ein Arschloch aufgeführt hast.«

»Das ist erschreckend nahe an der Wahrheit«, gebe ich zähneknirschend zu und frage mich ernsthaft, ob Mia in mir wie in einem offenen Buch lesen kann. Obwohl in diesem Fall wohl offensichtlich ist, was ich verbockt habe.

Vielleicht liegt es am Wein, vielleicht auch an der Art, wie sie mich ansieht, aber gerade würde ich liebend gern dort weitermachen, wo der alte Bennett mich unterbrochen hat, als er in mein Haus gestürmt ist. Verfluchte Tomaten. Aber nicht mehr heute.

Wir räumen die Küche auf und gehen zum Sofa. Zum Glück habe ich den Fernseher inzwischen aufgebaut. Mia kuschelt sich in eine der Decken, und ich reiche ihr die Fernbedienung.

»Serie oder Film?«, fragt sie sofort.

Ich lasse mich neben sie sinken und drapiere ihre Beine auf meinem Schoß, damit sie es möglichst bequem hat. »Ist mir egal.«

Skeptisch sieht Mia mich an. »Das ist dir egal?«

»Ja.«

»Das geht so nicht«, sagt sie kopfschüttelnd, als hätte ich etwas schrecklich Abfälliges gesagt.

»Was meinst du?«

Sie wirft die Hände in die Luft und beginnt so wild zu gestikulieren, dass selbst ihre kleinen Füße mitwippen. »Entweder du bist der Serientyp oder der Filmtyp.«

Ein Grinsen stiehlt sich auf meine Lippen. »Kann ich nicht beides sein?«

Mia pustet sich ihren Pony aus der Stirn. »Je nach Stimmung ja, aber auch dann ist es kein *Egal*.«

Nun muss ich tatsächlich auflachen. Eigentlich habe ich den Fernseher eher für Chana angeschafft als für mich. Die Serien, die ich gesehen habe, kann ich an einer Hand abzählen. »Mir war nicht bewusst, was für ein kontroverses Thema die Wahl zwischen Film oder Serie ist.«

Mia reibt sich die Stirn, muss aber ebenfalls grinsen. Sie wartet noch immer auf eine Entscheidung von mir. »Dann Serie«, entscheide ich, da ich diesen Kampf nur verlieren kann.

»Welches Genre?«

Theatralisch stöhne ich auf. »Du machst mich schwach.«

»Jetzt schon? Ich bin doch gerade erst zwei Stunden hier.«

»Und ich hoffe, es kommen noch viele weitere Stunden dazu, in denen du mich über die Wichtigkeit des Fernsehprogramms aufklären kannst«, raune ich und streiche über ihre Unterschenkel.

»Gute Antwort.«

»Danke, ich übe noch.«

Einen Moment zappt sie durch das aktuelle Angebot an Serien. Dann bleibt sie an einer hängen. »Kennst du schon *Breaking Bad*?«

»Nein.«

Fassungslos macht sie den Mund wieder auf. »Nein?«

Lachend schüttle ich den Kopf. »Langsam bekomme ich das Gefühl, es ist egal, was ich sage.«

Sie setzt sich auf, als wollte sie ihren Worten damit noch mehr Gewicht verleihen. »Es ist eine der besten Serien der Welt. Wie konnte sie an dir vorbeigehen?«

»Mir war nicht bewusst, dass du einen Hang zum Kriminellen hast.«

»Ganz dünnes Eis! Über diese Serie macht man keine Witze, sie ist wie ein Drama von Shakespeare, nur in der heutigen Zeit«, erklärt sie so voller Leidenschaft, dass es fast ansteckend ist.

»Tatsächlich? Und ich dachte, *Sons of Anarchy* sei an *Macbeth* angelehnt.«

Anerkennend hebt sie das Kinn. »Ich bin beeindruckt. Es gibt also noch Hoffnung für dich«, meint Mia grinsend. »Aber *Breaking Bad* zeigt, wie viele kleine Schritte einen von einem Drama ins nächste führen und dass man ab einem bestimmten Punkt nicht wieder aus dieser Spirale rauskommt.«

»Werde ich am Ende weinen?«

Ihr Lächeln wird breiter. »Bei jedem Staffelende.«

»Du hast mich überzeugt.«

»Gut, dann lehn dich zurück und genieße die Tragödie von Heisenberg«, sagt sie. Ihr Finger schwebt noch einen Moment über der Play-Taste, als würde sie darauf warten, dass ich es mir doch noch anders überlege.

Dann kuschelt sie sich auf dem Sofa zusammen. »Nicht reden, nicht hinterfragen, nur genießen.«

Ich folge ihrem Befehl. Tatsächlich nimmt mich die Serie schnell für sich ein. Erst als der Abspann der ersten Folge läuft, blicke ich wieder blinzelnd zu Mia.

Sie ist eingeschlafen.

39

MIA

Die kuschlige Wärme macht es mir schwer, überhaupt die Augen zu öffnen. Wärmende Sonnenstrahlen fallen durch das Fenster und tauchen das Zimmer in warmes Morgenlicht.

Gähnend will ich mich strecken, als mir bewusst wird, dass ein Arm um meine Taille geschlungen ist. Conners Atem trifft die nackte Haut an meinem Hals und sorgt dafür, dass ich lächeln muss.

Sein Atem geht ruhig und gleichmäßig. So vorsichtig wie möglich drehe ich mich zu ihm um. Die langen Haare verdecken einen Teil seines Gesichts. Einen Moment zögere ich, doch dann strecke ich die Hand nach ihm aus und schiebe einige der lockigen Strähnen fort.

Bisher hatte ich nie das Bedürfnis, jemanden einfach nur anzusehen, aber in diesem Augenblick fühlt es sich an wie das Schönste auf der Welt – würde meine Blase nicht so entsetzlich drücken.

Schweren Herzens schlüpfe ich aus dem Bett. Mit nackten Füßen tapse ich ins Badezimmer, wo ich auch gleich meine Kleidung abstreife und kurz unter die Dusche springe.

Nach den wohl besten zehn Minuten der letzten Tage trete ich wieder aus der Kabine. So entspannt wie schon lange nicht mehr greife ich mir eines seiner frischen Shirts und streife es über.

Dann setze ich das beste Mittel auf, um jemanden sanft aus dem Land der Träume zu holen: Kaffee. Es dauert zwar etwas, bis ich mich in der Küche zurechtgefunden habe, doch Conners

»Ordnung« ist leicht zu durchschauen. Auch wenn ich nicht verstehe, warum die Tassen bei den Tellern stehen und die Schüsseln bei den Gewürzen.

Als ich wieder ins Schlafzimmer trete, öffnet er mit einem Lächeln die Augen. »Guten Morgen.«

»Guten Morgen«, murmle ich und krieche zurück zu ihm ins Bett. Er nimmt mir eine der dampfenden Tassen ab. Vorsichtig nippt er daran, ehe er mir einen vorsichtigen Kuss auf die Wange gibt.

»Ist das mein Shirt?«

»Ich hatte keine Wahl.«

Conner stellt seine Tasse zur Seite. Dieses Mal reicht mir ein kleiner Kuss nicht aus.

Ich schäme mich beinahe für meine Gier, als ich ihn noch näher ziehe, weil ich will, dass er auch die letzten Spuren meiner eigenen Dunkelheit einfach wegküsst. Mit geschlossenen Augen fahre ich durch seine Haare, während seine Hand sacht über meinen Rücken gleitet.

Nie hat sich etwas so echt angefühlt, so real und gleichzeitig wie ein Traum, aus dem ich nie wieder aufwachen will. Doch noch endet unser Moment nicht. Conner umfasst meine Taille, hebt mich auf seinen Schoß, sodass ich rittlings auf ihm sitze, und raunt meinen Namen. Jede seiner Berührungen weckt das Verlangen in mir, ihm noch näher zu sein. Ihn noch mehr zu spüren.

»Fuck«, knurrt er heiser, als ihm bewusst wird, dass ich kein Höschen trage. Bei dem Klang seiner rauen Stimme, die ebenso vor Verlangen bebt wie ich, muss ich grinsen.

Ein prickelnder Rausch erfasst mich und brodelt durch meine Adern, als sei mein Blut zu Champagner geworden, der mein Herz betrunken macht.

Conner ist überall. Meine ganze Welt besteht nur noch aus unseren Mündern, Zungen, Händen.

Ich bin diejenige, die sich nimmt, was sie will – und Conner ist nur zu gern bereit, es mir zu geben. »Fuck«, stößt er wieder aus. Die kreisenden Bewegungen meiner Hüften entlocken ihm einen Laut, der irgendwo zwischen Lust und Frust gefangen ist. Ich presse meinen Mund wieder auf seinen, bringe ihn so zum Schweigen.

Conner packt zu, hebt mich kurz hoch und legt mich neben sich. »Warte«, rufe ich aus, da mich diese gröbere Berührung kurz aus dem Konzept gebracht hat.

Sofort hält Conner inne, wartet, bis ich wieder im Hier bin und mein Kopf die Angst ausgesperrt hat.

»Ist alles okay?« Seine Augen glänzen fiebrig. Sehnsüchtig.

»Ja, tut mir leid.«

»Muss es nicht«, murmelt er zärtlich. »Du bist der Boss, wir müssen nicht …« Ich unterbreche diesen Satz mit einem langen Kuss. »Fuck, und ob wir müssen«, gebe ich mit einem kleinen Lächeln zurück.

Conner zieht die Schublade des Schreibtischs auf, sucht hastig nach einem Kondom und dreht sich dann wieder zu mir um. Ich habe die kurze Pause genutzt, um mich auch noch des T-Shirts zu entledigen. Vollkommen nackt liege ich vor ihm, spüre seinen Blick wie eine federleichte Berührung auf meiner Haut.

Einen Moment lang sind wir völlig still, sehen uns aneinander satt, nur um dann umso mehr Hunger aufeinander zu bekommen.

Conner beugt sich über mich, küsst mich erneut. Seine Hüfte stößt gegen meine. Jede Berührung unserer erhitzten Haut löst eine neue kleine Explosion in mir aus. In meinem ganzen Leben wollte ich noch nie etwas so sehr wie Conner in diesem Moment.

Wir sind eine Einheit. Eine Bestimmung. Ein Team gegen den Rest der Welt.

Ich stöhne, presse mich dichter an ihn. Jeder neue Stoß seiner Hüften treibt mich einem Ziel entgegen, das ich nicht kenne. Jeder Atemzug wird lauter, jede kleine Welle der Lust stärker. Mit jeder dieser Wellen erbebe ich in seinen Armen, will noch mehr von seinen Küssen.

Ich kann nicht mehr aufhören, will es auch gar nicht. Stattdessen gebe ich mich dem tosenden Sturm in meinem Inneren ganz hin. Rhythmisches Zucken zweier Körper.

Und dann: pures, zitterndes Glück.

Noch einmal raunt Conner meinen Namen, küsst mich zärtlich und legt sich sachte neben mich. Er zieht mich in seine Arme.

Ich glaube, in meinem ganzen Leben war ich noch nie so zufrieden. »Daran könnte ich mich gewöhnen«, murmelt Conner noch immer heiser.

»Vielleicht darfst du das sogar. Aber nur, wenn du uns Frühstück machst.«

Er lacht. »Ich liebe Frauen, die wissen, was sie wollen.«

40

CONNER

Der Wind lässt die Blätter in den Bäumen tanzen. Grelles Orange vermischt sich mit sattem Rot zu einem Farbenspiel, wie man es nur zu dieser Jahreszeit finden kann.

Ich puste in meinen Kaffee, während ich den Blick aus dem Fenster schweifen lasse. Hinein in den Wald, der mir so viel genommen und so viel gegeben hat.

Zwischen den kahler werdenden Ästen bricht die goldene Sonne hervor, eine Erinnerung an den Sommer, der nun vom Herbst abgelöst wird. Doch bis dahin werde ich noch die letzten warmen Strahlen der Sonne genießen, die bis auf den mit knisternden Blättern bedeckten Waldboden fallen. Ich werde jedes kleine bisschen Licht genießen. An jedem Tag. Mit Mia.

»Rate, welches Stück die Abstimmung gewonnen hat!«, sage ich und hebe demonstrativ die Zeitung in meiner Hand.

Mia schüttelt grinsend den Kopf. Sie sitzt an meinem Küchentisch, als habe sie nie etwas anderes getan. Als würde sie ebenso hierhergehören wie ich.

»Dein Blick sagt mir, dass es nicht Oscar Wilde geworden ist.«

»*Hamlet*«, antworte ich, was sie nur noch mehr zum Lachen bringt. Ihr Lachen ist einer dieser Momente voller Licht, selbst dann, wenn der Winter und das dumpfe Grau immer wiederkommen werden.

»Offenbar ist die ganze Stadt besessen von Shakespeare. Ich bin sicher, Caroline freut sich diebisch über diesen Sieg.«

Mia zuckt mit den Schultern. »Vielleicht gibt es im nächsten Jahr mal etwas Neues.«

»Glaubst du das wirklich?«

Die Pancakes stapeln sich auf dem Tisch, und Dutzende unterschiedliche Soßen stehen in einer Linie vor unseren Tellern, bereit, uns einen Zuckerschock zu verpassen. Mia stöhnt leise auf, als sie sich den fluffigen Teig in ihren Mund schiebt. »Gibt es auch etwas, das du nicht kannst?«

»Meine Sozialkompetenz lässt zu wünschen übrig«, gebe ich ebenfalls lächelnd zurück. Sie kichert in sich hinein, ist jedoch zu sehr mit dem Essen beschäftigt, um noch etwas zu erwidern. Die letzten drei Tage haben wir in dieser perfekten Blase gelebt, in der es nur uns gab. Unterbrochen von einigen Besuchen von Mias Mutter und Megan, die ihr Sachen vorbeigebracht und mich noch einmal daran erinnert haben, dass ich diese Frau auf Händen tragen muss.

Als könnte ich jemals etwas anderes tun.

Schweigend und satt räumen wir den Tisch ab, ehe wir ins Wohnzimmer gehen. Was *Breaking Bad* angeht, hatte Mia recht. Dennoch will ich diesen Morgen nicht mit einem erneuten Serienmarathon beginnen, sondern nehme mir meine Karte des Waldes vor.

»Willst du weiter nach Caren suchen?«, fragt Mia und zieht überrascht die Brauen zusammen, als ich den Kopf schüttle.

Ich brauche einen Moment, um die Worte wirklich aussprechen zu können. Mein Blick gleitet wieder zum Fenster. Der Wind verfängt sich in den Baumkronen und fordert das bunte Laub auf zu fallen. Einfach zu fallen, damit es im Frühling einen neuen Anfang geben kann. Ein einzelnes rotes Blatt rieselt zu Boden, dreht Kreise um sich selbst, bevor es aus meinem Blickfeld verschwindet.

Mir wird bewusst, wie lange ich geschwiegen habe und dass Mia mich mit schief gelegtem Kopf ansieht, während sie auf meine Antwort wartet.

Ich räuspere mich. »Nein, nach allem, was passiert ist, wird es Zeit, damit aufzuhören.«

Sie lehnt sich zurück, wägt die Worte ab, ehe sie nickt. »Ich verstehe, was du meinst, aber du sollst auch wissen, dass ich es auch verstehen könnte, wenn du weiter nach ihr suchen willst.«

»Ich weiß«, murmle ich und drücke ihr einen Kuss auf die Stirn. »Aber gerade will ich einfach nur genießen, was wir im Hier und Jetzt haben.«

MIA

Das Ungewöhnlichste in dem Raum ist wohl die Farbe der Wände. Sie sind nicht strahlend weiß, wie ich erwartet hätte, sondern von einem so zarten Rosa, dass sie auf den ersten Blick weiß wirkten. Erst wenn man den Blick über die cognacfarbenen Möbel, zwei breite Sessel, die einander gegenüberstehen, und mehrere deckenhohe Bücherregale gleiten lässt, bemerkt man den Unterschied. Im Regal verteilt und auf den breiten Fensterbänken stehen vereinzelt Zimmerpflanzen in schlichten schwarzen Töpfen. Jede von ihnen könnte Wasser gebrauchen, doch ich traue mich nicht, etwas zu sagen.

Stattdessen versuche ich angestrengt, dem Rest mehr Aufmerksamkeit zu schenken. Das einzige Bild im Zimmer hängt über dem schmalen Schreibtisch, der ganz versteckt an einer Wand steht. Als würde die Therapeutin verstecken wollen, dass dieser Raum für sie Arbeit bedeutet, während ich hier einen Schritt in Richtung Heilung machen soll.

»Also, Mia«, sagt Dr. Campell und sieht mich mit freundlichen Augen an. »Was führt dich zu mir?«

»Um ehrlich zu sein, war es zuerst die Idee meiner Mutter«, murmle ich, unsicher, ob ich sie damit vielleicht verprellen könnte.

»Zuerst?«

»Eine ganze Weile dachte ich, ich würde keine Hilfe verdienen«, gestehe ich und ringe mir ein Lächeln ab. Sonnenlicht flutet die kleine Praxis und lässt die goldenen Knöpfe meiner Bluse auffunkeln. Nervös falte ich die Hände, damit ich nicht wieder anfange, an meinen Nägeln zu pulen. Mein Herz hämmert noch immer heftig. Die Tränen sammeln sich in meinen Augen, als hätten sie nur darauf gewartet, wieder fließen zu dürfen.

Die Psychologin reicht mir wortlos eine Packung Taschentücher. »Es ist okay«, sagt sie sanft.

Und das ist es.

Es ist okay, dass ich Angst habe.

Es ist okay, dass ich Tränen vergieße.

Es ist okay.

Ich bin okay. Trotz allem, was passiert ist, trotz all der Risse und Wunden in meiner Seele.

Es war nicht meine Schuld.

Also tupfe ich mir die Tränen von den Wangen und zwinge mich, meine Psychologin anzusehen. Ich habe so lange geschwiegen, aber nun rede ich. Rede nicht nur für mich, sondern für alle, die das Gleiche durchmachen mussten oder müssen. Für alle, die noch nicht die Hilfe gefunden haben, die sie brauchen, um aus all dem Schmerz auszubrechen. Für alle, für die Hilfe zu spät kam.

Und mit jedem Wort, das ich sage, spüre ich, wie sich das Drehbuch meines Lebens verändert und zu etwas wird, das ich selbst in der Hand habe.

Epilog

CONNER

Drei Wochen später

Die Temperaturen sinken, die Tage werden kürzer, und der Herbst hat alle Bäume in ein strahlendes Gelb oder Rot getaucht. Der erste Bodenfrost macht mir die Arbeit schwer, doch ich habe keine Eile.

Jetzt nicht mehr.

Der Spaten dringt mit Nachdruck in den Boden. Ich wische mir über die Stirn und blinzle in die Sonne, deren Wärme in den nächsten Tagen immer weiter abnehmen wird.

»Conner!« Mia kommt mit geröteten Wangen und roter Nase auf mich zugelaufen. »Er ist da!«

Ich nicke nur, denn keine Worte der Welt können beschreiben, was ich jetzt gerade fühle. Angst, Abschied und irgendwas dazwischen.

Mia bleibt vor mir stehen. Sie reicht mir den Brief, schließt selbst die Augen, als könnte sie nicht mit ansehen, was darin steht.

Mein Herz pocht so hart gegen meine Brust, dass es schmerzt.

In meinen Händen liegt der Brief.

»Nun lies schon«, fordert Mia mich auf und wippt von einem Fuß auf den anderen, während sie sich die Hände vor ihr Gesicht hält.

Der Moment der Wahrheit ist gekommen. Obwohl ich in den letzten Wochen an nichts anderes denken konnte, fällt es mir jetzt unendlich schwer, das Papier aus dem Umschlag zu ziehen. Mein Blick huscht über den Text und bleibt an der Stelle hängen.

»… eine Übereinstimmung der DNA«, beginne ich, nur um gleich darauf eine Pause zu machen. Das Zittern meiner Hände ist so stark, dass die Buchstaben vor meinen Augen zu verschwimmen drohen. »… konnte mit 99-prozentiger Sicherheit ausgeschlossen werden.«

Die Worte auszusprechen, macht sie seltsam real. Die Knochen, die Mia und ich bei unserer letzten Wanderung durch den Wald gefunden haben, gehören nicht zu ihr. Es ist nicht Caren. Sie ist nicht nach Hause zurückgekehrt.

Eine einzelne Träne läuft mir über die Wange. Mia sagt kein Wort und schließt mich nur in die Arme. Ich umklammere sie, wie ich all die Jahre die Hoffnung umklammert habe.

»Es tut mir so leid, Conner«, flüstert sie gegen meine Brust.

»Mir auch.«

Es gab nichts, das ich mir mehr gewünscht hätte, als Caren wiederzubekommen. Sie nach Hause zu bringen und ihr die Beerdigung zu geben, die sie verdient hat. Doch nun ist mir klar, dass ich loslassen muss.

Zu sehen, wie Mia sich verletzt hat, hat mir bewusst gemacht, dass es Menschen gibt, die ich noch immer verlieren kann. Selbst wenn die Wunde nicht schlimm war, hat es gereicht, um mir dessen bewusst zu werden. Die letzten Jahre hat sich alles in meinem Leben immer nur um Caren gedreht. Um ihr Verschwinden und meine Schuld daran. Ich bin einfach stehen geblieben und habe versucht, etwas festzuhalten, das ich längst verloren hatte. Und genau darum muss ich Caren gehen lassen. Endgültig.

Mia nickt, als hätte sie auch dieses Mal meine Gedanken lesen können. Sanft wischt sie mir die Träne vom stoppeligen Kinn. Dann drehe ich mich wieder zu dem Loch um.

»Was für ein Baum ist das?« Mia deutet auf das kleine Bäumchen, das am Zaun lehnt und darauf wartet, eingepflanzt zu werden.

»Ein Idared. Caren hat die Äpfel dieses Baumes immer geliebt«, antworte ich leise. »Mir gefällt die Idee, ihr statt Blumen und Steinen ein Denkmal zu schaffen, das vielleicht länger da ist als wir.«

»Und Apfelkuchen.«

Lächelnd schüttle ich den Kopf. »Ich gebe zu, auch der Apfelkuchen hätte Caren gefallen.«

Mia hilft mir, den kleinen Baum mittig ins Pflanzloch zu setzen. Dann wickle ich das Ballentuch ab, das die Wurzeln schützt, und ziehe die Enden bis zum Boden herab. Anschließend füllen wir den Zwischenraum wieder mit Erde auf.

Danach stehen wir einfach nur da, betrachten den Baum und die strahlende Sonne, die alles in ihr goldenes Licht taucht. Mia greift nach meiner Hand. »*Zweifle an der Sonne Klarheit, zweifle an der Sterne Licht, zweifl', ob lügen kann die Wahrheit, nur an meiner Liebe nicht!*«, raunt sie in den sanften Wind.

Wir sehen einander an, trauern und schöpfen neue Kraft. Für einen winzigen Moment fühlt es sich an, als sei Caren ebenfalls hier. Als würde sie uns ihren Segen geben. Ein neues Leben, in dem Mia und ich unsere neuen Rollen finden.

NACHWORT

Ich wusste, dass dieses Skript mich an meine Grenzen bringen wird. Ich wusste, dass ich meine eigenen Wunden mit jedem Wort neu aufreißen würde. Ich wusste das alles.

Aber ich konnte Mias Geschichte nicht einfach für mich behalten, denn es ist nicht nur ihre, sondern auch meine.

Mia und ich haben einen ähnlichen Weg hinter uns. Wir dachten beide, es wäre Liebe, und tragen nun eine Narbe an der Augenbraue, die uns täglich daran erinnert, dass es alles war, aber *keine* Liebe.

Es war Angst. Kontrolle. Schmerz.

Ein Albtraum, aus dem ich selbst erst dann aufwachen konnte, als ich wortwörtlich blutend am Boden lag und Todesangst hatte. Erst da habe ich realisiert, dass so nicht das Happy End aussehen kann, das ich mir von einer Liebe wünsche.

Wir sind mit diesen Geschichten nicht allein. Gewalt in Beziehungen ist keine Seltenheit. Jede vierte Frau erlebt in ihrem Leben häusliche und/oder partnerschaftliche Gewalt. Die Dunkelziffer bei Männern wird ähnlich hoch eingeschätzt. Statistiken zu nicht-binären Geschlechtern sind kaum vorhanden, was jedoch nur zeigt, dass hier Nachholbedarf besteht. Das Thema darf nicht totgeschwiegen werden, denn es betrifft nicht nur eine Gruppe von Menschen. Es sind keine Einzelfälle, keine traurigen Ausnahmen. Sondern Realität.

Es gibt viele wie uns. Wie mich und Mia, und vielleicht auch wie dich. Aber wir sind keine Opfer, wir sind Überlebende.

Niemand kann uns brechen. Wir können diese schrecklichen Kapitel des Lebens überstehen und irgendwann auch damit abschließen.

Doch was noch viel wichtiger ist: Niemand muss das allein tun. Niemand muss sich ganz ohne Hilfe aus diesen Situationen und Beziehungen retten.

Das bundesweite Hilfetelefon *Gewalt gegen Frauen* bietet unter der Nummer 08000 116 016 *allen* Menschen vertraulich, kostenfrei und rund um die Uhr Hilfe und Unterstützung.

Außerdem findest du Hilfe beim Opfer-Telefon des Weißen Rings unter 116 006. Bundesweit. Kostenfrei. Anonym. Sieben Tage die Woche von 7 bis 22 Uhr.

Hol dir Hilfe! Überlebe!

DANKSAGUNG

Mein erster Dank gilt Jennifer Pfalzgraf und Nora Bendzko, deren Sensitivity Reading so vieles für dieses Skript getan hat. Danke. Nicht nur für Belmont Bay, sondern auch für die unermüdliche Aufklärungsarbeit, die ihr leistet.

Sollte jemand diese Danksagung lesen und sich fragen, ob ein SR helfen könnte: Ja. Einfach ja! Tut es. Nehmt diese Dienstleistung in Anspruch, denn sie bereichert nicht nur das Skript, sondern auch euch selbst.

Im gleichen Atemzug muss ich mich bei M und Y bedanken. Danke, dass ihr mir für Interviews, Nachfragen und als Testlesende geholfen habt, Mia als Figur Tiefe zu geben.

Bei keinem anderen Buch hatte ich so viele helfende Hände um mich herum. Euch alle aufzuzählen, würde wohl den Rahmen sprengen, darum fasse ich mich kurz und sage: Danke an alle Testlesenden, für jedes Mutmachen, Den-Finger-auf-Wunden-Legen und Mich-Aufbauen, wenn ich verzweifelt war.

Einen Menschen muss ich jedoch noch nennen: Emily Bähr.

Ohne dich wäre dieses Skript wahrscheinlich nie fertig geworden. Ich verdanke dir so viel, dass es unmöglich ist, alles aufzuzählen, und da ich weiß, wie wenig du mit Kitsch anfangen kannst, gibt es nur ein: Danke, dass du immer für mich und meine Probleme da bist.

Besonders dankbar bin ich auch für meine Lektorin Catherine Beck, und gleichzeitig muss ich mich für meine dauerhaft schusselige Art entschuldigen, die vielen Male, die ich Namen in drei unterschiedlichen Varianten geschrieben habe, und die vielen schiefen Vergleiche, die du geradebügeln musstest. Mit dir ist Belmont Bay noch ein Stück gewachsen, und ich auch.

An die ganze #schlücklich-Bande: Danke.

Es ehrt mich, mit so vielen großartigen Schreibenden zusammenzuarbeiten, und ich freue mich schon darauf, eure Bücher mit Bananenpuddingliebe zu lesen.

Ihr seht schon, mich kurzzufassen fällt mir nicht gerade leicht, aber, liebe Sabine Ley, ich kann nicht mit Worten ausdrücken, wie glücklich ich bin, mit dir arbeiten zu dürfen. Conner, Mia und ich waren bei dir von Anfang an in den besten Händen.

Kathrin.

Beste Agentin der Welt. Meine persönliche Superheldin im Kosmos der Verlage. Ich bin jeden Tag dankbar, dass du für mich und meine Träume kämpfst.

Und danke dir.

Dafür, dass du dieses Buch gelesen hast.

QUELLENVERZEICHNIS

Kapitel 7

Seite 66: William Shakespeare, *Macbeth,* übersetzt von Dorothea Tieck, 5. Akt, 5. Szene

Seite 67: William Shakespeare, *Hamlet, Prinz von Dänemark,* übersetzt von August Wilhelm von Schlegel, 1. Akt, 2. Szene

Kapitel 21

Seiten 191-193: William Shakespeare, *Hamlet, Prinz von Dänemark,* übersetzt von August Wilhelm von Schlegel, 3. Akt, 1. Szene

Kapitel 23

Seiten 2016-2017: William Shakespeare, *Macbeth,* übersetzt von Dorothea Tieck, 1. Akt, 7. Szene

Kapitel 25

Seite 226: William Shakespeare

Seite 229: William Shakespeare, *Macbeth,* übersetzt von Dorothea Tieck, 1. Akt, 7. Szene

Kapitel 28

Seite 251: William Shakespeare, *Romeo und Juliette,* übersetzt von Christoph Martin Wieland, 3. Aufzug, 1. Szene

Kapitel 31

Seite 272: William Shakespeare, *Romeo und Julia,* übersetzt von August Wilhelm von Schlegel, 2. Akt, 1. Szene

Kapitel 37

Seite 318: William Shakespeare, *Othello,* übersetzt vonChristoph Martin Wieland, 1. Aufzug, 10. Szene

Epilog

Seite 341: William Shakespeare, *Hamlet, Prinz von Dänemark,* übersetzt von August Wilhelm von Schlegel, 2. Akt, 2. Szene

TRIGGERWARNUNG

(Achtung: Spoiler!)

Dieses Buch enthält Elemente, die triggern können.
Diese sind:

- Partnerschaftliche/Häusliche Gewalt
- Bewältigung von Traumata
- Verlust
- Spurloses Verschwinden
- Tod
- Trauer
- Internalisiertes Victim Blaming
- Panikattacken

Wir haben uns sehr bemüht, sämtliche potenziellen Trigger anzuführen. Da jeder Mensch besonders und einzigartig ist, hat jede*r Lesende auch eine eigene Wahrnehmung von potenziellen Triggern. Wir bitten daher um Verständnis, dass wir nicht gewährleisten können, dass die Aufzählung vollständig ist.

NINA BILINSZKI

No Flames too wild

ROMAN

Auf der Suche nach ihrem australischen Vater, den sie nie kennengelernt hat, verschlägt es die 21-jährige Deutsche Isabel Tander in die kleine Küstenstadt Eden in New South Wales. Wegen heftiger Buschbrände wird in einem Koala-Reservat dringend Hilfe benötigt, und weil Isabel Geld braucht, nimmt sie den Job an, obwohl sie seit einem traumatischen Erlebnis in ihrer Kindheit Angst vor Tieren hat.
Isabel versucht, sich eher im Büro nützlich zu machen und lernt so Liam kennen, dessen Eltern das Reservat betreiben. Mit seiner ruhigen, nachdenklichen Art fasziniert er Isabel, bleibt aber seltsam verschlossen. Sie kann nicht ahnen, dass Liam, dem die Koalas und das Reservat alles bedeuten, eine riesige Schuld auf sich geladen hat …

Voller Gefühl, intensiv und zum Träumen schön: Nina Bilinszki erzählt in ihrem New-Adult-Roman von einer Liebe, die sich gegen alle Hindernisse stemmt.

KNAUR